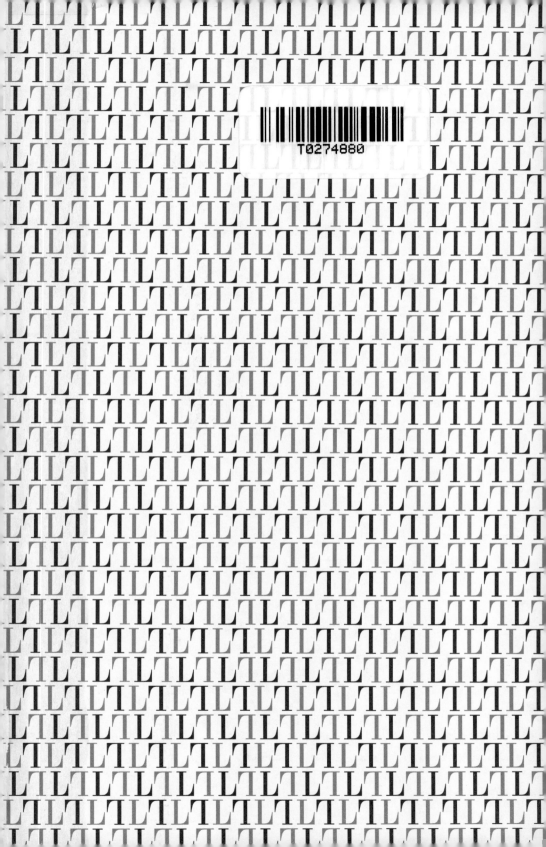

T0274880

Los ojos de Mona

Los ojos de Mona

Thomas Schlesser

Traducción del francés de
Lydia Vázquez

Lumen

narrativa

Papel certificado por el Forest Stewardship Council®

MIXTO
Papel | Apoyando la
silvicultura responsable
FSC® C117695

Penguin
Random House
Grupo Editorial

Título original: *Les Yeux de Mona*

Primera edición: marzo de 2024

© Éditions Albin Michel, París, 2024
Para todas las fotografías: © Photo, Todos los derechos reservados,
excepto 46 y 47: © Photo, Todos los derechos reservados / Fondation Hartung-Bergman;
49: © Photo Maximilian Geuter / The Easton Foundation.
Para todas las obras: © Todos los derechos reservados, excepto 36: © Association Marcel Duchamp /
ADAGP, París, 2024; 38: © Georgia O'Keeffe Museum / ADAGP, París, 2024; 39: © Fondation Magritte /
ADAGP, París, 2024; 40: © Succession Brancusi – Todos los derechos reservados (ADAGP) 2024; 41:
© ADAGP, París, 2024; 42: © 2024 Banco de México Diego Rivera Frida Kahlo Museums Trust, México,
D. F. / ADAGP, París; 43: © Succession Picasso, 2024; 44: © 2024 The Pollock-Krasner Foundation /
Artists Rights Society (ARS), Nueva York; 45: © 2024 Niki Charitable Art Foundation / ADAGP, París;
46: © Hans Hartung / ADAGP, París, 2024; 47: © Anna-Eva Bergman / ADAGP, París, 2024; 48:
© Estate of Jean-Michel Basquiat, licensed by Artestar, Nueva York; 49: © The Easton Foundation /
Licensed by ADAGP, París, 2024; 50: © Courtesy of the Marina Abramović Archives /
ADAGP, París, 2024; 51: © ADAGP, París, 2024; 52: © ADAGP, París, 2024.
© 2024, Penguin Random House Grupo Editorial, S. A. U.
Travessera de Gràcia, 47-49. 08021 Barcelona
© 2024, Lydia Vázquez Jiménez, por la traducción

Printed in Spain – Impreso en España

ISBN: 978-84-264-2697-0
Depósito legal: B-565-2024

Compuesto en M. I. Maquetación, S. L.
Impreso en EGEDSA (Sabadell, Barcelona)

H 4 2 6 9 7 0

Para todos los abuelos del mundo

Prólogo

Dejar de ver

Todo se ensombreció. Fue como un traje de luto. Y luego, aquí y allá, unos destellos, como las manchas que produce el sol cuando los ojos lo miran en vano desde detrás de los párpados cerrados, apretados igual que un puño que resiste el dolor o la emoción.

Por supuesto, Mona no lo describió así en absoluto. En el lenguaje de una niña de diez años, fresca e inquieta, la angustia se expresa de forma directa, sin florituras ni lirismo.

—¡Mamá, está todo negro! —dijo con voz ahogada.

¿Una queja? Sí, pero no solo eso. Sin querer, también dejó escapar un tono avergonzado que su madre, cada vez que lo notaba, tomaba muy en serio. Porque, si había algo que Mona nunca fingía, eso era la vergüenza. Apenas se filtraba en una palabra, una actitud, una entonación, la suerte estaba echada: había penetrado una verdad desagradable.

—¡Mamá, está todo negro!

Mona estaba ciega.

El efecto parecía desprovisto de causa. No había ocurrido nada en particular; la niña hacía sus deberes de matemáticas tranquilamente, con el bolígrafo en la mano derecha y el cuaderno sujeto por la palma de la mano izquierda, en la esquina de la mesa donde su madre introducía ajos en los cortes de un buen asado. Cuando fue a quitarse con delicadeza el colgante del cuello, que le molestaba porque pendía sobre la hoja de ejercicios —y había adquirido la mala costumbre de encorvarse para escribir—, sintió que una pesada sombra caía sobre sus ojos, como si recibieran un castigo por ser tan azules, tan grandes, tan puros. Pero la sombra no venía de fuera, como suele ocurrir cuando cae la noche o se atenúa la intensidad de las luces del teatro; la sombra se apoderó de su vista desde dentro de su propio cuerpo. Un manto opaco se había colado en su interior, aislándola de los polígonos trazados en el cuaderno escolar, de la mesa de madera oscura, del asado colocado un poco más allá, de su madre con el delantal blanco, de la cocina alicatada, de su padre sentado en la otra habitación, del piso de Montreuil, del cielo gris de otoño que dominaba las calles, del mundo entero. Presa de algún sortilegio, la niña se había sumido en las tinieblas.

Preocupada, la madre de Mona telefoneó al médico de cabecera. Describió de forma vaga las pupilas veladas de su hija y precisó, porque así se lo pidió el facultativo, que no parecía sufrir ninguna alteración del habla ni parálisis.

—Podría ser un AIT —dijo el médico, sin querer dar más explicaciones.

Luego prescribió grandes dosis de aspirina y, sobre todo, que llevaran rápidamente a Mona al hospital del Hôtel-Dieu, donde llamaría a un colega para que la atendieran de inmediato. No pensó en él por casualidad: era un pediatra fantástico, con fama de ser muy buen oftalmólogo y, por añadidura, un hipnoterapeuta de talento.

—En principio —concluyó—, la ceguera no debería superar los diez minutos. —Y colgó. Había pasado un cuarto de hora desde la primera señal de alarma.

En el coche, la niña lloraba y se machacaba las sienes. Su madre la sujetaba por los codos, pero en el fondo a ella también le habría gustado estrujar esa cabecita redonda y frágil, aporrearla como a una máquina estropeada con la vana esperanza de volver a ponerla en marcha. El padre, al volante de su viejo y destartalado Volkswagen, solo quería que el mal que afligía a su pequeña lo atacase a él. Y estaba enfadado, convencido de que había ocurrido algo en la cocina y se lo estaban ocultando. Consideraba todas las posibilidades, desde un chorro de vapor hasta una mala caída. Pero no, Mona lo repetía una y otra vez:

—¡Ha sido de repente!

Y su padre no podía creerlo.

—¡Uno no se queda ciego así, por las buenas!

Pues sí, también podía quedarse uno ciego «por las buenas», qué mejor prueba. Y ese uno era Mona, una niña de diez años que lloraba a lágrima viva y que tal vez esperaba que las lágrimas le lavaran el hollín pegado a sus pupilas ese domingo de octubre, mientras caía la noche.

En cuanto llegaron a las puertas del hospital, junto a Notre-Dame, en la Île de la Cité, dejó de sollozar bruscamente y se quedó inmóvil.

—¡Mamá, papá, ya vuelve!

Parada en la calle, donde soplaba un viento frío, balanceó el cuello de un lado a otro para recuperar poco a poco la visión. Como una persiana que se sube, el velo que le cubría los ojos se levantó. Reaparecieron las líneas, seguidas de las aristas de los rostros, el relieve de los objetos cercanos, la textura de las paredes y todos los matices de los colores, de los más vivos a los más apagados. La niña redescubrió la silueta menuda de su madre, con su largo cuello de cisne y sus frágiles brazos, y la figura más maciza de su padre. Finalmente, avistó a lo lejos el vuelo de una paloma gris que la llenó de alegría. La ceguera se había apoderado de Mona y luego la había liberado. La había atravesado, como una bala atraviesa la piel y sale por el otro lado del cuerpo, haciendo daño, por supuesto, pero dejando que el organismo cicatrice. Un milagro, pensó su padre, que contó escrupulosamente el tiempo que había durado el ataque: sesenta y tres minutos.

En el servicio de oftalmología del Hôtel-Dieu, no podían dejar marchar a la niña antes de hacerle una serie de pruebas, establecer un diagnóstico y prescribirle lo necesario. Sin duda, la angustia había quedado postergada, pero sin disiparse del todo. Un enfermero les mostró la sala de la primera planta del edificio donde pasaba consulta el pediatra a quien la había derivado el médico de cabecera. El doctor Van Orst era mestizo y prematuramente calvo. Su gran bata blanca, radiante, contrastaba con el verdor enfermizo de las paredes. Su enorme sonrisa, que dibujaba en su rostro pequeñas arrugas joviales, le daba un aire simpático; sin embargo, era depositario de todos los dramas posibles. Se acercó a Mona.

—¿Cuántos años tienes? —preguntó con una voz enronquecida por el tabaco.

Mona tenía diez años. Era la única hija de unos padres que se amaban. Camille, su madre, rozaba los cuarenta. Era más bien bajita, llevaba el pelo corto y alborotado, y tenía una voz con cierta reminiscencia arrabalera. Su encanto radicaba en que, como decía su marido, estaba «un poco trastornada» pero poseía una inmensa determinación: en ella, la anarquía iba siempre revestida de autoridad. Trabajaba en una agencia de colocación, y era una buena empleada, comprometida y responsable. Por las mañanas, al menos. Por las tardes era otra cosa. Se agotaba colaborando como voluntaria. Todas las causas le parecían buenas, ya fueran ancianos solitarios o animales maltratados. En cuanto a Paul, tenía cincuenta y siete años ya cumplidos. Camille era su segunda esposa. La primera se había largado con su mejor amigo. Llevaba corbata para disimular el cuello desgastado de sus camisas y bregaba como modesto anticuario, especialmente fascinado por la cultura americana de los años cincuenta: gramolas, máquinas de *pinball*, pósters... Y, como todo había empezado en su adolescencia con una colección de llaveros en forma de corazón, tenía un surtido impresionante, que no quería vender y que, en cualquier caso, no habría interesado a nadie. Con el desarrollo de internet, su tienda, perdida en Montreuil, había estado a punto de cerrar. Así que se puso manos a la obra y sacó partido de sus conocimientos, con una página web que actualizaba constantemente y traducía al inglés. Aunque su don para los negocios era casi nulo, contaba con una clientela de coleccionistas atentos que lo salvaban regularmente de la ruina. El verano anterior había reparado un *pinball* Gottlieb Wishing Well de 1955 y se había sacado la friolera de diez mil euros. Una transacción revitalizante, tras meses de penuria... Y luego, de nuevo, nada. Había crisis, decían. Paul se tomaba una botella de vino diaria en la tienda y luego la encajaba, como un trofeo, en uno de esos botelleros en forma de erizo a los que debe Marcel Duchamp su posteridad. Levantaba la copa solo, sin encontrar el modo de culpar a alguien. En su cabeza, brindaba por Mona. A su salud.

Mientras un enfermero conducía a la niña por el laberinto del hospital para hacerle diversas pruebas, el doctor Van Orst, instalado en un enorme sillón, dio a Paul y Camille un primer diagnóstico.

—AIT, accidente isquémico transitorio.

Eso significaba que los órganos habían dejado de recibir sangre momentáneamente y que ahora había que identificar el motivo de la disfunción. Pero el médico añadió que el caso de Mona lo tenía desorientado: por un lado, la crisis, nada frecuente en una niña de su edad, le parecía demasiado violenta, ya que había afectado a los dos ojos y durado más de una hora; por otro, no había alterado en absoluto su capacidad de movimiento y habla. Sin duda, la resonancia magnética daría más información. Había que prepararse para lo peor.

Mona tuvo que tumbarse en la camilla de una máquina horrible y quedarse ahí, obediente, sin moverse. Le pidieron que se quitara el colgante. Se negó. Era una fina cadena de hilo de pescar de la que pendía una concha diminuta que había pertenecido a su abuela y le traía buena suerte. Siempre la llevaba puesta, y su adorado Dadé tenía otra idéntica. Ambos amuletos los mantenían conectados, y no quería sentirse lejos de su abuelo. Como el colgante no contenía metal, se lo dejaron. Luego, su cabeza, su bonita cara salpicada de pequitas rosas, rodeada por una media melena color castaño con reflejos caoba y dotada de una preciosa boca redonda, se vio encerrada en una caja monstruosa en la que resonaba un ruido de fábrica. Durante los quince minutos que duró la tortura, Mona se entretuvo cantando canciones para resistir, para inyectar un poco de buen humor y vida al ataúd. Se canturreó a sí misma una nana bastante ñoña que su madre solía tararearle cuando la arropaba; continuó con una canción pop, una melodía que sonaba una y otra vez en los supermercados y cuyo videoclip estaba lleno de jovencitos engominados que le gustaban; entonó música publicitaria obsesiva; berreó incluso «Un ratón verde», recordando el día en que voceaba la letra adrede para exasperar a su padre, en vano.

Los resultados de la resonancia magnética no tardaron en llegar. El doctor Van Orst llamó a Camille y a Paul, y enseguida los tranquilizó. La niña no tenía nada. Nada en absoluto. En las imágenes transversales, la anatomía del cerebro solo mostraba zonas homogéneas. Por ese lado, ningún tumor. Se realizaron un sinfín de pruebas más. Durante toda la noche: desde el fondo de las pupilas hasta el oído interno, pasando por la sangre, los huesos, los músculos y las arterias. Tampoco nada. La calma después de la tormenta. Si es que de verdad había existido esa tormenta.

La esfera de un reloj perdido en uno de los pasillos del hospital marcaba las cinco de la madrugada. A Camille le vino a la mente la imagen de una canción infantil: era como si un ser maligno le hubiera robado los ojos a Mona antes de devolvérselos, le dijo a su marido, agotada. Como si se hubiera equivocado de víctima, añadió Paul. O como si hubiera enviado una señal, una advertencia, y estuviera listo para volver a atacar, pensaron ambos en silencio.

El timbre sonó en el patio de la escuela. El tropel de niños, guiado por la señora Hadji, se dirigió al segundo piso. La profesora advirtió a sus alumnos que no verían a Mona, su compañera de clase, hasta la vuelta de las vacaciones de Todos los Santos. Camille se había encargado de avisarla, explicándole por teléfono los detalles de la noche infernal, sin atenuar la gravedad de los hechos. Naturalmente, los niños hicieron preguntas. ¿Le habían permitido irse de vacaciones una semana antes que a los demás?

—Está un poco enferma —respondió cortante la profesora, no del todo satisfecha con la frase.

—¡Un poco enferma! ¡Qué suerte! —exclamó Diego, en la tercera fila, ganándose con su voz aguda la aprobación de toda la clase, que rugía a sus espaldas.

Porque para la mayoría de los niños la palabra «enfermedad» es sinónimo de libertad...

En el fondo del aula, justo al lado de las cortinas empolvadas de tiza, Lili y Jade, las dos mejores amigas de Mona, que conocían cada rincón de su habitación, babeaban aún más. ¡Cómo les habría gustado estar con ella!

—¿Un poco enferma? Sí, claro —decía Lili—, pero seguro que se va a pasar los días en la tienda de su padre.

Y Jade, mirando el hueco que Mona había dejado vacante, se imaginaba haciéndole compañía, inventando toda clase de juegos e historias, en aquel modesto local repleto de objetos antiguos con olor a América, aquella montaña de cachivaches brillantes, divertidos y misteriosos que hacían soñar a los niños. Pero Lili protestó:

—No, no, cuando está enferma va a cuidarla su abuelo Dadé, y él me da miedo.

Jade se rio burlonamente para demostrar que nada la asustaba, y menos aún el abuelo de Mona. Y, sin embargo, en el fondo, tenía que reconocer que delante de aquel anciano enorme y flaco, con su cicatriz en la cara, que hablaba con voz grave y metálica, ella tampoco las tenía todas consigo...

—Hola, papá, soy yo.

Era mediodía cuando Camille, con los miembros entumecidos, decidió telefonear a su padre. Henry Vuillemin se negaba a utilizar el móvil y respondía siempre a las llamadas desde su teléfono fijo con un «sí» seco y categórico que dejaba poco margen al entusiasmo. Su hija odiaba ese ritual y seguía echando de menos el momento en que su madre, aún viva, descolgaba el auricular.

—Escucha, papá —dijo desgranando las sílabas—: Anoche ocurrió algo terrible.

Y se lo contó todo, paso a paso, haciendo un esfuerzo por controlar su emoción.

—¿Y bien? —preguntó Henry con un dejo de impaciencia.

Pero Camille había contenido tanto las lágrimas durante su relato que un sollozo gigantesco se apoderó de su cuerpo y la ahogó: fue incapaz de contestar.

—Dime, cariño —insistió su padre.

Ese inesperado «cariño» le procuró una dosis de oxígeno. Volvió a respirar y soltó:

—¡Nada! De momento nada. Todo está bien, creo.

Henry dejó escapar un largo suspiro de alivio, echó el cuello hacia atrás, ladeó la cabeza y clavó la vista en los alegres motivos de frutas orondas, follaje y flores de las molduras del techo.

—Déjame hablar con ella —dijo.

Pero Mona, acurrucada en una butaca del salón bajo una mantita roja, dormitaba.

El poeta Ovidio describió la fase en que la conciencia se duerme como la entrada a una inmensa caverna que alberga, lánguido e indolente, al dios Sueño. Imaginó una cavidad inaccesible para Febo, señor del Sol. Mona había aprendido de su abuelo que no existía, a escala humana, un viaje más regular que el que recorre esas regiones misteriosas y cambiantes... Por eso era importante no descuidar las tierras por las que transitamos sin cesar a lo largo de la vida.

Durante los días siguientes, el doctor Van Orst le realizó nuevas pruebas a Mona en el hospital del Hôtel-Dieu. No revelaron ninguna anomalía en particular. La causa de esos sesenta y tres minutos de ceguera se le escapaba obstinadamente, tanto que ya no se atrevía a seguir llamando a la crisis «accidente isquémico transitorio», pues eso implicaba una insuficiencia vascular de la que no estaba del todo seguro. A falta de un diagnóstico claro, sugirió a Mona y a sus padres que recurrieran a la hipnosis. Paul se quedó estupefacto. En cuanto a la niña, no sabía muy bien qué significaba aquello. Asociaba el término al «juego del pañuelo», un juego de asfixia del que había oído hablar vagamente en el colegio, y la idea la asustaba terriblemente. Para corregir esa falsa percepción, Van Orst les explicó que no se trataba de asfixiar a Mona con un pañuelo, sino de someterla a un estado de hipnosis para ponerla temporalmente bajo su influencia. Ese experimento le permitiría retroceder en el tiempo y conducirla al instante en que había perdido la vista, para hacérselo revivir y, potencialmente, identificar la causa. Paul protestó. Ni hablar, era peligroso. Van Orst no insistió: un niño, para ser hipnotizado de manera eficaz, tenía que dejarse llevar con total confianza. Ahora, entre los prejuicios de Mona y la airada sobreactuación de su padre, el terreno estaba minado. Camille no había dicho nada.

Van Orst recomendó, pues, un tratamiento estándar para la joven paciente: análisis de sangre semanales, visitas al oftalmólogo y una convalecencia de diez días. Instó a Paul y Camille a que vigilaran «cualquier aparición de signos subjetivos de carácter sintomático», lo que significaba que debían estar atentos a la más mínima reacción de la niña. Y, por último, sugirió consultar a un psiquiatra infantil.

—Es más una cuestión de profilaxis diaria que de terapia en el sentido estricto de la palabra —aseguró.

Paul y Camille estaban confusos con sus recomendaciones, pero en el fondo solo tenían una pregunta en la cabeza: ¿acabaría Mona perdiendo la vista? Curiosamente, el doctor Van Orst no había mencionado la amenaza de una recaída definitiva, así que los padres, a pesar de sus temores, prefirieron evitar el tema. Al fin y al cabo, si el médico eludía abordarlo era mejor no sacarlo a relucir.

Pero Henry Vuillemin sí lo sacó a relucir, y de manera directa, con su hija. No era de los que rehuían las preguntas, por graves que fueran. Normalmente muy parco en llamadas telefónicas, salvo para escuchar la voz de Mona, las multiplicó durante la semana previa a Todos los Santos. Con voz cálida y apasionada, atosigaba a Camille: ¿sí o no, su querida nieta, el tesoro de su vida, se iba a quedar ciega? Henry también insistía en ver a Mona, y Camille no podía negárselo. Sugirió que los visitara el domingo de Todos los Santos, justo una semana después del ataque de ceguera. Paul, que intuía lo que se avecinaba, se resignó discretamente y se bebió casi de un trago un vaso de borgoña rasposo. Delante de su suegro se sentía terriblemente estúpido. Mona, en cambio, estaba muerta de impaciencia ante la idea de ver a su abuelo.

Adoraba a ese hombre lleno de años y de fuerza. Le encantaba ver cómo todos los que se cruzaban con él se dejaban seducir por su silueta interminable y sus pesadas gafas de montura gruesa, casi cuadradas. Con él se sentía protegida. Y cautivada. Henry siempre había procurado hablar con ella como con cualquier adulto. La propia Mona lo quería así, lo disfrutaba y se divertía. Lejos de amedrentarse ante sus explicaciones, se reía de sus propios errores y malentendidos. Porque, además, se esmeraba en las réplicas, lo que convertía todo el asunto en un juego más que en un reto.

Henry no buscaba hacer de ella un mono amaestrado. No pretendía ser una de esas parodias de abuelo que van a la caza de los defectos de la juventud para corregirlos con voz de sabiondo. No era su forma de ser. Nunca la obligó a hacer los deberes, nunca se inmiscuyó en sus boletines de notas. Es más, le encantaba cómo se expresaba Mona, le fascinaban sus giros. ¿Por qué? No sabría decirlo. Intentaba entenderlo, sin éxito. Desde siempre se había sentido obnubilado, obsesionado por algo en su lenguaje infantil, pero no alcanzaba a adivinar de qué se trataba. ¿Era un elemento de más o un no sé qué de menos? ¿Una cualidad? ¿Un defecto? En cualquier caso, no era un rasgo reciente: la «musiquilla» de Mona ocultaba, desde un principio, un enigma que Henry estaba decidido a descubrir algún día, a fuerza de escucharla.

Camille admitía a veces su asombro ante una relación que calificaba de «demasiado bonita para ser verdad», pero reconocía que funcionaba a la perfección y que a su hija la hacía dichosa. Y Henry, que era aficionado a citar *El arte de ser abuelo* de Victor Hugo, nunca se hartaba de ponderar uno de los principios fundamentales de la comunicación: no era necesario entender de inmediato lo que alguien decía, como si cada nueva palabra tuviera que ser un árbol ya florecido en el inmenso vergel del cerebro. Las eclosiones se producirían en el momento adecuado si se había arado y sembrado convenientemente.

Esos surcos y esas semillas eran, en el caso de Henry Vuillemin, un torrente rico y firme de palabras que enganchaba desde la primera entonación y luego resultaba imposible dejar de escuchar; un discurso muy sencillo y al mismo tiempo de una envergadura euforizante. Como buen narrador, su relato se aceleraba antes de ralentizarse para concluir tiñéndose de una tierna emoción. Era igual que una apisonadora cargada de experiencia del mundo y serena erudición.

La relación con Dadé era de una naturaleza aparte. Entre abuelos y nietos surge a veces un vínculo milagroso, debido a que, por una especie de curva existencial, los mayores vuelven, en su vejez, al sentimiento de su primera juventud y captan, mejor que nadie, la primavera de la vida.

Henry Vuillemin vivía en un bonito piso de la avenue Ledru-Rollin, justo encima de Le Bistrot du Peintre, un local estrecho, revestido de madera, que imitaba el estilo *art nouveau*. Acudía allí todas las mañanas y mantenía su rutina habitual: un café y un cruasán, la lectura de la prensa nacional, una charla aquí y allá con algún que otro cliente o un camarero que hacía una pausa. Sentía que pertenecía a un mundo antiguo, y caminaba ritualmente, muy despacio, hasta la Bastilla, miraba embelesado los muebles de los escaparates de la rue du Faubourg Saint-Antoine, subía hacia la place de la République por el paseo central del boulevard Richard-Lenoir, y se desviaba hasta desembocar en el boulevard Voltaire. Al final de la tarde, en su casa, se ponía a hojear los libros de arte que tenía apilados hasta el techo. Henry, que era un centímetro más alto que el general De Gaulle, alcanzaba los más inaccesibles sin taburete ni escalera, y por una extraña coincidencia solían ser estos los que más lo atraían. Su memoria era prodigiosa, aunque habría que distinguir entre su propensión a hablar de lo que sabía y sus recuerdos personales, que protegía bajo sucesivos estratos de pudor. Mona conocía la regla. La única prohibición de su abuelo era evocar a Colette Vuillemin, quien lo había dejado viudo siete años antes. Al igual que su padre, Camille tampoco decía una palabra al respecto. Por más que la niña intentara tirarles de la lengua de vez en cuando, se topaba con un silencio sepulcral. No se hablaba de Colette. Nunca. La única excepción a ese tabú era el amuleto que llevaba colgado al cuello Henry en homenaje a su difunta esposa. Era una bonita caracola, montada en un sedal, que había recogido con ella en la Costa Azul en el verano de 1963 —no recordaba el día exacto, pero sí que el calor era asfixiante y que le juró muchas cosas a Colette—. Mona llevaba un colgante idéntico, heredado de su abuela.

Todos tenemos nuestra propia manera de jurar, pero Henry Vuillemin solía jurar por «lo más hermoso de la tierra». La expresión sorprendía a Mona, y, cuando la oía, siempre se encogía de hombros con una risita confusa: lo más hermoso de la tierra era un poco todo y nada a la vez. Y además se preguntaba si él, su venerado abuelo, formaba parte de eso, sin saber qué responder. En su día, seguro que Henry había sido un muchacho atractivo, aún hoy seguía siendo impresionante, encantador, espectacular. Su rostro de octogenario, demacrado y afilado, transmitía un vigor y una inteligencia tremendamente seductores. Pero estaba marcado. Una cicatriz le atravesaba el flanco derecho de la cara, desde debajo del pómulo hasta la ceja. La herida tenía que haberle dolido muchísimo. Además de una tira de piel, le había arrancado un trozo de córnea. Era un recuerdo de guerra. Un recuerdo horrible: el 17 de septiembre de 1982, durante un reportaje fotográfico en el Líbano para la Agencia France-Presse, un miliciano le dio una cuchillada para obligarle a apartar el objetivo. Estaba acercándose al campo de refugiados de Shatila. Corría el rumor de que allí se perpetraban masacres, que habían ejecutado arbitrariamente a palestinos, sin juicio previo, en represalia por el asesinato del presidente Bashir Gemayel. Henry quería comprobarlo, recoger testimonios. Pero le cerraron el paso con una violencia inhumana. El corte resultó demasiado grave y no pudo proseguir la investigación. Perdió mucha sangre y la visión de un ojo. Esa minusvalía, añadida a su estatura y, con los años, a una delgadez cada vez más pronunciada, confirió a su aspecto un aire sobrenatural. El apuesto reportero, que se parecía a Eddie Constantine, se transformó en un personaje legendario.

El día de Todos los Santos, Mona se sentía en forma. Sus padres habían conseguido alegrar la plomiza atmósfera de noviembre. Jade y Lili, las dos amiguitas, se pasaron por la casa para ver una de las entregas de *Toy Story*, la película de animación donde los juguetes cobran vida. Estuvieron un poco revoltosas. Jade en particular. Era una niña traviesa y guapa, con una mirada muy fina de euroasiática, la piel oscura mate y el pelo perfectamente peinado. Pero tenía una manía sorprendente: hacer muecas. Sabía transfigurar su rostro armonioso en un guiñol móvil y dislocado, por el que se sucedían expresiones insólitas y burlescas como si se tratara de distintos y exaltados comediantes. Mona reclamaba más y más, maravillada.

A las siete de la tarde sonó el telefonillo. Paul apretó los labios y arqueó las cejas. Camille pulsó el botón.

—¿Papá?

En efecto, era él, puntual. Paul, después de saludarlo, se marchó para acompañar a Jade y a Lili de vuelta con sus respectivos padres, mientras Mona, su madre y su abuelo lo esperaban juntos en el piso. Tras un derroche de alegría, a la niña, que se había cuidado de no contar su desventura a sus dos amigas, le faltó tiempo para describirle en detalle a Dadé los sesenta y tres minutos que había durado su odisea, y las pruebas que había tenido que soportar en el hospital. Su madre no la interrumpió.

Mientras tanto Henry, a la vez que escuchaba a Mona hablar y hablar, examinaba con una especie de distancia clínica la habitación de la niña. A pesar de su atractiva apariencia, le parecía enormemente triste. El papel pintado con sus guirnaldas de flores, las baratijas de purpurina en forma de corazón o animales, los peluches rosas o marrones, los pósters grotescos de estrellas pop apenas salidas de la adolescencia, la bisutería de plástico, el mobiliario estilo princesa de dibujos animados... El carácter acidulado de todos esos trastos se le atragantó. En ese escenario que destilaba mal gusto, tan superficial, solo había dos atisbos de belleza: una robusta lámpara industrial americana de los años cincuenta, con brazo articulado, que Paul había encontrado y fijado luego al pequeño escritorio de Mona, y un cartel de exposición enmarcado, encima de la cama, que reproducía un cuadro. El póster era una explosión de colores extraordinariamente sutiles, de tonalidades frías, que representaba a una mujer desnuda, de perfil e inclinada hacia delante, sentada en un taburete cubierto por una tela blanca, con el tobillo izquierdo apoyado en la rodilla derecha. En una esquinita podía leerse: «Georges Seurat (1859-1891) – Museo de Orsay, París».

A pesar de esas excepciones, Henry constató afligido que la infancia, por comodidad, está impregnada sobre todo de cosas fútiles y feas. Y Mona, a pesar de un entorno benévolo, no escapaba a la regla. La belleza, la verdadera belleza artística, solo irrumpía en su vida cotidiana de forma clandestina. Esto era absolutamente normal, pensó Henry: el refinamiento del gusto y el desarrollo de la sensibilidad vendrían después. Con la salvedad —y ese pensamiento lo angustiaba a Henry— de que Mona había estado a punto de perder la vista, y, si sus ojos se apagaban definitivamente en los días, semanas o meses venideros, lo único que se llevaría a los confines de su memoria sería el recuerdo de cosas relumbrantes y vanas. ¿Toda una vida a oscuras, lidiando mentalmente con lo peor que ofrece el mundo, sin la escapatoria de los recuerdos? Era imposible. Era aterrador.

Para exasperación de su hija, Henry se mostró taciturno y distante todo el tiempo que duró la cena. Cuando Mona fue a acostarse, Camille, con aire decidido, subió el volumen del saxofón de

Coltrane que sonaba en la vieja gramola cromada, para enmascarar las voces y asegurarse de que la pequeña no pudiera oír nada.

—Papá, de momento Mona parece estar digiriendo bien... —dijo dudando al escoger los términos— lo que ha sucedido. Pero el médico recomienda que acuda a un psiquiatra infantil. Puede que sea un poco extraño para ella, y me preguntaba si podrías llevarla tú, solo para tranquilizarla...

—¿Un psiquiatra? ¿Es eso lo que va a evitar que se quede ciega?

—¡Esa no es la pregunta, papá!

—Yo creo que sí, ¡y seguirá pendiente mientras no os atreváis a hacérsela al médico! Al doctor..., ¿cómo se llamaba?

—El doctor Van Orst, y es muy competente —añadió torpemente Paul para intentar meter baza.

—Por favor, papá —dijo Camille—. Escúchame. Paul y yo vamos a hacer todo lo posible para que a Mona no le pase nada, ¿de acuerdo? Pero tiene diez años y no podemos hacer como si nada hubiera sucedido. El médico dice que su equilibrio psíquico es prioritario. Solo te pregunto si quieres encargarte porque sé que Mona confía en ti. ¿Me entiendes, papá?

Henry la entendía perfectamente. Pero en ese mismo instante, en una fracción de segundo, se encendió en su cabeza una idea apolínea que guardó celosamente para sí. No llevaría a su nieta a ver a un psiquiatra infantil, no... En lugar de eso, le prescribiría un tratamiento completamente distinto, una terapia capaz de compensar la fealdad a la que se veía sometida por su edad.

Solo hacía falta que Mona, que confiaba plenamente en él, que le concedía más crédito que a cualquier otro adulto, lo acompañara a esos lugares donde se conserva lo más bello y humano que el mundo puede ofrecer: los museos. Si, por desgracia, Mona se quedaba ciega para siempre, al menos contaría con una especie de reserva en el cerebro de la que extraer esplendores visuales.

Ese era, pues, el proyecto del abuelo: una vez a la semana, siguiendo un ritual ineludible, cogería a Mona de la mano y la llevaría a contemplar una obra de arte —una sola—, primero sumidos en un prolongado silencio, para que el infinito deleite de los colores y las líneas penetrara en la mente de su nieta, y luego dialogando, para que ella comprendiera, más allá del encantamiento visual, el modo en que los artistas nos hablan de la vida y la iluminan.

Imaginó, pues, para su pequeña Mona, algo mejor que la medicina. Primero irían al palacio del Louvre, luego al Museo de Orsay y, finalmente, a Beaubourg. Allí, oh, sí, allí, en esos lugares consagrados a la conservación de las obras más audaces y hermosas de la humanidad, encontraría un reconstituyente para su nieta. Henry no era de esos aficionados que se contentan, en sí mismos y fuera del mundo, con el acabado de una carne pintada por Rafael o el ritmo de una línea puntuada por el carboncillo de Degas. Le gustaban las cualidades casi incendiarias de las obras. A veces decía: «El arte... o es pirotecnia o es viento». Y le encantaba que un cuadro, una escultura o una fotografía, en su totalidad o por algún detalle, fuera capaz de avivar el sentido de la existencia.

En cuanto Camille le pidió ayuda, Henry se vio asaltado por cientos y cientos de imágenes: los volúmenes rocosos detrás de *La Gioconda*; el mono esculpido al lado de *El esclavo moribundo* de Miguel Ángel, la expresión alarmada del niño de rizos rubios a la derecha de *El juramento de los Horacios*; los extraños riñones sebáceos del animal en *Cabeza de cordero y costillares* de Goya; y también los terrones de tierra de *Arando en el Nivernais* de Rosa Bonheur, la firma en forma de mariposa de Whistler en el retrato de su madre, el trémulo absidiolo de la iglesia de Van Gogh... Pero también los colores de Kandinsky, las líneas quebradas de

Picasso o el ultranegro de Soulages. Todo ello surgió en forma de signos que solicitaban ser vistos, escuchados, comprendidos y amados. Como un contrafuego frente a las cenizas que amenazaban los ojos de Mona.

Henry esbozó una amplia sonrisa.

—De acuerdo, me haré cargo de Mona los miércoles por la tarde. A partir de ahora, yo mismo me ocuparé de su seguimiento psicológico. Será un asunto entre ella y yo, de nadie más. ¿Os parece bien?

—¿Vas a encontrar a alguien bueno, papá? ¿Pedirás consejo a tus viejos amigos?

—Si en principio estáis de acuerdo, yo me ocupo, sin preguntas, sin interferencias de nadie.

—Pero prométeme que no vas a elegir a un psiquiatra al azar, que harás las cosas bien.

—¿Confías en mí, cariño?

—Sí —afirmó Paul con autoridad, para paliar cualquier duda de Camille—. Mona lo admira y lo respeta, y lo quiere como a nadie, así que sí, confiamos en usted.

Ante esas contundentes palabras, Camille no añadió nada y se limitó a asentir con ternura. Un resplandor húmedo atravesó el ojo sano de Henry. El saxofón de Coltrane hacía vibrar las paredes. Mientras, Georges Seurat velaba a Mona, que dormía en su cuarto.

I

Louvre

1

Sandro Botticelli

Aprende a recibir

La gran pirámide de cristal divertía a Mona. Erigida con insolencia en medio de los pabellones del palacio del Louvre, su forma etérea, su transparencia, su manera de captar el frío sol de noviembre la fascinaban. Su abuelo no hablaba mucho, pero ella sabía que estaba de muy buen humor, porque le cogía la manita con esa ternura franca de las personas felices y balanceaba los brazos con soltura. Su jovialidad, aunque callada, irradiaba como la de un niño.

—¡Qué pirámide más bonita, Dadé! Parece un sombrero chino gigante —dijo Mona, abriéndose paso por la explanada entre los grupos de turistas.

Henry, sonriente, esbozó un pequeño puchero tan extraño que acabó por hacer reír a la niña. Atravesaron la estructura acristalada, pasaron el control de seguridad, bajaron por una escalera mecánica, llegaron a un inmenso vestíbulo parecido al de una estación de tren o un aeropuerto, y se dirigieron al ala Denon. El bullicio a su alrededor era sofocante. Asfixiante, sí, porque la mayoría de las personas que visitan un gran museo no saben lo que quieren hacer; se mueven arrastradas por el vaivén general, conformando esa atmósfera estancada, vacilante y ligeramente caótica, propia de tales lugares cuando son víctimas de su éxito.

En medio de la algarabía, Henry flexionó sus piernas inmensas y flacas para ponerse a la altura de su nieta y hablarle mirándola a los ojos. Lo hacía siempre que tenía que decirle a Mona algo realmente importante. Su voz metálica, profunda y pura, se impuso sobre el barullo circundante, como tratando de reducir al silencio la palabrería y el cansino estruendo del universo.

—Mona, cada semana veremos juntos una obra de arte, una sola, nada más, del museo. Esta gente que nos rodea querría tragárselo todo de una vez, y se pierde por no saber administrar bien sus deseos. Nosotros seremos mucho más listos, mucho más razonables. Contemplaremos una sola obra, primero en silencio durante unos cuantos minutos, y a continuación hablaremos de ella.

—¿Ah, sí? Creía que íbamos al médico. —Se refería al psiquiatra infantil, pero no estaba muy segura de los términos.

—Dime, Mona, ¿te apetece ir después al psiquiatra? ¿Es importante para ti?

—¡Cómo va a apetecerme! ¡Cualquier cosa menos eso!

—Entonces, cariño, te aseguro que no será necesario si miras con atención lo que vamos a ver.

—¿En serio? ¿Y es malo dejar de ir? A ver al... doctor. —De nuevo optó por la palabra más sencilla, a falta de mejor formulación.

—No, no es malo. Te lo juro por lo más hermoso.

Tras recorrer un dédalo de escaleras, Henry y Mona fueron a dar a una sala de modestas dimensiones, por la que pasaba mucha gente, pero donde casi nadie se molestaba en fijar la vista en la obra de arte expuesta. Henry soltó la mano de su nieta y le dijo con infinita dulzura:

—Ahora mira, Mona. Tómate todo el tiempo que necesites para mirar, para mirar de verdad.

Y Mona se quedó quieta, intimidada, frente a una pintura muy deteriorada, agrietada en varios puntos y a la que le faltaban fragmentos, una pintura que, a primera vista, transmitía la impresión de un pasado alterado y remoto. Henry también la contemplaba, pero sobre todo examinaba a su nieta, percibía su vacilación, su perplejidad, el modo en que fruncía el ceño y luego ahogaba una risa que traducía cierta incomodidad. Él sabía que, ante una obra maestra del Renacimiento, una niña de diez años, por muy viva, curiosa, sensible e inteligente que fuera, no podía caer rendida de inmediato. Sabía que, al contrario de lo que decía la creencia popular, llevaba tiempo penetrar en las profundidades del arte, pues se trataba de un ejercicio tedioso y no de un entretenimiento atractivo y fácil. También sabía que Mona, precisamente porque él se lo había pedido, le seguiría el juego y, a pesar de su apuro, escudriñaría con la atención prometida las formas, los colores y la materia.

La imagen se dividía de forma sencilla. A la izquierda del todo se adivinaba una fuente, delante de la cual, a la manera de un friso, se situaban cuatro mujeres jóvenes de pelo largo y rizado, y de un parecido sorprendente. Se agarraban unas a otras del brazo, entrelazándose como si formaran una guirnalda humana acompasada por la variedad de sus atuendos: verde y malva el de la primera, blanco el de la segunda, rosa para la tercera y amarillo anaranjado para la cuarta. Este cortejo multicolor daba la impresión de avanzar hacia delante, y frente a él, a la derecha de la obra, aislada sobre un fondo neutro, se hallaba una quinta mujer, joven y extremadamen-

te bella, con un magnífico colgante y un vestido púrpura. También ella parecía dotada de movimiento, como si fuera al encuentro del cortejo. De hecho, tendía hacia las doncellas una especie de lienzo en el que una de las criaturas —la de rosa— colocaba algo con delicadeza. ¿Qué? Imposible saberlo. El objeto estaba borrado. Había también, en primer plano, en una esquinita, un niño rubio de perfil que reía discretamente. Envolvía la escena un decorado desnudo: una sola columna truncada y descolorida hacía eco por la derecha a la fuente de la izquierda.

Mona siguió el juego. Pero al cabo de seis minutos no pudo más. Seis minutos delante de una imagen descolorida era un suplicio insólito y doloroso. Así que se volvió hacia su abuelo y lo desafió con una insolencia que solo ella podía permitirse.

—Dadé, ¡tu cuadro está muy estropeado! En comparación, tu cara parece nueva...

Henry miró el cuadro y todas las degradaciones que había sufrido. Después flexionó las rodillas y dijo:

—Será mejor que me escuches en vez de soltar tonterías... ¡Un cuadro, dices! ¡Error! En primer lugar, Mona, no es un cuadro. Es lo que llamamos un fresco. ¿Sabes lo que es un fresco?

—Sí, creo que sí..., ¡pero se me ha olvidado!

—Un fresco es una pintura hecha sobre una pared, y es muy frágil, porque, si la pared se estropea (y una pared se deteriora con el tiempo), pues la pintura también se estropea...

—¿Por qué pintó el artista esta pared? ¿Porque estaba en el Louvre?

—En absoluto. Es cierto que un artista podría querer hacer un fresco en el Louvre... Es el museo más grande del planeta y sería normal que un pintor quisiera poner aquí su obra, para que fuera como la piel del palacio. Pero verás, Mona, el Louvre no ha sido siempre un museo. Solo durante los últimos doscientos años más o menos. Antes era un castillo que alojaba a los reyes y la corte. El artista pintó este fresco hacia 1485, y no lo pintó para las paredes del Louvre, sino para las de un palacete de Florencia...

—¿Florencia? —Mona se llevó la mano al cuello para toquetear el colgante—. Así se llamaba una antigua novia tuya de antes de la abuelita, ¿verdad?

—No me suena, pero ¡podría ser! Y ahora escucha. Florencia es una ciudad italiana. Está en la Toscana, para ser precisos. Y es la cuna de lo que se conoce como el Renacimiento. En el siglo XV..., el Quattrocento, como lo llaman los italianos, Florencia vivió una efervescencia extraordinaria. Había unos cien mil habitantes y la ciudad era próspera, gracias al comercio y la banca. Pues bien, las órdenes religiosas, los altos dignatarios políticos e incluso ciudadanos comunes, pero eminentes en la escala social, quisieron sacar el máximo partido a su riqueza y demostrar su prestigio apoyando las creaciones de sus contemporáneos. Se dice de ellos que eran grandes mecenas. Así, pintores, escultores y arquitectos aprovecharon su confianza y los recursos que les proporcionaron para realizar cuadros, estatuas y edificios de increíble belleza.

—¡Apuesto a que eran de oro!

—No exactamente. Es verdad que en la Edad Media había cuadros muy hermosos cubiertos de pan de oro. Daba valor al objeto, ¡y además simbolizaba la luz divina! Pero en la pintura renacentista se abandona progresivamente el efecto llamativo del dorado en favor de una representación más ajustada a la realidad, con sus paisajes, la singularidad de los rostros, los animales, el movimiento de los seres, las cosas, los cielos y el mar, tal como los vemos.

—Les gusta la naturaleza, ¿es eso?

—Es justamente eso: empiezan a amar la naturaleza. Pero ya sabes que la naturaleza no es solo lo que hay sobre la tierra.

—¡Ah! ¿Y entonces qué es?

—Por naturaleza se entiende también, de manera más abstracta, la naturaleza humana, es decir, lo que somos en el fondo, con nuestras zonas de luz y de sombra, nuestros defectos y nuestras cualidades, nuestros miedos y nuestras esperanzas. Pues bien, el caso es que es esa naturaleza humana la que el artista trata de mejorar.

—¿Y cómo?

—Si cultivas tu jardín, le haces un bien a la naturaleza. Le permites prosperar. Este fresco pretende hacer el bien a la naturaleza humana diciéndole algo muy sencillo, pero esencial, que tú deberás recordar siempre, Mona.

Pero Mona, para provocar al anciano, se tapó los oídos y cerró los ojos, como si no quisiera oír ni ver nada de lo que pudiera decirle. Al cabo de unos segundos, abrió discretamente un párpado para observar su reacción. Henry sonreía con aire despreocupado, así que interrumpió el juego para prestarle atención. Intuía que después de esos largos minutos de silencio, contemplación y discusión, después de ese pequeño viaje a través de la imagen dañada que se desplegaba ante sus ojos, su venerado abuelo iba por fin a revelarle uno de esos secretos que quedan grabados en lo más profundo del corazón.

Henry le hizo una seña para que mirara la zona algo borrada donde parecía haber un objeto que la joven de la derecha sostenía en sus manos. Mona obedeció.

—El cortejo de mujeres está formado por Venus y las tres Gracias. Son divinidades generosas. Y ofrecen un regalo (no sabemos lo que es porque falta un poco de pintura) a otra joven. Las tres Gracias son lo que llamamos alegorías, Mona: no existen en la vida real y nunca las conocerás, pero encarnan valores importantes. Se dice que representan las tres etapas que nos hacen sociables y hospitalarios, es decir, seres humanos realmente humanos. Y este fresco muestra la importancia capital de esas tres etapas, para dejarlas ancladas en cada uno de nosotros.

—¿Tres etapas? ¿Qué etapas?

—La primera consiste en saber dar, la tercera en saber devolver. Y, entre las dos, hay una sin la cual nada es posible, que es como una especie de piedra angular que soporta toda la naturaleza humana.

—¿Cuál, Dadé?

—Mira: ¿qué es lo que está haciendo la joven de la derecha?

—Tú lo has dicho: tiene suerte porque recibe un regalo...

—Exacto, Mona. Recibe un regalo. Y eso es lo fundamental. *Saber recibir*. Eso es lo que nos cuenta este fresco, que hay que *aprender a recibir*, que la naturaleza humana, para ser capaz de grandes cosas, debe estar dispuesta a acoger en su seno la bondad de los demás, su deseo de agradar, lo que aún no tiene y lo que aún no es. Siempre habrá tiempo de devolver lo que se recibe, pero para devolver, es decir, para volver a dar, es imprescindible haber sido capaz de recibir. ¿Entiendes, Mona?

—Tu historia es complicada, pero sí, creo que lo entiendo...

—¡Seguro que sí! Y fíjate bien, si estas damas son tan bellas, si sus contornos son tan sutiles y elegantes, con esa línea ininterrumpida que no sufre la menor alteración, no te quepa duda de que es para expresar la importancia de esa continuidad, es una cadena que debe unir a los seres humanos y mejorar su naturaleza: dar, recibir y devolver; dar, recibir y devolver; dar, recibir y devolver...

Mona no sabía qué decir. Sobre todo, no quería decepcionar a su abuelo. Ya había bromeado durante la conversación y no tenía intención de añadir algo demasiado ingenuo, aunque sabía muy bien que él la había llevado a ese inmenso museo para que se hiciera un poco más adulta. Se sentía un poco abrumada, porque esa llamada a crecer, esa embriaguez exploratoria de un mundo nuevo, poseía un extraordinario poder magnético, más aún porque la llamada procedía de Henry, a quien adoraba. Y, sin embargo, en lo más profundo de su alma existía el terrible presentimiento de que lo que uno devuelve nunca se vuelve a encontrar. Y un intenso aunque remoto sentimiento de nostalgia por su infancia perdida para siempre le encogió el corazón.

—¿Vamos, Dadé? ¡En marcha!

—Vamos, Mona. ¡En marcha!

Henry volvió a darle la mano a su nieta y salieron del Louvre a paso lento, en silencio. Fuera empezaba a anochecer. Henry intuía que la confusión se había apoderado de su nieta. Pero se negaba categóricamente a andarse con miramientos con los demás so pretexto de garantizar solo buenos momentos, llenos de encanto, en su compañía. No: sabía muy bien que la existencia únicamente merecía la pena si se asumían sus asperezas, y que esas asperezas revelaban, una vez tamizadas por el cedazo del tiempo, una materia valiosa y fértil, una sustancia bella y útil, que permitía que la vida fuera realmente la vida.

Además, por ese milagro de la infancia, la turbación de Mona no duró mucho: pronto empezó a canturrear, al recordar la mentira cómplice que habían convenido para evitar la visita al psiquiatra. Abrió bien sus grandes ojos azules y volvió la carita traviesa hacia su enternecido abuelo, riéndose de la broma que les estaban gastando a sus padres.

—Dadé, ¿qué digo si papá y mamá me preguntan el nombre del médico?

—Diles que se llama doctor Botticelli.

2

Leonardo da Vinci

Sonríe a la vida

La semana de vacaciones de Todos los Santos pasó rápidamente y Mona volvió a la escuela. Camille la dejó temprano, a eso de las ocho, bajo el pálido tejadillo que protegía la entrada de la desagradable lluvia otoñal. La puso al cuidado de la señora Hadji, a quien explicó brevemente cómo iba su convalecencia y el seguimiento médico establecido, que incluía una sesión con un psiquiatra infantil los miércoles. Insistió: la maestra debía estar pendiente de Mona, por supuesto, pero sin que eso supusiera un trato especial respecto a sus compañeros.

Y Mona recuperó enseguida el ritmo, poniéndose al día sin refunfuñar con las lecciones de lengua sobre el complemento directo y las de matemáticas sobre los tipos de triángulos. Al igual que Jade y Lili, estaba atenta a las intervenciones de Diego, en la primera fila, que no perdía ocasión de irritar a la profesora con su voz chillona. Eso divertía mucho a las tres amigas. Cuando la señora Hadji le preguntó quién había diseñado la torre Eiffel, él respondió como una flecha, antes de levantar la mano:

—Disneyland París.

Y la maestra, cuyos ojos se abrían de par en par ante cada respuesta tonta como aquella, nunca estaba muy segura de si se trataba de una mala respuesta o de una buena broma. De hecho, él tampoco.

Curiosamente, era durante el recreo cuando Mona, Jade y Lili se sentían más a disgusto, en especial si el tiempo las obligaba a guarecerse bajo el tejadillo con todos los alumnos apretados como sardinas en lata, sin espacio para jugar y respirar. En ese confinamiento aumentaba el riesgo de tropezarse con Guillaume. ¿Quién era Guillaume? Un niño insoportable que iba al mismo curso, pero en el edificio de enfrente. Con una bonita cabeza rubia, el pelo largo y rizado, unos ojos engañosamente tiernos y la boca crispada, Guillaume repetía curso y, entre sus compañeros un año menores, resultaba extrañamente alto. Parecía un alumno de instituto extraviado entre los pequeños, una especie de anomalía en el ecosistema del patio. Daba miedo porque a veces era brutal. Por cualquier minucia se volvía muy agresivo.

Mona lo temía, aunque le gustaba su aspecto. El miércoles a mediodía, mientras esperaba en la puerta principal a que su abuelo la recogiera, se quedó mirándolo de lejos. Estaba agachado, solo, y golpeaba el suelo con la palma de la mano. Qué extraño: parecía que intentaba aplastar hormigas. ¿Había hormigas en una escuela parisina en pleno mes de noviembre? De repente, levantó la cabeza con el ímpetu de una hiena y clavó los ojos en Mona, que, presa del pánico ante la idea de ser tomada por una espía, estuvo a punto de estrangularse al aferrar de golpe su colgante. El rostro de Guillaume hizo muecas diversas. Luego se levantó bruscamente y se dirigió hacia ella a grandes zancadas. Justo en ese momento Mona notó que un brazo la agarraba. Henry había llegado.

—¡Hola, cariño!

Ella sintió un inmenso alivio junto a su querido abuelo.

De nuevo entraron en el Louvre por la pirámide transparente, y Mona, a medida que las escaleras mecánicas los conducían al vientre del museo, miró a través del techo las pesadas nubes de noviembre y las gotas que repicaban en la superficie de cristal. Sin saber muy bien por qué, le vino a la cabeza la imagen de una enorme cascada por la que había que pasar para adentrarse en una gruta, hacia profundidades secretas e inquietantes.

—¿Te acuerdas de lo que vimos la última vez, Mona?

—Al doctor Botticelli —dijo la niña muerta de risa.

—Sí, eso es, *Venus y las tres Gracias* de Botticelli... Y hoy vamos a ver a alguien que se llama igual que tú. ¿Sabes de quién se trata?

—Claro que sí, Dadé, ¿qué te has creído? —respondió con el aire displicente de los niños que no quieren que los tomen por tales—. ¡Habíamos quedado en que me tratarías como a una adulta! ¡Es *La Gioconda*!

Y caminaron de la mano hasta la sala más famosa del palacio, hacia la que convergían tantos turistas aturdidos, en busca de una emoción que no solían encontrar por falta de una clave de lectura realmente eficaz. Henry había pensado en ello más de una vez. Sabía que, frente a ese cuadro tan célebre, reproducido en millones de ejemplares, la expectación era siempre enorme, y la decepción proporcional a ella. Pero ¿por qué entonces, se preguntaba el visitante frustrado, es esta la obra de arte más conocida, la más apreciada y admirada? ¿Qué es lo que la hace inaccesible a mi sensibilidad? Henry, con la pasión del aficionado, había estudiado *La Gioconda* y su tumultuosa historia. Sabía que Francesco del Giocondo, un rico comerciante en telas florentino, había encargado a Leonardo da Vinci que la pintara en 1503, aunque Leonardo nunca le entregó el retrato de su esposa, Lisa Gherardini (de ahí el sobrenombre de «Madonna Lisa» y su abreviatura

«Mona Lisa»), porque nunca le parecía suficientemente acabado. Sabía que el cuadro había acompañado a su autor a Francia cuando el rey Francisco I lo invitó a pasar el resto de su vida en el castillo de Clos-Lucé. Sabía que durante mucho tiempo la obra no se consideró ni mejor ni peor que cualquiera de las otras de Da Vinci, y que no adquirió su estatus legendario hasta 1911: ese año, Vincenzo Peruggia, vidriero del Louvre, se escondió en el museo un día en que estaba vacío, descolgó la tabla de álamo de 77 × 53 cm, la deslizó bajo sus ropas y regresó a casa con el tesoro, que luego se llevó a Italia. Henry también había contrastado, no sin cierta irritación, las hipótesis más descabelladas a propósito de esa efigie: se llegó a sospechar que el rostro era una simple máscara tras la que se ocultaba la monstruosa Medusa, e incluso que era un hombre, y por qué no Da Vinci en persona, travestido... Había quien aseguraba que el cuadro, protegido por un grueso cristal antibalas, era solo un señuelo, una copia del original, que permanecía a buen recaudo en los depósitos del museo. Lejos de toda esa locura, Henry solo quería que Mona se tomara el tiempo necesario para contemplar la maravilla de Leonardo sin pensar en nada más que lo que tenía delante de los ojos.

Era un retrato de medio cuerpo, o más bien de tres cuartos, de una mujer sentada y perfectamente encuadrada, con el brazo izquierdo apoyado en el reposabrazos de un sillón del que no había ningún otro elemento aparente. La mano derecha asía, sin apretar, la muñeca izquierda, imprimiendo un suave movimiento de rotación a todo el cuerpo de la modelo, dándole vida e inscribiéndolo no solo en el pacio, sino también en el tiempo. Llevaba un vestido bordado en tonos oscuros que contrastaba con la piel radiante de su escote y su rostro. Una gasa fina le cubría la cabeza, de donde caía el pelo ensortijado hasta el pecho, con la raya en medio. En el rostro ligera-

mente redondeado, las mejillas pronunciadas, la frente amplia y una
barbilla pequeña enmarcaban una nariz recta, unos ojos castaños
vueltos hacia la izquierda y fijos en el espectador, y una boca fina
apenas arqueada por una leve sonrisa. Las cejas estaban depiladas.
A la espalda de la modelo se veía el murete de una galería, detrás
del cual, como si estuviera muy muy lejos, se extendía un paisaje de
tintes fantásticos. A la izquierda del cuadro, un camino serpenteaba
por una llanura que de pronto daba paso a volúmenes rocosos; bor-
deaba un lago delimitado en el horizonte por gigantescas montañas
abruptas y exageradamente escarpadas. También había montes a la
derecha de la composición, donde se desplegaban igualmente piedras,
tierra y agua, pero además se vislumbraba una construcción simé-
trica a la ruta sinuosa. Se trataba de un puente de cinco arcos sobre
un río.

Mona tuvo mucha suerte: como era pequeña y menuda, nadie entre la multitud que se apiñaba delante de la obra se atrevió a empujarla. Además, daba tales muestras de atención y concentración, inmóvil frente al cuadro, escrutándolo pacientemente con sus ojos despiertos, que cautivó al público tanto como la propia *Gioconda*. Hasta el punto de que los turistas acabaron fotografiando discretamente a la niña por detrás, en línea con la obra maestra, fundiéndose con ella. Los vigilantes se preguntaban cómo era posible que una cría examinara con tanto detalle una pintura que los visitantes solían captar rápidamente con la mirada, como si fueran en un tiovivo, antes de precipitarse hacia la salida.

Aunque a Mona le costó un poco menos sumergirse en el cuadro de Da Vinci que en el fresco de Botticelli de la semana anterior, acabó rindiéndose, una vez más, al cabo de diez minutos. Cansada, fue a reunirse con su abuelo, que había permanecido un poco apartado.

—Bueno, Mona, ¿qué has visto?

—Una vez me dijiste que Leonardo da Vinci había inventado el paracaídas. ¡Pero ese cielo está completamente vacío!

—¿Y has tardado diez minutos en averiguar eso? ¡Enhorabuena!

—Es que he estado buscando máquinas voladoras, porque me dijiste que también había inventado algunas...

—Sí, es cierto. Leonardo era ingeniero además de pintor. Previo pago, ofrecía sus servicios a los príncipes para mejorar el curso de los ríos, acondicionar territorios o fortificar la defensa de las ciudades contra los enemigos. Era tan curioso y tan inteligente que estudió a conciencia el cuerpo humano y hasta diseccionó cadáveres para entender su funcionamiento.

—Seguro que leyó muchos libros...

—Bueno, la verdad es que hacia 1500, en tiempos de Leonardo, había pocos libros. Acababa de inventarse la imprenta. Él tenía cerca de doscientos volúmenes en su biblioteca, lo que ya era un número enorme, pero, como era un hombre bastante solitario, también escribió mucho: miles y miles de páginas, sobre todos los temas posibles. En definitiva, escribió más de lo que pintó. Apenas conocemos una decena de cuadros suyos, y ni siquiera es seguro que sean todos auténticos.

—¿Y por qué este está por todas partes, Dadé? Recuerdo que hasta la abuela tenía un tazón de desayuno con *La Gioconda*. Yo, la verdad, prefería que no lo sacase del aparador.

—¿Y eso por qué?

—Porque el desayuno tiene que ser divertido. Y este cuadro es... un poco triste.

—¿Ah, sí? ¿Y por qué te parece triste?

—Por el fondo. Tan oscuro y... tan vacío.

—Cierto. Pero ten en cuenta que es una pintura antigua. Los colores del paisaje que hay en segundo plano, con sus tonos ligeramente brumosos, se han vuelto parduzcos como un periódico viejo. Eso se debe simplemente a que los barnices que protegen la capa de pintura se desgastan con el tiempo; se ensucian y cobran una apariencia un poco melancólica. Pero puedes estar segura de que, en su día, esa naturaleza circundante, con sus montañas, sus senderos sinuosos y su gran lago, tenía otro colorido, y ese vasto cielo era de un azul casi eléctrico.

—¿Eléctrico? Pero ¿qué dices, Dadé? ¡En aquella época la gente se alumbraba con velas!

—Gracias por la información, Mona... Sin embargo, eso no impedía a los artistas buscar fuentes de energía. La electricidad es un tipo de energía: permite producir calor, luz y movimiento. Pues bien, no olvides que Leonardo buscaba dar también energía a su pintura. Para transmitírtela a ti.

—¿A mí? ¡Ah! Qué curioso, ¡creía que había que quedarse quieto delante del cuadro!

Henry soltó una carcajada, que a su vez hizo reír a la niña. Allí mismo, en ese preciso momento, le habría gustado hablarle del filósofo Alain y de lo que decía en su libro *Sobre la felicidad*. Alain afirmaba que quienes se esforzaban por ser felices merecían una medalla, una medalla cívica, porque ese empeño en mostrarse contentos, satisfechos —a veces a costa de un esforzado ejercicio de voluntad—, irradiaba sobre los demás. Igual que una carcajada puede desencadenar una reacción en cadena. Para Alain, la búsqueda de la felicidad no era una cuestión de desarrollo personal o un mero afán individualista: constituía una virtud política. «Ser feliz es un deber para con los demás», decía. La idea, sin duda, era demasiado complicada para Mona, pero *La Gioconda* de Leonardo expresaba esa lección esencial a su manera.

—Mira, todo este paisaje que te parece triste está en realidad en movimiento, animado por las energías de la vida, una especie de pulsación primordial. Aun así, tienes razón, es inquietante debido a la falta de orden. Es verdad que tenemos el puente a la derecha, pero no hay árboles, ni animales, ni seres humanos. El fondo, envuelto en una atmósfera ligeramente brumosa y dominado por el cielo gris azulado, es al mismo tiempo grandioso y desolador. A lo largo de los años, Leonardo fue añadiendo, pacientemente, ínfimas veladuras, es decir, capas de pintura transparente que daban al cuadro mayor densidad y profundidad. Las aplicaba unas encima de otras, y tardaba tanto que nunca terminaba sus obras. Esas capas servían además para proporcionar una ligera sensación de vibración a toda la materia. Es lo que se llama *sfumato* en italiano. El *sfumato* diluye las cosas y a la vez las liga entre sí.

—Sí, pero ¿por qué sonríe ella así? ¡Me parece tan raro!

—Su sonrisa es ínfima. A su espalda, el vasto paisaje se asemeja al universo en plena fase de formación, sometido al caos de las energías que lo atraviesan, un caos fascinante y angustioso. Pero ella sonríe con deliciosa precisión, sin arrogancia ni condescendencia. Es una sonrisa infinitamente serena, amable, que invita a hacer lo mismo...

—Entonces ¡vamos, Dadé!, ¡vamos a sonreírle nosotros!

—Veo que lo has entendido... Leonardo decía que la pintura actuaba como un espejo: la imagen de un hombre bostezando invita a bostezar; la imagen de un hombre agresivo vuelve agresivo. Y la imagen de una mujer sonriendo, esbozando esa sonrisa enternecedora, incita a sonreír también. Esa es la energía que su pintura busca comunicar: abrirse a la vida, sonreír a la vida, incluso frente a aquello que se discierne poco y mal, frente a lo que aún es oscuro e informe, frente a un mundo desierto y confuso, porque esa es la mejor manera de infundirle un orden feliz, el mejor modo de que esa felicidad no sea solo la felicidad sobrecogedora y misteriosa de una mujer del Renacimiento apoyada en un muro, sino la de la humanidad entera...

Y Mona quiso imprimir a las comisuras de sus labios un movimiento ascendente. Pero el silencio que siguió a la explicación de su abuelo, la generosidad de que daba prueba al ofrecérsela y —tenía que admitirlo— la belleza difusa de lo que le comunicaba su voz profunda la habían conmovido. Con la emoción, se le pusieron los ojos llorosos, difuminando de golpe las luces del Louvre.

3

Rafael

Cultiva el desapego

Era tarde, pero Mona no podía conciliar el sueño. Un alboroto irregular y caótico procedente de la cocina la mantenía despierta. Segundos después de que se produjera un estrépito más nítido, oyó la voz seca de su madre que atravesaba las paredes:

—¡Por el amor de Dios, Paul, no podemos seguir así!

Mona se arrastró fuera de la cama y se asomó por la rendija de la puerta entreabierta. Camille se acababa de encontrar a su marido desplomado sobre el mantel, con un vaso en la mano derecha y un montón de papeles llenos de columnas y cifras revoloteando por encima de su cabeza. La había alertado el ruido de una botella que había caído pesadamente al suelo tras rodar desde la mesa. Al menos en la tienda de antigüedades podía alinearlas en el botellero de hierro galvanizado sin que se cayeran o se hicieran añicos.

Así que estaba enfadada. En lugar de pedirle ayuda, Paul se había ido achispando hasta terminar borracho. No era la quiebra, ni las amenazas de sus acreedores, ni siquiera las peleas con los agentes judiciales, lo que llevaba a su marido a refugiarse por sistema en el alcohol. Lo que de verdad lo atormentaba era la idea de perder la tienda donde Mona había jugado y soñado tanto, y perder de paso el poco respeto que le tenía su hija. Mientras que Camille era una luchadora y Henry Vuillemin un gran hombre, él, el orgulloso padre de Mona, no les llegaba a la altura del zapato, estaba convencido. ¿Qué pasaría cuando se viera obligado a cerrar su tienda de antigüedades acuciado por las deudas y ya no pudiera ofrecer a su hija ese teatro de sueños a modo de ilusión?

Camille recogió las hojas de cuentas de Paul, desperdigadas por el suelo. Cuando Mona, al acecho en la sombra y conteniendo la respiración, vio a su madre intentando arrastrar a su padre hasta la cama, corrió de inmediato a la suya con paso quedo.

Por la mañana, la niña iba ya por la segunda taza de chocolate cuando su padre fue a sentarse a su lado. Le miró la cara demacrada e intuyó, más allá del beso que le dio en la frente, una preocupación mal disimulada. Así que le preguntó a su padre cómo estaba. Y él se quedó sin aliento. Porque hay algo extraño e incluso impactante en que un niño pregunte a un adulto «¿cómo estás?». Es un tipo de atención que va ligado a la edad, una vez que se disipa el fondo de egoísmo visceral de la primera juventud. Y no contenta con eso, Mona no paraba de mirarlo con una sonrisa en los labios, indiferente a su mal humor. Entonces su cara y su cuerpo resacosos, sus dudas y sus penas se desvanecieron ante la carita feliz de su hija, que expresaba tranquilamente su infinita benevolencia. Y, al cabo de unos minutos sin pronunciar palabra, le devolvió por fin la pregunta, algo que debería haber hecho desde el principio.

—Y dime, querida, ¿cómo estás tú?

—¡Muy bien, papá! ¡Es miércoles!

Henry se dio cuenta, mientras guiaba a Mona a través del museo por tercera vez, de que la niña prestaba más atención a las esculturas y pinturas que jalonaban el recorrido. En varias ocasiones, incluso, notó que su paso se ralentizaba y le soltaba un poco la mano, como si su curiosidad se hubiera visto atraída por algo. Era muy satisfactorio para él, que solo intentaba que calara en ella la belleza que podía ofrecer el mundo; su actitud significaba que se sentía más estimulada que cansada. Pero había que atenerse al contrato moral: una obra por semana, sin que su impacto se viera interferido por otra rival.

No era fácil, porque la Gran Galería del museo, que originalmente servía de enlace entre el palacio del Louvre y las Tullerías, se había convertido en la mayor sala de exposiciones del planeta. A pesar de su metro veinte de altura, el cuadro de ese día no era en absoluto espectacular. Al contrario, destacaba por su discreta temperancia, por una especie de equilibrio fundamentado en la contención.

En un entorno campestre, en medio de un lecho de hierba y unas cuantas flores algo amarillentas, había una mujer sentada sobre una gran piedra apenas visible. Se erguía majestuosa en el centro del cuadro, ataviada con un vestido escotado de color rojo vivo con ribetes negros. Una única manga refulgente asomaba a la derecha, del mismo color amarillo satinado que el cabello, recogido en un moño trenzado. La otra estaba cubierta, al igual que los muslos, por un amplio manto azul. El rostro, de tres cuartos, intercambiaba una mirada con el niño que la flanqueaba por la derecha, de pie, desnudo y rubio. Un pequeño de unos tres años que deslizaba su mano izquierda entre las de la joven y parecía querer agarrar el libro que ella sostenía en su regazo, del que solo se veía el canto dorado. Agazapado justo por debajo del libro, otro niño, de edad similar y vestido con una túnica improvisada, portaba una cruz al hombro, tan alta como él y hecha de finas varas de madera. De perfil, miraba fijamente al niño que tenía enfrente. Las tres figuras estaban coronadas por un

sutilísimo halo luminoso. A lo lejos, en el fondo, se alzaban unos ár-
boles estilizados, así como un pueblo del que despuntaba un altivo
campanario. Y más lejos aún había un lago bordeado de pequeñas
montañas verdes y grises, bajo una bóveda celeste cubierta de nubes
y compuesta por una gradación de azules: oscura en la parte superior
del cuadro y clara, casi blanca, en la línea del horizonte, la cual se
situaba a la altura del pecho de la joven. El conjunto se inscribía en
una perspectiva impecablemente construida.

Mona tenía más elementos, más detalles que captar que en sus
dos experiencias anteriores. Pero, curiosamente, tuvo menos éxito y su atención decayó al cabo de unos minutos. Cinco, no más,
y le parecieron muy largos.

«La verdad es que ya no tenemos ojos para mirar a Rafael»,
pensó Henry, sin reprochar a su nieta que no hubiera sido capaz
de mantener la concentración más tiempo. En una época tan aficionada a lo que tontamente llaman «rupturas», inevitablemente
cuesta entender al artista de la armonía perfecta, el equilibrio in-
falible y las proporciones justas. Pero el anciano se sacudió la molesta sensación que se había apoderado de su mente y se dispuso
a hablar del cuadro.

—¿No te gusta la obra, Mona?

—Sí, sí, me gusta, pero me parece menos divertida que *La
Gioconda*...

—*La Gioconda* tampoco te divirtió nada más verla, ¡acuérdate!

—Sí, pero... ¡Oh, ya sabes a qué me refiero, Dadé!

—Creo que sí, pero ¡dilo de todos modos!

—Bueno, en *La Gioconda* pasa algo; aquí está todo congelado.
Es como cuando en clase de matemáticas, con la profesora, estoy
esperando a que Diego diga alguna tontería.

—Y la tontería no llega, ¿es eso?

—¡Di tú una, Dadé!

—No, Mona, todavía no ha llegado el momento. Y, además, lo que acabas de decir, el modo en que has expresado tu aburrimiento, no es ninguna tontería, justamente... Porque el pintor que tienes delante, que era italiano como Botticelli y Leonardo da Vinci, y se llamaba Rafael, solo aspiraba a la perfección absoluta, y consideraba que nunca debía haber la más mínima desviación, la más mínima sorpresa que rompiera el equilibrio de la composición, la línea, los colores.

—¿Cuánto tiempo tardaba en hacer todo eso?

—Le llevaba mucho tiempo. Mucho tiempo. Pero no estaba solo, porque en aquella época, a principios del siglo XVI, había que hacerlo todo y se necesitaba un auténtico pequeño equipo. Alrededor del maestro que pintaba y dibujaba (y a veces ni siquiera lo pintaba todo, sino que se concentraba únicamente en las figuras humanas, dejando los paisajes o los detalles menos nobles a sus ayudantes), otras manos preparaban los materiales, molían los pigmentos y aplicaban el yeso. Y, como Rafael se convirtió rápidamente en una gran estrella a la que adoraban los mercaderes y los banqueros de Florencia, pudo desarrollar un taller muy boyante. En la época en que se ejecutó esta obra, el propio papa Julio II solicitó sus servicios para dotar a Roma y el Vaticano de una envergadura artística extraordinaria. Rafael tenía poco más de veinte años, pero trabajó como un loco con diez, veinte y ¡hasta cincuenta colaboradores! Contrataba y formaba a los mejores, tratándolos como hermanos o hijos. Además, probó todas las recetas posibles para obtener sus tonos nacarados y sus efectos reflectantes; realizó enormes frescos y tapices, e hizo grabar sus pinturas para multiplicar las imágenes y poder difundirlas. Con él, el arte de la pintura, que la sociedad de la época consideraba una simple tarea manual, adquirió una dimensión superior. Rafael se convirtió en príncipe entre los príncipes. Cuando murió, el día en que cumplía treinta y siete años, víctima de una fiebre provocada (según la leyenda) por su apasionado amor por una mujer, era inmensamente rico: poseía dieciséis mil ducados, una fortuna...

—Papá dice que, cuanto más rico es uno, menos amable es... Y añade que él es muy amable —dijo Mona entre risas.

—En la vida tiene que haber excepciones, Mona, ¡de lo contrario sería un poco aburrida! Rafael era un hombre rico, pero infinitamente bueno, al parecer. Unos años después de su muerte, un autor muy importante, Giorgio Vasari, se puso a escribir sobre los maestros del Renacimiento en una obra titulada *Las vidas*. A él le debemos muchas de las historias que te he contado sobre Botticelli y Da Vinci. Y Vasari cuenta que Rafael congregaba a todo el mundo a su alrededor gracias a su encanto, su bondad y su generosidad, y que no solo los seres humanos lo querían y se sentían en paz y armonía a su lado, sino incluso los animales, ¡como en el mito de Orfeo!

—¿Orfeo? ¿Me has contado eso alguna vez?

—Déjalo, Mona, ya te hablaré de Orfeo en otra ocasión. Ahora, mira bien. Con Botticelli y Da Vinci, te mostré pinturas que se califican como «profanas», es decir, cuyos temas no se inspiran en la historia sagrada. Este caso es diferente. En el Renacimiento, la pintura era sobre todo religiosa, se destinaba a las capillas de las iglesias para difundir la fe y promover el mensaje católico. Aquí, los tres personajes son figuras sagradas. ¿Los reconoces?

—Yo diría que María y Jesús... El otro que parece un pequeño salvaje es un poco extraño.

—Parece un pequeño salvaje porque es Juan el Bautista, un profeta que anunció la venida de Cristo y que predicó en el desierto de Judea. Por eso los pintores lo representan con ropas tan sencillas. Como puedes ver, sostiene una cruz. ¿Sabes por qué?

—Será la cruz de Jesús...

—Sí, es una alusión a la cruz en la que Jesús será ejecutado. Él también está ahí, a la izquierda: es todavía un niño e intenta alcanzar el libro que sostiene su madre, la Virgen María. Se trata sin duda del Evangelio, que anuncia a los cristianos la buena nueva, la salvación del mundo por el sacrificio de Jesús, y al mismo tiempo un evento terrible, espantoso: la muerte de Jesús, en medio de una agonía atroz, ante los ojos de una María desesperada e impotente. Por eso ella va vestida de rojo, el rojo de la sangre, que se mezcla con el azul de su manto, el azul del cielo.

Mona frunció el ceño. Le costaba entender la extraña mezcla de esa promesa de violencia (¿cómo podía una madre presenciar el asesinato de su hijo?, qué horror) y la ternura de la escena. Henry advirtió su confusión y la dejó meditar un buen rato antes de reanudar el análisis del cuadro en profundidad.

—Pero entonces, Dadé, si su madre ya sabe que va a morir, ¿por qué sonríe? —preguntó la niña con cierta consternación.

—Son solo símbolos, Mona, no es la realidad. Y, si la Virgen existió de verdad, podemos estar seguros de que no sonrió al saber que su hijo, treinta años después de tan tiernos momentos, moriría clavado en una cruz. El libro anuncia su crucifixión, y el pequeño Jesús, al intentar apoderarse del objeto, anticipa simbólicamente su destino. Pero lo que Rafael nos muestra es que, ante el destino, debemos cultivar el *desapego*.

—¿El desapego? ¿Qué es eso, lo contrario a estar apegado? Entonces ¿es lo contrario del amor?

—No, Mona, no es exactamente eso. Es más bien una facultad que consiste en no ser esclavo de las propias emociones y saber mantenerlas a una distancia respetable de uno mismo. Verás, Rafael fue un príncipe entre los príncipes, pero supo mantener ese distanciamiento con respecto a su fama y seguir siendo sencillo, afable y amigable. Sus cuadros exigían mucho trabajo, y sin embargo dan la impresión de una soltura insolente. De la misma manera, ante el más temible de los destinos, la muerte de un niño en la cruz (lo que implica una gloria y un terror inseparables), prevalece lo que los italianos llamaban «la *sprezzatura*». La *sprezzatura* es el desparpajo de los cortesanos, que consiste en no mostrarse nunca afectado en sociedad, en ninguna circunstancia, sea buena o mala. Ese desapego, Mona, no significa que no se sienta nada. Pero permite conservar la imparcialidad, la templanza, la elegancia. Permite alcanzar lo que algunos llaman el «estado de gracia».

Mona seguía un poco confusa, porque la explicación le resultaba difícil en muchos puntos. Pero había captado lo esencial, y, gracias a la generosa energía de su abuelo y a su insistencia en hablarle como a una adulta, estaba segura de haber aprendido la lección. De hecho, el cuadro había empezado a gustarle. Esta vez no aferró la mano de Dadé para salir a toda prisa del museo. Siguió contemplando esa sagrada familia y en especial a esa *Bella jardinera*, como llamaban a la madre, en su florido jardín, tan maravillosamente serena y luminosa, tan atenta mientras se preparaban en la sombra oscuros cataclismos. Y, luego, Mona confesó, riéndose de su propia gracia:

—Cuesta desapegarse.

4

Tiziano

Confía en la imaginación

En cada nueva cita con el doctor Van Orst se repetía la misma escena. Mona entraba en la consulta con su madre, hablaba con el pediatra y se sometía a algunas pruebas. La consulta duraba unos veinte minutos, no más. El médico conseguía distraerla a menudo con su voz fuerte y ronca, pero Mona se daba cuenta de que sus ocurrencias solo la divertían a ella. Camille, sentada junto a la mesa del despacho, observaba a su hija con una expresión de indescriptible turbación en el rostro. Luego la niña salía y esperaba en un lúgubre pasillo mientras su madre se quedaba con el médico. La espera era dolorosa, porque el pasillo retumbaba mucho y el ruido le martilleaba la cabeza. Para sosegarse, aferraba el colgante que llevaba al cuello y se ponía a canturrear.

Aquel día, Mona percibió algo extraño en la expresión de su madre. Le sorprendió que no dijera nada, absolutamente nada. Una vez en la calle, Camille se limitó a comprarle una napolitana de chocolate, por lo demás blanda y seca, en una cafetería de la rue d'Arcole ubicada entre dos horribles tiendas de souvenirs. El móvil sonó y Camille refunfuñó al mirar la pantalla. Dudó un momento, pero finalmente cogió la llamada.

—Sí —dijo—, claro que iré. De acuerdo, de acuerdo...

Acto seguido, marcó un número.

—Hola, soy Camille. Escucha, lo siento mucho, pero mañana por la tarde no podré ayudaros... Lo siento, mi jefe me ha cambiado el turno: te lo prometo, iré sin falta el viernes por la mañana... Sé que será demasiado tarde, pero... Mira, lo siento, es todo muy complicado en este momento... Sí, un beso.

Mona miró el rostro ajado de su madre, las bolsas bajo sus ojos, las arrugas en las comisuras de los labios..., y le pareció que su pelo corto estaba más revuelto que de costumbre. Comprendió que había estado preocupada todo el día porque quería dedicar más tiempo a su trabajo de voluntariado y no podía, debido a las exigencias siempre apremiantes del hombre al que llamaba «jefe». Luego recordó que al día siguiente, mientras su madre estuviera trabajando, ella visitaría el Louvre con su abuelo.

En la explanada del Hôtel de Ville habían instalado una pista de hielo y Mona quería ver a los patinadores. Camille la condujo hasta allí mecánicamente y luego la detuvo con un gesto brusco.

—Espera, cariño.

Se agachó y, con sus manos envueltas en manoplas azules, agarró la carita de su hija y la volvió hacia ella. Mona pensó que su madre iba a besarla y sonrió. Pero su madre no la besó. Únicamente la miró a los ojos, o mejor dicho: le miró los ojos. No hubo intercambio ni empatía entre sus pupilas. De hecho, Mona no experimentó ningún contacto, porque las pupilas de Camille gravitaban imperceptiblemente alrededor de las de su hija, como si buscara algo...

La niña sintió que una oleada de miedo le recorría el estómago, pero, al notar que su madre también estaba asustada, se dijo que no ganaría nada demostrándolo y disimuló.

—¡Qué guapa eres, mi niña! —le soltó entonces Camille.

El cumplido, de lo más banal, le hizo sentirse tan bien, dadas las circunstancias, que tuvo que hacer un esfuerzo para contener su satisfacción.

A Henry siempre le había fascinado Venecia, conocía toda su historia y sus sorprendentes dédalos, y, cuando la muchedumbre aún no había devastado la ciudad de los dux, había disfrutado allí de maravillosos veranos con la mujer de su vida, y no tanto en el Rialto o la plaza de San Marcos como en el menos cotizado barrio del Arsenal, que se distinguía de los demás porque aún estaba lleno de verdaderos trabajadores autóctonos. Ante *El concierto campestre* atribuido a Tiziano, como ante cualquier otra obra maestra de un artista de la Serenísima, sintió surgir en su interior una voz inagotable, el deseo de contarlo todo sobre ese lugar extraordinario y, en especial, sobre ese momento crucial del siglo XVI, cuando su poder se tambaleaba. Porque Venecia fue uno de los puntos álgidos de Europa, de la diplomacia y del arte, antes de sumirse en la decadencia a finales del siglo XVIII y verse reducida hoy a escenificar su carnaval para los turistas vomitados por los vaporetos.

El concierto campestre *tenía en su centro a dos jóvenes personajes masculinos sentados en un suelo de hierba verde intenso e intercambiando miradas sobre sus respectivas actividades. El de la izquierda era un muchacho de cabello oscuro con boina de terciopelo, vestido con un lujoso mantelete de seda roja y mangas abullonadas y unas calzas de dos colores. Tocaba el laúd. El hombre de la derecha, con una pelambrera rizada y los pies descalzos, vestía una chaqueta de cuero marrón acorde con la indumentaria campestre. Junto a ellos, pero de espaldas y un poco más en primer plano, una mujer desnuda*

*y fresca, algo regordeta y con el pelo recogido en un moño, estaba
también sentada en la hierba y sostenía una flauta entre los dedos,
en vertical, sin llevársela a la boca. A la izquierda del lienzo, otra
mujer desnuda, bastante parecida, aunque de pie y de cara al espectador, se apoyaba en el brocal del pozo que cerraba la composición,
y vertía el agua de una jarra traslúcida. La torsión del busto y las
piernas obedecían a movimientos antagonistas. Estas cuatro figuras
ocupaban el primer plano, tras el que se revelaban otros. En un segundo plano, a la derecha del todo, un pastor conducía un rebaño
de ovejas y rodeaba un robledal. Más allá, el paisaje se elevaba hasta una colina en cuya cima se divisaban algunas casas. Aún más allá,
se adivinaba un río roto por una cascada. La naturaleza, muy montañosa, se extendía hasta fundirse con un cielo bastante nublado que
apenas clareaba la luz menguante de un atardecer estival.*

—Doce minutos sin moverte, Mona, ¡eso está mejor!

—¡Hoy eres tú el que se mueve sin parar! Me impedías con-
centrarme, ¡así que tenía que empezar de cero cada vez!

—¿Y dónde estaba ese cero del que partías, Mona?

—Pues verás, Dadé —respondió la pequeña tras vacilar un
instante—, es difícil decirlo, porque es como si estuviera perdida
en el cuadro. Están esos dos chicos vestidos en el centro y luego
las dos chicas sin nada de ropa a su alrededor y el pastor más allá...
¡Me pregunto qué hacen juntos! —Mona puso cara de pícara—.
Hay que ser una persona mayor para saberlo, ¿a que sí?

—Puedes estar tranquila, a los mayores también nos cuesta
encontrar la respuesta. Pero ¡tú has sabido plantear la pregunta
correcta! Porque... tienes razón, es una combinación extraña. ¿Qué
hacen dos hombres vestidos, uno de calle y el otro de pastor, en
compañía de dos mujeres desnudas? Eso es precisamente lo que
tenemos que averiguar...

—¿La gente de esa época lo entendía mejor que yo?

—Un poco mejor, sí, porque las alusiones, las referencias cambian con el tiempo, y algunas de ellas, obvias en un periodo determinado como el Renacimiento, ya han caído en el olvido. Dicho esto, en el arte veneciano de principios del siglo XVI, a los pintores les gustaba rodear sus obras de auténticos misterios... He aquí el primero: el cuadro no tiene firma. La costumbre de poner el nombre dentro de la obra, a menudo en una esquina, solo se generaliza realmente entre los siglos XVII y XIX. Por eso es difícil identificar al autor de nuestro cuadro.

—Ah, pero yo sé quién es —replicó triunfante Mona, examinando discretamente la cartela del Louvre—. Tiziano Vecellio... —dijo destrozando de paso la pronunciación del nombre.

—Sí, mi querida Mona, te felicitaré por saberlo cuando mejores tu acento italiano... Este Tiziano Vecellio —precisó Henry haciendo resonar cada consonante—, llamado Tiziano sin más, fue en realidad alumno de un tal Giorgione, a quien se atribuyó durante mucho tiempo *El concierto campestre*. Sencillamente porque Giorgione fue quien inventó y desarrolló el desconcertante tema que tenemos ante nuestros ojos: la mujer desnuda en plena naturaleza.

—Pero, si el cuadro era de Giorgione, ¿por qué ahora es de Tiziano?

—Es un poco como un puzle: los historiadores han encontrado elementos en obras de Tiziano que están presentes, de manera dispersa, en *El concierto campestre*. Así que hay un cúmulo de pistas, pero ninguna prueba formal. En cualquier caso, digamos que se trata de un cuadro impregnado del espíritu de Giorgione, porque, incluso si fue Tiziano quien lo pintó, lo hizo hacia 1509, cuando apenas tenía veinte años, bajo la influencia del maestro en cuyo taller se había formado; el maestro murió de peste en 1510.

—Vale, ¿y puede saberse qué hacen dos hombres vestidos con dos mujeres desnudas?

—Espera, antes quiero disipar el segundo misterio... ¿No te has preguntado qué hace un joven elegante que sabe tocar el laúd sentado codo con codo con un campesino?

—Es verdad, es un poco raro...

—En conjunto, Tiziano busca crear un efecto de armonía y continuidad. El paisaje con sus valles, su arroyo, sus casas y sus árboles, el pastor arreando a sus animales y los dos personajes centrales (uno de ciudad y otro rústico) parecen aliarse en la atmósfera del final del día, plasmada gracias a esa pintura magníficamente modulada en tonos crepusculares. Si un hombre de ciudad y un hombre de pueblo se encuentran sin oponerse es porque Tiziano intenta expresar la consonancia perfecta. El acorde de un sonido armonioso, de una hermosa melodía. Sí: ese encantador concierto al aire libre es lo que une a todas esas personas.

—Te olvidas de las dos mujeres desnudas, Dadé. Pero la que lleva la flauta participa en el concierto, ¿a que sí?

—Podría parecer que sí, en efecto. Aunque no es lo más probable. En lugar de creer que la mujer desnuda que toca la flauta y la que vierte una jarra de agua en el pozo están en compañía de los dos hombres, deberíamos suponer que son producto de su imaginación. He ahí la clave del enigma. El concierto que el elegante muchacho de la villa celebra junto al campesino convoca a las dos jóvenes y las hace aparecer en sus mentes. Es como si el joven de la capital, ese soberbio aristócrata, se hubiera refugiado en la naturaleza de ese universo pastoril para dar libre curso a su gusto por la poesía, el canto y, una vez más, la imaginación... En el Renacimiento, a esta tendencia le pusieron el bonito nombre de *phantasia*, y la *phantasia* conoció una verdadera edad de oro, un éxito sin precedentes, Mona.

—¡Oh, ya veo! Los artistas querían hablar de amor...

—No vas descaminada. Claro, en este cuadro de Tiziano las dos ninfas son bellas y sensuales; por supuesto, puedes imaginar que esta imagen mental no es ajena al deseo amoroso y que se asemeja a una *fantasía*. Pero, ¿sabes?, no creo que eso sea lo esencial. Porque estas dos mujeres, una con su flauta, la otra con su jarra, son alegorías de la creación y la ensoñación poética. El concierto en medio del campo actúa como un detonante de la imaginación, que a su vez produce motivos imaginarios. Porque la imaginación llama a la imaginación, recorre una espiral que se alimenta de su propio movimiento. Este cuadro nos habla de la maravillosa emoción de imaginar las cosas cada vez más profundamente, y nos invita a confiar en esa prodigiosa facultad que hace visible lo invisible y posible lo improbable.

Mona frunció el ceño y miró de reojo hacia la izquierda para invitar a su abuelo a girarse discretamente. Él entendió el mensaje y obedeció. No se había dado cuenta al principio, pero era evidente que una señora de edad respetable, con un chal verde y ligeramente maquillada, llevaba un rato junto a ellos y había estado escuchando la conversación... La mujer se sonrojó, carraspeó y se alejó a paso ligero.

—¡Parecía que estaba enamorada, Dadé!

—Tienes demasiada imaginación, Mona...

5

Miguel Ángel

Libérate de la materia

Diego era, no cabía duda, tonto de remate, incapaz de encauzar sus preguntas, que brotaban como demonios de una caja y desencadenaban la hilaridad de la clase por su incongruencia. Esta vez escuchó con mucha atención a la profesora, la señora Hadji, que lo reprendió por no haber hecho la fila bajo el tejadillo al sonar el timbre de las diez y media.

—Se te ha terminado el juego, Diego —le dijo autoritariamente.

Y Diego, ante semejante reproche serio y de circunstancias, contestó:

—Y a usted —replicó—, ¿cuándo se le terminó el juego?

No lo dijo con maldad, por supuesto, sino con sincera curiosidad, pero de una manera tan torpe que la señora Hadji perdió la compostura y lo mandó al despacho del director, hacia donde se dirigió todo lloroso, convencido de que no merecía ningún castigo.

Durante la larga pausa del almuerzo, Jade y Lili propusieron a Mona jugar a lo que ellas llamaban «la jarana», un juego que consistía en interpretar lo que imaginaban que era el mundo de la música. Normalmente, una de las niñas se hacía pasar por productora. Con unos cuantos accesorios improvisados, vestía a una de sus amigas con un atuendo excéntrico y la hacía actuar frenéticamente como guitarrista o cantante. La tercera imitaba a la espectadora fanática o a la crítica cruel.

—Venga, vamos a jugar a la jarana —dijo Jade.

Pero Mona permaneció en silencio. No le apetecía. No estaba de humor. Algo inhibía su habitual entusiasmo. Ese algo era el recuerdo de la pregunta de Diego de esa misma mañana. Se dio cuenta de que su compañero no la había hecho por impertinencia. Diego se había planteado de la forma más sincera posible cuándo dejaba una persona de jugar. Y Mona también se lo planteaba: ¿en qué momento, a qué edad, se acaba ese gusto por las historias que uno se inventa y representa con despreocupada espontaneidad? ¿A partir de qué instante se bloquea la facilidad con la que entras en otro mundo, transformando todo lo que te rodea en un castillo, una llanura del salvaje Oeste o una nave espacial? Diego y, en su estela, Mona veían venir esa curiosa perspectiva, como si presintieran que un día, quizá muy pronto, ellos también abandonarían inevitablemente los territorios fluidos en los que jugar era más una cuestión de disposición natural que de decisión consciente. Pero ¿cuándo? ¿Cuándo exactamente se consumaba esa ruptura?

Y, mientras sus pensamientos se arremolinaban, el cuerpo de Mona permanecía inmóvil en medio del patio de recreo, donde los niños se agitaban como átomos. Entonces, de la nada, una gran pelota de goma, empapada de agua sucia de los charcos, salió disparada y la golpeó con fuerza en la sien, derribándola. Cayó de lado y, tendida en el suelo, sintió que se le llenaban los ojos de lágrimas. Las contuvo con una voluntad feroz. No quería parecer una cría. Pero se sintió muy ofendida al ver que el famoso Guillaume, el guaperas repetidor al que odiaba, se precipitaba hacia el balón y seguía con su partido como si nada, indiferente a lo que pudiera haberle ocurrido. Ni una palabra, ni un gesto, ni una mirada. Menos mal que Lili y Jade acudieron corriendo a apoyar a su amiga, y reiteraron su propuesta:

—Venga, vamos a jugar a la jarana.

Esta vez, Mona aceptó. Hizo un llamamiento instintivo a la imaginación de la que aún era capaz y encarnó a una estrella desenfrenada del pop, mientras Jade hacía de manager loca y Lili gritaba como una multitud de cien mil personas. Un rayo de sol bailaba sobre sus rostros.

En la siguiente visita al Louvre, Henry condujo a Mona a una sala que impactaba por una especie de frialdad magistral y que carecía de la seducción inmediata de la pintura. Había poca gente en esa galería del ala Denon que a Henry siempre le había parecido que adolecía de dos defectos: el de parecer un pasillo, una zona de tránsito hacia otro sitio, y el de ser espectral, casi mortífera. Pero quizá era lo propio, dado el tipo de obras que albergaba: esculturas, y en concreto esculturas del Renacimiento con su despliegue de sombras negras (los bronces) o blancas (los mármoles).

Mona caminaba en silencio junto a Henry hacia una obra de piedra que representaba una silueta en plena convulsión. A cada paso, el espacio resonaba ruidosamente y a la chiquilla le zumbaban los oídos, torturados por los gritos de un niño encaramado a los hombros de un hombre corpulento —seguramente su padre— chorreante de sudor. Mona pensó que también a ella, en un pasado no tan lejano, le gustaba subir a hombros de los adultos. Así que le pidió a su abuelo, inmenso y todavía fuerte, que la llevara a caballito. Era un ejercicio peligroso, pero

Henry no se lo pensó: dobló su cuerpo huesudo y, con una fuerza abdominal prodigiosa, izó a Mona hacia el techo, de modo que la pequeña se encontró a dos metros y medio del suelo, enfrente de un rostro de mármol que los visitantes solo podían ver desde abajo.

El rostro tenía los ojos cerrados, la boca —levemente carnosa— también, y una regularidad de rasgos absolutamente perfecta, con una nariz afilada y recta que dividía en dos una cabeza coronada por una masa de cabellos rizados que se inclinaba sobre el hombro derecho, sin tocarlo. De ese hombro partía un brazo flexible y musculoso, doblado hacia dentro por el codo, que terminaba en una mano maciza que rozaba el torso, o, más exactamente, en una mano que con la palma cubría el emplazamiento del corazón y buscaba, con la punta de los dedos, la línea media que separa el cuerpo en dos hemisferios, es decir, el esternón. Llevaba una fina prenda remangada por encima del pecho. Por lo demás, el muchacho estaba desnudo, y su pubis lampiño era claramente visible en el ángulo de las dos piernas, una de las cuales, la izquierda, descansaba sobre un bloque de mármol voluminoso y se doblaba ligeramente hacia la derecha, creando así un movimiento de la pelvis, un contoneo extremadamente límpido, infinitamente tenue. Para reforzar esa impresión, la figura levantaba el brazo izquierdo por encima de la cabeza como para apoyarlo en la nuca. En conjunto, reflejaba la relajación extática de un individuo tumbado, pero representado en posición vertical. A los pies del modelo había un volumen informe de piedra, que subía como una ola hasta la parte posterior de los muslos. En la parte superior de este material, muy poco trabajado, asomaba, apenas esbozada, una misteriosa cabeza de mono.

No fue Mona la primera en cansarse de examinar la obra sin decir palabra, sino su abuelo, aplastado por el peso de su nieta sobre sus hombros. La dejó en el suelo. El punto de vista de Mona era ahora mucho más bajo; apartó los ojos del sexo de la estatua (que la incomodaba un poco por ser prominente) y se quedó mirando el rostro de mármol echado hacia atrás. De repente tuvo la sensación de que estaba muy lejos, como entronizado en las alturas.

—¿Está contento o triste, Dadé?

—¿Tú qué crees?

—Las dos cosas... Al verlo de cerca, subida encima de ti, habría dicho que estaba contento, pero ahora creo que tal vez siente algún dolor... Yo, por ejemplo, cuando me duele algo, me retuerzo... ¡Un poco como él!

—Lo cierto es que no se sabe mucho de esta estatua. Está llena de ambivalencia. Lo único que sabemos con seguridad es quién fue su autor: Miguel Ángel Buonarroti, quizá el artista más grande de todos los tiempos, un hombre excepcional y extraño cuyo talento y temperamento hosco provocaron enseguida los celos de sus contemporáneos, ya desde su formación en Florencia. Se cuenta, por ejemplo, que uno de sus condiscípulos, irritado por su mezcla de virtuosismo artístico y su falta de delicadeza, le propinó un puñetazo en la nariz. Y Miguel Ángel quedó desfigurado para el resto de su larga vida. Además de ser una persona odiosa, era bastante repulsivo...

—¿Repulsivo? Pues tú también tienes una enorme cicatriz ¡y yo le daría un puñetazo al primero que te dijera que eres repulsivo! —protestó Mona antes de añadir con maliciosa ironía—: Eres la belleza personificada, Dadé.

—Tienes buen gusto... El padre de Miguel Ángel consideraba deshonroso el oficio de escultor, porque en aquella época se tenía por una profesión manual humilde y se la comparaba con el oficio de cantero. Pero Miguel Ángel estaba absolutamente convencido de su vocación. También era un hombre de letras, poeta y adepto a una doctrina de la Antigüedad conocida como «neoplatonismo», que toma su nombre del gran filósofo griego Platón y concibe el mundo terrenal y el cuerpo humano como una prisión que hay que dejar atrás para elevarse más allá, hacia el reino del espíritu, las ideas y la imaginación. Un príncipe de Florencia famoso por su gusto refinado en las artes, llamado Lorenzo de Médici y apodado el Magnífico, fue también neoplatónico y un gran admirador de Miguel Ángel, a quien confió importantes encargos.

—¿Es una estatua de ese príncipe lo que me has traído a ver?

—No, no es Lorenzo de Médici el que tienes delante... En realidad, a principios del siglo XVI, ante la belleza y la pujanza de la villa de Florencia, otra ciudad, cuna de Italia y de la Europa cristiana, se puso celosa de sus esplendores y quiso rivalizar con ella.

—Ya sé qué ciudad es: Roma. Papá siempre hace el mismo chiste. En vez de decir: «Todos los caminos llevan a Roma», dice: «Todos los caminos llevan al ron»... Y yo me echo a reír, pero solo por darle gusto...

—Vamos a olvidarnos de tu padre y sus chistes por el momento. Has de saber que en Roma había un papa muy rico que admiraba muchísimo el talento de Miguel Ángel. Se llamaba Julio II y gastaba enormes cantidades de dinero en embellecer la ciudad.

—¡Ah, sí! —exclamó Mona—. ¡Es el mismo que contrató a Rafael!

—¡Qué buena memoria! Pues también contrató a Miguel Ángel, que se hizo rico pero llevó una vida modesta, al borde de la indigencia y radicalmente solitaria. Se dice que amontonaba las monedas de oro bajo su cama, sin gastarlas. Más tarde, Julio le pidió que diseñara su tumba... Y precisamente para ese encargo se hizo esta estatua, junto con esa otra que ves a su lado. —Le señaló entonces *El esclavo rebelde*, la pareja de *El esclavo moribundo* en la galería del Louvre—. Ambas estaban destinadas a adornar la monumental sepultura del papa.

—¿Te refieres al sitio donde está enterrado Julio? Es triste tener que imaginar la propia muerte...

—Sí, Mona, pero para Julio, que era papa y creía en la vida eterna y en la resurrección, el proyecto no sería tanto un motivo de desconsuelo como una mezcla sutil y paradójica de dicha y desdicha, de gloria eterna y duelo infinito. Y eso Miguel Ángel lo comprendía perfectamente... Como era también un magnífico poeta, escribió una vez el siguiente verso: «Mi alegría es melancolía».

—¡Debía de ser difícil trabajar con Miguel Ángel!

—Y por eso, incluso en tareas colosales como el fresco de la Capilla Sixtina, siempre estaba solo, huraño, incapaz de hacer amigos o de compartir sus asombrosos proyectos con compañeros o ayudantes. Sin embargo, se entendía bien con el papa Julio II, que tenía un carácter similar: ambos eran irascibles, desprovistos del más mínimo espíritu de compromiso, indiferentes a la opinión de los demás con tal de estar a la altura de lo que se habían propuesto ellos mismos. Nadie en la historia de la humanidad tuvo un apetito tan voraz por la belleza como Miguel Ángel. Pero no una belleza dulce y grácil como la de Rafael: tenía que ser una belleza atormentada y en tensión entre energías opuestas. Y por eso se habla de la *terribilità* de Miguel Ángel.

Mona apretó el puño a su abuelo, cuya voz sonaba también terrible al ser tan profunda. Con la mano libre, el anciano describió una espiral en el aire, una especie de pirueta de baile que imitaba la ondulación del cuerpo esculpido, como una llama.

—Ese cuerpo, Mona, es el cuerpo afortunado de un muchacho perfecto, grácil y musculoso, en toda su plenitud, atravesado por una sacudida de placer, y al mismo tiempo un cuerpo atormentado por el sufrimiento. La obra se titula *El esclavo moribundo*, y la extraordinaria ambigüedad de su expresión está concebida precisamente para transmitir una idea desconcertante. Más desconcertante aún si se tiene en cuenta que procede de un artista cuyas manos están acostumbradas a tallar la piedra o batallar con pinceles y colores. La idea es la siguiente: debemos liberarnos de la materia, del mundo concreto y palpable. Este cuerpo vibrante, Mona, pasa de los extravíos de la vida a las esferas ideales del más allá, del mismo modo que pasa de la condición de esclavo a la de hombre libre, y de la masa informe del mármol al esplendor de una escultura. Y estos tres pasos, todos ellos emancipaciones de la materia bruta, pesada y alienante del mundo, tienen lugar a la vez, en un movimiento terrible y sublime de alegría y desgarro entrelazados. Es una liberación.

Henry guardó silencio y dio varias vueltas con su nieta alrededor de la estatua. Hasta el momento en que, fijándose en el costado izquierdo, ella se atrevió a hacer una última pregunta.

—¿Y por qué hay ahí una cabeza de mono?

—Me alegra que te llame la atención... Sin duda porque el mono es una parodia del hombre y del artista. Recuerda que el artista imita todo lo que ve, reproduce todo aquello con lo que tropieza. Mira: aquí está atrapado en una masa de materia confusa e inacabada. Simboliza ese nivel material del mundo, inferior, sobre el que es preciso elevarse. ¿Sabes, Mona? Miguel Ángel afirmaba que la figura ya existía en el bloque de mármol y que lo único que hacía falta era revelarla, hacerla emerger de su coraza. En la confusión de la materia anidan ya el espíritu y el ideal. La obra en toda su pureza.

Tras oír sus palabras, Mona apartó los ojos de *El esclavo moribundo* y se alejó en compañía de su abuelo, pero justo antes de abandonar la galería se detuvo en seco, se volvió hacia la escultura y, a modo de saludo, dobló las rodillas, soltó tres chillidos y se rascó las axilas igual que un chimpancé. Henry pensó en secundar a Mona en su fiera imitación, pero se autocensuró bruscamente al ver a un empleado de la sala gruñéndoles a la manera de un oso con malas pulgas.

6

Frans Hals

Respeta a la gente humilde

La fuerza de voluntad ya no bastaba. Paul bebía demasiado. Con la boca pastosa y los hombros caídos, aburría a Camille con lo que él insistía en llamar «sus problemas materiales», que no podía afrontar, pero que en absoluto alteraban su implicación afectiva con su familia, intacta, inmensa. Camille lo escuchaba siempre, inquieta y valerosa. Pero esa noche, en la mesa, delante de su hija y de las copas que se vaciaban una tras otra, le dijo, en tono rotundo, que a lo mejor esos famosos problemas materiales no eran, en el fondo, más que una excusa para refugiarse en el vino.

—Porque sabes perfectamente que el problema material, como tú lo llamas, es esa basura.

Paul, ofendido al ver que su vicio surgía de repente ante los ojos de Mona, pensó en huir, en romper algo con rabia, cualquier cosa con tal de hacer ruido. Pero no encontró el valor. También para eso le faltaba la voluntad. Camille se reprochó en el acto haber montado un escándalo delante de su hija, y también, sin duda, haber sido injusta... Pero ya era tarde.

Mona, al principio cohibida, apabullada por esa violencia fría, tuvo enseguida una reacción desconcertante: se estiró con un pequeño suspiro de alivio, como si intentara relajar sus miembros y darles más amplitud, hacerlos elásticos para agrandarlos, liberarse todo lo posible de su envoltura infantil para participar en ese mundo de adultos al que acababan de empujarla a su pesar. Y, relajándose, se liberó de la pesadez que la rodeaba. Luego, con una voz firme y pausada que sonó un poco cómica, imitó, con torpeza pero con valentía, una reflexión propia de persona mayor.

—¿Sabes, mamá? Puede que un día papá convierta sus problemas en una gran historia. —Paul se estremeció al oír esto, pero evitó interrumpir a su hija—. En los libros y en las películas siempre hay tristeza y desdicha, pero si se cuenta bien se convierte en algo bonito...

Paul y Camille permanecieron atónitos durante unos diez segundos mientras Mona, sin decir una palabra más, evitando incluso acabar de contar sus peripecias en el colegio, se sumía en el silencio sereno de la misión cumplida. Acabó de cenar deprisa y, tras engullir un postre de moka, se fue a su habitación.

—Paul, ¿me estás escuchando?

—Sí.

—Ese psiquiatra le está sentando muy bien a Mona, ¿verdad?

—Sí... Muy bien. Por cierto, mañana le toca otra vez.

El semáforo cambió de verde a rojo. Mona soltó la mano de su abuelo y cruzó la calle de un salto, pero una vez en la acera dio media vuelta y rehízo sus pasos para buscar al anciano, que caminaba despacio, y darle de nuevo la mano. Un verdadero bumerán...

—¿Sabes, Mona? ¡No me gusta que salgas volando así!

—¡Oh, Dadé! ¡Tengo mucho cuidado! Y siempre me vuelvo para ver si sigues ahí.

—Ándate con ojo, o un día de estos me vas a convertir en fantasma.

El comentario —objetivamente aterrador— dejó estupefacta a Mona. ¿Un fantasma? ¿Y eso por qué? Pero Henry se refería obviamente al mito de Orfeo, que había prometido contarle mientras se encontraban delante del cuadro de Rafael, tres semanas antes.

—Orfeo era poeta y tocaba la lira maravillosamente. Su canto era tan dulce que incluso hechizaba a los animales.

—¿Cómo es posible?

—¡Su voz atraía a leones y caballos, pájaros y reptiles, roedores y elefantes! Era irresistible. Un día, Orfeo se enamoró de una ninfa llamada Eurídice y se casó con ella. Desgraciadamente, una serpiente la mordió y murió. El poeta, devastado por el dolor, descendió al reino de los muertos para intentar recuperarla. Gracias a la pureza de su canto, convenció a Hades, el dios del inframundo, para que le concediera el derecho de traerla de vuelta a la superficie de la tierra. Sin embargo, Hades puso una condición: Orfeo no debía volverse nunca a mirar a su amada, fueran cuales fuesen las circunstancias, hasta que regresara entre los vivos. Pues bien, a los pocos metros de su viaje hacia la luz, Orfeo dejó de oír los pasos de Eurídice y se inquietó. Entonces miró hacia atrás, impaciente y preocupado. En ese momento ella se convirtió en un vapor inconsistente y desapareció en la sombra para siempre...

—Pero, Dadé, ¡eso es tristísimo!

Durante todo el camino hacia el Louvre, Mona se aferró a Henry como un animalillo asustado. Dificultaba la marcha de su abuelo agarrándose a su ropa por todos los pliegues posibles y se embriagaba con el aroma de su colonia. Por encima de todo, se decía a sí misma que siempre debía mirar «al frente, al frente, al frente». De hecho, eso la ayudó a concentrar su atención a la hora de descubrir el cuadro del día, entre las colecciones holandesas del siglo XVII.

Era un retrato de formato modesto, casi cuadrado —apenas más alto que ancho—, donde se recortaba la silueta generosa, sin ser exageradamente gruesa, de una mujer morena girada tres cuartos hacia la derecha del marco. Con la boca entreabierta, sonreía mostrando los dientes, y tenía los ojos medio cerrados bajo unos párpados lastrados por la embriaguez y la alegría. La orientación de las pupilas sugería que la divertía algo situado fuera de campo. El rostro, ligeramente regordete, estaba marcado por unos mofletes sonrosados. Por su parte, la piel, blanca y densa, espesada por el relieve de la pincelada del pintor, contrastaba con una mata de cabello que, aunque ceñido por una cinta, le caía desordenadamente hasta la espalda: un desaliño que acentuaba el natural popular y campesino de la modelo. También asomaba el pecho, comprimido e inflado. En el escote, la curva de los senos, muy pegados el uno al otro, se hinchaba bajo una camisola blanca, cubierta a su vez por un corpiño de color rojo coralino. Al fondo, el decorado, todo en tonos marrones y grises, era particularmente indistinto, pudiendo sugerir tanto asperezas rocosas como un pesado cielo nórdico, y, por la ausencia misma de elementos específicos, concentraba aún más la atención en esa joven libre, feliz e indolente.

Mona la observó largo rato, casi veinte minutos, luego examinó la cartela y frunció el ceño.

—¿Qué es una cíngara?

—Para serte sincero, Mona, en la época en que se hizo este cuadro, hacia 1626, no se sabía exactamente... Los cíngaros o gitanos (este cuadro también es conocido como *La gitana*) eran un pueblo misterioso, considerado exótico, con costumbres y prácticas marginales. Eran nómadas, es decir, nunca se quedaban en un lugar durante mucho tiempo, y, sin un hogar fijo, vivían sin pensar en el tiempo, recorriendo los caminos sin integrarse en los oficios tradicionales. Evidentemente, daban un poco de miedo, pero por otro lado encarnaban una forma de libertad que tenía un aura fascinante. Mostraban un gran talento musical y se les atribuían poderes mágicos: eran capaces de adivinar el futuro leyendo las cartas, las bolas de cristal o las líneas de la mano.

—¿El futuro? Dadé, y a mí ¿qué me pasará?

Y Mona extendió la palma de la mano. Cómo le dolió a Henry esa pregunta, pronunciada con patética languidez... Detrás de ella podía oír la angustia de la ceguera, de la sombra eterna, podía oír a su nieta perdida en una noche sin luna ni estrellas. ¿Era posible? ¿Era realmente posible? Mona examinaba su propia palma, buscando una señal, un mensaje, un pequeño faro luminoso en los surcos de su piel rosada. Dobló los dedos y cerró el puño con fuerza. Era desgarrador. Henry sintió cómo se desplomaba su corazón y se encogía en lo más hondo del estómago. Pero enseguida recordó, haciendo acopio de la más férrea voluntad de que era capaz en ese momento, la imperiosa necesidad de su proyecto en caso de que las tinieblas llegaran a cubrir un día la vista de su nieta.

—Lo que me gustaría saber, Mona, es qué piensas de esta gitana...

—Bueno, es difícil de decir, Dadé. Normalmente me traes al Louvre para ver a gente más o menos guapa, ¿cierto? En fin, eso me había parecido. Las diosas de Botticelli, la Gioconda de Leonardo, el esclavo de Miguel Ángel eran... ¡guau! Ahora, sin querer ofenderte, digamos que esta mujer es un poco menos guapa... —Hizo una larga pausa—. Aunque al mismo tiempo...

—¿Qué?

—Al mismo tiempo, si el artista la pintó es porque debía de encontrarla guapa, ¿qué opinas?

—Desde luego. No sé si él habría utilizado esa palabra, pero en cualquier caso vio algo en ella, tienes razón. Algo digno de un retrato. Tienes que saber, Mona, que desde el comienzo del Renacimiento, en el siglo XV, la gente empezó a encargar su retrato. Pagaban a los artistas, y a veces mucho dinero, para que pintaran sus rostros, y por supuesto deseaban que resaltaran sus cualidades físicas y no los defectos, por lo que el pintor hacía brillar a la persona presentándola bajo una luz ventajosa, con ropa elegante y una actitud digna. En general, se trataba de clientes ricos, bien situados en la sociedad. Su retrato consolidaba su imagen, su estatus y su poder. Por eso hay tantas efigies de príncipes y reyes en las salas del Louvre...

—Sí, pero también hay cuadros de gente normal. Recuerdo el cuadro de Tiziano: ¡había un campesino en el concierto junto al hombre bien vestido!

—Muy cierto, pero ese cuadro no es precisamente un retrato. Piénsalo bien: Tiziano no estaba aislando a ese chico. *El concierto campestre* es, según la terminología artística, una «pintura de género», es decir, una escena popular, de la vida cotidiana, donde tiene lugar una acción. En un retrato, en realidad, no hay acción; todo está congelado, como en la eternidad.

—Sí, aunque a mí, bueno, me da la impresión de que la gitana se mueve, incluso parece que se da la vuelta... Como tu Orfeo. —Al acordarse, hizo una mueca.

—Buena objeción, Mona: se vuelve hacia algo o alguien que está fuera del cuadro. No sabemos lo que es, pero sí, es evidente que algo atrae su atención. Y la hace sonreír. Así que tienes razón, ha sido sorprendida en medio de una acción...

—¿Qué acción?

—Es imposible decirlo. Pero el artista, Frans Hals, es holandés, y en Holanda, en la primera mitad del siglo XVII, se pintan muchísimos momentos alegres y populares en los que se divierte la gente sencilla: bailes, comidas, fiestas en la calle o en posadas. Escenas costumbristas, episodios anecdóticos del día a día en los que crepita un franco y cálido goce.

—¡Como una fiesta de cumpleaños con Jade y Lili!

—Sustituye el zumo de frutas y los refrescos por vino y cerveza y ya está, Mona... Y ahora fíjate bien en lo que hace Frans Hals. Al aislar a la cíngara del resto de la escena, le regala un cuadro para ella sola: este lienzo está, pues, en la frontera entre la pintura de género y el retrato. O, dicho de otro modo, la escena de género se desliza, por un simple proceso de encuadre, hacia el retrato. Y ahí reside la clave de esta pintura: esa joven desaliñada de pómulos sonrojados, un poco borracha tal vez y que pertenece a un grupo social marginado (los gitanos), recibe los honores tradicionalmente reservados a los nobles y ricos. Seguramente nunca sabremos quién es: seguirá siendo para siempre una gitana más, pero Frans Hals busca despertar la estima por ella y por los suyos.

—¿Frans Hals era gitano?

—No. Y pintaba retratos de todo tipo de gente. Era especialmente apreciado por la forma en que empastaba sus pinceladas, haciéndolas visibles, casi palpables, de modo que su pintura no da la impresión de una textura continua, sino más bien de una superposición dinámica, ligeramente espasmódica, de franjas de color. Esta técnica puede parecer brusca, casi chocante, pero es sobre todo más enérgica. Así los rostros ganan en vitalidad.

—Es como si realmente estuvieran ahí. ¡Podríamos hasta tocarlos!

—Exacto. Por eso Hals estaba tan solicitado en Haarlem, la ciudad holandesa donde vivía: los principales gremios mercantiles, los nobles ricos y los dignatarios querían su efigie firmada por él, y a cambio de grandes sumas pasaban a formar parte de su clientela. Pero eso no es todo: aparte de los encargos, simplemente por amor a la gente y para expresar su consideración por el pueblo llano, Hals retrataba de buen grado a individuos corrientes, para dar a conocer su carácter; pintaba «jetas», como se decía entonces, en las que la expresión podía virar hacia la trivialidad o el exceso. En tales casos exaltaba las emociones fuertes que encarnaban los seres humanos, las grandes ausentes de los retratos oficiales de modelos supuestamente importantes.

—Vale... ¿Y cuál es la lección de hoy, Dadé?

—Muy fácil. Frans Hals nos dice que esta gitana, con todas sus imperfecciones, con todos sus defectos, con su vulgaridad y la mala fama que se atribuye a su pueblo, merece tanta deferencia como los nobles, los notables. Por eso la llevó al lienzo, y no necesitaba ser gitano para hacerlo. Simplemente artista... Lo que nos está susurrando es que tenemos que respetar a la gente humilde.

—Entendido, Dadé.

Justo detrás de Henry Vuillemin, una joven visitante, salpicada de pecas y con unas gruesas gafas redondas y rojas, había estado escuchándolo todo sin pestañear. A su lado había un chico con un mechón de pelo tan largo y ondulado que parecía materializar el viento en su cara. Se le veía atónito por el intercambio que acababa de presenciar, entre incrédulo y admirativo.

—Perdone, señor —se atrevió a preguntar—, ¿es su nieta? Es usted su abuelo, ¿verdad?

—Sí, así es, jovencito. Y le devuelvo la indiscreción: ¿ella es su novia?

—No sabemos —respondieron ambos, tímidamente y al unísono.

—Pues tómense su tiempo para pensarlo. ¡Que tengan un buen día!

Al salir del Louvre, Henry se quedó pensativo. Se preguntaba qué podía haber motivado la curiosidad del muchacho. Era probable que le hubiese sorprendido que el viejo erudito se dirigiera a la niña con palabras tan complicadas y profundas. Convencido de ello, Henry repasó su conversación con Mona. ¿De qué le había hablado ese día? Entre otras cosas, de la historia del retrato desde el Renacimiento, de la sociología de la Holanda del siglo XVII y de las técnicas pictóricas del empaste. Puede que la chiquilla no hubiera entendido todo —y era normal—, pero sí había intentado absorberlo todo, no perderse nada, y, objetivamente, semejante apetito ya era prodigioso de por sí. Sin embargo, desde el punto de vista de Henry, lo extraordinario no era eso. Lo extraordinario radicaba, tanto o más, en el lenguaje de la niña, en su «musiquilla», que, no le cabía duda, hacía resonar algo absolutamente singular. Pero ¿qué era? Seguía sin saberlo. A falta de poder precisarlo, se contentaba con intuirlo. Llevaba mucho tiempo buscando la respuesta, sin éxito. Y ese miércoles, gracias a aquel muchacho, se preguntó si alguien que escuchara con atención a Mona —cada una de sus palabras, cada una de sus frases— sería capaz de resolver el misterio en su lugar... Tal vez. O tal vez no. Y, por otra parte, ¿existía realmente ese enigma o era mera especulación por su parte?

En cuanto a Mona, más o menos conscientemente, iba concentrada en mantener el rumbo de sus pasos. Todavía pensaba en Orfeo, Eurídice y el inframundo. «Pero ¡qué idiota! ¡Hace falta ser idiota!», rumiaba para sus adentros imaginándose el momento en que el poeta volvía la cabeza.

—Dadé, por favor, dime, ¿por qué se da la vuelta Orfeo? Es que... ¡menuda estupidez!

—Lo entenderás algún día, Mona, el día en que te enamores.

7

Rembrandt

Conócete a ti mismo

Camille estaba decidida: esta vez lo haría, le preguntaría por fin al doctor Van Orst, después de la revisión, si sí o si no, si Mona podía quedarse ciega de nuevo o, lo que era peor, perder definitivamente la vista. Había transcurrido mes y medio y no pasaba un segundo sin que se lo planteara. Era incapaz de concentrarse en una tarea sin que la perspectiva la acechara una y otra vez. Se había jurado a sí misma que no buscaría nada en internet, y la fuerza de voluntad necesaria para resistirse a esa tentación había terminado por agotarla. Mientras caminaba a paso ligero por los pasillos de la estación de metro de Châtelet, con su hija al lado, y se repetía mentalmente sus temores («¿Corre Mona el riesgo de perder la vista algún día?, ¿cuáles son las probabilidades?»), Camille se dijo que, al menos, la opinión del médico la ayudaría a canalizar esa desgarradora obsesión.

Luego, en uno de los innumerables pasillos grises de la estación que recorrían a paso ligero, Mona agarró bruscamente a su madre para detenerla. Sin embargo, Camille, sumida en sus pensamientos y ajena al guirigay, siguió adelante hasta que, en la siguiente zancada, sintió que su pie tropezaba con un obstáculo. Se lo llevó por delante. Era la pierna de un vagabundo tirado en el suelo y Camille, desesperada, berreó:

—¡Tenga más cuidado, maldita sea!

Desconcertado, el hombre tardó en reaccionar. Su única respuesta, en un tono incómodo a fuerza de cortés, fue:

—Soy invidente, señora.

Entonces Camille, en una fracción de segundo, vio el trozo de cartón ajado y la palabra «ciego» escrita en mayúsculas en medio de unas cuantas frases garabateadas que apelaban a la generosidad; vio las gafas negras que habían caído al suelo a consecuencia del impacto; vio los pantalones azules de Mona justo al lado. Acababa de arrollar a un vagabundo ciego en un pasillo del metro, justo cuando llevaba a su hija al hospital temiendo por sus ojos. Un escalofrío gigantesco le recorrió el cuerpo. Sin mediar palabra, casi presa del pánico, se incorporó y salió a la calle con Mona. Después, tras fingir que miraba el móvil, con la excusa de un imprevisto laboral, anunció a su hija:

—Hoy no vamos al médico, cariño. Tengo que volver a casa.

Una historia persa de la Edad Media cuenta que una mañana, en un mercado de Bagdad, un visir se asustó al ver a la Muerte, vestida de oscuro y descarnada, porque hizo un gesto hacia él, a pesar de que era joven y estaba sano. El visir fue a visitar a su califa y le anunció su intención de partir inmediatamente hacia la ciudad de Samarcanda, a fin de escapar a esa intimidación fatal. El califa accedió y el hombre partió al galope. Consternado, el califa convocó a la Muerte y le preguntó por qué había amenazado a un valeroso visir lleno de fuerza y vitalidad. La Muerte replicó: «No lo amenazaba, simplemente he hecho un gesto de asombro al encontrármelo esta mañana temprano en el mercado de Bagdad. Me ha sorprendido, porque tenemos cita esta misma noche, en Samarcanda».

Camille recordó esa leyenda, que siempre la había aterrorizado. Tuvo la sensación de intentar escapar en vano al destino o, más exactamente, de querer evitárselo torpemente a su hija: anular esa cita con el médico para huir de un diagnóstico era absurdo y no protegería a nadie de la desgracia. No obstante, llamó a la consulta del doctor Van Orst y, con tono ceremonioso, anuló la cita y pidió otra para más adelante, mucho más adelante. Cuando colgó, vio a Mona taciturna.

—¿Qué te pasa? —le preguntó a la niña.

—Nada...

—Te conozco, Mona, estás disgustada. Pero no te preocupes, volveremos al médico. Ya verás, todo irá bien.

—Mamá... Es por la forma en que has hablado a ese pobre hombre en el metro...

Mona tenía razón. Confundida, Camille dio media vuelta y fue a disculparse y preguntar al pobre hombre cómo se encontraba. Había desaparecido.

A los niños se les enseña que está mal mentir. Y Mona sabía que mentía a sus padres cuando fingía que iba al psiquiatra infantil cada semana y en su lugar deambulaba por el museo con Dadé. Así que habló con su abuelo de ello, aludiendo a Pinocho... ¿Estaba ella misma cambiando un poco cada miércoles, a medida que iba engañando a su madre y a su padre? ¿Se le veía en la cara a la gente la mentira? Henry le frotó la nariz: al menos en ese aspecto, nada había cambiado, la tranquilizó. Y se rio con ganas. Pero no quería comprometerse con una simple apología de la mistificación, por irreprochable que fuera su propósito. El asunto era moralmente demasiado grave para tratarlo con precipitación. ¿Cómo hacer entender a una niña educada en la sinceridad lo que era el punto medio, la fina línea que separa la verdad y la mentira? ¿Cómo diluir las concepciones binarias del bien y del mal sin afligirla, desorientarla o decepcionarla? Era una tarea insuperable, y Henry sabía muy bien que solo la experiencia de la vida era capaz de tal moderación; la verticalidad de su discurso sería contraproducente con Mona. Y, mientras reflexionaba de camino al Louvre, se dijo que sin duda había llegado la hora de visitar la segunda planta del ala Denon. El momento adecuado para evocar la noción de claroscuro...

En un lienzo de un metro de altura, se veía el torso de tres cuartos de un hombre de mediana edad, con un gorro de pintor de color blanco e iluminado por una luz que procedía del ángulo superior izquierdo de la composición. A ambos lados de una nariz empastada, los ojos, vagos y melancólicos, estaban fijos en el espectador, mientras que la piel curtida, flácida a la altura de las mejillas enrojecidas, estallaba en medio del vaporoso resplandor. Tenía una arruga trágica en la frente y un pliegue más tierno y casi irónico en la comisura de los labios. Una ligera barba desaliñada y los rizos del pelo daban una nota canosa a esa cabeza, bajo la cual todo era mucho más oscuro. El abrigo del modelo, sin fundirse por completo con el fondo, se distinguía a duras penas, a punto de perderse en él. La claridad reaparecía más abajo, alrededor de la cintura del personaje, para revelar una mano que sujetaba el tiento —una vara de madera en la que el artista se apoya a la hora de ejecutar los detalles— y los útiles de pintura en la otra mano: un paño, pinceles y una paleta sobre la que destacaban tonos bronce y bermellón, y una mancha blanca en cuyo centro se adivinaba una pizca de negro. Finalmente, a la derecha, asomaba el borde de una tabla de madera. Era la parte posterior del cuadro en el que trabajaba el personaje.

—Otro retrato —dijo Mona al cabo de once minutos—, como el de la gitana, y aquí también se ven claramente las marcas de la pintura: quiero decir, las pinceladas bien espesas. La gitana era muy alegre; él, en cambio, está triste. Pero hay algo parecido en ambos...

—¡Hala, Mona!, ¡estoy impresionado! Solo hemos visto siete obras y ya empiezas a cogerle el tranquillo. No se te escapa nada. *La gitana* era de Frans Hals, y este cuadro es un retrato que Rembrandt se realiza a sí mismo: un autorretrato, por tanto, un género bastante nuevo en la época, que nació hacia 1500. Raros eran los autorretratos en los que el artista se atrevía, además, a mostrarse en su taller, herramientas en mano. Es el caso de este cuadro, que Rembrandt pintó a la edad de cincuenta y cuatro años. Nació dos décadas después que Frans Hals, concretamente en 1606, pero los dos hombres se conocían y pertenecen, como has podido apreciar, a la misma escuela: la de los holandeses del siglo XVII. Frans Hals hizo toda su carrera en Haarlem, mientras que Rembrandt, originario de la ciudad universitaria de Leiden, pronto se trasladó a Ámsterdam, un puerto tumultuoso y próspero que recibía mercancías de todo el mundo, piezas que el artista adoraba. No se puede ver aquí, pero entre los cerca de cuarenta autorretratos pintados por Rembrandt desde su juventud hasta su muerte, en 1669, hay muchos en los que se representa a sí mismo vistiendo trajes orientales, aderezos o armaduras... Todos ellos accesorios insólitos que compraba en ferias o subastas y que coleccionaba.

—Rembrandt habría sido un buen cliente de papá.

—¡Claro que sí! Además, era también comerciante, como tu padre. En la planta baja de su caserón del barrio judío de Ámsterdam tenía una tienda donde vendía sus pinturas y sus grabados, pero también obras de otros artistas. Todavía hoy puede visitarse esa casa, ¿sabes?

—¡Me encantaría ir!

—Ya irás, Mona, ten paciencia. Y verás: la ciudad de Ámsterdam está surcada de canales por todas partes y parece que se balancea sobre las olas. En invierno, el ambiente es brumoso y enigmático. Tiene una atmósfera misteriosa que se refleja a menudo en los tonos de los pintores del norte de Europa. Y de Rembrandt en particular.

—Me lo puedo imaginar, Dadé. Debe de ser un sitio húmedo y frío donde se hace de noche enseguida... ¡Así que los pintores de allí tenían un estilo que se parecía a la ciudad donde vivían! Y por eso este cuadro de Rembrandt es tan poco claro... ¿Tengo razón?

—Te mereces un ocho sobre diez, Mona.

Ella se puso muy contenta con la nota.

—Pero —añadió Henry enseguida— no pienses que una geografía, con sus paisajes y su meteorología, determina un estilo de pintura. A menudo se contrapone el brillo solar del arte renacentista italiano al frío de los humores más acallados de los holandeses. Es así, pero conviene matizar. Rembrandt recibió una gran influencia de un italiano que, a su vez, era una especie de maestro de las tinieblas. Su nombre era Caravaggio. Hasta su muerte en 1610, la carrera de Caravaggio fue breve y fulgurante, marcada por numerosos escándalos (fue delincuente y pasó varias estancias en prisión), pero, sobre todo, revolucionó la pintura al proponer una gran innovación: el uso de intensos contrastes dentro de una misma composición. El claroscuro.

—¡Oh, es una palabra preciosa!

—Y todavía más en italiano: *chiaroscuro*. —Mona repitió el término para asimilarlo—. Con el claroscuro, el negro ya no era un insulto al color, ni su negación; se convertía en su portavoz. Y el negro se puso a invadir el cuadro, a devorarlo.

Estas palabras tuvieron el efecto de un rayo en la memoria de la niña, y al contemplar el autorretrato de Rembrandt se sintió repentinamente sacudida por un temblor. Se acurrucó junto a su abuelo, que reanudó su explicación suavizando la voz.

—Rembrandt preparaba sus cuadros aplicando primero una capa homogénea de color marrón para disponer el fondo. A continuación, distribuía las zonas luminosas; en otras palabras, incluso antes de empezar a representar nada, decidía qué zonas brillarían más en la superficie del lienzo. Después, su técnica se asemeja a una lenta revelación del tema, como si este emergiera de las tinieblas. Sin embargo, y esa es la sutileza del claroscuro, no todo se revela de igual forma: las áreas luminosas determinadas al principio de la composición serán mucho más ardientes y penetrantes.

—A mí me parece que lo que ilumina aquí es su cara. ¡Debía de gustarse mucho!

—Espera, presta atención. Recuerda lo que te dije a propósito de Rafael: que era un príncipe entre príncipes, y es que en Europa el estatus del pintor empezó a cambiar con el Renacimiento. En el siglo XVII, Rembrandt heredó esa evolución, ese nuevo prestigio: ya no era considerado un simple artesano dotado de habilidades manuales y conocimientos mecánicos; se había convertido en un artista al que se le reconocía inteligencia, genio, una singularidad. Por tanto, era lógico que Rembrandt afirmara su propia individualidad retratándose a sí mismo, y también era de esperar que los coleccionistas quisieran una imagen de ese hombre, que era una auténtica estrella en Ámsterdam.

—¿Era Rembrandt como Rafael? ¿Un hombre muy rico con muchos ayudantes en su taller?

—En efecto, Rembrandt tenía un gran número de colaboradores, y no le faltaba dinero. Pero el que ves aquí es un hombre arruinado que acaba de declararse en bancarrota, en 1656 para ser exactos.

«¡Bancarrota!». La palabra le resultaba familiar a Mona, que creía haberla escuchado por casualidad, saliendo como un efluvio de la boca gruñona de su padre.

—¿Cómo le ocurrió algo así a Rembrandt?

—Al principio disfrutó de un éxito tremendo, recibió numerosos encargos de los grandes gremios, es decir, de las asociaciones profesionales: médicos, magistrados, militares... Sin embargo, tenía un carácter muy independiente; no siempre le gustaban sus mecenas y maltrataba a sus clientes. Les exigía, por ejemplo, que posaran durante horas para los retratos, o dilataba el tiempo de entrega de sus obras terminadas hasta que se sentía satisfecho con el resultado. ¡Y eso podía durar años! En una época en que la vida era mucho más corta que ahora, ¡puedes imaginarte el enfado de algunos de esos compradores, que a veces acabaron llevándolo a juicio! Pero Rembrandt no sacrificaba nada por el éxito comercial: cada uno de sus cuadros debía ser fiel a su visión. Por eso no es de extrañar que, con el tren de vida que tenía, se le acumularan las deudas, hasta el punto de que un día no le quedó más remedio que declararse en bancarrota. Tuvo que malvender todo lo que poseía, se mudó de su magnífica casa y llegó a vérselas con la justicia. Por si fuera poco, sufrió varios dramas personales: primero la muerte de sus tres hijos, y en 1642 la de su esposa Saskia, y luego tuvo que sufrir, además de la ruina, la desaparición de su compañera Hendrickje a causa de la peste. Y la de su hijo Titus...

—¿Cómo es posible seguir pintando cuando se tiene una vida tan horrible?

—Precisamente, Mona, este autorretrato inscribe en la imagen del artista la oscilación de la gloria y el infortunio. Expresa una profunda melancolía, y el claroscuro, con sus estallidos de color y sus abismos de sombra, muestra hasta qué punto Rembrandt era consciente del paso de los años. No solo firma la autopsia de sí mismo; se atreve a hacer la del tiempo que pasa, la de la lucha perdida de antemano entre el ser y el no ser. «To be or not to be», clamaba Hamlet en la tragedia de Shakespeare representada en 1603. Medio siglo después, el autorretrato de Rembrandt murmura lo mismo. Y otra cosa más...

—¿Qué, Dadé?, ¿qué murmura? Quiero oírlo...

—Aguza el oído, Mona. *Gnôthi seautón.*

—¿*Gnoti* qué?

—*Gnôthi seautón... Conócete a ti mismo.* Es griego antiguo: la fórmula inscrita a la entrada del templo de Delfos, una fórmula que al filósofo Sócrates le gustaba recordar en la Antigüedad para señalar mejor el lugar del ser humano... El ser humano, vaga sombra de los dioses que sin embargo se cree una estrella solar. *Conócete a ti mismo*, con tus fuerzas, pero sobre todo con tus debilidades y tus límites; toma la medida de lo que eres, con tu frágil grandeza y tu contingencia. Rembrandt es consciente de su genio, y se jacta de ello plantado delante del caballete, con la cabeza, las manos y la paleta a la luz. También es un cristiano atormentado que sabe lo que es un pobre hombre, merecedor de misericordia. ¡Mira, Mona! En su pequeña paleta (los pintores no utilizaron paletas más grandes hasta años después) hay bermellón, cobre y blanco. Son los colores que permiten representar la carnación, la carne, la piel. Rembrandt insiste. Lo que pinta es ante todo su propio cuerpo, el cuerpo escrutado, visto una y otra vez en los inmensos espejos planos que aparecieron a principios del siglo XVII (una fina capa de mercurio sobre una plancha de vidrio): el cuerpo que se desgasta. Lo que pinta es su incierta verdad. *Gnôthi seautón...*

En el exterior, con la ayuda del invierno, la tarde se fundía con el crepúsculo. El solsticio de diciembre estaba a la vuelta de la esquina. La luz del día comenzaría entonces a recuperar el terreno que llevaba seis meses perdiendo frente a la noche. La claridad doblegaría a la oscuridad poco a poco. Y Mona quiso ver en ello un mensaje oculto, la idea de que, a pesar de todo, la luz siempre prevalecía. Porque, en París, los adornos navideños parpadeaban...

8

Johannes Vermeer

Lo infinitamente pequeño es infinitamente grande

Se acababan las vacaciones. La Nochebuena había sido aburrida y a Mona le sorprendía no haber sentido la misma emoción de siempre ante la idea de desenvolver sus paquetes bajo el árbol. Además, entre los regalos no había ningún animal doméstico, ni un perro ni un gato, mientras que a Lili sus padres le habían regalado un gatito. A modo de compensación, Paul y Camille le dieron permiso para que invitara a sus dos mejores amigas a quedarse a dormir en Nochevieja, y aprovechar así esa noche tan especial, en la que se celebra la capacidad del mundo de regenerarse y volver a empezar, para divertirse con ellas hasta el amanecer, si es que aguantaban. Jade llevaba la voz cantante, con ese raro talento que tienen algunas personas, desde muy jóvenes, para no ceder a la monotonía. Ya bastante tarde, decidieron probar un juego llamado «verdad o reto». Jade presumía de haberlo practicado con sus primos mayores el verano anterior. No era cierto: se había limitado a ser espectadora, sin participar, en una sesión dominada por una especie de nerviosismo colectivo rayano en el trance. La cruel sencillez y la eficacia del juego la habían repugnado y seducido a partes iguales, por lo que llevaba tiempo soñando con poder disfrutarlo a su antojo con sus amigas. La regla era la siguiente: los participantes tenían la libertad de elegir entre realizar una acción, normalmente transgresora y dictada por otros, o confesar una verdad a partir de una pregunta, preferiblemente indiscreta.

Lili se mostró entusiasta, y Mona siguió a Lili. Entonces empezó Jade:

—¿Verdad o reto?

—¡Reto! —gritó Lili.

Le tocó aspirar por la nariz una gruesa gota de mostaza depositada en una cuchara. Lili cumplió su misión con valentía, no sin sentir cómo le ardía la cara por dentro. Los retos se fueron sucediendo, uno tras otro: lanzar un globo lleno de agua por la ventana, marcar un número de teléfono al azar y decir «¡Feliz Año Nuevo!», llamar a la puerta de los padres que dormían... Se partían de risa. Y muy pronto, sin necesidad de formularlo, las tres niñas intuyeron que había un insano potencial destructivo en esa loca carrera que implicaba no traspasar ciertos límites, más allá de los cuales la humillación amenazaba con suplantar al juego o, peor aún, convertirse en uno.

Finalmente, Mona se aventuró.

—¿Verdad o reto? —preguntó Lili, sin aliento.

—Verdad —respondió Mona, aferrándose al amuleto de la suerte de su abuela.

Tras un momento de silencio, hubo un conciliábulo entre Jade y Lili para saber qué querían sonsacarle a su compañera de clase, algo oculto e inconfesable. Se sentían incómodas y a la vez excitadas, pero enseguida descubrieron que querían saber exactamente lo mismo.

—¿A qué chico del colegio te gustaría besar?

La mente tiene reflejos casi musculares. El nombre y la cara que le vinieron a la cabeza a Mona le horrorizaron tanto que su espíritu, sin ningún esfuerzo, buscó infinidad de cortinas de humo, defensas y artificios. Pero Mona se negó a ceder a esa estratagema. Armándose de valor, decidió ser sincera y, tras luchar brevemente con el nudo de su garganta, confesó, turbada pero orgullosa:

—A Guillaume.

—Guillaume, ¿el repetidor? —bramó Jade, incrédula.

—Sí, ese niño tan odioso. Pero bueno, sí, a él, a Guillaume.

Una de las cosas que nunca habían impresionado a Mona durante su infancia era Papá Noel. Desde que tenía uso de razón, esa imagen artificial de un abuelo bonachón y obsequioso le había parecido grotesca y triste. Incapaz de creer en él, solo sentía lástima por los pobres diablos que, en las calles y en las tiendas, se disfrazaban con ese atuendo burdo y esa barba blanca para hacer las delicias de los más pequeños. Ella evitaba mirarlos porque, en una extraña inversión de papeles, le entraban ganas de consolarlos por tener que verse sometidos a semejante humillación. Tal vez se debía a que Henry, su abuelo flaco y bien afeitado, era todo lo contrario de ese torpe invento comercial, lo que no le impedía ser muy generoso. Ese miércoles, por ejemplo, decidió regalarle un Vermeer a Mona.

La obra era pequeña, de formato rectangular pero casi cuadrado, y mostraba a un hombre de perfil, vuelto hacia la izquierda de la composición, sentado —o más bien levantándose apenas de su silla de madera— en su gabinete de estudio. Joven, con largos cabellos castaños, el sabio se acercaba a tocar con la mano derecha un globo terráqueo situado sobre un escritorio, y esa mano, en la que el pulgar se alejaba de los dedos índice y corazón como un compás, parecía seguir la curva del objeto, en el que se distinguían inscripciones miste-

riosas. Iba ataviado con un gran manto de un color impreciso: un pigmento verde que se había vuelto azul con el paso de los años. Además del globo terráqueo, el escritorio tenía encima una pesada tela azul ultramar con motivos florales cuyos pliegues abombados cubrían parcialmente un astrolabio. Sobre el mueble había también un libro abierto orientado hacia el sabio. A la izquierda se veía una pared con una ventana cuadrada por la que entraba la cálida luz septentrional. Perpendicular a dicha ventana se encontraba el fondo de la estancia, a apenas un metro del personaje, con un armario con libros encima y un planisferio en el frontal. Por último, truncado en el lado derecho, colgaba un cuadro enmarcado con unas siluetas grises difíciles de distinguir, un cuadro dentro del cuadro.

Esa octava visita al Louvre, ante *El astrónomo* de Vermeer, fue la primera vez en que Mona experimentó plena y sinceramente un placer sensorial. Hasta entonces había aceptado el contrato formalizado con su abuelo, y su placer —por sincero que fuera— procedía del intercambio que mantenía con él. No se lo dijo, pero en este caso podría habérselas arreglado sola ante la abundancia de objetos y materiales concentrados en tan poca pintura. Allí, frente a *El astrónomo*, contempló en silencio al sabio meditabundo y el torrente de luz suave, olvidándose de pensar con vistas a la discusión. Henry se dio cuenta. Y le maravilló el desapego que mostraba la niña al navegar hacia territorios que parecían tan alejados de las alegrías de la primera edad. Estaba orgulloso, y también, en el fondo de su corazón, algo entristecido, porque anticipaba su propia ausencia en esa extraña discordancia temporal.

—Esa bola del mundo es muy rara —atacó Mona—. Normalmente tienen dibujados países, y en esta, en cambio, hay animales. Realmente extraño...

—Es normal, porque es un globo celeste, un mapa del cielo destinado a los astrónomos, con constelaciones simbolizadas por los signos del zodiaco. ¡Así que es imposible reconocer nuestras costas y fronteras! Este *Astrónomo* que contemplas es la pareja de otro pequeño cuadro, que desgraciadamente no se encuentra en el Louvre, titulado *El geógrafo*. En él verías exactamente al mismo muchacho de rostro lozano y pelo largo, cuyos rasgos tienen una finura femenina. Pero en *El geógrafo* lo acompaña un globo terráqueo.

—A mí me gusta la historia, Dadé, la geografía un poco menos...

—Pues te equivocas, Mona, porque la una no va nunca sin la otra. Y te lo voy a demostrar enseguida explicándote el contexto en que se realizó este cuadro, a finales de la década de 1660. Imagina, en el norte de Europa, dos territorios ferozmente enfrentados. El primero es Flandes. Ese país, que hoy corresponde más o menos a Bélgica, cae en el siglo XVII bajo la dominación imperial de la familia más poderosa del continente: los Habsburgo. Los Habsburgo son católicos y están decididos a exaltar su reinado y su religión a toda costa. Quieren dar una imagen triunfal del catolicismo tras años de sangrientas batallas con la otra rama del cristianismo surgida cien años antes: los protestantes, también conocidos como reformados. Su estrategia de reconquista se llama, lógicamente, «Contrarreforma», y se presenta como la secuela de la espantosa guerra civil que ha desgarrado toda Europa. Entre los artistas, el gran nombre de esta reconquista fue Rubens. Fallecido en 1640, tuvo en vida un enorme taller en Amberes. Su pintura colosal, monumental, espectacular, era la digna heredera del arte de Miguel Ángel. Imagínate a Rubens como un hombre increíble, a la vez artista, erudito, diplomático y hombre de negocios.

—¿Por qué me hablas de ese hombre cuando estamos viendo el cuadro de otro? Creo que te has equivocado de sala, Dadé...

—No, cariño, no me he equivocado de sala. No podremos ver todo el Louvre juntos, y no sabes cómo lo siento. Pero quería hablarte de Flandes para que entendieras, en comparación, la naturaleza de esos Países Bajos, sus vecinos. Los Países Bajos constituyen una república abierta a todas las religiones (y por tanto a los protestantes), de espíritu libre, que conoce un fuerte impulso económico y un gran desarrollo de las ciudades. Y Vermeer no es el heroico adalid de una causa política o religiosa como lo había sido Rubens; es más bien el delicado traductor de una cotidianidad familiar que no tiene nada de mísera, ni mucho menos, pero que tampoco es épica. De él sabemos poco o casi nada: no hay mucha información sobre su vida, se sabe que tuvo once hijos y que vivió en Delft, pero ni siquiera se sabe cómo era físicamente; no se conservan muchas obras, apenas una treintena; aborda pocos temas y se limita a formatos muy reducidos.

—Pero ¿por qué se sabe tanto de algunos artistas, como Rembrandt, por ejemplo, y tan poco de otros?

—Pues porque para conocer a un artista son necesarios testimonios y archivos: cartas, diarios, registros de lo que compraba y vendía. Por supuesto, Vermeer era un pintor de gran renombre en su época, y muy codiciado por los coleccionistas: un solo cuadro suyo costaba el equivalente a varios años de sueldo de un albañil o un ferretero, y solo podían comprarlo los muy ricos; por tanto, era estimado y muy buscado. Pero tampoco era especialmente famoso. Formaba parte de una red de pintores entre los que no destaca por su inventiva. Al contrario, se conforma con temas ya tratados por otros: escenas de la vida doméstica en atmósferas íntimas y acogedoras donde cohabitan en el espacio uno o dos personajes y multitud de objetos a menudo sofisticados. De hecho, se cree que utilizaba una *camera obscura*, un instrumento óptico que prefigura nuestra cámara fotográfica moderna y que le permitía captar su imagen en un formato muy pequeño, enfocar distribuyendo la nitidez y el desenfoque, y establecer, mediante un sistema de calco sobre vidrio esmerilado, las bases estructurales del cuadro, en particular las líneas de perspectiva. Antes, ese mismo siglo, Rembrandt tuvo un magnífico taller y Rubens una auténtica fábrica llena de colaboradores especializados en cada tarea, ¡desde el molido de los colores hasta la confección de los tapices! Vermeer, en cambio, trabaja solo y se contenta con explotar todos los escenarios posibles en las pequeñas habitaciones de su propia casa de Delft. Llevaba, pues, una vida discreta, y a su muerte no se conservó ningún archivo ni tampoco documentos relacionados con él. Por tanto, ha hecho falta tiempo y, me atrevería a decir, el genio de algunos *observadores* para apreciar plenamente su justa valía, para reconocer sus cualidades verdaderamente únicas. ¡Los grandes genios necesitan espectadores despiertos y visionarios, Mona!

—¡Como nosotros, Dadé!

—Como tú, sobre todo. Pero, en el caso que nos ocupa, primero debemos rendir homenaje a un crítico de arte del siglo XIX llamado Théophile Thoré que, imagínate, pudo investigar sobre Vermeer porque tuvo que abandonar Francia tras ser condenado a muerte en 1849 por sus convicciones políticas. Escapó a Bélgica y Holanda, y aprovechó para estudiar a nuestro pintor y sacar del olvido algunos de sus cuadros... ¡Toda una novela!

—Vale. Pero, dime, ¿qué hace el personaje con el globo celeste?

—Bueno... Solo podemos hacer suposiciones, pero seguramente verifica algún dato, una medida, una información que aparece en su libro. Y cartografía el cosmos... Recuerda que en los siglos XVI y XVII, a pesar de los trabajos de grandes científicos como Copérnico, Kepler y Galileo, que probaron que la Tierra giraba alrededor del Sol y no al revés, la Iglesia seguía imponiendo una visión dogmática según la cual el hombre era el centro de todo. Pero, en la sociedad próspera y culta en la que vive Vermeer, esta convicción queda hecha añicos. Ahora el hombre intenta desentrañar los misterios del universo con rigor y método. Los exploradores surcan los océanos y en los gabinetes se navega por el espacio gracias al cálculo y la imaginación. De hecho, este astrónomo pintado por Vermeer lo mostraron otros antes que él, por ejemplo, su colega Gerrit Dou, de Leiden. Aunque Gerrit Dou representa a su astrónomo de noche, con una vela. Es más bien un astrólogo, o incluso un alquimista, una especie de mago. Vermeer lo retrata a la luz del día para demostrar que se dedica a un trabajo racional: es un hombre estudiando.

—Y el cuadro que se ve detrás ¿qué es?

—Es imposible adivinarlo. Vermeer no ofrece ninguna pista, pero los historiadores del arte, cruzando referencias y deduciendo, han conseguido identificar a *Moisés salvado de las aguas*, es decir, el milagro que permite al primero de los profetas escapar a la muerte y cumplir con su destino de libertador de su pueblo. Puedes interpretarlo como quieras, Mona. Para mí la presencia de la historia sagrada en una escena de género simboliza la importancia de la espiritualidad. Sirve para evitar una mala interpretación, que haría del lienzo una exaltación simplista de la razón sobre la fe... Todos estos accesorios, la esfera, el astrolabio, los libros, aluden a la medida del mundo, a su movimiento y a sus elementos. Este minúsculo lienzo está ejecutado con una pincelada en la que abunda un puntillismo sutil, en forma de granos de luz y toques de color extraordinariamente finos. Despliega un cosmos en miniatura en un espacio muy reducido. Y por todas partes, en estos detalles minúsculos, aflora la inconmensurable magnitud del mundo. Por todas partes palpita su infinitud para desafiar nuestro entendimiento y estimular nuestra ensoñación.

Henry iba a añadir que al año siguiente, en 1669, se publicarían póstumamente los *Pensamientos* de Blaise Pascal y sus consideraciones —entre otros fragmentos— sobre el hombre entre dos infinitos, el grande y el pequeño, pero se dio cuenta de que Mona estaba un poco mareada y decidió detener ahí su explicación. Ya era demasiado para una cabeza tan pequeña. Pascal podía esperar... Su nieta solo necesitaba una taza de chocolate caliente bien esponjoso.

9

Nicolas Poussin

Que nada te haga temblar

En la tienda, Paul no vendió nada durante las fiestas, o muy poco: decidió liquidar sus grandes pósters de cine y se desprendió por unos pocos euros, en lugar de los cientos que merecía, de un cartel de *Stalker*, de Andréi Tarkovski, en perfecto estado y firmado por el ilustrador. Mostraba a tres figuras diminutas en medio de unas dunas y al fondo una enorme puerta por la que asomaba una máscara zoomorfa, que recordaba a un perro o un lobo. Paul sufrió al tener que aceptar el penoso regateo al que le sometió el comprador, pero así estaban las cosas. Sin embargo, no accedió a venderle a Camille la colección de vinilos que ella aseguraba querer regalar a sus compañeros de voluntariado. Sin duda, era una muestra de amor sincero por parte de su mujer, pero para Paul también significaba que le tenía lástima.

Sus problemas de liquidez empezaban a ser tan preocupantes que ahora intentaba reducir todos los gastos. Aunque el invierno era crudo, se empeñó en apagar los radiadores y utilizar el mínimo de luz. Pero no escatimaba en vino tinto, que siempre le procuraba un calor reconfortante. Sabía, sin embargo, que el efecto del alcohol sobre la dilatación de los vasos sanguíneos era temporal y engañoso, y que no debía esperar que le ayudara a combatir eficazmente la sensación de frío. Qué más daba...

Después del colegio, Mona se dirigió a la tienda de antigüedades un día en que Camille tenía que quedarse a terminar un trabajo de contabilidad para una asociación que defendía a los malienses sin papeles y que subvencionaba el albergue de la rue Bara, en Montreuil. A Mona le encantaba hacer el papel de dependienta, como si fuera una adulta, y Paul, para distraerla, le encargaba pequeñas tareas en las que ella ponía todo su empeño. La niña estaba impaciente por hacerse mayor, y no podía entender que sus padres echaran de menos los tiempos de la escuela y la infancia.

Solo había dos cosas en el local que la atemorizaban: el botellero de acero erizado con múltiples brazos y pinchos, que le recordaba vagamente a un monstruo infame, y la trampilla que conducía al inmenso sótano oscuro. Por lo demás, no tenía ningún problema en enclaustrarse en la trastienda, donde solía copiar para Paul referencias de viejas revistas americanas encontradas aquí y allá. Los títulos, en inglés, rezumaban una especie de magia. Los opúsculos acababan a menudo devorados por los hongos, pero había aficionados en todo el mundo, como repetía su padre sin parar. Mientras Paul limpiaba una gramola que emitía un sonido demasiado apagado, ella llevaba a cabo su labor con el esmero de un monje copista. Los viejos éxitos de France Gall sonaban en bucle en el local. Justo cuando empezaba «Cézanne pinta», el polvo hizo estornudar a Mona con tal fuerza que salió propulsada hacia atrás y se golpeó contra una estantería de la que cayó una enorme caja que reventó en ese mismo instante. En lugar de llamar a su padre, la niña examinó el contenido y descubrió, desparramadas sobre un montón de revistas *Life*, decenas de pequeñas figuritas de plomo, manifiestamente olvidadas. A pesar de la escasa iluminación, adivinó, con las yemas de sus dedos, una finura que le encantó: ¿eran juguetes, muñecos decorativos? Acarició la miniatura de un payaso que tocaba los platillos, y admiró el sutil relieve y los tonos nacarados de color, en particular el rojo de su gorro. Era tan bonita que decidió colocarla en una vitrina de la tienda, en un rincón apartado de la vasta sala donde se exponía la mercancía. Mona se dijo a sí misma que, puesto que su padre no prestaría la menor atención a una figura tan diminuta, sería ella quien la cuidara, compensando así, desde la sombra, su soledad.

Era un día ventoso, y el Louvre, caldeado, parecía querer acariciar a sus visitantes envolviéndolos en un manto de seda. Mona llevaba un enorme abrigo con capucha y botas forradas de piel blanca. Su aspecto contrastaba sorprendentemente con el cuadro primaveral que la llevó a ver su abuelo.

Cuatro pastores en plena naturaleza rodeaban una tumba de piedra gris que dominaba el centro de la composición. Mediría un metro y medio de alto más o menos, comparada proporcionalmente con los personajes. Tres de ellos eran de sexo masculino. Uno estaba de pie en la esquina izquierda del monumento, acodado en la tapa del sepulcro y asido a su cayado. Era joven, con una corona de hiedra sobre su pelo rizado y una túnica blanco rosado. Observaba a un segundo pastor agachado a su lado, cubierto a medias y, a juzgar por su barba morena, más maduro que el primero. Estaba examinando una frase inscrita en la tumba. En la esquina derecha del túmulo, frente a los dos primeros, se hallaba, un poco inclinado, el tercer personaje masculino. Joven al igual que sus compañeros, vestía una túnica roja y apoyaba un pie calzado con sandalia blanca en una piedra cuadrada mientras señalaba con el índice las palabras grabadas. Sin embargo, en lugar de mirar hacia la tumba, tenía la cabeza vuelta hacia el primer plano, donde el cuarto personaje, esta vez femenino, se erguía junto a él poniéndole una mano en el hombro. La mujer, vestida de amarillo y azul, llevaba un turbante en la cabeza. Sonreía de manera sutil, o tal vez reprimía una risa franca. El conjunto estaba dibujado con perfecta claridad. Lo único que escapaba a la nitidez general eran las catorce letras inscritas en el sepulcro, medio difuminadas, medio tapadas por las sombras y las extremidades de los dos pastores con las rodillas flexionadas. A lo lejos se veían dos árboles, y más cerca, un grupo de troncos y follaje. Por el horizonte asomaba un paisaje escarpado de montañas, bajo un cielo azul en el que se estiraban algunas nubes. Era una atmósfera crepuscular, aunque muy límpida.

—Bueno, Mona, llevas quince minutos con la nariz pegada a la pintura, inmóvil como un palo y con la espalda encorvada. Ten cuidado, te vas a romper...

—¡Oh, Dadé! Espera un poco...

Henry veía cómo su nieta se debatía frente al lienzo, igual que lo hacían frente a la tumba los pastores del cuadro de Poussin. Había un eco sorprendente entre Mona fuera del cuadro y las figuras dentro de él. Henry también pensaba en las numerosas interpretaciones de los expertos que había leído sobre esa obra maestra, en particular las de Erwin Panofsky. ¡Ah, Panofsky! Ese nombre, en el panteón de la historia del arte, no significaba absolutamente nada para el gran público, pero Henry lo veneraba del mismo modo que los científicos atómicos admiran a Einstein. Y, al igual que Einstein aspiraba a descubrir la ley cardinal que uniera las cuatro leyes de la física, Panofsky había buscado una especie de ley última de la mirada y de la imagen, sin encontrarla del todo, por supuesto. El problema fascinaba a

Henry, porque nada parece más obvio que la relación con el mundo a través de la mirada, y sin embargo no hay nada más inaprensible...

—Vale, Dadé, me rindo —espetó Mona bruscamente—. ¿Qué hay escrito en esa piedra? He visto que lo importante era leer el mensaje, porque preocupa a todo el mundo en el cuadro. Pero ¡no hay manera!

—¿De verdad? Es una frase en latín bastante sencilla...

—Pero ¡soy incapaz de entender una palabra en latín, Dadé!

—Lo sé, te estoy tomando el pelo. Yo tampoco lo recuerdo mucho. Pero sí conozco esa frase. Dice: *Et in Arcadia ego*, que podríamos traducir como «Yo también he vivido en Arcadia».

—¿Dónde?

—En Arcadia. Es todavía hoy una región del Peloponeso, en el corazón de Grecia. Para un espíritu cultivado del siglo XVII, ese mensaje no suponía ningún problema, ya que la literatura clásica era muy leída en la época. Pues bien, en la mitología, según Virgilio y Ovidio, por ejemplo, ambos nacidos en el siglo I a. C., Arcadia era una región de pastores donde la vida tenía fama de ser extraordinariamente apacible y agradable. El territorio de la felicidad...

—Y es lo que nos muestra el artista...

—Sí, Nicolas Poussin nunca estuvo en Grecia, pero eso no impide que pinte ese lugar, con su encanto bucólico y su belleza. Y en el fondo esa es siempre su visión, todas sus representaciones de la naturaleza están, en su larga carrera, bajo el signo de ese ideal arcádico: el equilibrio entre una abundancia reconfortante y una gran sencillez. Ni demasiado, ni demasiado poco. Una necesidad absoluta, donde nada pesa y nada falta.

—Pues ¿sabes? Cuando mamá y papá miran paisajes, yo pienso en otra cosa. Te confieso que a veces me fastidia un montón salir a pasear con ellos. Sobre todo cuando se les ve muy enamorados y me dicen que me vaya a jugar...

Henry pensó en una frase del pintor Francis Picabia: «Me aburre tanto la quietud del campo que me entran ganas de comer árboles». Pero, como no quería perturbar demasiado a Mona, se guardó la observación y reanudó su explicación.

—La naturaleza no es perfecta. Corresponde a los pintores corregirla. En el siglo XVII, hubo una obra importante escrita en italiano por un tal Lomazzo. Y Lomazzo decía que un artista, al representar la naturaleza, debía corregirla a tres niveles: confiriendo un intervalo adecuado entre sus diferentes partes, cuidando sus proporciones y distribuyendo con acierto los elementos de la paleta. Solo las líneas justas, los colores justos.

—¿Y Poussin siguió las reglas?

—Sí, pero hizo más. Mucho más. Poussin es extraordinariamente sobrio, busca la estabilidad y muestra una gran economía de medios. En este sentido, está emparentado con el «clasicismo» del siglo XVII, frente a lo que se ha llamado despectivamente «barroco», palabra que significa «perla irregular». Todo en la obra de Poussin es regular, está ordenado. Eso es lo que hace que su poder de seducción sea hoy menos inmediato. Carece de la fuerza para impactar de sus contemporáneos, como Rubens, Simon Vouet y otros, cuyo arte sobrecoge la imaginación con torbellinos de contrastes, movimientos y pasiones. Poussin dijo una vez de Caravaggio, el maestro italiano del claroscuro del que hablamos de pasada en relación con Rembrandt, ¡que había venido al mundo «para destruir la pintura»!

—Poussin habría odiado las películas de acción...

—Es muy probable. Sobre todo porque prefería la pintura de caballete, de formato discreto y carácter compacto y sintético, antes que los grandes decorados monumentales repletos de escenas y figuras.

—En este cuadro, los personajes parecen casi esculturas...

—Tienes toda la razón. Aunque no era escultor, el método de Poussin consistía en modelar primero pequeñas figuras de cera, que colocaba en una caja cerrada. De hecho, realizaba maquetas tridimensionales de sus cuadros, con una abertura para su ojo y agujeros en los laterales para dejar pasar la luz. En ese teatro en miniatura, ensayaba la iluminación más adecuada y, por supuesto, la organización y expresividad de sus personajes al servicio del tema.

—¿Fue famoso Poussin?

—La verdad es que tuvo una vida extraña. Al principio de su carrera, en Francia, no se le reconoció su verdadera valía, así que en 1624 se marchó a Roma a probar suerte y acabó adquiriendo gran renombre en la Ciudad Eterna con sus cuadros de temática moral. Más tarde, en 1642, Luis XIII lo llamó para que volviera a Francia y lo nombró «primer pintor de la corte». Era un título prestigioso, pero no le convenía. Como ya te he dicho, Poussin prefería trabajar despacio y con calma en sus pequeños formatos extremadamente cuidados: cuadros de caballete. Mientras que al servicio de la monarquía, en aquella época, un artista estaba obligado a producir obras monumentales con el apoyo de un taller, trabajos colosales, tapices, grandes decoraciones..., todo ello imbuido de un mensaje político. Había que ser, de alguna manera, un hombre de acción. Y Poussin no lo era. La experiencia francesa fue efímera y volvió a Italia, donde acabó sus días. Murió a los setenta y un años, bastante mayor para la época...

Mona se quedó azorada al oír esa última frase, y miró a su abuelo, que sonreía con picardía. Hacía tiempo que él había superado esa edad, pero para ella era inmortal.

—¿Tú qué prefieres, Dadé, Francia o Italia?

—Los Alpes, cariño. —La niña no entendió el chiste—. En cualquier caso, este cuadro lo pintó en Italia, justo antes de volver a Francia. Fíjate bien: los tres pastores y la ninfa están intrigados. Han descubierto esa inscripción en la tumba: «Yo también he vivido en Arcadia». Los historiadores del arte han discutido mucho sobre la identidad de ese «yo». ¿Es el individuo muerto quien dice estas palabras desde ultratumba? En tal caso, se trata de una confesión, bajo la forma de epitafio, de un pastor difunto que advierte de la brevedad de la existencia a sus hermanos arcadios. ¿O es la propia Muerte la que habla? Porque, si es así, anunciaría que ella gobierna en todas partes, incluso en una región idílica donde nadie espera desaparecer. El cuadro tiene un valor moral muy claro: los pastores de Arcadia descubren que, aunque su vida sea maravillosamente agradable y despreocupada, está condenada a llegar a su fin. Es lo que se conoce como un *memento mori* (¡otra locución latina, Mona!), que significa «recuerda que vas a morir».

—Pero ¿por qué sonríe la mujer de perfil?

—Porque no hay nada, ni siquiera la muerte, por lo que merezca la pena temblar. Al restar dramatismo al asunto y conferir a sus figuras una grandeza y una solemnidad que las asemejan a estatuas de mármol, Poussin invita al espectador a una elevación moral y una altura de espíritu que descartan toda inquietud.

—Tengo la impresión de que lo entiendo, Dadé. En realidad, Poussin es tranquilo. Nunca se agita porque quiere que su pintura esté a la altura de... —Le faltaban palabras para concluir su explicación.

—... de esa elevación moral. —Ella asintió convencida, con semblante muy serio—. Y te diré algo más. En una pelea en Roma cuando era joven, a Poussin le hirieron en la mano derecha. Casi la pierde... Figúrate lo trágico que habría sido para su destino como artista, ¿verdad? Pero la cosa no quedó ahí: más tarde, en su correspondencia, se quejó de padecer una fastidiosa minusvalía. En 1642 confesó que su mano empezaba a temblar... Sin duda, era consecuencia de diversas enfermedades, y tal vez de los tratamientos médicos de la época. Ese malestar se fue agravando hasta su muerte. Pues bien, superó la dolencia durante más de veinte años, dedicando aún más tiempo y cuidado a producir obras de una extraordinaria estabilidad estética. Sus cuadros no revelan el menor atisbo de las sacudidas que alteraban sus viejos miembros. ¿Ves qué paradoja? ¡Aun temblando, Poussin nunca tembló ante nada! Y su pintura nos exhorta a esa dignidad.

—Dime, Dadé, ¿tú tiemblas cuando piensas en la muerte?

—Cuando pienso en la mía, nunca.

—Ah... Entonces ¿crees en Dios?

—No es posible creer sin dudar, Mona.

—¿Qué quieres decir, Dadé?

—Quiero decir que dudo mucho en Él...

10

Philippe de Champaigne

Cree siempre en los milagros

Obedeciendo al ritual, el doctor Van Orst deseó feliz año a Mona y a su madre. Sin embargo, no mencionó la salud. También señaló que hacía más de un mes y medio que no examinaba a la niña.

—Una eternidad —refunfuñó.

Mona sintió la tensión en el ambiente y se puso nerviosa. Cada vez que el médico quería mirarle un ojo, veía cómo fruncía el ceño en un gesto de concentración y, por mimetismo, ella crispaba el rostro, lo que no facilitaba la inspección. Era consciente, a pesar del silencio de los adultos, de que en cualquier momento podían darle una noticia terrible y definitiva. Llevaba ya dos minutos retorciéndose, incapaz de mantenerse en su sitio, temblando de miedo.

—Piensa en otra cosa —le sugirió Van Orst, que a veces tenía voz de hipnotizador.

¿De qué resorte secreto, escondido en algún rincón profundo del cerebro, podía tirar para «pensar en otra cosa»? «Otra cosa, otra cosa...», repetía Mona para sus adentros... Finalmente consiguió embarcarse en esa extraña aventura cerebral activando una palanca abstracta en su mente, que bombardeó su imaginación con toda una serie de imágenes: las figuritas encontradas en la tienda de su padre, seguidas de la imagen de Jade haciendo muecas, borrada a su vez por la risa sardónica de *La gitana* de Frans Hals, luego por la cicatriz de Dadé e incluso el pelo de Guillaume... Era incapaz de concentrarse en nada, y esa vorágine interior la llevaba, de manera automática, a pensar de nuevo en su ojo, hasta que el recuerdo de la pelota pesada y húmeda que le había golpeado la sien en el patio del colegio acabó por dolerle tanto que le punzaron los párpados. El método del doctor Van Orst no funcionaba.

Camille, que veía cómo su hija se esforzaba por prestarse al examen y solo deseaba acabar cuanto antes, de repente odió al médico, y se odió a sí misma por odiarlo. Quiso intervenir, pero, al oír su voz, Mona la detuvo con un gesto seguro y maduro, que significaba «¡espera!». Entonces la niña, dando una profunda bocanada de aire, se quedó lo más quieta que pudo, sin intentar ya pensar en nada sino permaneciendo, a fuerza de voluntad, firme e impasible. Por fin, el doctor Van Orst consiguió fijar el foco de su linterna de diagnóstico y rastrear los más mínimos detalles de la pupila. Mona se despegó melancólicamente de su cuerpo, como si flotara, y apenas captó un pequeño fragmento del diálogo entre su madre y el doctor: «Un cincuenta por ciento».

Al entrar en el Louvre con su abuelo, la niña parecía taciturna, embargada por las dudas del médico. Henry, que conocía cada una de sus expresiones, se sintió a la vez triste y conmovido al mirar su cabeza gacha y redonda. Le recordaba a Calimero, el pollito de dibujos animados con media cáscara de huevo en la cabeza que le sirve de sombrero y remata un rostro con dos ojos inmensos. Para Calimero, única cría negra de una camada totalmente amarilla, la vida siempre es «injusta», y el mohín de Mona, ese miércoles, exhalaba la misma fatalidad. Era adorable. Estrechó a su nieta entre sus brazos, como un niño que abraza demasiado fuerte a un gatito, algo nada habitual en él. Ella se sintió aturdida, pero feliz, y dispuesta a pasear por las salas del museo. Henry no se limitó a esa muestra de cariño. Su inmensa experiencia de la gente en general, y de Mona en particular, lo convenció para ir a ver un cuadro que prolongaría el viaje al clasicismo de la semana anterior. Simplemente, esta vez sería menos arcádico y más severo.

Eran dos monjas rezando. Estaban en un espacio de tonos grises, con el suelo de madera y los muros parcialmente agrietados: para ser más precisos, era el rincón de una celda, sin más adorno que una cruz maciza y desnuda clavada en la pared derecha. Un poco más abajo, la mujer más joven estaba pintada con delicadeza y precisión, medio sentada, medio tumbada. Tenía el torso apoyado en una silla, pero las piernas estiradas en toda su longitud, perpendiculares a la pelvis, y apoyadas en un escabel rematado por un cojín azul. Solo era posible adivinar las piernas en cuestión, porque, aparte de las manos juntas en oración —pero apuntando hacia el suelo— y el óvalo del rostro, la figura estaba totalmente cubierta por un hábito gris en el que destacaba un escapulario con una gran cruz de color rojo. Vestida exactamente igual, la segunda mujer, una anciana, estaba arrodillada a su lado. También ella rezaba, y esbozaba una sonrisa. Las dos religiosas estaban bañadas por un haz de luz, cuya línea izquierda descendía hasta la barbilla de la mujer mayor y la derecha hasta un objeto situado en el regazo de la mujer más joven: un relicario abierto. En el flanco izquierdo del cuadro, un largo texto en latín empezaba con las palabras Christo uni medico animarum et corporum...

—Ya me llevaste la semana pasada a ver una pintura en latín, Dadé —dijo Mona tras doce minutos de contemplación.

—Razón de más para no tirar la toalla —contestó Henry entre risas—. Te lo traduciré: «Cristo es el único médico de almas y cuerpos».

—Yo tengo al doctor Van Orst —dijo ella con una sonrisa—. Y también a mi psiquiatra... Pero ¡ese es nuestro secreto!

—Es nuestro secreto, sí, ¡y muy bien guardado, espero!

—Lo juro por lo más hermoso, Dadé.

—Bien dicho. Pues escucha: estamos en 1662, al principio del largo reinado de Luis XIV, un monarca lleno de ambición y de deseos... a menudo contradictorios —precisó después de una pausa—. Y es que el Rey Sol, como se lo conoce, aspira realmente a desarrollar las artes y el saber; funda o impulsa academias de ciencias, artes y pintura, y encarga obras en abundancia, gracias a las cuales va a demostrar que es el monarca más poderoso de todos los tiempos y que Francia es un país heroico, prestigioso, resplandeciente. Pues bien, entre los artistas que aprecia particularmente se encuentra el autor de este lienzo, Philippe de Champaigne.

—Ah, ¿fue él quien encargó al artista que hiciera el cuadro? ¿Y a ti te gusta? Yo lo veo más bien gris.

—No, no fue Luis XIV... Es un poco más complicado.

Mona frunció el ceño.

—Como te decía hace un instante, era un rey lleno de contradicciones. Más allá de su inclinación por las artes, era un gobernante con todo el poder en sus manos, un monarca absoluto, dispuesto a lo que fuera para que nadie le hiciera sombra. Te daré un ejemplo: Luis XIV tenía un ministro llamado Nicolas Fouquet, un hombre inmensamente rico que se había convertido en un poderoso mecenas. El tal Fouquet se construyó un suntuoso castillo en Vaux-le-Vicomte, donde celebraba fiestas tan increíbles y exhibía tantas creaciones artísticas que acabó compitiendo con el fasto de Versalles. El rey se puso muy celoso. Ordenó el arresto de Fouquet, lo sometió a juicio y lo encerró en un calabozo para el resto de su vida...

—¿Todo porque su castillo era más bonito que Versalles? ¡Vaya rey más terrible, Dadé!

—En eso consiste el absolutismo. Verás, este cuadro data de 1662. Philippe de Champaigne lo pinta unos meses después de la detención de Nicolas Fouquet. La escena tiene lugar en un espacio que no es tan inocente como parece, un sitio que, a su manera, como el castillo de Vaux-le-Vicomte, desafía al todopoderoso Luis XIV.

—Lo he reconocido, Dadé. ¡Es un convento! Ahí habría pocas fiestas.

—Se trata en concreto de la abadía de Port-Royal, en la orilla izquierda del Sena. Luis XIV le tenía temor a esa abadía. No le gustaba nada.

—Pero ¿por qué iba a temer el rey un lugar donde se reza? Las monjas suelen ser amables. ¿Eran malas estas monjas? Una de ellas es vieja y otra está tumbada, parece enferma...

—Lo está. Pero si Luis XIV las temía era porque tenían ideas que le desagradaban. Seguían la doctrina de un teólogo llamado Jansenius, que por cierto había muerto en 1638, el año en que nació Luis XIV. Jansenius profesaba una fe exclusiva en la gracia de Dios que dejaba de lado la libertad humana: no creía en la capacidad real del hombre para tomar decisiones y salvarse y mucho menos en la soberanía de un ser humano sobre otro ser humano. Así que ya entenderás que Luis XIV y los reyes que le sucedieron desconfiaran del jansenismo. Lo temían porque, por una parte, se basaba en la autoridad religiosa y, por otra, se negaba a aceptar su encarnación política en la persona del rey. Para un monarca, esta era una forma intolerable de oposición, a la que había que desafiar, intimidar e incluso perseguir. En otras palabras, estas monjas preferían a Dios antes que al rey. Hacía falta valor para ser jansenista con Luis XIV.

—Y esa anciana de la izquierda rezando, apuesto a que era la jefa.

—Esa anciana era la madre Agnès Arnauld y, en efecto, dirigía la abadía de Port-Royal. Fíjate: es como si nos halláramos en el corazón de la celda con las dos monjas. En la modesta silla de enea, a la derecha, hay un libro de oraciones. Casi podrías ir a sentarte ahí y comulgar con ellas, recostándote al lado de la que se encuentra echada.

—¿El artista estaba con ellas cuando las pintó?

—No, él no podía entrar en el convento. Pero conocía muy bien a su joven modelo, porque esa religiosa tumbada se llamaba Catherine y era su propia hija. Ese rostro demacrado y humilde de mujer enferma era, pues, carne de su carne. El artista tenía entonces sesenta años. Ya había pintado, a lo largo de su carrera, a muchos hombres notables, a los más ilustres; fue, por ejemplo, el único artista autorizado a retratar a Richelieu con sus hábitos de cardenal. Pues bien, en esta ocasión, el pintor de príncipes y poderosos plasmó en el lienzo lo que más le importaba en el mundo, lo más preciado para él: a su tierna hija, que vivía alejada de todo en el convento jansenista de Port-Royal...

—¡Ah! Quieres decir que la veía muy poco, ¿es eso? ¿Así que necesitaba pintarla para sentirse cerca de ella?

—Es una bonita hipótesis. Pero la historia es algo más dramática. En el otoño de 1660, aunque no sabemos exactamente cuál fue la causa de su desgracia, la muchacha sintió de repente que el lado derecho de su cuerpo se paralizaba en medio de un sufrimiento terrible. Ya no podía caminar y padecía dolores constantes. A los veinticuatro años se convirtió, pues, en una inválida. Cuando su padre, Philippe, iba al locutorio del convento para intercambiar unas palabras con ella, las monjas la cargaban como a una niña, y no había remedio que la aliviara. En el cuadro, la rigidez de los miembros estirados y apoyados en el reposapiés evoca esa parálisis para la que, por desgracia, los médicos de la época no tenían respuesta...

—¡Oh, pobrecita! ¡Qué injusta es la vida!

Henry se interrumpió un instante. Estaba a punto de decirle a Mona que los médicos se equivocaron a menudo, que la pobre sor Catherine tuvo incluso que someterse a sangrías que no hicieron más que empeorar el caso, pero prefirió seguir con su historia.

—Sí, pero mira, Mona, mira ese rayo que cae sobre los dos personajes. Es lo que los cristianos consideran un momento de gracia. Como si cohabitaran dos luces en el cuadro: la luz de nuestro universo, que hace visibles las cosas y esculpe los volúmenes y los colores en el espacio: la vestimenta marfil de las monjas, la mineralidad de las paredes o el pardo de la madera de las sillas..., y la luz de otro universo, desconocido y superior. El momento de gracia para un cristiano es cuando esta segunda luz de origen divino se superpone a la claridad humana. Y toda la pintura cristiana se enfrenta a ese desafío. Se trata de reunir en una obra de arte, de forma coherente y convincente, lo natural y lo sobrenatural.

—Pero ¿qué sucede aquí de sobrenatural?

—Pues bien —contestó Henry con voz atronadora—, una vez que los médicos habían capitulado y todo parecía perdido, la famosa madre Agnès, a la izquierda, quiso creer que el cuerpo aún podía salvarse. Rezó y rezó por Catherine, apelando a la cura espiritual. Y una de sus oraciones es lo que estamos presenciando aquí, el 6 de enero de 1662, para ser precisos.

—¿Y Dios respondió?

—Sí. Eso es lo que se expresa aquí, y no hace falta tener fe para encontrarlo admirable. Sí, esa respuesta, encarnada aquí por un suave resplandor, es el milagro esperado. Al día siguiente, el 7 de enero, Catherine sintió que su cuerpo recobraba las fuerzas. Durante la misa, se levantó, caminó y se arrodilló por sí misma. Cuando Philippe de Champaigne se enteró del milagro, se volvió loco de alegría. E inmediatamente empezó a pintar este cuadro que calificó de exvoto, es decir, de ofrenda a Dios, en señal de agradecimiento.

—Pero, Dadé, creo que debería haber pintado lo que sucedió el 7 de enero y no lo del 6 de enero. Eso es lo mágico, el momento en que sor Catherine vuelve a andar, ¿a que sí?

—Habrías sido una artista maravillosa en aquella época, ¡con un tema perfecto! Pero, con el debido respeto, el tratamiento habría resultado poco original. Porque de la pintura a menudo se espera que muestre lo más espectacular, lo más edificante. Y sin embargo Philippe de Champaigne desafía la regla y hace lo contrario. Elige la sutileza al mostrar un escenario extremadamente humilde, sin colorido, salvo esas gradaciones de gris, blanco y negro. Esa contención expresa el espíritu de sumisión a Dios que tanto defendían los jansenistas. Contrasta con la fastuosidad monárquica que exhibe Luis XIV.

—Hay que creer en los milagros, ¿verdad, Dadé?

—Ese es el mensaje del cuadro, Mona. Y añadiría que lo más hermoso es que fue Agnès quien creyó en la curación de Catherine y no la propia Catherine.

Mona juntó las manos y las elevó al cielo riéndose, como si estuviera parodiando una oración improvisada, antes de volver a mirar el cuadro, sin despegar las palmas.

—Dadé, ¿qué es ese objeto que tiene Catherine encima de las piernas?

—¡Ah! Bien visto. No se sabe exactamente. El texto en latín a la izquierda de la obra narra la historia de Catherine, pero no dice nada al respecto. Seguramente es una cajita que contenía una reliquia, por ejemplo, un trocito de la corona de espinas de Jesús (¡o así lo creían!), a la que se atribuían virtudes protectoras y curativas.

Henry sabía perfectamente que la reliquia en cuestión tenía la insigne reputación de haber obrado otro milagro, unos años antes del de Catherine. En contacto con la espina crística, la sobrina de Blaise Pascal pudo sanar de unas lesiones en un ojo enfermo, en 1656... Pero Henry no quería contarle esa historia a su nieta, para evitar toda alusión a su caso.

En cuanto a Mona, separó las palmas y, como solía hacer con frecuencia asaltada por un movimiento reflejo, aferró el colgante con todas sus fuerzas.

11

Antoine Watteau

En toda celebración hay una derrota

Toda la clase se echó a reír, incluida la señora Hadji. La mujer acababa de explicar el significado de «omnívoro», pero Diego, distraído y sin fijarse en el término escrito en la pizarra delante de él, entendió «hombrívoro», y se le metió en la cabeza que los osos, los chimpancés, los zorros y los jabalíes, además de las ardillas, las ratas, los erizos y, por supuesto, los seres humanos, se alimentaban de *hombres*. En cuanto expresó su asombro y su disgusto, la incongruencia de su comentario desató una salva de burlas. El torrente de risas abrumó al chico, que rompió a llorar, angustiado. No contenta con eso, Jade hurgó en la herida imitando sus sollozos. La maestra se apiadó del niño esta vez y espetó, tajante:

—¡Ya basta!

Todo quedó silenciosamente inmóvil, solo se oía a Diego sorbiéndose los mocos.

Al final de la tarde había que echar a suertes con quién iba a trabajar cada alumno para crear una maqueta grande y bonita de un lugar de su elección antes de que acabara el curso escolar. Como eran treinta y tres niños en la clase, Mona calculó mentalmente las posibilidades de que le tocara formar pareja con Jade o Lili. Tuvo suerte y —¡milagro!— le tocó Lili. No le fue tan bien a Jade, que refunfuñó cuando vio su nombre asociado al de Diego.

—¡Vamos a hacer una maqueta de la luna! —le gritó Diego.

Pero ella, que deseaba a toda costa hacer la maqueta de su dormitorio, despreció la estúpida euforia de Diego; enrabietada, no paraba de gesticular sin darse cuenta. Más que con el destino, estaba enfadada con sus dos amigas, que habían tenido más suerte que ella.

—Tranquila, Jade —le dijo Mona, conciliadora—. Te gustará, ya lo verás. Diego tiene mucha fantasía, ¡la maqueta de la luna es una gran idea!

—Ni siquiera me deseas buena suerte; te ha tocado Lili y lo demás te importa un bledo —replicó Jade—. Me va a arruinar el resto del año estar con ese bebé, ¡y a ti te da igual!

En otro tiempo, no hacía tanto, puede que a Mona le hubiera hecho gracia la desventura de Jade. Pero ya no.

—Ven, aprieta este colgante conmigo —le dijo.

Jade exhaló un suspiro, vaciló, finalmente asió el pequeño objeto y Mona cubrió la mano de su amiga con la suya.

¡Oh, sí! Habría mucho que ver, pensaba Henry, entre las grandes batallas de Charles Le Brun, cuya humeante enormidad, con sus caballos encabritados, las espadas en alto y docenas de rostros retorcidos le recordaba a sus propios reportajes de guerra... si no fuera porque Le Brun no ponía ni una gota de sangre, ni una víscera desparramada: pintaba masacres limpias. Pero había que elegir y, para los ojos de Mona, Henry prefirió pasar por alto los esplendores de Luis XIV y llevarla ante un cuadro ejecutado durante la Regencia, ese momento de la historia que le gustaba sobre todo por esa especie de relajación del cuerpo social, un cuerpo en tensión y acosado por el absolutismo solar del reinado anterior que de pronto respira, se emancipa, se exalta. Y llora...

Era la efigie de un joven moreno de pie, muy recto y con los brazos caídos, en medio de la naturaleza. Estaba ligeramente descentrado a la izquierda de un gran óleo sobre tabla de madera. Llevaba en la cabeza un casquete y un sombrero redondo, cuyas alas formaban una aureola que le cubría el cabello. Tenía las cejas levantadas, los pár-pados caídos y un brillo en los ojos. Las mejillas y la nariz eran ro-sadas, al igual que los lazos que sujetaban las zapatillas a sus pies, abiertos en forma de V. Vestido con un amplio y pesado traje de satén blanco, los pantalones bajaban casi hasta los tobillos y la chaque-ta blanca, abrochada con quince botones forrados, se abullonaba entre los hombros y los codos. Detrás del muchacho, en un segundo plano situado más o menos a un metro de distancia, se repartían por el suelo cinco figuras. ¿Qué hacían exactamente? Era un misterio, porque solo se veía la parte superior de sus cuerpos. La cima de sus cráneos quedaba como mucho a la altura de los muslos del protago-nista. En el extremo izquierdo, un hombre de tres cuartos, vestido de negro y con gola al cuello, miraba con sorna al espectador. Mon-taba un burro con bridas, de cuya silueta oculta solo era visible par-te de la cabeza: además de una oreja enhiesta, se distinguía un ojo negro y brillante, también dirigido al espectador. Las otras tres figu-ras se encontraban a la derecha de la obra, conformaban un pe-queño grupo apretado cuyos miembros no se comunicaban entre sí. Un personaje situado junto a la rodilla del protagonista, si bien en un plano más profundo, miraba algo fuera de campo con expre-sión asombrada y llevaba un tocado en forma de grandes mechas de fuego. El más adelantado, de perfil, con traje y boina rojos y la tez del rostro ligeramente carmesí, lucía un mohín escéptico que deno-

taba indiferencia; su mano visible sujetaba la brida del asno. En medio de los dos había una joven de mirada tierna, más bien entrada en carnes, con el pelo rojizo recogido en un moño y un pañuelo anudado sobre el pecho. Remataba la escena, a la derecha del todo, el busto de piedra de un fauno perdido entre la vegetación, y un fondo de cielo despejado que se elevaba desde un horizonte muy bajo.

Desde el principio, a Mona le llamó extraordinariamente la atención el parecido entre ese muchacho tan alto y su compañero de clase, Diego. Era igualito que él, y la diferencia de edad —el chico del cuadro debía de tener diecisiete años— no cambiaba nada. Aquello la impresionó tanto que apenas se fijó en ningún otro detalle al contemplar el cuadro. Acabó preguntándose, entre preocupada y esperanzada, si las personas, una vez muertas, podían reaparecer en el curso de la historia. Se preguntó si no existiría, en alguna parte de algún museo, un cuadro que conservara el rastro de lo que había sido ella en otra existencia, otro siglo, otro país. Pero esa idea le pareció demasiado estrafalaria para compartirla con su abuelo.

—Estás soñando despierta, Mona, te conozco...

—Qué va, Dadé, estoy meditando —dijo ella, haciendo hincapié en esa nueva palabra y orgullosa de su esmerado vocabulario.

—Pues meditemos juntos, cariño. ¿Qué tenemos aquí? Un cuadro de un tal Antoine Watteau, que murió joven, a los treinta y siete años, y cuya vida es algo enigmática. Desconocemos las circunstancias en las que pudo ejecutar esta obra, de gran tamaño, como ves, cuyos bordes fueron recortados varias veces sin que se sepa cuándo ni cómo ni por qué. En resumen, ¡no sabemos gran cosa!

—¿Por eso el personaje se ha movido un poco del centro?

—Buena observación, Mona. En efecto, el joven alto que domina la composición está ligeramente descentrado a la izquierda, y ese encuadre sorprendente contribuye a la sensación de oscilación e incluso de discordancia de la escena. Es posible que se trate de la consecuencia fortuita de ese recorte de los márgenes, pero también es legítimo atribuirlo a la audacia de Watteau, más ingeniosa y creativa aún por ser meramente alusiva. Además de este personaje, hay otros cuatro, todos ellos procedentes también de la *commedia dell'arte*.

—¡Eso es teatro!

—Cierto, y debo añadir que el teatro me aburre un poco... Pero ¡no la *commedia dell'arte*! La tradición viene de Italia, y los actores están constantemente inmersos en la acción. Se expresan mediante exagerados movimientos corporales. Ese tipo de espectáculo divertido y cruel estaba muy de moda en el siglo XVIII. Tenía algo de carnavalesco, ponía el mundo y la sociedad patas arriba y permitía que el más insignificante amenazara con dar una paliza al más poderoso.

—Ese chico..., yo diría que es el retrato de alguien. —Mona seguía intentando conciliar la figura pintada y el recuerdo de Diego, y esperaba que su abuelo le revelara una identidad secreta en la que pudiera cristalizar el espectro de su camarada.

—Esta vez no es el caso, Mona. No sabemos quién es. Durante mucho tiempo este personaje se llamó Gilles, pero ahora se llama Pierrot. Esta confusión es lógica, porque en los espectáculos de la época Gilles y Pierrot eran dos personajes muy parecidos, incluso intercambiables. Compartían un origen humilde, un temperamento ingenuo (aunque a veces astuto) y dotes para la acrobacia.

—Yo me imaginaba a Pierrot con la cara toda blanca y mucho maquillaje negro.

—Sí, pero esa moda del Pierrot con la cara empolvada y maquillada no se impondría hasta el siglo XIX. Observa, sin embargo, hasta qué punto el artista ha trabajado ese candor casi fantasmal, gracias al inmenso abanico de tonalidades del traje. Está pintado con albayalde, un pigmento muy rico en plomo y por tanto muy tóxico. Hay quien dice que Watteau murió envenenado debido a sus emanaciones.

—Y sin embargo el que está detrás, ese que va de oscuro y se ríe, ¡está burlándose de nosotros!

—¡Sí, qué contraste entre los dos! Ese hombre, ya mayor, es el médico: un artero y pretencioso personaje de la *commedia dell'arte* que presume de su supuesta inteligencia, pero que en realidad no es mejor que el burro a cuyos lomos cabalga. ¡La autoridad de los sabios no es más que una farsa, nos dice Watteau! Y, al otro lado, el hombre del curioso tocado que recuerda la cresta de un gallo es Leandro, que suele ir asociado a su encantadora concubina, Isabella. Juntos forman el dúo amoroso típico de la *commedia dell'arte*, aunque el cuadro de Watteau no transmita sus sentimientos recíprocos. Hay que decir que tienen que lidiar con la proximidad del último personaje, el malvado Capitán, arrogante, vanidoso, taimado y cobarde, que aquí luce un mohín antipático mientras tira de la cuerda que estrangula al pobre asno. Y todos estos personajes, en su propio misterio, encierran la promesa de intrigas, maquinaciones y desenlaces, giros tan inesperados como deliciosos y réplicas fatídicas. En este sentido, el cuadro bien podría ser un cartel publicitario de una compañía de actores para promover la ilusión que procura el teatro.

—¡Ah! Si era un anuncio, ¡todo el mundo conocería el cuadro!

—Pues no... Se cuenta que esta obra pasó desapercibida en su tiempo, se perdió durante años y reapareció en la tienda de un tal Meuniez, comerciante de la place du Carroussel, en el centro de

París, casi un siglo después de la muerte de Watteau. Para atraer a los clientes, el avispado anticuario escribió con lápiz blanco, a modo de eslogan, un fragmento de una canción famosa de la época: «¡Qué contento se pondría Pierrot si tuviera el arte de complacerte!». Y el payaso triste sedujo a un tal Vivant Denon, que pasaba por allí y pagó la módica suma de ciento cincuenta francos para hacerse con él. Eso fue en 1802. Y, ese mismo año, Vivant Denon fue nombrado por Napoleón Bonaparte director del museo del Louvre, el primero de la historia...

—Qué curioso, Dadé, es como si la obra hubiera vuelto a hacer publicidad.

Henry asintió, orgulloso de su nieta, que a todas luces progresaba rápidamente. Luego le pidió que se diera la vuelta para enseñarle un cuadro cerca del *Pierrot*.

—Veamos ahora este otro lienzo de Watteau, contemporáneo de su *Pierrot*. Muestra a una elegante muchedumbre de clase alta peregrinando felizmente a la isla de Citerea, una isla griega conocida por su culto a la diosa del amor, Afrodita. Este cuadro resultó crucial en la corta vida de Watteau. En 1717, fue su pieza de recepción en la Real Academia de Pintura y Escultura, es decir, la demostración de sus habilidades para ingresar en esta prestigiosa institución, de carácter muy clásico, que le garantizaba las bases de una carrera oficial. Pero inauguró un nuevo género: la *fiesta galante*, donde el mundo parecía entrar en un estado de ingravidez, flotando en la euforia de los sentimientos y el ocio.

Al decir esto, Henry no pudo resistirse a evocar los años sesenta, cuando las ansias de evasión a través de las drogas, el amor universal, la psicodelia y la poesía respondían a ese mismo deseo de escapar de la gravedad. En la isla de Wight, los hippies revivieron sin saberlo la excursión a Citerea mientras trataban de

liberarse de las cadenas de la historia celebrando grandes reunio-
nes en plena naturaleza. Se acordó de los Jefferson Airplane,
y pensó que no era casualidad que el grupo estrella del primer
festival de Wight, en 1968, llevara el nombre de un avión. Las
notas del bajo de «White Rabbit» planeaban por el cielo de su
memoria. No cabía duda de que esa música, que aspiraba a alcanzar el nirvana a través de los sonidos de una guitarra eléctrica, estaba en sintonía con las extravagantes visiones de Watteau,
tanto o más que las óperas de Scarlatti o las cantatas de Bach...
En esas pinceladas de rosa brillante que estallaban aquí y allá
entre los grises, azules y verdes, se veía que Watteau ya lo había
entendido todo sobre esa elevación gozosa que los aficionados al
hachís atribuyen al kif.

—Estás soñando despierto, Dadé.

—No, ¡estaba meditando!

—Cuéntame qué pasaba en aquella época. ¿A la gente le gustaban las fiestas tanto como al ministro de Luis XIV, el que fue
a la cárcel?

—Sí. El hombre que inventó el método para hacer el cham-
pán, el abate Dom Pérignon, murió dos semanas después que
Luis XIV, no te digo más. El periodo conocido como la Regencia,
cuando Luis XV era aún demasiado joven para reinar, tenía los
labios remojados en burbujas. La Regencia es un momento extraño: las costumbres mundanas salen de la corte de Versalles para
extenderse por todo París y consagrar la era del libertinaje.

—¿Qué es el libertinaje, Dadé? ¿Ser libre?

—Más o menos. Pero ser libre de cuerpo y espíritu, en oposición a las estrictas consignas de la Iglesia. Significa dar más valor
al placer del presente que a las reglas morales establecidas por la
religión. El arte de Watteau parece ser la expresión perfecta de ese
estado de ánimo desenfrenado, salpicado de una plétora de acti-

vidades recreativas: bailes de disfraces, salones refinados, conciertos, concursos de elocuencia, juegos de todo tipo, desde el cróquet hasta las tablas reales, sin olvidar banquetes rebosantes de comida y bebida. Y sin embargo... ¿no dicen otra cosa los brazos caídos y el rostro de Pierrot?

—Me da la impresión de que está triste porque debería sentirse feliz.

—Extraordinariamente bien expresado, Mona... Este buen Pierrot, cuya función es entretener interpretando un papel, está como alejado de él. No hay fiesta sin bambalinas; estamos en su corazón, y ese corazón está abrumado. Está deshecho. Pero no es negrura lo que describe el pintor, sino simplemente el aire distante de quien se ha cansado de distraer a los demás. La *commedia dell'arte*, siempre en movimiento, se ha detenido de repente. La fiesta tiene su cuota de derrota. Por eso hay que desconfiar de ella, sobre todo cuando se normaliza y se convierte en una obligación social. La comedia, el juego, las bromas, el libertinaje y la chanza dejan (nos dice Watteau) un regusto melancólico, porque el cuerpo acaba inevitablemente agotado y la necesidad constante de ser feliz se hace insostenible.

—Si todo el mundo mirara a Watteau como nosotros, ¡se acabaría la diversión!

Henry se echó a reír, consciente de que se había dejado llevar por su tendencia a la melancolía en su lectura del *Pierrot*.

—Puedes estar tranquila, los pintores que sucedieron a Watteau, en primer lugar François Boucher, se inclinaron más por el libertinaje y la ligereza en sus obras, ignorando cualquier trasfondo melancólico. Una frivolidad muy del gusto de Madame de Pompadour, por cierto, apasionada de las artes y favorita de Luis XV en las décadas de 1740 y 1750. Luego, poco antes de la Revolución francesa, esta estética un tanto ingenua y superficialmente festiva acabó provocando rechazo, pero esa es otra historia...

—Dadé, este *Pierrot*..., con su nariz y sus mejillas enrojecidas, parece tan apenado... ¿Cómo podríamos decirle que lo queremos?

—Mirándolo como lo miras.

LOUVRE

1. Sandro Botticelli
Venus y las tres Gracias ofreciendo
presentes a una joven
1475-1500
Museo del Louvre

2. Leonardo da Vinci
La Gioconda
1503-1519
Museo del Louvre

3. Rafael
La bella jardinera
1507-1508
Museo del Louvre

4. Tiziano
El concierto campestre
1500-1525
Museo del Louvre

5. Miguel Ángel
El esclavo moribundo
1513-1515
Museo del Louvre

6. Frans Hals
La gitana
ca. 1626
Museo del Louvre

7. Rembrandt
Autorretrato frente al caballete
1660
Museo del Louvre

8. Johannes Vermeer
El astrónomo
1668
Museo del Louvre

9. Nicolas Poussin
Et in Arcadia ego
(Los pastores de Arcadia)
ca. 1638
Museo del Louvre

10. Philippe de Champaigne
Exvoto
1662
Museo del Louvre

11. Antoine Watteau
Pierrot
1718-1719
Museo del Louvre

12. Antonio Canaletto
El Molo visto desde el Bacino
de San Marcos
1730-1755
Museo del Louvre

13. Thomas Gainsborough
Conversación en un parque
1746-1748
Museo del Louvre

14. Marguerite Gérard
La alumna interesante
ca. 1786
Museo del Louvre

15. Jacques-Louis David
El juramento de los Horacios
1784
Museo del Louvre

16. Marie-Guillemine Benoist
Retrato de Madeleine
1800
Museo del Louvre

17. Francisco de Goya
Cabeza de cordero y costillares
1808-1812
Museo del Louvre

18. Caspar David Friedrich
El árbol de los cuervos
ca. 1822
Museo del Louvre

19. William Turner
Paisaje con río y bahía al fondo
ca. 1845
Museo del Louvre

ORSAY

20. Gustave Courbet
Un entierro en Ornans
Entre 1849 y 1850
Museo de Orsay

21. Henri Fantin-Latour
Homenaje a Delacroix
1864
Museo de Orsay

22. Rosa Bonheur
Arando en el Nivernais
1849
Museo de Orsay

23. James Whistler
Arreglo en gris y negro n.° 1
(Retrato de la madre del artista)
1871
Museo de Orsay

24. Julia Margaret Cameron
La señorita Herbert Duckworth
1872
Museo de Orsay

25. Édouard Manet
El espárrago
1880
Museo de Orsay

26. Claude Monet
La Gare Saint-Lazare
1877
Museo de Orsay

27. Edgar Degas
Ballet
ca. 1876
Museo de Orsay

28. Paul Cézanne
La montaña Sainte-Victoire
ca. 1890
Museo de Orsay

29. Edward Burne-Jones
La rueda de la fortuna
Entre 1875 y 1883
Museo de Orsay

30. Vincent van Gogh
La iglesia de Auvers-sur-Oise
1890
Museo de Orsay

31. Camille Claudel
La edad madura
ca. 1902
Museo de Orsay

32. Gustav Klimt
Rosales bajo los árboles
1905
Succession Nora Stiasny
Anteriormente: Museo de Orsay

33. Vilhelm Hammershøi
Hvile [Reposo]
1905
Museo de Orsay

34. Piet Mondrian
Almiares III
ca. 1908
Museo de Orsay

BEAUBOURG

35. Vasili Kandinsky
Boceto para la cubierta del almanaque
Der Blaue Reiter
1911
Centro Pompidou

36. Marcel Duchamp
Portabotellas
(Erizo, Secador de botellas)
1914-1964
Centro Pompidou

37. Kazimir Malévich
Cruz negra
1915
Centro Pompidou

38. Georgia O'Keeffe
Estrías rojas, amarillas y negras
1924
Centro Pompidou

39. René Magritte
El modelo rojo
1935
Centro Pompidou

40. Constantin Brancusi
El pájaro en el espacio
1941
Centro Pompidou

41. Hannah Höch
Mutter [Madre]
1930
Centro Pompidou

42. Frida Kahlo
«El marco»
1938
Centro Pompidou

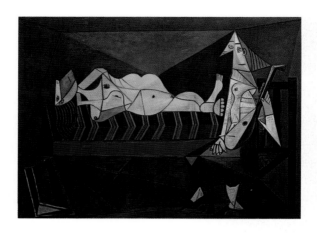

43. Pablo Picasso
L'Aubade
4 de mayo de 1942
Centro Pompidou

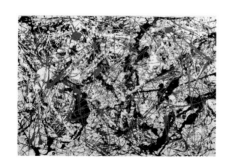

44. Jackson Pollock
*Pintura (Plata sobre negro,
blanco, amarillo y rojo)*
1948
Centro Pompidou

45. Niki de Saint Phalle
La novia
1963
Centro Pompidou

46. Hans Hartung
T 1964-H45
1964
Centro Pompidou

47. Anna-Eva Bergman
No 26-1976 Proa negra
1976
Centro Pompidou

48. Jean-Michel Basquiat
Sin título
1983
Centro Pompidou

49. Louise Bourgeois
Precious Liquids
1992
Centro Pompidou

50. Marina Abramović
Boat Emptying, Stream Entering;
White Dragon: Standing,
Red Dragon: Sitting,
Green Dragon: Lying
1989
Centro Pompidou

51. Christian Boltanski
La vida imposible de C. B.
2001
Centro Pompidou

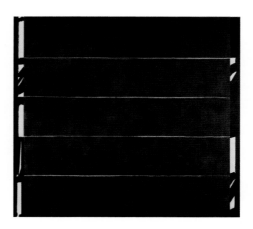

52. Pierre Soulages
Pintura 200 × 220 cm, 22 de abril de 2002
22 de abril de 2002
Centro Pompidou

12

Antonio Canaletto

Pon el mundo en pausa

Mona hacía los deberes en la tienda junto a su padre, que se debatía con el dial de un teléfono de disco. Se había puesto a arreglar el viejo aparato para poder llamar desde ahí a teléfonos digitales. Llevaba dos días sin beber una gota de vino, porque su botellero estaba casi lleno y su bodega casi vacía, y no tenía un céntimo, ni en la caja ni en los bolsillos. Justo cuando estaba a punto de cerrar, entró un hombre canturreando. Paul no siempre recordaba a sus clientes, pero a este estaba seguro de no haberlo visto nunca. Debía de rondar los ochenta años, con una gran sonrisa bajo la calva, ojos azul acero y un traje verde y beis, obviamente confeccionado a medida en fino tweed. Sin tener el mismo carisma que Henry (que además llevaba gafas de montura gruesa), pertenecía a esa raza de individuos de edad avanzada que te abruman desde el primer momento con su capital intacto de energía y seguridad viril.

—¿Puedo ayudarlo, señor? —preguntó Paul.

—No suelo necesitar ayuda, pero en esta ocasión voy a preguntarle el precio de esta figurita. Me encantan los Vertunni y me parece muy raro que la haya colocado usted ahí, ¡sola! ¡Pobrecita!

Mona levantó la nariz del cuaderno. ¡La figurita! Era su descubrimiento de hacía tres semanas y se le había olvidado por completo. En cuanto a Paul, pensó que le tomaba el pelo. No tenía ninguna figurita en la tienda... Y, sin embargo, tuvo que reconocer que en un rincón, junto a un cenicero, la efigie de plomo de un payaso tocando los platillos, con apenas unos centímetros, esperaba pacientemente a que llegara un conocedor.

—Es maravillosa —añadió el visitante—. ¡Dígame cuánto le debo!

—Bueno —improvisó torpemente Paul—, son..., son diez euros...

—¿Diez euros por un Vertunni de esta calidad? Vamos, vamos, o está intentando complacerme o no conoce su valor real. Sea como sea, yo soy el beneficiario y usted un pavo. Y, como no me gusta animalizar a las personas, que ya bastante se comportan como animales, aquí tiene los cincuenta euros que vale, como poco, querido amigo. Además, solo tengo este billete en la cartera y odio las tarjetas de crédito.

—Yo... Usted...

—No, no me lo envuelva... Me lo llevo así, ¡es para jugar ahora mismo!

Y se fue, tarareando las mismas notas que cuando llegó, evidentemente encantado. Sin decir una palabra, Mona corrió hacia su padre y lo arrastró, tirándole de la manga, hasta la trastienda. Con el dedo, y aún sin abrir la boca, le señaló, entre la pila de viejas cajas de cartón, la que había tirado ella unos días antes y en cuyo interior se amontonaban decenas y decenas de esas pequeñas figuritas de plomo. Paul no daba crédito. No recordaba de dónde había sacado aquella caja e ignoraba el valor de su contenido. Pero sin duda era una grata sorpresa inesperada. Y Paul, que hacía tiempo que no se sentía tan jovial, se abalanzó sobre la botella de vino que le quedaba para celebrarlo en la cena.

De camino a casa, llevaba la botella en una mano y, agarrada de la otra, a Mona, cuyo estado de ánimo oscilaba entre el deseo de compartir la felicidad de su padre y una sorda amargura por el vino que él aferraba. Así que, en contra de lo que dictaban las circunstancias, se atrevió a hablarle.

—Papá...

—Dime, Mona.

—¿Qué te parece si mejor lo celebramos otro día? Por favor...

Paul miró la botella con aire glacial. Había captado el mensaje, de modo que dio marcha atrás y volvió a dejar su futura borrachera en la bodega. Así finalizaba la tercera jornada sin alcohol.

El miércoles siguiente era el último día del mes de enero y, al cruzar la gran explanada del Louvre, Mona tuvo una curiosa impresión. Su abuelo notó enseguida que la niña estaba incómoda y, mientras la conducía hacia la pirámide y después al ala Sully, le preguntó varias veces por qué se sentía tan tensa.

Finalmente, ella respondió que tenía la sensación de que alguien la seguía por los pasillos del museo... ¿Que la seguían? «Ahora va a resultar que mi nieta está desarrollando un síndrome paranoide», pensó Henry, divertido, para sus adentros. Sabía que el equivalente a un estadio de veinte mil personas frecuentaba a diario el lugar, y no menos de diez millones de visitantes cada año: suficiente para creer que a uno le pisaban los talones, pero... La tranquilizó con un beso y la empujó hacia el espectáculo de un gran canal que discurría entre palacios.

Un muelle se extendía a lo largo de unos doscientos metros. Estaba salpicado de embarcaciones, entre ellas una elegante galera con la proa muy decorada. Bajo un cielo azul apenas bañado por una bruma blanquecina, y custodiados por un orgulloso campanile, varios suntuosos edificios de piedra de distintas alturas, pero siempre alzándose sobre dos o tres niveles, se asomaban al agua y se reflejaban en ella. El más imponente era de estilo renacentista y gótico. Combinaba delicadeza —un auténtico encaje de mármol— y solidez, ya que un majestuoso piso superior de muro macizo y resplandeciente dominaba la cúspide. La arista que separaba las dos fachadas visibles del palacio estaba situada casi exactamente en el centro del cuadro. El muro más pequeño, hundiéndose en las profundidades por la izquierda, se abría a una plaza en la que, sugeridas por trazos iridiscentes, unas personas se afanaban a los pies de dos columnas, la primera con un león y la otra con un santo dando muerte a un dragón. A lo lejos se veían las cúpulas de una basílica. Pero la acción del cuadro se situaba principalmente en primer plano, sobre la superficie del agua por donde se deslizaban embarcaciones de madera de escaso tonelaje. Mientras que el formato del lienzo, de 47 × 81 cm, acentuaba la sensación de amplitud panorámica, el punto de vista estaba elevado y en medio de la cuenca, lo que permitía abarcar el espectáculo de los marineros, pescadores y gondoleros trabajando. Hablaban entre sí, empujaban sus remos o amarraban. Todo ello realizado con una pincelada excepcionalmente meticulosa que no solo daba la oportunidad de distinguir un sinfín de personajes, sino también, arcada tras arcada, balcón tras balcón, el ritmo de los decorados. E incluso, para los más escrupulosos, la ondulación de la más ínfima ola.

—¿Quieres aprender algo de italiano, Mona?

—¡Ya sé decir *ciao*, Dadé!

—Pues déjame enseñarte la palabra *veduta*, que significa «vista». La *veduta*, o vista de un sitio hermoso, de un lugar o de un monumento excepcional, era un género muy en boga en la Venecia del siglo XVIII.

—La *veduta*, una antepasada de la postal, entonces.

—Es posible, ¡sí! Salvo que los pintores que destacaban en ese género vendían sus obras a un precio ligeramente superior al de las postales. En cualquier caso, el más famoso fue Antonio Canaletto.

—¡Ah! *Canaletto* quiere decir «canal», ¡eso sí lo entiendo!

—Casi. El padre de Antonio se llamaba Bernardo Canale, que significa «canal». Ese apellido remite a los orígenes venecianos de la familia, ya que el Gran Canal atraviesa Venecia, y la cuenca que tienes delante es su desembocadura. Como lleva añadido el sufijo *-etto*, Canaletto significaría «pequeño canal», pero sobre todo indica que Antonio era descendiente de Bernardo, a quien debe mucho. Fue su padre quien inició a Antonio en la construcción de grandes escenografías, y junto con él diseñó las de las óperas del célebre Vivaldi. Debió de ser una formación excelente. Pero Antonio se cansó pronto de no ser más que un mero ayudante y, aún muy joven, se emancipó y siguió su propio camino.

Agitando sus dedos grandes y finos, Henry se apartó del cuadro y reanudó su relato, mirando fijamente a su nieta.

—Entre 1719 y 1720, Antonio dejó su ciudad natal para recorrer los cuatrocientos kilómetros de pistas de tierra que lo separaban de Roma. Por el camino vio edificios viejos y desvencijados, ruinas cubiertas de hiedra y maleza. Finalmente, cuando llegó a su destino, descubrió una mezcla de antiguas glorias y modernidad urbana. El viaje a Roma fue muy propicio para la ensoñación, y el hombre que aún no era más que un aprendiz de decorador tuvo visiones impetuosas en las que recomponía todo a su gusto. Con esto quiero decir que, en primer lugar, en sus cuadernos, plasmaba a pluma, con precisión, cierto número de motivos: una columnata, un gran monumento, un grupo de árboles..., como si se tratara de un vocabulario de base; luego, según su inspiración, redistribuía ficticiamente las cosas en su lienzo, ofreciendo así vistas que parecían completamente reales y que sin embargo procedían de una fantasía personal. Es lo que en italiano se conoce como *capriccio*.

—Y este cuadro ¿es una vista real o un «capricho»? —anticipó Mona, contenta con su pregunta.

—Esto es una *veduta*, no hay duda. Cualquier visitante de Venecia reconocería de inmediato el lugar. La Serenísima es una pequeña parcela de tierra con forma de pez, que flota en una laguna y está surcada por innumerables cursos de agua. Pero lo que abre y estructura la ciudad es la cuenca que domina la plaza de San Marcos, tal vez el conjunto arquitectónico más famoso del mundo. Si la arquitectura tiene su *Gioconda*, es esta, con sus hitos, en orden de izquierda a derecha: la Casa de la Moneda, la biblioteca pública, las estatuas de las columnatas de la plaza de San Marcos, el Palacio Ducal, el puente de la Paja y el palacio de las Prisiones. Y al fondo el *campanile* y, por supuesto, la basílica. Todos los ingredientes del poder están aquí, los símbolos de las finanzas, el comercio, el saber, la autoridad política y judicial, y la religión. Canaletto se sitúa al sur, en medio del agua, a la entrada de la ciudad; y fuera de campo, a la izquierda, se abre el Gran Canal, que serpentea a lo largo de casi cuatro kilómetros y, visto desde el cielo, traza una forma de «S» invertida. Eso le permite pintar los barcos destinados a transportar personas o mercancías.

—Se diría que lo que le interesa sobre todo es rendir homenaje a la riqueza y a los mercaderes.

—Representar el gran muelle, el *Molo*, equivalía a pintar el dinamismo y el prestigio económicos de la ciudad. Eso complacía a los clientes del pintor, que a menudo eran banqueros y gentes adineradas...

—Pero, si esas personas vivían en Venecia, podían ir a admirar esa vista en directo. ¡Bastaba con acercarse al lugar! ¿Por qué comprar un cuadro?

—En primer lugar, no todos los que coleccionaban obras de Canaletto eran venecianos. Tenía una importante clientela inglesa, por ejemplo, que estaba encantada de tener un trozo de la laguna en su casa. Pero, además, aunque estuvieras allí, nunca verías nada tan bello... Nuestra mirada no puede abarcar un horizonte tan amplio. El ángulo de visión humano es de unos ciento ochenta grados. ¡El de un gato, en comparación, supera los doscientos ochenta grados! Y no digamos las moscas, que pueden ver lo que pasa detrás y delante de ellas al mismo tiempo. Para vencer esta falla humana, Canaletto dedica tiempo a estudiar el fenómeno, utilizando la famosa *camera obscura* que mencionamos a propósito de Vermeer. La suya era portátil y la llevaba siempre encima, por las calles, pero también en el agua. Canaletto daba muestra de un gran ingenio. Llevaba la máquina consigo, la enganchaba a un barco y transcribía las locuras arquitectónicas de su ciudad con pluma y papel. Movía el visor de su aparato de un punto de vista a otro para obtener una sucesión de bocetos que, colocados seguidos, acababan ofreciendo paisajes panorámicos. En resumen, dilataba el espacio. Teóricamente, tu vista no te permitiría ver con esa nitidez todos los edificios que tienes ante ti. Necesitarías volver la cabeza, sacrificando una parte del espectáculo para captar otra. Aquí, todo surge de manera simultánea... y el tiempo parece detenerse.

Mona pensó que, gracias a Canaletto, sus ojos se habían transformado en los de un gato. Luego se puso a examinar a los gondoleros y los paseantes que salpicaban el lienzo.

—Hasta ahora siempre me habías mostrado cuadros con grandes figuras que ocupaban todo el centro. Aquí es diferente, los personajes son diminutos. Aunque veamos a los remeros charlando o a los que amarran, da la impresión de que importan muy poco.

—Has identificado una tendencia fundamental en la historia del arte: la disminución progresiva de la figura humana en beneficio de los paisajes que la rodean. Volveremos a ello cuando visitemos a Turner, Monet o Cézanne. Por ahora, basta con que recuerdes que Canaletto practica aquí lo que se conoce como *staffage*. Consiste en puntuar el cuadro con figuras accesorias carentes de significado simbólico. Sirve para añadir toques equilibrados de color, en particular amarillos, blancos y azules, que remiten al cielo despejado. Y ahora fíjate bien en la gran plaza del fondo.

—Sí, ¡cuántos detalles! Es como si ahí empezara un segundo cuadro. Dan ganas de imaginarse a toda esa gente, de caminar con ellos. ¡Parecen contentos!

—Tienes razón. El ambiente es tan agradable que se diría que esta plaza es simplemente un lugar para pasear y divertirse, y los turistas retozan hoy por ahí despreocupados. Pero ¡no te fíes! En ese Palacio Ducal que domina el lienzo se celebraban juicios y se dictaban sentencias, a veces terribles. Entre las dos columnas del león y de san Teodoro, traidores, bandidos y herejes eran ejecutados, ahorcados o decapitados. Nadie podía perturbar a la Serenísima República de Venecia...

—Ya sé que antes era más fácil matar a la gente. —Mona lo dijo con aire serio, casi profesoral—. Pero estoy segura de que aquí el artista quería hablar de la vida. Puedo sentirlo porque la luz está por todas partes, y es suave y tranquilizadora. Es *serena*.

—Es verdad. Canaletto siempre baña sus composiciones con una luz muy armoniosa que suaviza los contrastes y mantiene vivas las zonas sumidas en la oscuridad. Técnicamente, consigue esa transparencia homogénea aplicando sucesivas capas de veladuras, gracias a las cuales incluso la fachada oeste del Palacio Ducal, a pesar de estar de espaldas al sol, brilla y resplandece. Y fíjate en el tratamiento del agua: está hecha de minúsculas arrugas blancas finamente dibujadas en arcos por unos pocos pelos de un pincel deshilachado. El espacio líquido queda así solidificado por una especie de pavimento mineral.

—¡Es como si tuviera un mando a distancia y pusiera Venecia en modo pausa!

—¡Así es! La fluidez del comercio, la de la naturaleza que va del alba al crepúsculo, la de nuestra percepción siempre en movimiento se congelan, se petrifican en una revelación ideal. Canaletto detiene el mundo y nos invita a hacer lo mismo. No para abstraernos de él y meditar o rezar. No hay nada místico en su pintura, pero nos recuerda que a veces debemos parar el mundo para dominarlo y no convertirnos en sus juguetes, para no vernos sometidos a sus innumerables caprichos.

Henry guardó un largo y concluyente silencio frente al cuadro. Mona, por su parte, sintió que alguien se escabullía a sus espaldas. Se dio la vuelta. ¡Increíble! ¡Era la señora del chal verde! La misma que había estado escuchándolos mientras examinaban *El concierto campestre* de Tiziano. Estaba segura: esta vez los había seguido discretamente hasta Canaletto. ¿Y con qué propósito? Imposible saberlo. La niña dejó escapar un largo suspiro.

13

Thomas Gainsborough

Expresa los sentimientos

En general, a Camille y a Mona no las hacían esperar demasiado en la consulta del doctor Van Orst, pero ese día había retrasos debido a la huelga del personal sanitario, según les comentaron en recepción, nada más entrar. Camille, solidaria con todas las luchas sociales, se sorprendió a sí misma protestando. Intentó que las colaran por esa vez, a modo de favor, pero obtuvo una rotunda negativa, así que conectó los auriculares a su móvil y, sin preocuparse de Mona, se sumergió en la pequeña pantalla. Hizo desfilar compulsivamente secuencias cortas de debates televisivos en los que los participantes se atacaban verbalmente sobre todos los temas posibles. Esas secuencias denominadas «enfrentamientos» parecían el colmo del debate democrático. En cuanto a Mona, sentada tranquilamente con los brazos cruzados, en silencio, repasaba las palabras de la última consulta: «Un cincuenta por ciento». Habría querido preguntarle a su madre qué significaba aquello, pero no se atrevió a interrumpirla. La pareja ofrecía un espectáculo extraño. Camille estaba enganchada al flujo virtual, pasando de un vídeo a otro como si encadenara cigarrillos. Su nerviosismo iba en aumento debido a la desazón que le producían esos violentos debates. Mona la miraba, con hermosos ojos tristes, y veía cómo crecía en el interior de su madre una poderosa y atronadora agitación. Así que, en lugar de tirarle de la manga o arrancarle los auriculares, acercó el dedo al aparato y pulsó la pantalla táctil para detener el vídeo sin previo aviso. Camille levantó la vista, sorprendida y crispada. Se volvió hacia Mona, que se mostraba ingenuamente triunfante.

Justo en ese momento, un enfermero con la mirada perdida entró en la sala y anunció con voz neutra:

—Lo siento, pero hoy casi no tenemos médicos ni personal, así que solo podemos ocuparnos de las urgencias. Me temo que tendrán que volver otro día.

Una vez en el metro, Mona se dio cuenta de que su madre había dejado de toquetear el teléfono. Le preguntó:

—Pero, mamá, lo mío era una urgencia, ¿verdad?

Y Camille, incómoda, le explicó que en realidad no lo era, que solo se trataba de una revisión. Mona se rascó la cabeza.

—Digamos que lo de hoy es una pausa en mi curación —murmuró.

Mientras caminaba hacia el Louvre con su nieta, preocupado por el futuro de sus ojos, Henry pensaba en aquellos artistas cuyas cualidades se habían visto sublimadas por su discapacidad; ya le había hablado a Mona de la mano temblorosa de Poussin. Quizá algún día le hablara de Goya y su sordera. O de Toulouse-Lautrec, su minusvalía y su adicción al alcohol. O de Hans Hartung, el pintor abstracto que perdió una pierna en combate y reinventó su técnica y su gestualidad a partir de aquello. Pensaba sobre todo en esos artistas cuya percepción ocular fue mermando hasta llegar a la ceguera completa. Recordaba el caso de Rodolphe Töpffer, hijo de pintor y con una magnífica carrera en perspectiva, a quien diagnosticaron una alteración de la vista que le impedía distinguir los colores. Töpffer renunció a los pinceles, pero a cambio empezó a dibujar mucho a lápiz y a contar historias, viñeta a viñeta, como nadie lo había hecho. Así, en la primera parte del siglo XIX, se convirtió en el inventor del cómic. Pensó, por supuesto, en Claude Monet, casi ciego en su vejez, que daba a sus paisajes de Giverny una apariencia completamente pulverizada y tumultuosa: la cumbre del impresionismo más que su degradación definitiva... Y, por analogía, decidió mostrarle a Mona una obra de Rosalba Carriera, la artista veneciana contemporánea de Watteau y Canaletto, que manejaba las técnicas del pastel como nadie en su época, y que, por una broma cruel del destino, acabó en la oscuridad total, tras una arriesgada y dolorosa operación de cataratas en 1749... Una triste ironía, en efecto, pero al menos aquella mujer se había impregnado de todas las maravillas del mundo antes de esa extinción sensorial. Henry, devorado por la urgencia, aceleró el paso. Mona tenía que conocer la historia y el trabajo de Rosalba a toda costa, se decía. Pero, justo cuando estaban a punto de cruzar el arco de seguridad del museo, la niña de repente conminó a su abuelo:

—¡Dadé, hoy iremos a ver a unos enamorados!

La orden, tan imprevisible como irresistible, salió de la nada, disparada como una flecha. Henry se dejó seducir, así que se encaminaron hacia horizontes ingleses.

El cuadro no era especialmente grande: no llegaba a 75 cm de alto, y menos aún de ancho. El motivo central era una escena de exterior: una joven pareja parecía conversar. El hombre se volvía hacia su compañera, marcando el movimiento con una mano abierta que apuntaba en dirección a su rostro. Sentados uno al lado del otro, formaban una sola entidad que ocupaba una amplia superficie del lienzo: exac-

tamente la mitad de su altura total. Sin embargo, eso no impedía que la obra desprendiera una poderosa sensación de espacio, gracias al encadenamiento de sus cinco planos. En primer lugar, el de los protagonistas. El banco en el que estaban sentados se hallaba flanqueado por un arbusto que invadía el borde izquierdo del cuadro. Esa masa vegetal se hundía en las profundidades hasta conformar un segundo plano con un follaje verde y anaranjado más denso. Emanaba de las ramas nacidas de varios árboles, lo bastante altos como para perderse mucho más allá de los límites superiores del marco. El tercer plano, a la derecha de la composición, consistía en una extensión de agua cuya orilla bordeaban altos troncos y también, ya en el cuarto plano, parte de un templete sostenido por columnas con capiteles corintios. Por último, en el hueco visible a lo lejos, siempre a la derecha de la estampa, profusas nubes tapaban el cielo y filtraban una luz gris. Esto daba a la naturaleza unos tintes plateados que contrastaban con la ropa de la pareja. El varón, con la silueta recortada sobre el templete y el agua, lucía un llamativo traje rojo desabotonado sobre un chaleco amarillo. Su rostro era redondo y lampiño, cubierto por un tricornio oscuro. Sujetaba con la punta de los dedos un libro posado en sus piernas cruzadas. Con una simple pincelada, el pintor sugería también su espada enganchada a la cintura. La joven dama llevaba un amplio vestido rosa con miriñaque, cuyas faldas un poco remangadas dejaban que asomara parte de la enagua verde azulada. Tenía un abanico medio abierto en el regazo, y su rostro fresco, enmarcado por el pelo rizado bajo un sombrero flexible, miraba fijamente al espectador en lugar de al acompañante que la reclamaba.

—¡Qué guapos! —espetó Mona, sin tomarse siquiera el tiempo de examinar el cuadro en silencio.

—¡Oh, no, por favor! Atengámonos a la regla; primero observamos, en silencio. ¡Ni media palabra más!

Pasaron quince minutos, y Mona se agitaba, pataleaba, agarraba la palma de la mano de Henry clavándole las uñas. No tenía ganas de hacer preguntas. Quería hablar. Su abuelo se dio cuenta y dejó que empezara ella la lección.

—¿Ves, Dadé? Mira: él la quiere. Es un chico joven y, con su libro en la mano, le dice palabras bonitas, palabras escogidas. Tal vez recite un poema. Tal vez haya un poema en su libro que le permita decir las cosas que siente y que sus propias palabras le impiden expresar como quisiera. ¿Ves? La ama. Tiende la mano hacia el rostro de ella y le gustaría tocar con sus dedos la barbilla de su novia. O deshacer el nudo que ata su sombrero. O tal vez hace ese gesto para dar más fuerza a sus palabras, a sus propias palabras, o a las palabras del poema. La ama, está claro. Y ella también, pero lo oculta. Porque nos mira a nosotros.

—Tienes razón, ella no muestra nada, aunque nos invita a unirnos a la escena con su expresión cómplice. Es lo que se conoce como una «figura admonitora». Si estuviéramos en el cine, diríamos que es una «mirada a cámara», y sonaría menos feo. Pero vamos al grano, Mona: si esta mujer está más interesada en nosotros que en él, ¿qué te hace pensar que lo ama?

—¡Qué dices, Dadé! ¡Claro que lo ama! Mira su vestido. Es rosa y parece un gran corazón, ¡un gran corazón lleno de amor! Sonríe como la Gioconda de Leonardo. Y luego está ese abanico, que usa para darse aire y evitar sonrojarse demasiado. ¡Oh, mira sus mejillas!, ¡es incapaz de disimular! Sin conocerlos de nada, ¡puedo asegurarte que se quieren!

—Es muy posible —contestó Henry, asombrado por el ardor de su nieta—. En cuanto a su identidad, la hipótesis más probable es que quien pinta el cuadro sea también el muchacho que aparece en él. El autor de esta *Conversación en un parque* es un joven inglés de apenas veinte años. Se llama Thomas Gainsborough, y junto a él está su esposa, Margaret Burr, hija ilegítima de un duque. Gainsborough pudo aprender el oficio en Londres, en el taller de un grabador de origen francés, de nombre Gravelot. Es, sobre todo, un fascinante autodidacta. Nacido en el seno de una familia poco relevante en Suffolk, al este de Gran Bretaña, es un pintor cuyo genio es totalmente *espontáneo*, de los que solo hay uno o dos en una generación. Más aún, sus obras se caracterizan precisamente por esa exaltación de la espontaneidad. Así, lo que podría ser una alegoría llena de códigos y símbolos convencionales, o un retrato congelado de una pareja, e incluso, por qué no, la caricatura de un devaneo pícaro, se convierte, con este artista, en un instante de vida amorosa fresco y conmovedor. Este tipo de escenas es típico del arte inglés del siglo XVIII, conocido como *conversation piece*, un fragmento de conversación...

—Acuérdate de cuando me hablaste de *La bella jardinera* de Rafael, dijiste que quería dar una impresión de facilidad, pero que trabajó mucho para conseguirlo. ¿Es lo mismo aquí?

—Pues la verdad es que no. Fíjate en los árboles del segundo plano, con sus tonos rojizos otoñales y sus verdes resplandecientes: son increíblemente dinámicos porque la espontaneidad de Gainsborough es también su toque. Y digo su «toque» porque a veces dejaba el pincel a un lado y utilizaba un trozo de esponja o alisaba directamente la pintura con los dedos. Los testigos de la época dicen que la ejecución de Gainsborough era rápida, muy rápida. Y también sensual. Además, le gustaba el aroma de sus colores. ¡Huélelos, Mona! El ocre de estas hojas posee la fragancia del bosque húmedo que representa y al mismo tiempo la de los pigmentos siena de los que está hecho.

Mona cerró los ojos, apretó los puños y respiró hondo. Sus fosas nasales no captaron ni la madera húmeda ni la tierra de Siena, sino un tufillo a la colonia de su abuelo, una exhalación que a su vez estimuló en su fuero interno una reminiscencia de su abuela.

—¡Qué romántico, Dadé! Sobre todo en ese escenario, con el agua al fondo y ese pequeño templo.

—En realidad, no es un templo, Mona, sino lo que en el siglo XVIII se llamaba *fabrique* o *folie*, es decir, un decorado, una pequeña construcción que añade un toque de fantasía y teatralidad a un jardín en sí mismo rebosante, un jardín que retoma e imita las irregularidades y sinuosidades de la naturaleza en lugar de intentar domarlas y ordenarlas (como quería Le Nôtre en tiempos de Luis XIV). Gainsborough se inspira mucho en esta moda del jardín inglés, muy cercano al género del paisaje. También aquí percibe la espontaneidad de la vida y el reflejo de las emociones. Lo que este pintor nos está diciendo, siendo aún tan joven, y tan precoz, es que lo esencial es expresar los sentimientos, por cualquier medio. Conversar no es una futilidad; es un principio vital. Mira: el joven lleva una espada. Es un símbolo del mundo aristocrático inglés, que era muy distinto del nuestro de hoy, afectado y constreñido por las tradiciones y un sinfín de códigos, un mundo esencialmente contenido. Gainsborough, sin ser injurioso ni rebelde con su sociedad, nos invita, sin embargo, a confiar en nuestros sentimientos y aprender a expresarlos. No sé si es romántico en el sentido en que lo entendemos hoy, Mona, pero desde luego está en los orígenes del movimiento que estallará en toda Europa cincuenta años después y que se llamará, en efecto, «romanticismo».

—Dime, Dadé, ¿tuvieron hijos Thomas y Margaret?

—Dos niñas a las que Thomas adoraba y que pintó a menudo. De hecho, realizó numerosos retratos de gente muy joven; fue una de sus especialidades más exitosas a partir de la década de 1760. ¿Sabes?, en aquella época se empieza por fin a prestar atención a los menores, a respetar más a los niños, a tener en cuenta sus sensibilidades individuales en lugar de intentar a toda costa educarlos como adultos en miniatura. Fue una verdadera revolución, inspirada en gran medida por un filósofo llamado Jean-Jacques Rousseau.

—¿Sabes lo que más me gusta de ti, Dadé? Que siempre me hablas como si fuera una adulta...

—Bueno, sí, pero sigamos con lo nuestro. Como te decía, la fama de Gainsborough floreció en la década de 1760 y alcanzó su punto álgido entre 1770 y 1780, cuando trabajó para la familia real, justo en los inicios de la Revolución Industrial en la Inglaterra de Jorge III. Sin embargo, mantuvo tensas relaciones con la Royal Academy, la gran institución oficial, porque consideraba que sus obras estaban mal colgadas, demasiado altas y alejadas de los espectadores. Por eso prefería exponer en su casa, que ofrecía unas condiciones de exposición mucho más libres y personales. Y es que sus cuadros atraían la atención sobre los más pequeños detalles de textura, empaste y granulación. Un poco como Margaret buscándonos con la mirada. Es una pintura que llama a las manos, a los dedos, que quiere ser tan tocada como vista...

Mona se acordó de cuánto había disfrutado al examinar la escultura de Miguel Ángel desde un ángulo diferente tras subirse a los hombros de su abuelo. Esta vez quería también experimentar el impacto de una percepción diferente acercándose mucho a la obra. Así que le pidió a Henry que distrajera al vigilante entablando conversación con él. El anciano se dijo que se trataba de un subterfugio poco ortodoxo, pero accedió al pensar que tal vez su nieta nunca volviera a ver de cerca a Thomas Gainsborough, y que merecía la pena facilitarle ese extraordinario recuerdo. Así que Mona, libre de toda vigilancia y sospecha, pegó la nariz a los pliegues color rosa del vestido y a los escarpines azules con destellos blancos. Era tan prodigioso, de una belleza tan impresionante, que levantó la mano a la altura de su cara y suavemente, muy suavemente, imaginándose en el estudio del artista, en el corazón mismo de aquella época tan lejana, acercó los dedos a la punta de la tela, parecida al pétalo de una rosa mosqueta, que rozaba el camino terroso. Y la acarició.

Sonó una alarma en las salas del Louvre.

14

Marguerite Gérard

No hay sexo débil

A pesar de las llamadas a la calma de la señora Hadji, los niños estaban especialmente entusiasmados porque un agricultor había intervenido en la clase y les había prometido una degustación de frutas y verduras de temporada a la hora de comer. Corriendo hacia el comedor, Diego ya se imaginaba que acelgas, boniatos, coles kale y arándanos, cuyos nombres escuchaba por primera vez, valían «mil veces más que un Happy Meal de McDonald's», y en su boca eso significaba mucho. En la mesa, la emoción inicial duró poco y las verduritas al vapor no desaparecieron rápidamente de los platos; parecían estar pegadas. Mona contaba los bocados y miraba la papelera de reojo. En cuanto a Diego, objetivamente, el menú no le parecía estupendo, pero su deseo de creérselo era tan intenso, tan jubiloso, que masticaba ruidosamente y emitía un sonoro veredicto a cada deglución: «¡Suculento!».

Tan exagerada forma de fingirse un gourmet exasperó a uno de los niños presentes; el pobre Diego, sin verlo venir, se encontró cara a cara con un chico mucho más fuerte que él que, de malas maneras, lo mandó callar y le lanzó un gajo de mandarina a la base de la barbilla. Diego no se quejó. Abrumado por unos lagrimones contenidos bajo los párpados, se limitó a terminar la comida en silencio y luego se fue a fantasear al patio.

Mona lo vio todo. Era Guillaume, el terrible repetidor, quien había agredido a Diego. Le rompió el corazón, y se sentía culpable por estar encaprichada de Guillaume, un chico tan odioso. Después de comer, por primera vez, se acercó intencionadamente a los alumnos que jugaban al fútbol. La pelota de goma salía disparada de portería a portería, en medio de un caos de gritos y codazos. Ella lo observaba a él, tan brutal y detestable, y sin embargo tan enérgico. Entre dos pases, él se detuvo y le dijo:

—¿Qué? ¿Quieres volver a llevarte un balonazo en la cabeza?

Mona no se asustó. Estaba más bien asombrada. No podía creer que el insensible Guillaume recordara el anecdótico incidente de hacía dos meses. Y entonces una oscura valentía, de origen misterioso, hinchó las venas de Mona.

—Guillaume —le gritó, haciendo resonar su nombre de pila—. Guillaume —repitió, hasta que el juego se detuvo—. He visto lo que le has hecho a Diego en el comedor. Quedará entre nosotros porque odio a los chivatos, pero que sepas que ha sido una mierda. Es más, creo que tú también eres una mierda.

Hubo un vago clamor. Guillaume, atónito, vibrando con sensaciones que no podía controlar, se acercó a ella, que permanecía erguida y orgullosa. Incapaz de saber cómo reaccionar, hizo un gesto ridículamente torpe: le agarró el colgante y tiró fuerte de él, pero no lo suficiente para romper el hilo de nailon que hacía las veces de cadena. Y la niña, en revancha, le soltó un guantazo. De repente, el público se puso a aplaudir frenéticamente. Guillaume se rindió y se reincorporó al partido, sonrojado y avergonzado...

Esta vez —se lo había prometido a sí mismo— nada impediría que Henry llevara cabo su programa. La semana anterior había sacrificado la obra de una mujer, Rosalba Carriera, cuando Mona se empeñó en ir a ver a unos enamorados que Gainsborough encarnaba mejor que la pastelista veneciana. Pero en tiempos recientes el Louvre había tenido la excelente idea de comprar un pequeño óleo de formato mediano de la poco conocida Marguerite Gérard. El placer de ir a contemplar esa reciente adquisición sería doble. No solo iniciaría a su nieta en su prodigiosa complejidad, sino que, por añadidura, disfrutaría egoístamente del aroma a novedad que para él tenía el lienzo.

De perfil, una joven embutida en un amplio vestido con miriñaque de satén blanco, con el pelo rizado y recogido con una cinta, se hallaba sentada en un pequeño taburete. Volvía el torso hacia la izquierda de la composición, mientras que el escabel en el que acomodaba su abullonado vestido se encontraba en la esquina inferior derecha del cuadro. Un spaniel Cavalier King Charles descansaba ahí, hecho un ovillo, sobre el asiento acolchado de terciopelo azul del que colgaban unos flecos. Debajo, un gato ágil daba un salto desde el suelo para colarse a través de las patas del taburete y jugar con la cola del can, visiblemente molesto. La protagonista examinaba un grabado enmarcado de gran tamaño. Esa imagen, vista de tres cuartos y con puesta en abismo, representaba a una pareja que se precipitaba hacia una copa llevada por unos putti. *En el cristal que protegía la estampa se distinguía asimismo el reflejo de los firmes brazos de la examinadora, claramente concentrada y alrededor de la cual, en llamativo contraste, gravitaba el recargado desorden de un taller de pintura. Al fondo, dominaban el espacio algunas obras colgadas de las paredes, pero demasiado sumidas en la oscuridad para poder distinguirlas. A ambos lados de la joven había muebles. El más cercano a ella, a la luz, era un velador estilo Luis XV cubierto con un brocado rojo y liso con ribetes dorados. Un poco arrugado, sobre sus pliegues se veía un discreto collar de perlas y, más destacada, una pareja de* putti *esculpidos que se cogían del hombro y se disputaban un corazón palpitante a sus pies. Ellos mismos servían de sostén a un sombrero con una pluma, demasiado grande para sus cabezas. Un poco más al fondo, sobre la tapa de mármol de un escritorio, despuntaban en la sombra dos figuritas policromadas, una planta cuyos pétalos anaranjados caían sobre el platillo y un gran pliego de papel enrollado. Aquí y allá, al prestar atención a las zonas más discretas de la obra, se veía también un taburete de tornillo, una carpeta de dibujo, más hojas dispersas... Sin embargo, el detalle más llamativo espejeaba en la esquina inferior izquierda, al otro lado del conflicto entre el can y el felino, y como contrapunto a ese sainete. Sobre una alfombra estampada, una pesada esfera metálica reflejaba la parte del taller situada a espaldas del espectador. Aunque la bola estaba en parte solapada por el grabado y los frunces de la alfombra que la envolvían parcialmente, el reflejo convexo devolvía nítidamente la imagen en miniatura de una pintora en su caballete, iluminada por la luz de una ventana y rodeada de un perro tumbado, otra mujer sentada y dos hombres de pie, uno de los cuales observaba el trabajo de la artista en cuestión.*

Durante los quince o veinte minutos que pasó frente a la obra, y a pesar del predominio de la figura central y el fascinante detalle de los reflejos, Mona centró su atención en el felino de espaldas. Aun así, conociendo a su abuelo, fue lo bastante lista para comprender lo que motivaba la lección del día y dio en el clavo al abrir la conversación.

—Bueno, Dadé, se diría que solo los chicos tienen derecho a ser artistas en el Louvre. Hubo que esperar a 1787 para que por fin una chica...

—Veo que has leído el nombre de la autora en la cartela, querida Mona. Y tienes razón, Marguerite Gérard abre una brecha en un mundo dominado por hombres. Sobre todo porque no se conforma con ejecutar, como mujer, una extraordinaria obra de arte; su trabajo, por el tema que aborda, supone una valoración positiva de las mujeres en general.

Mona no pudo evitar proyectarse en el cuadro mientras reflexionaba sobre el título —*La alumna interesante*—, y se dio cuenta de que ella misma, al lado de su abuelo, estaba aprendiendo a juzgar y analizar las imágenes, tal como parecía estar haciendo la protagonista del largo vestido de satén.

—Va vestida un poco como la mujer de Gainsborough la semana pasada... ¿Quién es?

—El cuadro no precisa la identidad exacta de la modelo, Mona. Aunque, gracias a la meticulosa investigación histórica, hoy se cree que podría tratarse de una tal señorita Chéreau. Pero eso no importa. Esta obra de Marguerite Gérard no es un retrato como *La gitana* de Frans Hals, sino una escena de género.

—¡Ah, sí! Ya me acuerdo, esos cuadros que representan momentos de la vida de todos los días.

—Y, como centro de esta escena, ensalza las cualidades de una joven que podría ser cualquier joven, caracterizándola como una experta capaz de determinar el valor de una obra de arte.

—Algo que, gracias a ti, quizá yo pueda hacer algún día.

—Ya eres toda una experta, querida. Eres un poco como mi *alumna interesante*. Pero te prohíbo que manipules ese cuadro como hace ella con su estampa... No querrás que salten las alarmas del Louvre cada semana, ¿verdad? De todos modos..., ya que eres una entendida, ¿por qué no me dices lo que piensas?

—Me recuerda un poco a Vermeer... Pero me dijiste que cayó en el olvido durante mucho tiempo...

—Es cierto, así fue. Sin embargo, más allá del caso concreto de Vermeer, el arte neerlandés del siglo anterior era muy popular en la década de 1780. Así que tienes razón. En Francia se redescubrieron con mucho interés las escuelas nórdicas, y sin duda Marguerite está influenciada por ellas. Asume los retos del estilo holandés, en particular la acumulación de detalles y telas y la sutileza de los fenómenos ópticos. Y, más que con Vermeer, ignorado en la época y cuyas atmósferas destilaban algo serio y metafísico, se la ha comparado con Gerard ter Borch. ¡Oh! El público de a pie apenas lo conoce hoy. Sin embargo, desde su carrera en Ámsterdam en la década de 1630 hasta finales del siglo XIX, fue un grandísimo modelo artístico... Pues bien, la pintura de Marguerite Gérard rivalizaba con la suya.

—Pero ¿fue la primera mujer de la historia en convertirse en artista, Dadé?

—Afortunadamente, no. Aunque el hecho es que las restricciones culturales las discriminaban tanto que hubo muy pocas hasta el siglo XIX, e incluso hasta principios del XX. Permíteme darte algunos ejemplos de esta iniquidad: durante el Renacimiento y los siglos XVII y XVIII, la Iglesia se negaba a permitir que los sexos se mezclaran en un mismo taller, y, por tanto, en presencia de aprendices o modelos masculinos, las mujeres apenas lograban formarse allí, salvo que el taller perteneciera a la familia. Como, por otra parte, se consideraba que las mujeres eran criaturas delicadas, se las destinaba a trabajos limpios y seguros, y no podían convertirse en escultoras. Y, por mucho que alcanzasen notoriedad, tenían prohibido tratar los temas más prestigiosos, como las escenas militares, por lo que quedaban confinadas a lo anecdótico y casi siempre ejercían como aficionadas. Todo ello derivaba del prejuicio de que la mujer era el *sexo débil*. Débil en el sentido de que se entregaba fácilmente a sus pasiones, y por ello había que mantenerla al margen y protegerla de los grandes asuntos del mundo, como la guerra. Así que las artistas que consiguieron irrumpir en la historia, como Artemisia Gentileschi en Italia en el siglo XVII, o Mary Moser en Londres en la década de 1770, son a la vez casos raros, pioneras y heroínas.

—Entonces ¿dirías que Marguerite Gérard es una heroína?

—Bueno, a su manera sí. Porque no retrocede ante nada. ¡No importa si en su tiempo piensan que las mujeres son el sexo débil! ¡Que lo piensen! Ella solo tiene veintiséis años, ¡pero va a darlo todo! Mírala en este cuadro, Mona. En primer lugar, en torno al tema principal, el examen minucioso de un grabado, despliega un sinfín de temas secundarios: la interacción de dos animales retozando, alusiones a la ternura y al amor, el dinamismo de objetos supuestamente inertes, una clase de pintura de caballete. A pesar de la abundancia de detalles, la obra mantiene una perfecta unidad gracias al equilibrado reparto de los motivos y a la distribución de la luz. Luego multiplica la gama de materiales que va a representar, ya sea la textura de un bordado resplandeciente o la carnación de una piel humana, pasando por el grano mineral de una escultura. Por último, distorsiona las imágenes dentro de la propia obra: la estampa se escorza por efecto de la perspectiva e incorpora el reflejo de la manga plisada; la alfombra y la hoja bajo el globo metálico se pliegan sobre la esfera reflectante hasta que esta se encoge y curva las figuras que están fuera de campo. No es una mano hábil la que ha hecho esto, es la habilidad personificada. La demostración fehaciente de que no hay jerarquía en los sexos.

—Pero hay una cosa que me intriga de todo esto, Dadé. —Mona hizo una pausa muy larga, rascándose la cabeza—. El cuadro se titula *La alumna interesante*... Pero esa chica con ese vestido tan largo ¿es la alumna o la maestra?

Con la ingenua inocencia de su pregunta, Mona estaba adivinando el enigma central del cuadro. Henry saboreó la pregunta y recurrió a un tono más pausado para desarrollar su respuesta.

—Hasta ahora hemos supuesto que la mujer que observa el grabado es la designada por el título. ¿Estamos de acuerdo?

—Sí.

—Pero no hemos mirado bien...

—¿Qué quieres decir, Dadé? ¡Yo he mirado bien!

—Yo también, Mona. Y he visto que en realidad hay un maestro en la obra.

—¿En serio? Y ¿dónde lo ves?

—Se llama Jean-Honoré Fragonard y lo apodaban «el divino Frago». Es heredero de Watteau y uno de los artistas más grandes del siglo XVIII, representante de la tendencia libertina en la pintura. Pues bien, Fragonard está ahí.

—Pero ¿dónde?

—En primer lugar, la estampa que ocupa el centro de la composición no es otra cosa que una reproducción de uno de los cuadros alegóricos más bellos de Frago, de 1785, titulado *La fuente del amor*. En él, dos amantes corren a beber apasionadamente de una copa sostenida por unos *putti*. No se distingue bien a los *putti* de la lámina, pero están, por así decirlo, duplicados y dotados de volumen gracias a la pareja de angelotes que se yergue sobre el velador, cariñosamente ridiculizados por el sombrero demasiado grande que los corona. Y, por otra parte, Mona, todavía no hemos mirado de cerca el diminuto reflejo en la bola de metal a la izquierda de la obra. —Aquí Henry hizo una larga pausa—. Fíjate bien: se ve el resto del taller. Y, además de un perro echado, se perfilan las siluetas de cuatro personajes. Se trata obviamente de la propia autora, Marguerite Gérard, trabajando en su cuadro. A su lado está sentada su hermana, la miniaturista Marie-Anne

Gérard, mientras que su hermano Henri, excelente grabador, se sitúa a la derecha del reflejo. Por último, detrás de la artista en su caballete se encuentra el marido de Marie-Anne, cuñado y maestro de Marguerite. Es precisamente Fragonard, que supervisa a su alumna... ¿Entiendes lo que significa?

—Que la *alumna interesante* es la misma que pinta el cuadro y que se ve en pequeño en el reflejo...

—Exactamente, Mona. Hemos resuelto el enigma: la alumna es Marguerite Gérard bajo la atenta mirada de Fragonard, que la encuentra interesante... De hecho, el profesor se muestra tan cómplice con su extraordinaria discípula que ha tomado los pinceles para pintar un motivo en este cuadro... Es lo que explica que su nombre aparezca mencionado en la cartela junto al de la autora. Un detalle del lienzo ha sido pintado por Frago. ¿Puedes adivinar cuál?

—Dame una pista, por favor.

—Algo que te habría encantado como regalo navideño...

—¡Miau! ¡El gato! ¡Frago pintó el minino!

15

Jacques-Louis David

Deja que el pasado sea tu futuro

El coleccionista de piezas Vertunni nunca volvió a la tienda de antigüedades. Una pena, porque Paul decidió hacer un inventario somero de las figuritas de plomo encontradas en la vieja caja perdida y repartió por el local unas quince de las trescientas veintinueve que yacían inactivas. Siguiendo el consejo de Mona, decidió ubicarlas en distintos rincones estratégicos, en lugar de agruparlas como un bloque homogéneo de mercancía.

Un domingo, después de terminar los deberes, la niña se unió a su padre para seguir ayudándolo con la decoración. Se empeñó en colocar a un hombre diminuto tumbado en un banco bajo el haz luminoso de un tubo fluorescente, para crear la ilusión de una siesta estival. Para lograrlo, tenía que desplazar ligeramente el gancho del que colgaba el neón. Eso implicaba abrir la escalera de mano, trepar por ella, coger un martillo y clavar un clavo en la pared. Cosas que, cuando se han hecho antes, parecen absolutamente obvias, pero que si nunca se han hecho son una incógnita que promete un amplio abanico de amenazas y lesiones. Paul le recordó con ternura a su hija que él era el manitas de la casa, y por tanto se encargaría de la operación. La negativa de Mona fue clara, casi brutal.

La escalera se tambaleaba y el martillo pesaba mucho, pero Mona se las arregló de maravilla durante un rato. Hasta que ocurrió algo inesperado. Al dar un último golpe de mazo sobre el metal, notó que algo se rompía. Por una inexplicable combinación de circunstancias, el sedal que sujetaba su colgante, del que el terrible Guillaume había tirado unos días antes, se soltó. A cámara lenta, la concha cayó, golpeó la plataforma sobre la que descansaban los pies de la niña, rodó por ella, volcó y atravesó el entramado de una rejilla de ventilación del suelo. El corazón de Mona estalló. Empezó a chillar. Paul se levantó de un salto de su asiento y, con un brazo, la agarró como un pequeño fardo para dejarla en el suelo, imaginando que se había magullado un dedo. No consiguió hacer que hablara hasta pasados cinco segundos, cuando se agachó gritando:

—¡Abuela!

Era incongruente, casi cómico, pero Paul supo al instante lo que significaba. El colgante se había caído, tal vez perdido. Se quedó atónito ante lo que vio. El conducto de ventilación donde se encontraba el objeto estaba bloqueado por una gran rejilla de hierro fundido, suficiente para desanimar al más fuerte de los convictos. A Mona no le importó. Sin decir palabra, tiró de ella con la oscura determinación de un secuestrado. Uno, dos, tres, cinco intentos..., a punto estuvo de romperse las muñecas. Al sexto, la rejilla cedió. Mona introdujo el brazo hasta el codo en la oscuridad del agujero y pudo recuperar el amuleto. Solo entonces, aliviada, pudo pegarse al pecho de su padre y dejar que corriera un torrente de lágrimas.

Después, en la cena, le contó la historia a su madre, sin insistir, sin jactarse. Fue a acostarse enseguida después del postre, que dejó a medio terminar. En la cama, debajo de su póster de Seurat, a la niña le asaltaba ahora una duda: ¿debía decirles a sus padres que, durante aquellos interminables segundos en los que le dio un vuelco al corazón, mil y un puntos negros le habían sustraído de nuevo la vista?

Esa sesión del miércoles sería la última dedicada a una obra del Antiguo Régimen, constató Henry. «¡Caramba! —se dijo—, ya estamos a mediados de febrero, las semanas pasan volando, ahora urge recuperar el tiempo perdido presentando a Mona al menos un encargo oficial de la monarquía, en lugar de un cuadro de caballete». Al mismo tiempo, se daba cuenta de que el panorama artístico que estaba trazando para la niña corría el riesgo de tener alguna que otra laguna relevante. ¡Bueno! Hoy abordarían un encargo de gran envergadura. Tan grande, de hecho, que el hombre al que se le adjudicó en 1783, conocido por su temperamento extraordinariamente orgulloso, ¡tuvo la osadía de entregar dos años más tarde un lienzo que superaba el tamaño prescrito por el director general de los Edificios del Rey! Es más, la obra, aunque ejecutada para la corte de Luis XVI, iba a ser considerada retrospectivamente como el estruendo premonitorio de un terremoto insurreccional sin precedentes en la historia... Todo esto había que explicárselo a Mona, que se acercó al cuadro despacio, entre tímida y desconfiada.

Era el instante de un juramento colectivo. El lugar y el vestuario eran antiguos. El suelo, de acusada mineralidad, se estructuraba en un pavimento de grandes baldosas gris y teja, ligeramente desgastado, mientras que el fondo desplegaba una sucesión de tres arcos, montados sobre columnas dóricas. Estos daban paso a una densa penumbra. A los lados, los muros de piedra tallada completaban la escena, dramatizada por la búsqueda de simetría y la intensa luz que fluía de izquierda a derecha. En esa misma dirección se leía la acción, a la que además daba ritmo el triple arco. Saltaban a la vista, en primer lugar, tres personajes masculinos jóvenes, pegados los unos a los otros, y cuyas siluetas de perfil se hundían hacia el fondo formando una fila. Llevaban cascos con cimera, sandalias de tiras y togas con faldones rojos, azules y blancos. Todos mantenían la misma postura: las piernas separadas sesenta grados, un brazo estirado horizontalmente en línea con la mirada, la palma vuelta hacia el suelo. La mano derecha del segundo sujetaba la cintura, reforzada por una coraza, del primero, que a su vez sostenía una lanza con la base apoyada en la pantorrilla. Los brazos extendidos convergían hacia las tres espadas que levantaba frente a ellos un hombre de barba y cabello grises, con el rostro anguloso y la nariz prominente poderosamente realzados por un haz de luz cuya fuente seguían sus ojos, vueltos hacia arriba. Por último, en una especie de rima visual con los tres hombres, los tres gladius y los tres arcos, había tres mujeres sentadas, de rostros serios y cuerpos decaídos, abrumadas por una pena muda. La que se situaba más al fondo envolvía con sus brazos y el drapeado azul de su túnica a un par de niños pequeños, uno de los cuales —el mayor— observaba al grupo central. Las otras dos, poniendo punto final a la obra, aproximaban sus cabezas para lamentarse juntas. La pincelada, perfecta pero invisible, permitía observar en sus más ínfimos detalles la extraordinaria precisión de las líneas y los acabados, desde la menor vena palpitando en la superficie de un pie hasta el mortero deteriorado corriendo sobre las finas láminas de las dovelas.

—Dadé, sé que has ido a menudo a ver la guerra, pero yo odio las batallas y las armas...

—A mí tampoco me gustan, Mona. Poca gente disfruta en realidad con el derramamiento de sangre y la muerte. De hecho, la escena que estás viendo proviene de un episodio de la historia del siglo VII a. C. en el que se pretendía, precisamente, impedir un derramamiento de sangre excesivo durante un conflicto entre Alba y Roma, dos ciudades vecinas. Para evitar una masacre, se decidió que la resolución del conflicto dependiera del resultado de una única batalla entre los tres mejores guerreros de cada ciudad: los hermanos Horacios por el bando romano y los hermanos Curiacios por el albano. Se trata de un sacrificio espantoso, porque las dos familias están emparentadas. Mira a las dos mujeres de la derecha. Son Sabina, esposa del mayor de los Horacios y hermana de los Curiacios, y Camila, hermana de los Horacios y casada con uno de los Curiacios. Así que, gane quien gane, la batalla tendrá como resultado un dolor *fatalmente* insoportable. Sin embargo, los tres hijos Horacios prestan juramento a su padre: triunfaremos o moriremos, le dicen. Una causa superior a ellos mismos los anima.

—Pero ¡es horrible! ¡Y muy cruel pintar eso!

Qué razón tenía, pensó el anciano. Sin embargo, se conformó con un silencio sutil. Le habría gustado contarle cómo David, elegido años más tarde diputado de la Convención, votó sin pestañear a favor de que Luis XVI —al que llamaron Ciudadano Capeto— fuera enviado al cadalso, apoyó los baños de sangre del Terror y no dudó en ver a sus antiguos compañeros o clientes cortados por la mitad en la plaza pública. A lo que habría que añadir que, en el momento de su propio interrogatorio a finales de 1794, el artista renegó lastimosamente de su amigo Robespierre para escapar del «soplo de aire fresco» del doctor Guillotin en la nuca. Y, por último, que su pasión por la democracia y su fe en los valores del «amigo del pueblo» Marat, a quien pintó como un mártir en su bañera, se conciliaron fácilmente, diez años más tarde, en su culto al emperador Napoleón. Pero explicar ese destino zigzagueante era condenar al hombre ante los ojos de su nieta, y Henry no quería hacerlo, por miedo a hacer inaudible el mensaje del artista, que era colosal.

—No creo que le gustara la crueldad. Aprende más bien esto: David era un hombre rebelde. Lideró una firme ofensiva contra la moral y las ideas de los libertinos.

—¡Ah! ¡Lo recuerdo! Me hablaste de eso delante del cuadro de Watteau, ¿verdad?

—Sí. El espíritu libertino, muy extendido en tiempos de Luis XV, seguía presente bajo Luis XVI. Fue encarnado por el escritor y aventurero veneciano Giacomo Casanova o, en pintura, por el «maestro Frago», a quien mencionamos la última vez. Y sobre todo por el célebre François Boucher. Cuando David era poco más que un adolescente y Boucher estaba a punto de morir, se encontraron brevemente. El veterano se contentó con dar consejos al joven, sin ser su profesor, y no tuvo tiempo de ver cómo se convertía en el artista más eminente de su tiempo. Probablemente fue mejor para él, porque, como dijo Victor Hugo, David acabó «guillotinando» a Boucher. ¡Simbólicamente, por supuesto! Pero, admirado por el público, adulado por sus alumnos y por fin todopoderoso, David se convirtió en el enterrador implacable del rococó, una labor de zapa que se aprecia con claridad en este *Juramento de los Horacios*. Desde la estricta geometría del decorado hasta las inflexibles posturas de los protagonistas, todo es severo, limpio, ordenado, afianzado por algo heroico. El encanto de las conversaciones en el parque de Gainsborough parece ya de otro mundo...

—Sin hablar del pobre *Pierrot* de Watteau, que habrá acabado en el fondo de la zanja...

—Buena observación... ¿Recuerdas que te dije que Vivant Denon encontró el *Pierrot* y lo compró en 1802, el mismo año en que se convirtió en el primer director del Louvre? ¡Pues imagínate que David se lo reprochó amargamente!

—Parece un poco horrible ese David, de esos que buscan bronca. ¡Y creo que estás de acuerdo, Dadé!

—No. Yo admiro a David. Su pintura es un paroxismo de lo que llamamos «el ideal de las Luces», un ideal fundamentado en la razón, el civismo, la igualdad para todas y todos, contrario a los intereses egoístas, la arbitrariedad del poder y el oscurantismo de los dogmas religiosos. *El juramento de los Horacios* exalta esos valores. Mira a los tres guerreros. Sus brazos extendidos y la posición de sus piernas manifiestan una implacable determinación. La mano en la cadera muestra su solidaridad. Y fíjate en la precisión con la que David representa el cuerpo: quiere que cada músculo destaque para magnificar el significado de la acción. Primero dibujaba a sus modelos desnudos, en estudios preparatorios, para captar todos los detalles de la anatomía. Eso no le impedía hacer alguna trampa, por ejemplo, alargando ligeramente un miembro para que encajara mejor con el vigor de la composición.

—Son un poco como estatuas, ¿a que sí?

—Sí, exactamente. David no era escultor, pero las figuras de sus cuadros son muy escultóricas. Las viste con ropajes de tonos fríos, y, si te fijas en la piel, verás una carnación con matices más grises que rosas. En cuanto a los efectos de iluminación, sirven para exacerbar los relieves y las aristas de los cuerpos, que protagonizan una historia monumental digna de ser petrificada. Hay que decir que el mismo año en que nació David, 1748, se llevaron a cabo inmensas excavaciones arqueológicas y se descubrió Pompeya. ¡Resurgieron físicamente episodios enteros del pasado!

—¿Y por eso pintó esta batalla de la Antigüedad?

—Sí. Aunque la Antigüedad ya fuera un punto de referencia desde el Renacimiento. Pero en la segunda mitad del siglo XVIII surgió un gusto renovado e intensificado por lo clásico. David conoció y leyó al escritor prusiano Johann Joachim Winckelmann, un hombre de una enorme erudición que pasó mucho tiempo explorando ruinas y restos de antiguas ciudades griegas e italianas y clasificando sus estilos. Por desgracia, Winckelmann fue asesinado demasiado pronto, con solo cincuenta años, en la habitación de una posada. Sea como fuere, David se adhirió a su doctrina, bautizada como «neoclasicismo»: una doctrina que considera insuperables los modelos clásicos.

—Pero, Dadé, ¿significa eso que David habría preferido vivir en el pasado?

—Esa es la paradoja... David, repito, era un hombre rebelde, y un hombre rebelde siente nostalgia. Nuestro deber, dice, es conocer ese pasado, pero para inspirarnos en él y extraer valores que nos ayuden a construir el futuro ideal: el que preconizan las Luces. Fíjate ahora en el niño de los rizos rubios. Su abuela, angustiada, lo esconde y vela por él. No es un detalle menor, en absoluto. ¿Su expresión es de preocupación? Sin duda, sí. ¿Cómo podría ser de otro modo? No es más que un niño. Sin embargo, contempla con avidez el espectáculo en el que los Horacios prestan juramento. Simboliza, pues, la tensión hacia el futuro, la renovación, una esperanza de regeneración, más allá de la tragedia que está teniendo lugar. Y también él, nervioso, desgarrado entre el drama que se desarrolla y la admiración que siente por los Horacios, está ya en rebelión.

—Has ganado, me empieza a gustar un poco más tu David...

—Me alegro. Esta obra data de 1785. Pues bien, ¿puedes decirme qué pasó cuatro años después, el 14 de julio de 1789? Te lo explico cada vez que pasamos bajo la columna de Julio y su *Genio de la libertad*...

—¡La toma de la Bastilla! Justo al lado de donde vives.

—Muy bien. Y antes de eso hubo otro evento. El 20 de junio, en una sala de juegos de Versalles, un juramento selló la determinación de toda una asamblea para redactar una Constitución más justa. Esa asamblea, unida contra el absolutismo, representaba lo que se conocía como el Tercer Estado, es decir, prácticamente todo el mundo excepto la nobleza y el clero. En cierto modo fue el inicio de la Revolución francesa. Figúrate, David recibió el encargo de pintar ese momento fundacional. Comenzó su inmenso lienzo sin conseguir terminarlo nunca. Poco importa: el juramento tuvo consecuencias enormes. Desembocó en la abolición de los privilegios, el 4 de agosto de ese mismo año, y la Declaración de los Derechos del Hombre y el Ciudadano el día 26. Esa declaración afirma que tú y yo y todos y cada uno de nosotros nacemos y permanecemos libres e iguales en derechos. Y eso, ¿te das cuenta, Mona?, suponía el verdadero acceso al ideal de las Luces. Así que merecía la pena ser rebelde.

Mona y Henry salieron del Louvre. La niña estaba medio mareada tras esa tarde en el museo. En el umbral de su casa en Montreuil, en la esquina de la rue Bara, miró a su abuelo con un aire preocupado que recordaba al del niño rubio de David. Le preguntó si creía que también ella era rebelde.

Él sonrió, pensando que la quería más que nunca.

—No, Mona, tú eres más, tú eres una revolucionaria.

16

Marie-Guillemine Benoist

Suprime todo tipo de segregación

M... R... T... V... F... U... El ojo derecho funcionaba perfectamente. E... N... C... X... O... Z... Al igual que el izquierdo. En la consulta del doctor Van Orst, Mona dio muestras de una excelente percepción, y Camille estaba encantada. Habían pasado ya cuatro meses desde el incidente y ver a su hija leer desde tan lejos le procuraba una tranquilidad que era de agradecer. La niña, es cierto, no contó a nadie la fulgurante recaída sufrida en la tienda diez días antes. Confiada por el hecho de haber superado el examen con éxito, Mona se sintió capaz de hacer más y declaró que podía leer la letra diminuta del pequeño cartel colgado junto a la tabla optométrica. Eso le hizo gracia al doctor Van Orst, que la animó a emprender el reto en cuestión. Y la niña parecía ver cada curva y cada palito de las letras negras con una agudeza excepcional. Su concienzuda elocución hizo resonar el texto clavado en el despacho: «Juramento hipocrático. Como miembro de la profesión médica, prometo solemnemente dedicar mi vida al servicio de la humanidad; velar ante todo por la salud y el bienestar de mis pacientes; respetar la autonomía y la dignidad de mis pacientes; velar con el máximo respeto por la vida humana; no permitir que consideraciones de edad, enfermedad o incapacidad, credo, origen étnico, sexo, nacionalidad, afiliación política, raza, orientación sexual, clase social o cualquier otro factor se interpongan entre mis deberes y mis pacientes; no emplear mis conocimientos médicos para violar los derechos humanos y las libertades ciudadanas, ni siquiera bajo amenaza». Camille y Van Orst felicitaron a la pequeña. Tras las trágicas circunstancias de su ceguera temporal, semejante proeza ocular los tenía fascinados. Van Orst repitió el ejercicio, a la misma distancia, pero con otra página impresa. Mona también superó la prueba. Era prodigioso.

—Tendríamos que hacer más exámenes, pero el resultado se acerca a dieciocho —dijo el médico.

—¿Puedes creerlo, Mona? ¡Dieciocho sobre veinte! —se entusiasmó Camille.

—No, no, señora, no dieciocho sobre veinte —aclaró Van Orst—, dieciocho sobre diez. Mona tiene una agudeza visual de dieciocho sobre diez. La de un tirador de élite...

Después de la consulta, por las abarrotadas calles de París, Camille estaba mucho más alegre que de costumbre y se permitió soñar un poco con su hija.

—¿De dónde has sacado tan buena vista, cariño? Te viene de tu padre, seguro. Desde luego, no de mí. ¿Francotiradora? Ese médico solo dice tonterías. Pero, quién sabe, tal vez acabes siendo piloto de la patrulla acrobática. ¡Te saludaré desde los Campos Elíseos en el desfile del 14 de julio! Y tú, al mando de tus palancas, ¡me reconocerás en medio del gentío!

—Mamá —dijo Mona, que parecía distraída—, ¿qué era ese texto?

—Texto... ¿Qué texto, cariño?

—Pues... ese que he leído en la pared...

—Ah... Era el juramento de Hipócrates, creo.

—¿Quién es Hipócrates?

—El ancestro de los médicos. El primero que definió, en la Antigüedad, los grandes principios del oficio. Algunos doctores lo cuelgan en su consulta porque le dan un gran valor.

—¡Era tan bonito ese texto!... Cuando sea mayor, me gustaría curar a la gente.

Henry admiraba la estereotomía de la pirámide de Pei, pero odiaba la vulgaridad de las galerías comerciales cercanas. Así que, cuando Mona se extasiaba delante de un cachivache o de algún anuncio, el plan de fijar en su memoria las obras de arte más hermosas y significativas resurgía con fuerza renovada. Ese miércoles en concreto se toparon con un restaurante que pertenecía a una cadena y atraía a los clientes con un perrito caliente de dos metros de altura. Además de un cuerpo formado por una salchicha encajada dentro del pan, tenía un par de patas y una cara y se echaba mostaza espesa por encima desde un tubo. La lengua le lamía la comisura de los labios como si disfrutara comiéndose a sí mismo. Era, pensó Henry, la quintaesencia de lo más repugnante que podía producir el mundo contemporáneo. Pero a Mona le dio hambre. Y Henry cedió. Sin embargo, la instó a tragarse el bocadillo sin demora. Luego, saciada y feliz, preguntó con indiferencia a su abuelo por el programa del día. Irían a ver a una hermana pequeña de la Gioconda.

Era el retrato de una joven negra sentada con el cuerpo pintado de tres cuartos y orientado hacia la derecha del cuadro; giraba un poco la cabeza y miraba de frente. A la izquierda de la composición se veía un pedacito de respaldo del sillón en el que estaba aposentada, tan pequeño que apenas se distinguía una porción del armazón de madera y unos clavos relucientes, pues el resto lo cubría un gran paño azul que caía desde el travesaño superior hasta el reposabrazos. El marco recortaba a la joven a la altura de los muslos. No se sugerían ni la forma de su vientre ni sus piernas, pues el vestido, si bien ceñido en el talle por una discreta cinta roja, se había deslizado de los hombros hasta dejar al descubierto el pecho y adoptar la apariencia de una amplia sábana blanca. El brazo derecho de la mujer lo sujetaba, formando un ángulo casi recto y con la mano cerrada; la otra mano la tenía apoyada en el abdomen. Aunque sin duda estaba sentada, la modelo podía asemejarse a un enfermo postrado en cama que yergue el busto, siendo este último el centro de atención. Parte del pecho aparecía desnudo, y el eje de los hombros finos y caídos confería el ritmo al centro de la composición mediante una elegante línea oblicua. El cuello, largo y flexible, culminaba en un rostro ovalado rematado por un gran turbante de muselina, del que pendía una punta cuya transparencia permitía ver el fondo beis, carente de detalles. Unos pocos cabellos asomaban, de la sien a la frente. En la oreja derecha destellaba un aro dorado, pero las zonas de luz que daban vida a la piel oscura eran, claramente, cuatro: el pecho descubierto, el deltoides, la clavícula y, en especial, el rostro. Allí, justo encima de la boca cerrada, un sutil haz disipaba la sombra, destacaba el puente de la nariz y, sobre todo, un ojo grande, redondo y negro. Como el fondo era neutro, el cuadro podía parecer poco profundo; en realidad, toda la profundidad del mundo había anidado en ese orbe de relieve pronunciado. La obra estaba firmada «Laville Leroulx, F. Benoist».

Tras un paciente examen de quince minutos, Mona inició una conversación con su abuelo señalando la gran marca patronímica: «Laville Leroulx, F. Benoist». Repartida en dos líneas, parecía larga y un poco complicada de leer. A Mona le sorprendía, sobre todo, su emplazamiento.

—Durante mucho tiempo no hubo un modo específico de firmar las obras de arte. Por supuesto, poner el nombre en un cuadro se convirtió en una práctica habitual a partir del Renacimiento. Permitía al pintor que lo reconocieran socialmente y certificar la autenticidad de una obra. Sin embargo, hasta el siglo XIX la práctica era imprevisible: podía firmarse o no, donde se quisiera, era indiferente. Aquí, la forma en que la firma destaca sobre el fondo neutro, con esa amplia caligrafía cursiva, la hace muy legible; exacerba la individualidad del artista. Además, su posición, justo delante del puño encogido, lo dice todo. Podría sugerir un lazo simbólico entre la persona retratada y la que retrata. Pero descifremos lo que dice: «Laville-Leroulx» es el apellido de la autora antes de casarse. «Benoist» es el apellido de su marido, que pasó a ser el suyo tras el matrimonio. En realidad, detrás de este embrollo de nombres propios se esconde simplemente una mujer: Marie-Guillemine.

—¿Y es conocida?

—Apenas. ¿Recuerdas lo que te dije de Marguerite Gérard? Para una mujer, esa época estaba llena de obstáculos y prejuicios, y Marie-Guillemine no se libró. Se casó con un tal Benoist d'Angers. Sin embargo, en 1793, el marido tuvo que exiliarse a Suiza tras verse involucrado en un turbio negocio, y Marie-Guillemine fue acosada por los agentes del Terror. Con su marido caído en desgracia, tiene que trabajar duro pintando y vendiendo pequeños cuadros moralistas para mantener a la familia. Y cuando, finalmente, este hombre vuelve a la palestra política al ser nombrado consejero de Estado en 1814, pide a Marie-Guillemine que renuncie a su carrera de pintora. Marie-Guillemine se resigna, muy a su pesar. Mientras tanto, pudo al menos pintar este insólito retrato. Una mujer honra a otra mujer, algo nada banal. Pero hay un detalle aún más inusual...

—¡Oh, deja de ponerte tan misterioso, Dadé! Lo he entendido perfectamente: hasta ahora, en todas las obras que hemos visto juntos, siempre ha habido personajes de piel blanca. Esta es la primera vez que vemos un rostro negro.

—Es que el estatus de los negros se rebajó de manera aborrecible bajo el Antiguo Régimen, cuando se vieron reducidos a la servidumbre en las colonias. Pero el contexto cambió con la revolución: el 16 de pluvioso del año II se abolió la esclavitud (temporalmente, ya que Napoleón la restableció menos de diez años después), y, en 1797 y 1798, un artista llamado Girodet expuso el retrato de un diputado originario de la isla de Gorea, en África occidental. Marie-Guillemine Benoist desafía un tabú estético. Y es que las teorías dominantes afirmaban, no sin una buena dosis de idiotez racista, que la representación de la pigmentación marrón en el lienzo resultaría desagradable a la vista. Sería «rebelde a la pintura», decía la Academia. Nada más lejos de la realidad: los matices cromáticos, con sus gradaciones luminosas en el rostro o el pecho, con sus sutiles cambios del ébano al bronce, son tan válidos como las carnaciones pálidas de los modelos más comunes. Es más, la piel negra queda realzada en este cuadro por su contraste con el tejido blanco.

—¡A veces solo ves lo que te apetece! Te recuerdo que hay también una tela azul...

—Por supuesto, Mona. En cambio, ¿te has fijado tú en el trazo rojo que sirve para marcar la cintura? Azul, blanco, rojo... Una alusión a la bandera francesa, que, por otra parte, se estableció de forma definitiva en 1794 gracias a Jacques-Louis David.

—¡Anda, Dadé! ¡Qué curioso que vuelvas a hablarme de él! Ante *El juramento de los Horacios* sentí frío. Pues pensaba callármelo, pero este cuadro me ha dado más o menos la misma impresión...

—Puedes decir lo que quieras. Frente a una obra de arte, no debemos censurar los sentimientos ni acallar las reservas. Al contrario, hay que dejarse llevar para buscar la causa de dichas impresiones. Y, desde luego, este retrato desprende cierta frialdad. Sin duda, porque Marie-Guillemine Benoist pasó por el taller de David en 1786 y tomó buena nota de sus lecciones de neoclasicismo, que, recuérdalo, destierra las bellezas recargadas. Nada aparece en segundo plano; no hay maquillaje, ni ostentación, aparte de una joya de oro en la oreja. La modelo muestra a la vez una pose natural, como se aprecia, por ejemplo, en la caída de sus hombros, y una expresión neutra en el rostro. Debido al color de su piel, podría haber suscitado un imaginario exótico propicio a la pasión y la calidez. Pero Marie-Guillemine Benoist se muestra impermeable a esos estereotipos. Evita lo pintoresco y prescinde del artificio. Esa sobria distancia, si bien congela un poco la efigie, le confiere al mismo tiempo su nobleza. Su frialdad es su dignidad.

—Dadé —añadió Mona entre risas—, ya soy mayorcita: me he dado cuenta de que enseña un pecho...

—¡Ah, veo por dónde vas! Sí, ese seno visible es quizá un atributo erótico destinado a excitar la mirada de los coleccionistas masculinos. Pero también es, de un modo más metafórico, el pecho nutricio, un emblema de fertilidad. Y, si me permites una pequeña especulación feminista, también es una alusión a las guerreras amazonas de la Antigüedad, que, para poder colgarse el arco al hombro, se amputaban el pecho derecho. Sí, se lo cortaban, has oído bien.

La idea hizo que Mona se estremeciera, y, con uno de esos reflejos infantiles que a veces la asaltaban, se abrazó a la cintura de su abuelo. Él esperó un instante, luego se arrodilló y moduló la voz para que la niña pudiera escuchar el resto de la historia.

—¿Sabes, Mona? Desde mediados del siglo XVII se celebró un evento oficial muy importante, similar a las ferias actuales, en el que los artistas podían mostrar sus obras a un público amplio. Se lo llamó «Salón», en referencia a la sala del Louvre conocida como Salón Cuadrado, que acogía la muestra. Volveré a hablarte de ello a menudo. Era un acontecimiento crucial que permitía contemplar las mejores obras realizadas por pintores y escultores. En los muros solían aparecer las figuras de personalidades destacadas, a menudo de la nobleza, y escenas históricas de un valor político y moral especialmente significativo. Los temas representados en las paredes del Salón se encontraban así en un espacio simbólico de gran prestigio. Pues bien, en 1800, el cuadro de Marie-Guillemine Benoist se hizo un hueco en el Salón. ¿Entiendes? Una mujer artista se atrevió a situar a una mujer negra en la cima del arte. Rompió las jerarquías étnicas; socavó los demonios de la segregación. Y, al hacerlo, rindió homenaje a Madeleine.

—Madeleine, ¿así se llama la dama?

—Sí, ese es el nombre de pila de la modelo. Venía de las Antillas y trabajaba de criada para la familia política de la artista. En los doscientos años que el cuadro llevaba en el Louvre, nadie había creído necesario rastrear su identidad. Pero unos historiadores del arte realizaron finalmente una investigación, y ello condujo a cambiar el título de la obra de *Retrato de una negra* a *Retrato de Madeleine*.

—Me parece bastante extraño, Dadé, que se permita cambiar así un título...

—Cuando se trata de cuadros antiguos, no es raro. Un poco como la firma de la que hablábamos antes, el título pareció durante mucho tiempo algo secundario, porque el pintor dudó al designarlo o porque sus indicaciones carecían de precisión. Lo importante es mantener un registro lo más exacto posible de los nombres sucesivos, de lo contrario se traiciona la historia.

Al salir del Louvre, Mona parecía enfurruñada y ligeramente avergonzada. Henry se preguntó si, por alguna oscura razón estética o metafísica, la visita de ese día la había molestado. Cuando la pequeña confesó al fin lo que le pasaba, su abuelo levantó la vista al cielo. No, nada la había molestado; simplemente estaba deseando comerse un segundo perrito caliente... Y, por supuesto, Henry cedió, entre cansado y enternecido.

17

Francisco de Goya

Los monstruos acechan por todas partes

La bofetada magistral que Mona le había asestado al insoportable Guillaume no había afectado en el fondo a las relaciones de poder en el patio de recreo. Los chicos que jugaban al fútbol seguían siendo los amos y amenazaban con un balonazo en plena cara a cualquiera que se acercara demasiado a un partido, lo que fastidiaba a Lili cada vez más. Un día, cuando la sucia pelota de goma rodó hasta sus pies, la agarró, se la apretó contra el pecho y gritó:

—¡El patio es de todos!

Hubo una avalancha, pero ella aguantó, valientemente protegida por los aspavientos de Jade y Mona. Lili aprovechó para proclamar que podía marcarle un gol a Guillaume. Si una chica conseguía meter la pelota en la red, decretó, habría que compartir el campo. Nuevo aluvión de burlas. Guillaume, muy seguro de sí mismo, aceptó el reto y se colocó de portero entre los dos palos, mientras su rival, a unos cinco metros, preparaba el esférico para iniciar su disparo a puerta. Por desgracia, Lili cometió el error de detener su carrera justo en el momento en que iba a chutar. Su cuerpo se desincronizó y cayó hacia atrás. Su torpeza hizo creer a los chicos que habían triunfado, hilarantes y ebrios por la humillación infligida. Pero Jade señaló que no se había tocado el balón y que, por tanto, había que repetir la jugada. Luego, al ver a Lili en el suelo, confusa y avergonzada, dijo que ella representaría a las chicas. Se aprobó la propuesta. Mona se aferró a su colgante.

Guillaume, siempre pródigo en arrogancias insultantes, vociferó:

—¡Los chinos son una mierda jugando al fútbol!

El insulto racista se refería obviamente a los ojos rasgados de Jade. En realidad, su familia procedía de Uzbekistán, pero estaba tan acostumbrada a las afrentas que entendió el mensaje. Se tragó su rabia. Sin coger carrerilla, con los hombros apuntando hacia la portería y el torso erguido, le dio una patada al balón con un gesto brusco y preciso. El proyectil, rápido, voló, describió una curva ligeramente por encima del suelo, se estrelló contra el poste, rebotó en él y luego, por casualidad, repercutió en la pantorrilla de Guillaume, que, sorprendido por el impacto, dobló la rodilla. Se volvió y vio la pelota ahogada en las redes.

Jade estaba tan extasiada como Trezeguet cuando marcó aquella media volea ganadora en la final de la Eurocopa 2000. Se precipitó, extática, en brazos de sus amigas, exultantes de alegría. A Lili ya se le había olvidado su caída. Marcando el compás, cantaba: «¡Campeonas! ¡Campeonas! ¡Oé, oé, oé!». Algunos alumnos examinaban el poste para comprender el ángulo del rebote en el borde, reviviendo la acción una y otra vez. Entonces a Jade se le subió a la cabeza el orgullo del vencedor.

—¡Largo de aquí, repetidor! —espetó a un Guillaume aturdido por la derrota.

Mona se alegró sin reservas del resultado favorable a las chicas. Pero no pudo impedir observar, como a cámara lenta, el desgarro apocalíptico que sintió el chico al oír las palabras de Jade: «¡Largo de aquí, repetidor!». Le pareció cruel. Él se refugió bajo el tejadillo. Ser demasiado mayor entre los pequeños, seguir en la escuela en vez de estar en el instituto, era sencillamente insoportable. Jade había encontrado su punto débil. Guillaume se escondió en los servicios para llorar, harto de ser un Goliat perdido en medio de tanto David, incapaz de encontrar en esa escuela más salida que la violencia con la que, en el fondo, se castigaba a sí mismo. Mona se coló en los aseos y llamó a la puerta, donde el chico no lograba controlar sus sollozos.

—Sal de ahí, idiota —le dijo—. Como hemos dicho, el patio es de todos, también tuyo.

Mientras paseaba con su nieta bajo los soportales del passage Richelieu, Henry sintió que alguien le tocaba el hombro. Se volvió, sorprendido. ¿Qué quería de él aquel intruso?

—¿Se acuerda de nosotros, señor?

El anciano arqueó las cejas, se ajustó las gafas e hizo un movimiento negativo y desconfiado. Mona, por su parte, recordaba aquel par de caras.

—¡Sí! ¡Sí! ¡Fue delante de Frans Hals!

Y, en efecto, se trataba de los jóvenes que habían estado escuchando discretamente el diálogo entre Henry y Mona frente a *La gitana* tres meses antes. Henry se acordó al fin. Sus arrugas se distendieron.

—¡Por supuesto! ¡Los dos amantes que ignoraban que lo eran! ¿Vuestra reflexión ha avanzado desde entonces?

Los dos, cogidos de la mano, asintieron paralelamente con la misma sonrisa, conmovedora y bobalicona.

—Era solo para darle las gracias, señor —añadió el joven—, porque fue extraordinario escucharle la última vez. Pero no los molestamos más: ¡hoy vamos a ver Mesopotamia!

A Mona la palabra le pareció demasiado complicada para resultar atractiva, aunque tuvo el mérito de evocarle un gran paquidermo.

—Pues bien, brindad por el espantoso Pazuzu con una copita de vino blanco seco —apostilló Henry—. Mi nieta y yo tenemos una cita con Goya.

La pintura exhibía el cuerpo despiezado de un animal en una bandeja de madera neutra, sobre un fondo negro sin ningún decorado. El lienzo era de unos modestísimos 45 × 62 cm, tamaño propicio a las naturalezas muertas y la trivialidad de su temática. A la izquierda de la composición, de perfil y mirando hacia la derecha, la cabeza de un cordero descansaba sobre su base. El ojo estaba abierto, aunque el párpado parecía pesado. Bajo el hocico, el belfo dejaba ver tres dientes. ¿Se debía esto al corte a la altura del cuello? El hecho es que la desolladura parcial dejaba al descubierto unos tejidos subcutáneos hasta la cresta facial, mientras que en el resto permanecía el pelaje beis, a pesar de unas pocas manchas de sangre. Las dos partes de la caja torácica se mostraban por dentro, huecas y carnosas. Una de ellas, en posición vertical, ocupaba el centro del cuadro. Se apoyaba sobre sus cuartos traseros y se elevaba armónicamente hacia el costillar compuesto por siete piezas; justo a su espalda estaba la segunda pieza, tumbada. Los matices granate, amaranto y carmesí daban a la carne un aspecto, si no añejo, sí al menos algo oscurecido. Pero, además de los rojos, también había tonos blancos, a veces ligeramente amarillentos o grisáceos, que representaban los huesos, por supuesto, pero sobre todo los dos riñones casi globulosos, sebáceos, envueltos en su grasa, todavía unidos a su cuarto por un cordón pegajoso. El conjunto estaba plasmado mediante densas pinceladas por una mano que buscaba la expresividad temblorosa del esbozo más que la serenidad del acabado.

Un malestar imperceptible se apoderó de Mona, que interrumpió su observación al cabo de apenas diez minutos. No supo formular lo que sentía, pero en su confusión logró preguntar cómo podía la pintura, que se suponía que debía exaltar el sentido de la belleza, enorgullecerse de un pobre animal hecho pedazos. Henry se esperaba esa resistencia. Conseguir que un alma tan joven se conmoviera con Goya era un enorme desafío.

—En primer lugar, Mona, este cuadro se considera un bodegón. Es el género pictórico que suele colocarse en lo más bajo de la escala artística. Es verdad que, tradicionalmente, se pensaba que la representación de objetos inertes y animales podía hacer valer la habilidad de un pintor y desvelar la belleza de las cosas cotidianas. En cambio, se argumentaba que un género así sería incapaz de transmitir un mensaje moral y elevar el espíritu del público. Goya pintó muy pocos cuadros de este tipo, ya que no respondían a sus aspiraciones ni a su posición en la corte española, donde fue un maestro muy querido por los reyes Carlos IV y Fernando VII. Este bodegón es, pues, una rareza en su carrera. No obstante, revela su gran originalidad.

—Dadé, dices que el bodegón puede mostrar la belleza de lo que nos rodea, y sin embargo este artista ha pintado algo horrible...

—Pero este no es un bodegón cualquiera. ¿Qué crees que es?

—¡Qué sé yo! Supongo que será una cocina en la que alguien va a preparar esa carne para comerla —contestó con resignación, sin su habitual buen humor.

—Es posible. Pero, en ese caso, como mucho se trataría de un primer corte, como dicen los carniceros. Porque los riñones, destinados a ser guisados aparte, aún no se han separado del cuarto trasero, ni este del costillar. Y, además, Goya ha esbozado trazos finos y amarillos en la cabeza en cantidad suficiente como para indicar que el suave pelaje permanece sobre la carne. Lo mismo ocurre con los dos cuartos, a juzgar por el grosor de su contorno. Está solo sugerido, pero siguen pareciendo cubiertos de piel. Un cordero troceado sin despellejar sería insalubre y malsano. Tenemos ante nosotros una carne animal teñida de rojo y destinada a ser comida, por supuesto, pero también parecen fragmentos de un cuerpo humano. ¿Es carne o es un cadáver? La ambigüedad subsiste.

Ante estas palabras inflexibles, la turbación de Mona creció. Henry pensó en interrumpir la lección. Pero se dio cuenta de que si, por casualidad, su nieta perdía definitivamente la vista algún día, lo único que le quedaría sería un recuerdo sesgado y odioso de uno de los más grandes artistas de la historia. Retomó, pues, más sobriamente, la biografía del pintor.

—Para entender a Goya hay que tener presente su vida. Tras grandes esfuerzos, se convirtió en un hombre muy solicitado que recibía prestigiosos encargos. Fue retratista de príncipes y pintor religioso de poderoso renombre. Y, sin embargo, entre los cuarenta y cinco y los cincuenta años (una edad en la que podría haber descansado y vivido de su reputación) dio un giro brusco. Se puso a explorar las zonas oscuras de la humanidad.

—¿Por qué?, ¿qué ocurrió?

—Goya nació en 1746. Ese cambio de trayectoria se produce a causa de una grave enfermedad, probablemente paludismo, que contrae en Cádiz en 1792. Pasa semanas sacudido por una fiebre que casi lo mata. Sobrevive, pero con graves secuelas. Pierde el oído. Peor aún, ¡su cerebro se ve invadido desde dentro por zumbidos! Se había quedado sordo y a la vez se veía acosado por un rumor interminable.

—¡Oh, pobre! Entonces ¿se volvió loco?

—No, pero su pintura se deslizó hacia las penumbras y los meandros de la civilización. Se llevó por delante todos los códigos clásicos o sagrados. Y eso es precisamente lo que sucede en este cuadro, míralo bien: el cordero remite, en la tradición de judíos y cristianos, al rebaño de los fieles y el sacrificio del Mesías. Pues bien, aquí se ve profanado por ese feroz despiece. En general, la gente es rebelde en su juventud, y luego, con el tiempo y la edad, se va acomodando y reclama cierto grado de bienestar. Goya recorrió el trayecto inverso. Tuvo una juventud afanosa y una madurez tumultuosa.

Mona no estaba segura de entender, pero se mostraba más curiosa que de costumbre. Henry la agarró por los hombros, se agachó hasta ponerse a su altura y, recorriendo con los ojos junto a ella el sanguinolento bodegón, adoptó un tono más apasionado.

—El mundo de Goya es el de la desilusión. ¿Recuerdas el espíritu de las Luces del que te hablé? Pues bien, el artista fue un adepto ferviente de la Ilustración. Permaneció fiel a la monarquía a la vez que mantenía una intensa complicidad con grandes intelectuales españoles, como Gaspar Melchor de Jovellanos o Martín Zapater, que deseaban salir del oscurantismo religioso, acabar con los dogmas e incentivar el liberalismo. Pero el pintor y sus amigos también tuvieron que deplorar los tropiezos de esta noble aspiración al progreso. Goya fue testigo de sus efectos perversos. Vio cómo los ideales de justicia justificaban la guillotina, por ejemplo, y cómo la revolución acababa engendrando a Napoleón.

—Pero Napoleón fue un héroe, ¡todo el mundo lo sabe!

—Todo depende del bando en el que estés, Mona. Para Francia fue un héroe. Pero para el resto de Europa en general, y para Goya en particular, era un conquistador sanguinario. En Madrid, el 3 de mayo de 1808, las tropas de Joaquín Murat, el oficial más leal de Napoleón, fusilaron sin juicio previo a valientes resistentes españoles contrarios a su poder. Y Goya, figúrate, estaba allí. Consternado, pintó esa horrible masacre seis años más tarde. En cuanto a nuestro bodegón, data precisamente de esa época, entre 1808 y 1812. Está marcado por la violencia, tanto que Goya pinta las pequeñas letras de su firma en el charco de sangre que gotea de la cara del cordero, para identificarse con el pobre animal. Se ve a sí mismo como un ser que ha perdido la cabeza. Y fíjate en el realce blanco debajo del ojo izquierdo. Se diría que el animal está lloroso, con ese brillo como de lágrima. Una sensación de absurdo y desastre hace palpitar este lienzo.

Mona permaneció en silencio, infinitamente turbada. Su abuelo la invitó a acercarse, a contemplar ese toque pictórico como hecho a espátula. La voz del anciano se hizo más lenta y suave.

—La pintura de Goya nos enseña que los monstruos acechan por todas partes. Entre los inquisidores, los militares, las brujas, las viejas creencias o las esperanzas modernas; en la risa, en las letras de las canciones, en las fiestas, bajo la luna y a plena luz del día. La pintura de Goya nos enseña que, pase lo que pase, la humanidad produce y producirá lo monstruoso, igual que una máquina de pesadillas. Es aterrador, pero su obra también nos enseña a admitirlo, a enfrentarnos con lucidez a nuestro lado oscuro. Mejor aún, una vez aprendida esta trágica lección, nos invita a fabricar nuestros propios monstruos, para sublimarlos y dejar de tenerles miedo. En su grabado más famoso, Goya dibuja a un hombre abrumado frente a su mesa de trabajo, acosado por rapaces nocturnas. Se titula *El sueño de la razón produce monstruos*. El término «sueño» es ambivalente. Puede significar que el adormecimiento de la razón engendra monstruos, lo cual es lógico: suspender la inteligencia es dejar la puerta abierta a lo peor. Pero también puede entenderse que la razón sueña con monstruos, y en este sentido la aspiración ideal del cerebro sería crear esos monstruos a partir de sus propias fantasías. Y ahora, Mona, echa un vistazo a los riñones...

—Tienes razón, Dadé, ¡son como monstruos! Parece que salen ojos de la carne...

La niña se tapó los suyos con las manos. Henry no añadió nada más. Quería quedarse con esa imagen de ella, completamente inconsciente de su fuerza: «Parece que salen ojos de la carne». Tenía la cadencia de un verso de Baudelaire. Era poesía. Y Henry se preguntó si debería buscar en esa dirección el famoso secreto del lenguaje de Mona, esa singularidad de expresión que intuía sin poderla definir. Pero dio marcha atrás. El misterio de su musiquilla no era fruto de la sofisticación ni el refinamiento metafórico. Tendría que seguir indagando y escuchando, se dijo con resignación el anciano, no sin cierta complacencia.

Se marcharon exhaustos. Objetivamente hablando, Henry nunca había tratado tan duramente a su nieta delante de una obra de arte, pero era esencial para adentrarse en la *furia* del siglo XIX, y estaba orgulloso de ella y de sí mismo. Con todo, mientras paseaban por París, se propuso atemperar la traumática imagen que acababa de mostrar del pintor español. Le hablaría del chocolate que el artista adoraba tomar, hasta ponerse malo.

—¡Ah! Voy a revelarte la comida preferida de Goya...

—¿El cordero?

18

Caspar David Friedrich

Cierra el ojo de tu cuerpo

Desplomado en una silla, con las pantorrillas cruzadas, Paul estaba vencido por el alcohol. Con el torso inclinado hacia un lado, su cabeza descansaba sobre el escritorio, sepultada entre los dos brazos que la rodeaban. En medio de la tienda, su cuerpo dibujaba una diagonal, como si estuviera a la vez sentado y tumbado. A su alrededor se elevaban la oscuridad del final de un día doloroso y la música de una gramola, en este caso «Shadow Man» de David Bowie. Mona, sola en la tienda a su lado, se preguntaba qué podría estar soñando, aunque sabía que estaba sumido en el letargo de un borracho. Paul acabaría despertándose y vería el botellero metálico a sus pies, cubierto de botellas empaladas por el cuello. ¡Ah! El caso es que Mona siempre había odiado ese botellero de erizo. Hay que precisar que la niña, que amaba a los animales, tenía fobia a los erizos. Siempre que iba al campo imaginaba que había alguno en la primera masa de tierra y piedra con la que se tropezaba... Y ese era el nombre con el que se designaba el susodicho objeto.

Mientras su padre roncaba, ella trasteaba sin rumbo entre los cachivaches. Sin saber muy bien por qué, se zambulló en la trastienda y rebuscó entre las cajas de madera que contenían el desmesurado número de llaveros con forma de corazón que Paul coleccionaba desde que era un adolescente. Así, llevada por su fantasía, por una especie de manía repentina sin motivación clara, la niña agarró un buen puñado y volvió junto a su padre. Él seguía durmiendo a pierna suelta.

Mona no era especialmente aficionada a los videojuegos, a diferencia de Lili y Jade, que eran asiduas consumidoras. Sin embargo, tenía suficiente experiencia para saber que en muchos de ellos había lo que se conoce como «jefe final de nivel», es decir, un enemigo último más fuerte que los demás y a menudo aterrador. A este «jefe» había que derribarlo esquivando sus asaltos y asestándole una ráfaga de golpes con la técnica adecuada. ¡Pues vale! Mona atacaría al erizo, ¡sería su jefe! Discretamente, sin molestar a su desmadejado padre, se acercó al botellero que odiaba, con su armazón oxidado y afilado, sus picos, sus garras, y el vidrio enganchado a él como repugnantes ampollas. Luego, concentrándose como si su vida dependiera de ello, agarró cada una de las botellas por el cuello o por el cuerpo y desnudó a la bestia. Por último, como si fuera un banderillero, ensartó por el aro el puñado de corazones recuperados en la trastienda. Aunque el cambio era total, el objeto seguía siendo igual de extraño a ojos de Mona, con esa constelación de órganos colgando de la ferralla. Pero el miedo se había esfumado. Y lo más importante: era un mensaje precioso para su padre.

Henry prefirió advertirle a su nieta que la obra que iban a ver esta vez se caracterizaba por la aspereza y el carácter turbio propios del siglo XIX que ya había notado en la naturaleza muerta de Goya. A Mona no le importaba, pero como compensación pidió a su abuelo que respondiera a una pregunta difícil. Henry aceptó.

—Cuando juras por lo más hermoso de la tierra, ¿eres capaz de pensar en Goya?

—Pues sí, ¿por qué no?

—Pero a veces, cuando juras por lo más hermoso, ¿piensas en mí?

—Sí, también... De hecho, cuando juro de este modo, pienso a menudo en ti.

—Genial, ¡así que jurar por mí o por la cabeza de una vaca... es lo mismo!

—En primer lugar, no era una vaca, era un cordero, y, en segundo lugar, no, no es lo mismo...

—¡Ah! Y ¿por qué debería creerte, Dadé?

—Pues porque te lo juro por lo más hermoso de este mundo.

Y le dio un beso en el cabello. Mona reprimió una risita de satisfacción. Besó uno a uno los dedos de su abuelo entrelazados con los suyos. Avanzaron así hasta llegar frente a un paisaje de formato pequeño, similar al del cuadro de la semana anterior.

El espectador se situaba al pie de un túmulo. Al observarlo más de cerca, daba la impresión de hallarse en lo alto de un acantilado, y la silueta del montículo servía de promontorio natural bordeado por el vacío. Se elevaba, por tanto, una porción de tierra cubierta de hierba y helechos que parecía la punta de una lengua vista desde el interior de la boca. Otra comparación posible era la de un barco: podía asemejarse a la proa de un barco apuntando al frente, salvo que la proa era el vértice de la loma de tierra. En primer plano, serpenteando entre una maraña de raíces y ramas muertas, un roble ocupaba una vasta superficie del lienzo. Se retorcía sobre un tronco curvado, seco y roto en algunos lugares, abriéndose en ramificaciones musgosas y ondulantes sobre las que a veces flotaban racimos de hojas rojizas. A la izquierda del lienzo había un tocón del que brotaban retoños.

Y lejos, apartado por la perspectiva atmosférica y casi imperceptible, se desplegaba un espacio inmenso, pálido y despoblado, que aparentemente era campo allí donde la pintura verdeaba, pero que también podía considerarse una abertura al mar, dada la gama de azules y morados. La línea del horizonte, elevada a cuatro décimas de la altura del cuadro, se veía interrumpida por la punta del montículo. En la parte izquierda, esa línea estaba marcada por la presencia sucesiva de dos enormes acantilados que se perdían en la distancia. A la derecha, la única forma identificable, de una transparencia brumosa, era tal vez la cresta de alguna vegetación vaporosa. Por encima, una franja anaranjada, que se degradaba hasta el amarillo pálido en el centro de la composición, vertía sobre las nubes deshilachadas la melancolía de un sol poniente. Por último, para dar la escala, pero también un poco de vida y mucho valor simbólico, abundaban los pájaros negros. Algunos volaban alrededor del árbol o se posaban en sus ramas, mientras que otros, en el cielo más despejado por encima de la nubosidad crepuscular, planeaban en formación.

Mona parecía capaz de mantener una concentración ilimitada. Ya era una auténtica experta en esa exigencia. Henry rompió por fin su atención hablando con la misma voz tranquila con la que había terminado su explicación sobre Goya.

—Este es un paisaje de Caspar David Friedrich. Es todo naturaleza, con la presencia vegetal del bosque y la hierba; la animal de los cuervos, y el poder mineral de los acantilados al fondo. También está la combinación de los cuatro elementos: una prominencia de tierra, un cielo de fuego, un vasto mar, un vacío aéreo. Y luego, por supuesto, está el árbol deshojado, cuya forma y ramas cuentan una lucha. El roble zigzaguea como un relámpago, pero sobre todo ha sido esculpido, doblegado y retorcido por la fuerza del viento y el curso de las estaciones, contra la que ha tenido que resistir. ¿Recuerdas lo que te dije de Nicolas Poussin y su Arcadia clásica, moldeada en la estabilidad? Aquí ocurre todo lo contrario. Este árbol encarna una nueva consigna: *Sturm und Drang*, que significa «Tempestad y pasión» en alemán, porque Alemania es el país donde nace el romanticismo a principios del siglo XIX.

—Me acuerdo, Dadé, de que, cuando te dije que el cuadro de los amantes me parecía romántico, me corregiste.

—¿Te refieres al de Gainsborough? Fue porque lo que hoy se entiende por romántico, un poco a la ligera, es todo aquello que resulta encantador, sentimental.

—¡Como una cena de papá y mamá a la luz de las velas!

—Por ejemplo... Con el debido respeto a tus padres, a quienes quiero mucho, los artistas románticos eran más subversivos en sus ambiciones que una pareja en una cena a la luz de las velas. Defendían la idea de que un individuo podía disponer de su vida exactamente como quisiera, incluidos los excesos más violentos y locos y los gustos más mortíferos, sin estar supeditado a la Iglesia, a un príncipe o a las normas sociales. También abogaban por un retorno a las fuerzas de la naturaleza, tanto si eran inquietantes, como la procesión de aves rapaces abalanzándose sobre un árbol raquítico, como si servían de refugio.

—Entonces, si este Friedrich era romántico, ¿quiere decir eso que era un solitario?

—Misántropo, incluso. Decía que prefería no codearse con la gente para evitar odiarla. Sin embargo, sería un error imaginarlo completamente aislado del mundo, como un tenebroso maldito. En 1810, por ejemplo, cuando tenía treinta y seis años, expuso en la Academia de Berlín uno de sus cuadros más bellos, que mostraba la diminuta silueta de un monje a orillas del mar. El propio emperador Federico Guillermo III adquirió la obra. Sin embargo, salvo contadas excepciones, Friedrich no obtuvo en vida el reconocimiento del que goza hoy en día. Sus admiradores eran pocos. Aunque seis años antes de su muerte recibió la visita del gran escultor francés David d'Angers en su modesto taller de Dresde... ¡Pequeño consuelo!

—¿Por qué?

—David d'Angers reconoció que se trataba de un artista extraordinario, alguien cuya pintura proponía «una especie de itinerario hacia la tragedia del paisaje», según sus propias palabras. Pero no fue suficiente. Friedrich cayó en el olvido y murió en medio de la indiferencia general en 1840. Cincuenta años después, en la pinacoteca de Dresde, la ciudad donde pasó la mayor parte de su vida, nadie recordaba sus cuadros, ni siquiera su nombre. Sus obras languidecían en los depósitos. Y luego, gracias al empeño de algunos historiadores del arte, fue redescubierto póstumamente y acabó siendo venerado.

—Pues qué triste, porque siempre deberíamos vivir la vida que nos merecemos...

—El único árbol que domina el lienzo simboliza su destino. Es como una danza macabra o una red de grietas. La vida de Friedrich se vio arrasada por una avalancha de traumas. A una edad muy temprana, perdió a su hermana y a su madre, y luego su hermano se ahogó ante sus propios ojos, mientras patinaba en un lago o en una charca, no se sabe a ciencia cierta. Estuvo profundamente enamorado del magnífico escritor Heinrich von Kleist, que se suicidó en 1811. A su mejor amigo lo asesinó un bandido en 1820, y su alumno favorito desapareció en 1822, el mismo año en que fue pintado este cuadro. Antes de haber cumplido los cincuenta, el pobre Friedrich ya había pasado por numerosos lutos, lo que impregnó su producción artística. El motivo por el que la tierra de este paisaje está abombada es que forma un túmulo, una tumba. Esto no es evidente, y para entenderlo tendríamos que dar la vuelta al lienzo. En el reverso del lienzo hay una inscripción manuscrita del artista que revela su tema secreto: se trata de la sepultura de un guerrero huno en la isla de Rügen, al nordeste de Alemania. El monumento a este héroe, cuyo nombre se ha desvanecido en el olvido, se funde aquí con el tejido de la naturaleza, enterrado bajo el humus, perdido entre los helechos, el roble floreciente, el cielo infinito, el oleaje del Báltico y la voracidad de mil cuervos.

—Estás exagerando, Dadé, solo hay sesenta y seis... ¡Y también podrías haber visto que en el lado izquierdo el pincel ha pintado cinco puntos blancos! Creo que son veleros. Y mira el árbol. Dijiste que era único, ¿verdad? Pero, de hecho, ¡es como si hubiera dos!

—¿Te refieres a los troncos que lo bordean? Es solo madera muerta, Mona, ¡eso no vale!

La niña negó con la cabeza. Guardó silencio y se limitó a dibujar dos círculos en el aire con el dedo, a unos centímetros del cuadro. El primero que dibujó abarcaba la silueta del roble; el segundo, más pequeño, incluía esta vez una zona concreta dentro del vasto laberinto que formaba el árbol. En la larga rama que corría horizontalmente hacia la derecha, más o menos a mitad del tronco, señaló una ramificación vertical que a su vez se subdividía y crecía también. Y Henry se dio cuenta de que esa ramificación, en la que resistía algún follaje, era muy similar, en su disposición y sus ritmos, al propio árbol. Cabía preguntarse si se trataría de otro roble en segundo plano, réplica del primero. Mona tenía razón. Gracias a su nieta, ahora podía ver ese desdoblamiento evidente en el que antes no se había fijado. Ahora ya solo veía eso. La perspicacia de Mona lo entusiasmó. Le habría gustado llevar el juego más lejos y sacarle partido a la extraordinaria percepción

ocular de su nieta. Pero habría supuesto traicionar a Friedrich...,
porque su pintura no era una exaltación del detalle. Así que Henry sacrificó —al menos por esta vez— un filón que habría permitido a Mona sentirse valorada como espectadora virtuosa del cuadro, e incluso como maestra en lugar del maestro. No era el momento, todavía no.

—Estoy verdaderamente impresionado por todo lo que has conseguido observar hoy, Mona, y lo que dices es cierto. Pero, como sabes, los artistas son personas muy extrañas...

—¡Y por eso te gustan tanto!

—Friedrich solía decir a los discípulos que querían seguir sus pasos: «Cierra tus ojos corpóreos para poder ver el cuadro con los ojos del espíritu, y haz surgir a la luz del día lo que has visto en las tinieblas para que tu visión actúe en los demás, desde el exterior hacia el interior». ¿Lo entiendes? Exigía que los artistas cerraran los párpados para crear...

—¡Parece difícil cuando se quiere pintar!

—Y va aún más lejos. La frase de Friedrich significa que una vez que la visión interior ha sido captada y transcrita en el lienzo por el artista, solo se le considerará digno de haber creado una gran obra con una condición...

—¿Cuál?

—Que actúe en el ojo interior de quien la mira... No solo en su retina o en sus sentidos, sino en lo más profundo de su alma. En otras palabras, Mona, para saber si este cuadro es una verdadera obra de arte y no un simple cuadro, ahora tienes que hacer exactamente lo contrario de lo que te pido que hagas siempre.

—¿Es decir?

—¡Cierra los ojos! Y aguarda la llegada de una visión a los recovecos de tu mente, de la idea o la sacudida que solo *El árbol de los cuervos* podría provocarte.

Mona se prestó al ejercicio, y en unos segundos, en cuanto se disiparon bajo sus párpados las manchas de color que perduran un breve instante en la negrura, un sentimiento muy confuso, que oscilaba entre el éxtasis y la tristeza, la aturdió. El algodón de la infancia se desgarraba suavemente en su interior. Y ese tormento tiraba de ella como un abismo. Iba más allá de las palabras. Los pájaros, el boscaje y el crepúsculo simbolizaban penas desconocidas que tal vez un día gritarían su nombre, pero por el momento eran un teatro de sombras esquivas. Se vio a sí misma moviéndose por «la tragedia del paisaje».

Salieron del museo. Aquella tarde, el cielo estaba bajo, tan bajo que parecía haberse estrellado contra el suelo, envolviendo las siluetas de los transeúntes en una espesa bruma. Mona pensó en su abuela, buscó recuerdos de ella, apenas encontró alguno y no se atrevió a pedirlos. Todo el mundo sabe lo embarazoso que puede ser el silencio; no lo fue el que acompañó el regreso de Henry y su nieta a Montreuil. La comunicación entre ambos, reducida a la ligera presión de la mano de Mona en la de Henry y, en respuesta, la de Henry en la de Mona, era milagrosamente pura. Caminaron, muy despacio, por los bulevares y las calles. Empezó a llover. Y, al fin, Henry se atrevió a preguntar:

—Los sesenta y seis cuervos..., ¿los has contado?

—En realidad, Dadé —respondió ella tímidamente—, los he visto...

19

William Turner

Todo es polvo

En la consulta del hospital, Mona sintió que un profundo malestar se apoderaba de ella. Sin embargo, tras la revisión del pulso, la tensión arterial, los reflejos y el estado de las pupilas, el resultado era excelente. El médico, que seguía impresionado por su demostración de agudeza visual durante la sesión anterior, quiso hacerle más pruebas y mencionó un programa informático diseñado para atletas, pilotos y militares. El programa evaluaba, a través de unos ejercicios en la pantalla, las aptitudes de un individuo a la hora de observar los relieves, enfocar un objeto, analizar una topografía o captar matices cromáticos. Sugirió que la pequeña participara en el experimento en otra ocasión. Eso convertiría sus encuentros con el doctor Van Orst en un juego. Sin embargo, a Mona la inquietaban dos cosas que se callaba. La primera era una frase que había escuchado dos meses antes y cuyo significado desconocía porque no se había atrevido a preguntar: «Un cincuenta por ciento». La segunda era, claro, el episodio de su breve ceguera en la tienda de su padre, que, por miedo a las consecuencias, tampoco había comentado. El manto de silencio bajo el que ocultaba ese percance se parecía ya a una vieja mentira. Paralizada por ese agarrotamiento mental, Mona no encontraba el momento de admitir su oscura recaída ni se sentía capaz de aceptar la perspectiva demasiado halagüeña de someterse a unos test que podrían revelar unas cualidades oculares extraordinarias, demasiado opuestas a ese episodio vivido. Estaba perdida, así que sonrió torpemente para salvar las apariencias. Su madre no se dejó engañar. El médico agarró las mejillas de Mona entre sus manos e intentó mirarla a los ojos para tranquilizarla, pero ella los cerró.

—¿Te parece bien? —preguntó el médico.

—Sí —suspiró ella, con los párpados aún cerrados—. Creo que puedo intentarlo...

—¡Bien! El próximo día haremos unos ejercicios en el ordenador.

—En realidad, estaba pensando en otra cosa.

—¿Ah? ¿En qué?

Mona abrió los ojos. Miró a su madre y luego a Van Orst. Y entonces declaró que se sentía preparada para someterse a una hipnosis.

—Eso —comentó el médico— es mucho más que una buena noticia... ¡Es un paso muy grande!

Camille se quedó de piedra. En una fracción de segundo, revivió el momento, ya lejano, en que el doctor propuso la posibilidad de ese tratamiento. Recordó la desconfianza que había mostrado Mona, la desmedida negativa de Paul y su propio silencio circunspecto. En realidad, sin decir nada, siempre había estado a favor de la idea, cuya mezcla de método e irracionalidad se parecía mucho a ella misma. Pero sabía que la decisión solo le correspondía a Mona. ¿De dónde había salido ese aplomo repentino?, se preguntaba. ¡Sin duda, la niña había heredado el carácter de su madre! Pero, en este caso, Camille también pensó en el misterioso psiquiatra a cuya consulta acudía Mona todos los miércoles. Tal vez era él quien había hecho cambiar las cosas.

Mona no lo sabía, pero ese miércoles de marzo visitaba por última vez el Louvre con su Dadé, que, ya nostálgico de esos días, estaba un poco taciturno. Su rostro marcado por la gran cicatriz contrastaba con el extraordinario incendio pictórico de Joseph Mallord William Turner, que servía de colofón a esa primera etapa de iniciación.

Se trataba de un paisaje, pero como filtrado por una bruma transparente. De una luminosidad extrema, irradiaba cálidas gamas cromáticas por todas partes. En primer plano destacaba una parcela de tierra sin la menor pincelada de verde o marrón: amarillos y naranjas trazaban un contorno muy vago, sin atisbo de dibujo. Ese terreno se inflaba por la izquierda hasta formar un pequeño montículo a cuyos pies se sugería, mediante unas comas rojas, una figura tumbada, vagamente antropomorfa. Del mismo modo se abombaba el suelo a la derecha de la composición, donde se distinguían con claridad, aunque truncados por el marco, dos troncos de árbol y su follaje. Aproximadamente en el centro, partiendo de la base del cuadro, un sendero dibujaba una ligera curva hacia el fondo, y desaparecía enseguida en favor de una zona más saturada y pardusca que podría simular una roca en la sombra. Continuando la perspectiva del sendero, pero a lo lejos, se llegaba a un río que iba a confluir con otro. En su camino formaba dos meandros, el primero a la izquierda y el segundo a la derecha, en un valle con crestas más bien bajas. Al final de la primera curva, los tonos grises y azules evocadores de la ola líquida casi se fundían con el amarillo —un amarillo mimosa, muy pálido, en ese punto del cuadro—, pero reaparecían más adelante para configurar la masa de agua, tal vez bordeada por una extensión de tierra a la derecha y en la línea del horizonte. Esa línea, difusa e

imposible de delimitar debido a las capas de pintura y la ausencia
de dibujo, separaba el cuadro en dos mitades casi iguales. En la par-
te superior, un gigantesco velo traslúcido, que cabría imaginar como
una suspensión de cirrostratos, colmaba el espacio sin obturarlo. El
ángulo superior derecho dejaba ver algo de firmamento tras las nu-
bes dispersas.

Mona permaneció inmóvil durante veintidós minutos ante este
sugerente paisaje y sintió una vibración extática al contacto con él.

—Qué belleza, Dadé —dijo, emocionada—. Parece un desierto, ¿verdad?

—Sí, lo parece, porque el trazo y el dibujo están completamente ausentes. La pintura de tonos vivos se ha diluido mucho,
y luego se ha aplicado en algunas partes con un paño o una esponja, por eso tiene ese aspecto tan arenoso. Se ve un árbol, pero
no se distingue ninguno de los edificios que, en principio, el artista debería, cuando menos, haber esbozado. En realidad, este
lugar no es en absoluto un desierto, sino un paisaje opulento y
verde de Gales: la confluencia del Severn y el Wye. Si nos guia-
mos por la geografía, las ruinas medievales del castillo de
Chepstow deberían ser teóricamente visibles a la derecha del valle.
¡Sus contornos almenados están sumergidos en la tormenta de
pigmentos dorados de Turner!

—¿Tal vez hizo trampa porque era incapaz de dibujarlas?

—No, no hizo trampa. Si hubiera querido, no habría tenido
ningún problema en colocar ese castillo en medio de este escenario vacío. De hecho, lo hace así en otras versiones del mismo paisaje. Turner demostró ser un formidable dibujante desde muy
joven. Procede de un entorno modesto, pero su padre se fija enseguida en su talento y, ya de adolescente, el pequeño William
expone sus dibujos en la tienda familiar y cosecha éxitos. Aunque

no es mucho mayor que tú, llega incluso a trabajar con arquitectos. Junto a ellos, su labor consiste en figurar, a partir de planos, futuros edificios para así animar a los clientes a invertir en ellos. William tiene mucho talento, tanto que ingresa en la prestigiosa Royal Academy a los catorce años y se convierte en miembro de dicha institución a los veintiséis. ¡Todo un récord!

—Así que tiene un comienzo similar al de Gainsborough —añadió Mona, bastante orgullosa de su comparación.

—Cierto. No coincide con él porque Gainsborough muere en 1788 y Turner nace en 1775, pero tienen muchas cosas en común. La más importante es su audacia experimental. En esa época, en la Inglaterra de Jorge III, la libertad no es en absoluto una idea que pueda darse por sentada. Hace falta temperamento para blandirla, cultivarla y hacer uso de ella. De hecho, uno de los críticos más influyentes en tiempos de Turner, George Howland Beaumont, le reprochó que se permitiera demasiada libertad con los tintes y la luminosidad. Hoy en día pensamos que un artista puede hacer lo que quiera, pero no siempre fue así.

—¿Es que Turner hace algo mal aquí?

—No, no hace nada mal. Pero abusa un poco de lo que se conoce como amarillo de cromo, un pigmento muy rico y versátil comercializado a principios del siglo XIX. Turner sentía una verdadera pasión por el amarillo; era su locura, su obsesión. Sus cuadros eran centelleos de ámbar, ocre y siena que a veces se iban ensombreciendo hasta convertirse en bronces o leonados. Esa manía suya dio pie a algunas burlas: hubo un ilustrador, por ejemplo, que lo caricaturizó delante del caballete con una gran escoba y un bote de amarillo a sus pies. La luminosidad casi diáfana que ves, sobre todo donde comienza el río, con sus reverberaciones blancas, responde a una transgresión de las convenciones habituales: en lugar de preparar su lienzo con un fondo oscuro, Turner lo preparaba con un fondo claro.

—Háblame de esa luz, Dadé...

—Turner sentía curiosidad por las ciencias físicas. Se mantenía por tanto al corriente de los avances en los conocimientos sobre la luz. También admiraba a Claudio de Lorena, un pintor francés del siglo XVII al que copió y que tenía la costumbre de pintar en sus paisajes un sol resplandeciente, como si quisiera deslumbrar a su público. Aquí, la naturaleza está igualmente iluminada por la luz del día, pero se diría incluso que pretende, a través de su resplandor amarillo, ¡salir del cuadro para irradiarnos! Turner tenía la loca ambición de hacernos sentir el flujo de los elementos con una intensidad comparable a la que experimentamos cuando entramos en contacto directo con ellos.

—¡Ah! Quería que sintiéramos la naturaleza como cuando estamos en ella, ¿no?

—Eso es. Como si paseáramos por el campo o navegáramos en plena tempestad. Cuenta la leyenda que una vez se ató al mástil de un barco en medio del oleaje y un viento huracanado para observar desde dentro el aluvión de la materia líquida. Una vez superado el peligroso experimento podía transmitir a su público una idea real del tumulto de las olas representando trombas de agua y naufragios. Así que vete a saber si no se adentró en un incendio para pintar el paisaje que estamos viendo...

—¡Este Turner era aún más aventurero que tú, Dadé!

—Caminaba sin parar, decenas de kilómetros al día en busca de sensaciones fuertes, en la línea del *Sturm und Drang* del que hablamos la semana pasada. Viajaba casi sin equipaje, simplemente con una cantimplora, unos buenos zapatos, una cantidad considerable de cuadernos, por todas partes, por la campiña inglesa, los Alpes o Venecia, en cualquier época del año... Iba a la caza de lo *sublime*, esa emoción que excede la belleza y empequeñece la vanidad del ser humano ante la grandiosidad del cosmos.

Henry pensó en Werner Herzog y su película *Aguirre, la cólera de Dios*, cuyo primer plano del Machu Picchu, con sus montañas en medio de la bruma, le parecía un cuadro digno de Friedrich o de Turner. Una vez que unos aspirantes a cineastas pidieron consejo al director alemán sobre la formación adecuada para seguir sus pasos, él respondió: «En lugar de pasar tres años en una escuela de cine, haríais mejor en recorrer tres mil kilómetros». Turner, sin duda, habría estado de acuerdo, se dijo Henry, que retomó su explicación con voz más suave.

—Examinemos el tratamiento del cielo. Es sumamente vaporoso, y la línea del horizonte está tan difuminada que la tierra, el agua y el aire se confunden. Esto es especialmente llamativo a la izquierda de la composición, hasta el punto de que recuerda los fenómenos ópticos de los espejismos. Turner estudió durante décadas la propagación de los rayos de luz en la atmósfera para poder plasmarlos. Trabajaba paralelamente con acuarela sobre papel (diluía los pigmentos en agua) y con óleo, denso y compacto, sobre el lienzo. Aunque la acuarela se consideraba una técnica muy secundaria en el mundo del arte, él no solo le concedió sus cartas de nobleza, sino que trasladó todo su potencial, en particular su fluidez, al óleo.

—Así que esto, Dadé, es como una enorme acuarela pintada al óleo...

—Sí, ¡justo eso! Pero ten en cuenta que Turner ejecutó esta obra al final de su vida. No lleva ni fecha ni firma. Nunca la expuso, y fue encontrada en su taller, junto con otras de estilo similar, después de su muerte. Así que plantea interrogantes. Puede que su intención fuera que se pareciera muy poco al paisaje real que tenía delante, pero, a falta de un documento que lo atestigüe, debemos ser prudentes y pensar que quizá esta obra... solo esté inacabada.

—Pero, Dadé... ¿Por qué íbamos a tener dudas? ¡Deberíamos ser capaces de sentirlo! Lo que dices es extraño. Estoy segurísima de que él quería que su cuadro fuera exactamente así.

—Coincido contigo... Pero recuerda que es imposible mirar un cuadro antiguo y pretender que ignoramos todo lo que ha venido después. Turner murió en 1851 y no podía saber qué sucedería en el futuro. Pero tú y yo sí. Y los millones de obras e imágenes posteriores, hasta hoy, orientan retrospectivamente nuestro juicio.

Mona no entendía nada de nada. Tenía la impresión de estar atada, como el artista, al mástil de un barco en plena tempestad para seguir la demostración tumultuosa de su abuelo. Y le resultaba demasiado difícil.

—Lo que viene después de Turner —continuó Henry— nos permite verlo con unos ojos diferentes a los de sus contemporáneos, y lo que sabemos de la evolución de la historia del arte nos incita a pensar que este cuadro no es solo un esbozo, sino una obra acabada. Tú crees que no sabes nada de arte, Mona. Sin embargo, la opinión que acabas de manifestar a propósito de Turner proviene en parte de un cuadro del siglo XIX realizado mucho después de su muerte: es una obra que conoces bien y que él desconocía. Y esa obra te permite juzgar a Turner así.

—¡Eso es imposible, Dadé!

—¿Por qué?

—Pues porque tú y yo solo hemos ido a ver cuadros hechos antes que este —explicó ella, irritada—. *Antes*, ¿entiendes?

—Y yo te digo que hay una obra que conoces de pe a pa y que te permite apreciar este paisaje completamente atomizado porque te resulta familiar.

—Más bien creo que me gusta porque tiene algo de los cuadros que ya hemos visto. —Se interrumpió un instante al recordar otro detalle—. Ese pequeño personaje de rojo... parece una mancha en medio de los colores o, como tú decías, un montoncillo de polvo.

—No creo que haya hablado de polvo, Mona: eres tú quien lo dice, y dices bien. Porque, en efecto, eso es lo que nos transmite la pintura de Turner: todo es polvo, todo se reduce a un montón de finas partículas. Lo entiendes, ¿verdad?

—Ya, bueno.

—Enseguida averiguarás a qué cuadro me refiero, créeme.

Mona dudaba.

Salieron del Louvre y pusieron rumbo a Montreuil. Una vez en casa, la niña abrazó con fuerza a su abuelo, corrió a su habitación y se metió en la cama, cansada. Las paredes oscilaban ligeramente mientras su cuerpo y su espíritu se relajaban. Algún pensamiento daba vueltas por su mente, luego se quedaba en blanco hasta que el runrún volvía a empezar. De repente, con la cabeza echada hacia atrás y la espalda arqueada, su mirada se detuvo en el póster puntillista del Museo de Orsay que velaba por ella.

—¡Seurat! —murmuró—. ¡Dadé tenía razón!

II

Orsay

20

Gustave Courbet

Grita fuerte y camina recto

—No, no quiero.

Tan testaruda como siempre y sin más explicaciones, Lili le estampó a Mona que no estaba dispuesta a hacer la maqueta de la tienda de antigüedades. Al principio, a las dos amigas les pareció una suerte que les hubiera tocado formar pareja para realizar el trabajo de fin de curso, pero había llegado el momento de elegir el proyecto y no se ponían de acuerdo. Mona pensó que a Lili le entusiasmaría la idea de miniaturizar la tienda de su padre, pero su compañera, con los puños cerrados y una rabia contenida, no cedía, y esa repentina ruptura de su complicidad sonaba a canción triste. No se dirigieron la palabra durante unos días.

Luego, Lili acabó por ablandarse. Un miércoles al finalizar las clases, mientras esperaban la llegada de los padres, pidió a Mona y a Jade que se reunieran con ella en un rincón del patio de recreo. Mientras hablaba, no paraba de encogerse de hombros, haciendo que su pesada mochila escolar saltara sobre su espalda.

—Papá se vuelve a Italia este verano y yo me voy a vivir con él. Iré a la escuela allí. Mamá se queda. Y mi gato... no se sabe. Es lo que hay...

Así que eso era lo que la tenía tan revuelta: la perspectiva de la separación. Por fin le explicó a Mona que, en lugar de hacer una maqueta de la tienda de antigüedades, quería hacer una maqueta de su cocina, con la mesita en la que cenaba todas las noches con su madre y su padre.

La primavera no había hecho más que empezar, y las tres amigas pensaron que los meses de abril, mayo y junio serían un periodo lo bastante largo para dejarles vivir una amistad eterna. Pero ya no eran unas niñas. El divorcio de los padres de Lili y su planeada partida a otro país hacían tangible la inminente reducción de la infancia a un polvo mágico conocido como memoria. Mona sintió que se le llenaban los ojos de lágrimas.

Hipando de emoción, oyó una voz que la llamaba desde la verja de la escuela. Era Henry. Mona, que intentó no llorar delante de sus compañeras, se dio la vuelta y cruzó corriendo el patio, dejando atrás el griterío. La brisa le secó los ojos. En su loca carrera, ansiaba refugiarse junto a su abuelo, para no dejar que la tristeza la abrumara aún más. Lo abrazó con fuerza, dejó escapar un largo suspiro y luego deslizó su mano tiernamente en la suya. Por el camino, Henry le anunció que visitarían un sitio nuevo: las lecciones en el Louvre se habían acabado.

—¿Se han acabado? ¿De verdad? ¿Ya?

A pesar del tono jovial de su abuelo, Mona sintió una punzada en el corazón, y el Louvre se le apareció de repente, en un pensamiento fugaz, asolado por el tiempo, con el techo derrumbado y las arcadas en ruinas, igual que en la visión apocalíptica del lienzo de Hubert Robert de 1796. Quiso confiárselo a su abuelo, rogarle que dieran un último paseo por ese museo antes de cambiar.

Consciente de su perturbación, Henry le dirigió una mirada cariñosa pero firme. Había que avanzar. Mona apagó esa quemadura provocada por la fugacidad de las cosas y asintió interiormente. Sí, había que avanzar.

Así, en lugar de dirigirse a la pirámide de Pei, atravesaron la plaza cuadrada del palacio, cruzaron el Pont Royal y torcieron a la derecha, y enseguida llegaron a un recio edificio en cuya explanada se erigían enormes animales de bronce. Para distraer a Mona y recordarle su secreto, su abuelo le explicó que las sesiones de los miércoles con el psiquiatra infantil tendrían lugar ahora en una nueva dirección: el número 1 de la rue de la Légion d'Honneur, frente al Sena. Era una antigua estación de ferrocarril reconvertida en museo: el Museo de Orsay, una galería con un límite cronológico más estricto, de 1848 a 1914, pero tan rico en obras maestras como su vecino el Louvre. Lo comprobaría muy pronto.

El inmenso lienzo representaba una vista panorámica de un entierro en plena campiña. Al fondo, bajo un cielo plomizo y rodeando un tramo del valle, se extendían dos acantilados gredosos, uno de los cuales, a la izquierda, estaba salpicado de casas. En la base del cuadro, en el centro, pero ligeramente oblicua, había una tumba abierta, excavada entre la hierba y el barro. Quedaba truncada, como si fuera a salirse del marco y alcanzar el punto en que el espectador se situaba, adentrándolo así en la escena. Una calavera yacía en el borde de la fosa y, muy cerca, un sabueso apartaba la cabeza. Pero entre el paisaje a lo lejos y estos elementos en primer plano se distinguían treinta y seis personajes identificables, e incluso cuarenta y cinco o cincuenta si se contaban algunas sombras y las almas en pena ascendiendo a la superficie —en cualquier caso, decenas—. La opacidad del pigmento, oscurecido con el tiempo, fundía las siluetas en un amasijo que parecía carecer de perspectiva. En realidad, había una. Para apreciarla, era necesario fijarse bien en la extraña distribución de las figuras. Detrás del todo había unos cuantos personajes empequeñecidos por respeto a la escala y que resultaban difíciles de distinguir. Sin embargo, estaban ligeramente más elevados que sus homólogos del primer plano, como si hubiera un montículo en el suelo y luego un desnivel. Ese truco óptico recordaba a las grandes fotografías de grupo en las que se alza artificialmente a quienes están en la última fila para que salgan en el retrato. En este caso, en esa fila del fondo, leyendo de izquierda a derecha, había un anciano, oficiantes de blanco, algunos individuos de negro y una veintena de mujeres de distintas edades. Llorosas o con el rostro hundido en sus pañuelos, se dirigían a la tumba formando una procesión serpenteante cuyo recorrido viraba hacia la derecha del cuadro. Siguiendo sus pasos se comprendía fácilmente la profundidad de campo, su sucesión de filas y planos. Finalmente, en la parte delantera de la escena, a la izquierda, avanzaba el ataúd, cubierto con un paño mortuorio marcado por dos huesos en forma de cruz y unas lágrimas aquí y allá. Lo portaban cuatro hombres con grandes sombreros, flanqueados por dos monaguillos. Junto a ellos, un religioso con bigote y nariz grande miraba de frente al espectador mientras izaba una pequeña efigie de Cristo crucificado por encima de la línea del horizonte. Por último, rodeaban la fosa el sacerdote concentrado en su misal, un sepulturero arrodillado, algunos notables de mirada sombría, dos hombres de rojo y dos más elegantemente vestidos, uno con polainas blancas, el otro con polainas azules.

Tras una hora larga de idas y venidas delante del cuadro, Mona se topó con un enigma. La sombría realidad de esa escena provinciana y sin filtros resultaba muy inmediata, pero nada era evidente, y el título de *Un entierro en Ornans* ofrecía pocas pistas.

—Dadé, ¿dónde está Ornans? ¿Y a quién están enterrando?

—Es el pueblo donde creció Gustave Courbet, en la región de Borgoña-Franco Condado. El pintor conocía bien todos sus rincones y a sus habitantes, y entre los que representa aquí hay varios parientes suyos. Ahí está su padre, de perfil, en el centro, justo encima del hombre que se enjuga las lágrimas; allí, a la derecha del todo, su madre y sus dos hermanas pequeñas, y luego un montón de amigos. Te parecerá increíble, pero pinta este gigantesco lienzo en un taller minúsculo, poco a poco, pidiendo a cada uno de los modelos que pose por turnos. El contenido del ataúd, por su parte, sigue siendo un misterio...

—Es todo muy sombrío —comentó Mona—, muy triste. Pero hay personajes graciosos. Algunos están distraídos, como los monaguillos, otros tienen pinta de haber bebido, ¡y los hay incluso que nos miran!

—Sí. Esa manera de mezclar los registros cómico y trágico es típica de todo el arte de Courbet. Y eso no gustaba a todo el mundo. Sin ir más lejos, el influyente poeta Théophile Gautier llegó a preguntarse si el artista había querido ser serio y expresar con autenticidad el drama del luto o se trataba más bien de una caricatura en la que abusaba de la escala monumental. Criticó en particular a los dos hombres de rojo en el centro de la composición; son sacristanes, es decir, laicos, pero que se supone que han de velar por el buen desarrollo de un ritual religioso. A Gautier le sorprendieron sus «rostros embadurnados de bermellón» y esa «actitud ebria» —citó de memoria.

—¡Ah! ¿Y Courbet?, ¿era un tipo serio?

—Era un vividor, pero sobre todo un gran provocador que declaraba sin miedo su intención de «pervertir el arte». Cuando llega a París con veinte años, en 1839, tiene que abrirse paso a codazos en una sociedad exigente y llena de códigos. Pero es espabilado, buen estratega y tiene talento. Frecuenta el Louvre y modestas academias para formarse, y pasa la mayor parte del tiempo en cafés abarrotados de artistas sin un céntimo, filósofos utópicos y escritores malditos. Bebe cerveza, canta alegremente y quiere dejar su huella en la historia. El poeta Charles Baudelaire, uno de sus amigos, se burla de él diciendo que hasta cree poder «salvar el mundo».

—Pero, Dadé, era Jesús quien debía salvar el mundo, ¿verdad? Y ahí está, en lo alto del crucifijo, realmente diminuto...

—Y fíjate también en que el cielo está encapotado, desprovisto de luz, y la calavera del primer plano, que simboliza la de Adán, el primer hombre, está trivialmente partida por la mitad. En cuanto al perro, alegoría de la fidelidad, mira hacia no se sabe dónde. Los oficiantes y el sacerdote apenas tienen más protagonismo. La ceremonia es religiosa, no cabe duda, pero cotidiana, profana, ahogada en una atmósfera embarrada. Un crítico llegó a exclamar: «Se le quitan a uno las ganas de que lo entierren en Ornans». En circunstancias normales, el Salón oficial habría rechazado un cuadro así, pero Courbet había recibido un premio por otra obra en 1849, y eso le permitía exponer lo que quisiera un año más tarde. Aprovechó la ocasión y el escándalo fue inmenso.

—Yo diría que todos esos tonos negros son muy bellos cuando se miran de cerca, y que hay bonitos contrastes con los blancos...

—También yo habría dicho eso, y añadido, como hizo uno de los partidarios del cuadro, que lo que aquí vemos es el advenimiento de la democracia al arte.

—Ya lo entiendo, Dadé. Es como el retrato de *La gitana* de Frans Hals y el de Madeleine, la mujer negra. Porque aparece gente del pueblo, ¿a que sí?

—Exacto. Es un verdadero manifiesto que reivindica el derecho de cualquier persona, miserable o poderosa, a ser representada en la pintura, igual que todo el mundo debería estar representado por sus portavoces electos en una democracia. Además, el cuadro se expone en París justo después de la violenta insurrección popular de 1848. La revuelta tiene éxito al principio y logra derrocar el régimen de la Monarquía de Julio. Pero enseguida se impone a la cabeza del país Luis Napoleón Bonaparte, sobrino de Napoleón I. Acapara el poder y se convierte en un tirano. Courbet parece decir que el ideal republicano está enterrado, pero que el pueblo (la gente sencilla de provincias, del campo y de su Jura natal) sigue en pie, sigue luchando. Si te fijas, al borde de la fosa hay un hombre mayor con polainas azules y otro con polainas blancas: son los veteranos de 1793, es decir, las figuras de la Revolución francesa, todavía en pie.

—¡Seguro que estaban orgullosos de aparecer en el cuadro!

—De las decenas de modelos, no todos quedaron contentos... Estaban muy emocionados en el momento de posar, pero después algunos se enteraron del proceso de afeamiento que sufrió la obra. Pensaron que el pintor los había humillado deliberadamente. Es más, no todos tenían las mismas opiniones políticas que Courbet, ¡había gente de la Iglesia por un lado y nostálgicos de la Revolución francesa por el otro! Los motivos que adornan el paño mortuorio aluden incluso a la masonería, en las antípodas de las tesis cristianas. Pero el público parisino no supo interpretar esos detalles ni las posibles tensiones. Comparado con las líneas de fuga y los volúmenes bien nítidos de *El juramento de los Horacios* de David, este cuadro parecía hundirse en un bloque de muchedumbre oscura y hostil. Los periodistas acusaron a Courbet de instigar una revolución, de ser un agitador, un anarquista llegado del campo para sabotear todas las convenciones. Era una exageración, pero no del todo falsa. A lo largo de su carrera, Courbet desafió muchas prohibiciones. Pintó curas borrachos que volvían de misa en burro e incluso un primer plano del sexo de una mujer...

Al decir esto, Henry temió que Mona lo azuzara para ir a ver el famoso *Origen del mundo*, pero a la niña ni se le pasó por la cabeza. Siguió mirando el ataúd, concentrada, como si reflexionara sobre su enigma: ¿qué demonios estaban enterrando ahí? «Misterio», había dicho de entrada su abuelo, pero ella sospechaba que sabía más. Y tenía razón. Henry, ferviente admirador de Courbet, había estudiado todas las hipótesis de los historiadores del arte sobre el tema: entre esas cuatro tablas fúnebres tal vez estaba la hermana del artista, fallecida en 1834, o la esposa de una de las figuras del primer plano, o incluso la república o el romanticismo, por qué no: el propio Courbet había planteado esa exégesis más estética. Pero Henry defendía otra interpretación, más ambiciosa y también más detallada.

—Para pintar este cuadro —continuó con voz grave—, Courbet hizo posar a modelos vivos. Pero añadió una personalidad que no tenía delante. Porque el anciano que aparece en el extremo izquierdo de la composición, casi fantasmal en la estela del ataúd, acababa de morir cuando el artista firmó la obra...

—Pero ¿quién es, Dadé?

—Es Jean-Antoine Oudot, el abuelo de Courbet —dijo Henry con la voz quebrada por la emoción—. Al igual que las dos figuras de las polainas en primer plano, su presencia simboliza el vínculo con la revolución, porque fue diputado de la Convención. Ese hombre influyó mucho en su nieto y le transmitió una consigna que este aplicó toda su vida.

Mona comprendió el paralelismo con su situación, ya que su propio abuelo repetía el lema establecido por el abuelo de Courbet.

—«Grita fuerte y camina recto» —murmuró Henry.

—¡Oh, me encanta! «Grita fuerte y camina recto» —repitió ella.

—Este cuadro fue como un grito en la atmósfera aterciopelada del Salón: un grito de guerra a favor de una nueva función del arte, que implicaba caminar «recto» para evitar ser apabullado por la crítica o las convenciones académicas. Esta actitud dará lugar al «realismo», un movimiento artístico que defiende ante todo la representación de lo real, que quiere hacernos sentir la realidad con todas sus asperezas y contradicciones, porque las imperfecciones inherentes a la vida son la sal misma de la existencia.

—¡Me gusta este Courbet!

A Henry también le gustaba, más que ningún otro artista de la historia. Le contó a Mona que él y su abuela habían intentado —sin éxito— que exhumaran sus restos del cementerio de Ornans y los trasladaran al Panteón con motivo del centenario de la Comuna.

—Porque Courbet —prosiguió Henry— participó con valentía en ese terrible conflicto en el que, en 1871, los parisinos resistieron tanto a los invasores prusianos como a un Gobierno francés que capitulaba. El pintor se comprometió con un socialismo pacifista e igualitario que respetaba el pasado y miraba hacia el futuro. Pero, derrotado y reprimido, pagó un alto precio: la cárcel, luego el exilio en Suiza, la deshonra, la enfermedad y una muerte prematura bajo la atenta mirada de su padre el 31 de diciembre de 1877.

A la salida del Museo de Orsay, a Mona se le metió en la cabeza que algún día conseguiría que Courbet entrase en el Panteón. Henry, entre risas, suscribió el proyecto. ¿Por qué no para el bicentenario de la Comuna, en 2071?

Mientras cruzaban el Sena, les asombró sentirse ligeros y alegres, como sucede curiosamente en algunas ocasiones al volver de un entierro.

21

Henri Fantin-Latour

Los muertos están entre los vivos

La tienda de antigüedades se venía abajo y el contable, alarmado por las deudas, blandía las facturas impagadas cada semana: la amenaza de quiebra nunca había sido tan acuciante. Camille ya no quería que Mona fuera a pasar las tardes al local, pues temía el siniestro espectáculo etílico de su marido. Sin embargo, la niña insistía.

Aquel día, Paul había bebido tanto vino tinto que apenas podía tenerse en pie, pero la presencia de su hija, haciendo los deberes a su lado, lo obligaba a mantener un mínimo de compostura. Miraba a lo lejos, sin saber qué. Entonces, al otro lado de la calle, divisó por fin a un curioso de aspecto elegante que parecía deambular por allí.

—Vaya —murmuró entre hipidos—, ese parece el cliente de las figuritas...

Mona levantó instintivamente la vista. Aunque el hombre estaba a unos treinta metros, lo identificó de inmediato.

—Papá, ¡es el momento de llamarlo y enseñarle todas las figuras de plomo! Date prisa, vamos, papá.

—Pero, cariño —dudó Paul—, no podemos molestar a ese señor, no, esas cosas no se hacen, yo...

—Basta, papá —bramó la niña imitando el tono de su madre—, levántate, asegúrate de que te tienes en pie y llámalo. Deprisa, ¡antes de que se marche!

Y Mona tiró de su padre agarrándolo de la manga, abrió la puerta y volvió a ordenarle que pusiera un pie delante del otro y llamara al hombre. Paul lo hizo con voz débil.

—Más alto —le amonestó la niña.

Y él obedeció. El señor en cuestión lo oyó. Se dio la vuelta y esbozó una sonrisa, como si estuviera perdido. Mona tuvo apenas tiempo de prodigar a su padre los últimos consejos antes de que se presentara allí el paseante, vestido con un traje verde manzana de un gran modisto. Tenía la misma apariencia extravagante de viejo dandi que en su primera visita, dos meses antes.

—¡Ah! —exclamó, sin saludar siquiera—. ¡Qué curioso! Yo lo estaba buscando a usted y ha sido usted quien me ha encontrado.

—Pase, pase, tenemos algunas reproducciones Vertunni y nos gustaría mostrárselas —explicó Paul, con el aliento cargado.

Y el caballero se apresuró a examinar las figuritas, en particular el hombrecillo de plomo tumbado en el banco que Mona había puesto en escena bajo el sol de neón. Mientras echaba un vistazo, les explicó que le distraía mucho reconstruir escenas de su vida personal con esas figuritas, disponiéndolas en dioramas que él mismo confeccionaba.

—Los antiguos ministros escriben sus memorias y los subprefectos novelas eróticas bajo seudónimo. Yo coloco mi vida en cajas: ¡es más divertido! —clamó en tono teatral.

Luego imitó el galope de un caballo con la efigie de un soldado de infantería para evocar su servicio militar en Saumur. Contó que lo habían expulsado del cuerpo tras retar en duelo a uno de sus superiores, a quien había echado en cara que estaba demasiado gordo para ir a la guerra. Al final de su historia, rebuscó en sus bolsillos.

—¡Me llevo los quince! Habíamos dicho a cincuenta euros la pieza, ¿no es así?

—Eso es —contestó Paul, a quien repentinamente se le había pasado la borrachera.

—Pues aquí tiene setecientos cincuenta euros en metálico. Perfecto. Y garabatéeme su dirección en un trozo de papel. No tengo internet ni móvil, pero ¡aún tengo ojos para leer! ¡Así no necesitará volver a gritarme cuando pase por delante! Vendré a verlo muy pronto, ¡encuéntreme más Vertunni! ¡Adiós!

Al llegar a las galerías del Museo de Orsay, Mona se quedó impresionada ante un cuadro en el que vibraba un inmenso caos de energías. A primera vista, el tumulto resultaba complicado de entender, pero gracias a sus extraordinarias dotes de discernimiento, enseguida comprendió que se trataba de una escena de batalla entre fieras y guerreros. Llamó la atención de su abuelo para que se fijara en esa obra tan turbulenta. El anciano reconoció el boceto de *La caza del león* de Eugène Delacroix, cuya versión acabada en gran formato se conservaba en Estocolmo.

—¡Oh! ¡Delacroix!

Un descuido imperdonable. Henry le había mostrado a Mona algunos pintores románticos o prerrománticos en las salas del Louvre: Goya, Friedrich, Turner... Sin embargo, había olvidado *Dante y Virgilio en los infiernos*, *La muerte de Sardanápalo* y *La libertad guiando al pueblo*. Una omisión desafortunada, porque Delacroix había sido uno de los instigadores históricos de la expresión de las pasiones y la exacerbación de los colores. Y, además, estaba su legendaria rivalidad con Jean-Auguste-Dominique Ingres. El primero ensalzaba la importancia de la eclosión cromática y anhelaba que el cuadro fuera un «festín para la vista», mientras que el segundo se oponía con orgullo, afirmando que «el dibujo es la probidad del arte». Disputa de gigantes que Henry y Mona habían pasado por alto. El estudio de *La caza del león* sería una oportunidad para compensarlo, pero al fin y al cabo no era más que un boceto. A pesar de su extraordinario interés, Henry optó por una idea alternativa y condujo a Mona ante un lienzo de gran formato: 160 × 250 cm.

En el centro de la composición, y dominándola, había un retrato de medio cuerpo de un hombre de unos cincuenta años y porte distinguido, incluso altivo, con el rostro dotado de un fino bigote y la mirada dirigida hacia la derecha del cuadro. El retrato, con un sobrio marco dorado, colgaba de la pared neutra (aparte de algunos discretos motivos lineales rojizos) de un interior. Bajo ese cuadro dentro del cuadro, un ramo de flores de pétalos rosas coronaba una mesita circular. Y en torno a ambos motivos se congregaban, en dos filas, diez individuos de género exclusivamente masculino y apariencia homogénea. Como mucho, veinte años separaban al más joven (que no llegaba a la treintena) del más viejo. Todos vestían trajes elegantes y sin florituras, con ligeras variaciones armónicas. Si uno lucía una pajarita alrededor del cuello, el de al lado llevaba corbata. Si un fular se deslizaba sobre los hombros de uno de los modelos, un pañuelo abullonado asomaba del bolsillo de la chaqueta de su vecino. En todo caso, el grupo exhibía una unidad de estilo: el de la vida urbana y literaria, a la vez ligeramente bohemio en el descuido del cabello y la naturalidad de las poses, y extremadamente intenso en la calidad de las miradas, la mayoría frontales —siete de las diez—. La fila

de atrás estaba ocupada por dos parejas, una a cada lado del re-
trato central. En primer plano, cuatro personajes permanecían
sentados, mientras que, en la segunda posición por la derecha, en
una especie de fondo intermedio, un modelo de pie gozaba de ma-
yor visibilidad. De un rubio rojizo muy llamativo y más desali-
ñado que sus compañeros, llevaba la chaqueta abierta encima del
chaleco y una chalina lila al cuello. También de pie, esta vez el
tercero por la izquierda, otro hombre se apoyaba en un bastón;
aunque estaba de perfil, giraba la cabeza hacia el público, y ese
movimiento de rotación le confería una gran presencia. En con-
traste con su vigorosa masa negra, y a sus espaldas, un joven con
una camisa holgada, blanca, luminosa, aparecía sentado en una
silla. Sostenía una paleta manchada de colores.

Mona escudriñó a cada una de esas personalidades, reunidas en
honor a un ausente que se alzaba entre ellas como si fuera un dios
en su altar. Enseguida se dio cuenta de que ese ausente era Eugène Delacroix. Su abuelo la había llevado a descubrirlo, aunque era
el tema del cuadro y no su autor.

—Cuando muere en 1863 —empezó Henry—, Delacroix
se lleva a la tumba un vasto pedazo de la historia del arte: encarnó el romanticismo, aportó una enorme libertad a las artes,
a costa de numerosos escándalos. Héroe a su muerte, en sus
inicios había sido el *enfant terrible* de la pintura. Pero la mayoría de las personalidades que rodean su retrato para homena-
jearlo no lo recuerdan: ni siquiera habían nacido en la década
de 1820, cuando se le tachaba de «salvaje borracho» y se le juz-
gaba culpable de firmar *tartouillades*, un término peyorativo
para calificar una pintura de una ejecución poco cuidada, en
la que la composición y el dibujo se sacrifican completamente
al color.

—Ese chico tan joven de la camisa blanca es el autor del cuadro, ¿verdad? Tiene que ser artista, porque lleva una paleta en la mano...

—Sí, es Henri Fantin-Latour, conocido como Fantin. Solo tiene veintiocho años, pero posee un talento extraordinario. Coloca su autorretrato en primer plano a la izquierda. Añade nueve compañeros a su propia imagen, así como una efigie de Delacroix, que preside el conjunto. Esto es, por así decirlo, un cuadro dentro de un cuadro, la representación de una representación. Pero el caso es que no existe ningún retrato al óleo que muestre a Delacroix de este modo: Fantin lo imagina a partir de una fotografía...

—Estos otros —continuó Mona, señalando a los personajes sentados en primer plano a la derecha de la composición— son viejos, ¿a que sí, Dadé? Mira las arrugas... y las canas.

—A mí no me parece que sean tan viejos. Pero, en efecto, son los mayores del grupo, ambos habían nacido en 1821. El primero, ese que mira al frente con los brazos cruzados, es el influyente crítico Champfleury. Era famoso por su defensa a ultranza del realismo de Courbet, pero también escribió algunos libros muy originales, entre ellos, ¡figúrate!, una historia de los gatos. Otro amante de los felinos, con su frente amplia y despejada, era el de la derecha, el poeta Charles Baudelaire, gran admirador de Delacroix, cuyo luto muestra en sus labios crispados y como mudos. Al rendir homenaje al artista, Baudelaire escribió: «¿Qué es ese "no sé qué" misterioso que Delacroix, para gloria de nuestro siglo, ha expresado mejor que ningún otro? Es lo invisible, es lo impalpable, es el ensueño, son los nervios, es el *alma*».

—De acuerdo... —A Mona le gustaba responder así a los comentarios demasiado arduos.

—Aunque se muestre a Delacroix como un glorioso maestro, las personalidades que lo rodean no parecen realmente sus emuladores o discípulos. Es lo que reprocharon al cuadro los críticos de la época. Me explico. En primer plano, a la izquierda del todo, está sentado Duranty, redactor jefe de la revista *Réalisme* y colaborador de Courbet. Detrás de él encontramos a los artistas Louis Cordier y Alphonse Legros. En el extremo derecho del cuadro, a otro pintor de poca envergadura: Albert de Balleroy. También se distingue a Félix Bracquemond, extraordinario grabador y amigo de Baudelaire, completamente relegado a un segundo plano y casi eclipsado. Luego está el americano Whistler, de perfil, justo al lado de Fantin, con su rostro casi pegado al de Delacroix. Whistler está decidido a revolucionar la pintura, y lo conseguirá, pero abordando la temática de la sociedad moderna, las ciudades y la vida cotidiana, lo que parece ir en contra de las ambiciones románticas. Y, además, no hay nada romántico en la atonía de actitudes y colores: imperan los marrones, los grises, los pardos.

—Pero te olvidas del ramo.

—Sí, y es crucial, precisamente porque despeja la perspectiva hasta el retrato de Delacroix. De hecho, Fantin destacará como gran pintor de flores. Pero si ha perdurado en la historia es sobre todo por sus retratos de grupo de la vida artística. En particular, la posteridad le estará siempre agradecida por la obra *Un rincón de la mesa*, donde, afortunadamente, pintó junto a Paul Verlaine a un Arthur Rimbaud adolescente, y todavía desconocido. No obstante, sería injusto reducir a Fantin a sus virtudes documentales. Su pintura ofrece algo más que mera información sobre la vida cultural de la época. ¿Qué me dices del cuadro mismo? No de lo que muestra, sino de la técnica en sí: el empaste, la pincelada.

Henry escuchó absorto la respuesta de Mona. Estaba más convencido que nunca de que el lenguaje de su nieta encerraba un secreto, y, por otra parte, constataba que la niña había desarrollado una aguda sensibilidad para la materia pictórica, la misma que da —o no da— a toda creación su envergadura, su relevancia, incluso su necesidad en el tejido del mundo. Con términos cada vez más conscientes y modelados a fuerza de pasar tiempo con su abuelo, comentó cómo la «factura» (esa fue la palabra que dijo) era a la vez «realista y difuminada». Él le corrigió ese último término mientras se decía que la mirada de Mona y el vocabulario que transmitía sus sutilezas se estaban formando juntos de manera excepcionalmente rápida. Prefirió «sugestiva» a «difuminada», y la niña agradeció esa exigencia adulta.

—Y dime, Mona, ¿te has fijado en las proporciones que Fantin-Latour da a Delacroix en el cuadro?

—Son exactamente las mismas que si estuviera vivo.

—Sí, lo son. Porque Fantin piensa que Delacroix aún está vivo. Y eso es precisamente lo que nos dice el cuadro: los muertos no nos dejan, no nos abandonan; son tan importantes como los que quedan. En torno a 1850-1860 hubo un auge del espiritismo y las creencias esotéricas. Se creía que era posible mantener contacto con los muertos, convocarlos, porque estaban entre nosotros. No se trataba de un entretenimiento folclórico como hoy en día: la gente estaba convencida de que los espíritus de los muertos rondaban entre los vivos, velando sus días y sus noches.

—Y, si he entendido bien, les daba igual imitar la pintura de Delacroix; lo que querían era atreverse a correr riesgos como había hecho Delacroix.

—Lo has entendido perfectamente: cuando nuestros mayores ya no están, no nos piden que hagamos lo mismo que hicieron ellos; solo nos dicen que seamos dignos de lo que ellos fueron.

Mona meditó largamente esa frase y sintió una presencia en el pecho. Pero Henry interrumpió su incipiente perturbación reanudando su comentario en tono jovial.

—Ya te lo he dicho: Delacroix fue famoso por sus escándalos, pero terminó siendo admirado en todo el mundo. Pronto empezó a formar parte de jurados, en particular el del Salón oficial. Un día, en 1859, este famoso jurado de admisión recibió la obra de un muchacho que había pintado a un borracho de aspecto iluminado con una botella de alcohol a sus pies: *El bebedor de absenta*. Todos los miembros encontraron el cuadro vulgar y lo rechazaron. Con una excepción.

—¡Delacroix, seguro!

—El mismo. Esto sorprendió mucho a sus colegas, porque la obra tenía tintes muy realistas, algo contrario a sus presuntas convicciones. Pero Delacroix había captado toda su expresividad. No le preocupaba si se seguían o no las huellas del romanticismo; ¡no!, ansiaba que su espíritu rebelde sobreviviera entre las nuevas generaciones, y, evidentemente, el autor de ese borracho lo tenía.

—Y ¿quién era?

Entonces Henry, con un gesto lento, señaló a la derecha la única figura de la que no había dicho una palabra: la del pelo rubio y revuelto, la mano en los bolsillos y la chalina.

—Él —dijo, como si designara a un elegido—: Édouard Manet.

—Manet... —La niña suspiró—. Suena parecido a Mona. Dadé, ¡vamos a ver sus cuadros!

—No, eso será en otra ocasión. Pero, por lo más hermoso de este mundo, te juro que le rendiremos un merecido homenaje.

Salieron del Museo de Orsay y cruzaron el Sena. Con los primeros brotes de abril, los parisinos comenzaban a pasear por las calles y celebrar los primeros pícnics en los jardines de las Tullerías. Flotaba una música primaveral.

22

Rosa Bonheur

El animal es tu igual

El doctor Van Orst, tal y como había acordado la última vez, cambió su bata de pediatra por los accesorios de hipnoterapeuta. Como ninguna de las numerosas pruebas realizadas había podido explicar la pérdida temporal de visión de Mona, intentaría sumirla en un estado de semiinconsciencia que le permitiera profundizar en el origen de la misteriosa enfermedad a través de su mente. Por su parte, Mona iba a prestarse al ejercicio sabiendo que guardaba un secreto rayano en la mentira. Aunque su madre y el médico pensaban que había aceptado el experimento gracias al trabajo que supuestamente llevaba a cabo con un psiquiatra todos los miércoles, lo que en realidad la animó fueron las repetidas sesiones frente a distintas obras de arte.

Van Orst sentó a la cría en un sillón de cuero mullido con amplios reposabrazos y le pidió que inclinara la cabeza hacia atrás. Le puso la mano a unos diez centímetros de los hombros y los envolvió en una especie de fluido invisible, diciéndole con voz muy tranquila que se relajara y pensara en su música favorita, que luego separara cada nota y las estirara en su cabeza, una a una, como si los sonidos se distendieran hasta el infinito. A continuación, la invitó a concentrarse en las extremidades de su cuerpo durante varios minutos, antes de colocarle tres dedos en la frente y repetirle que ahora sus párpados estaban «pesados y pegados, pesados y pegados...». La pequeña empezó a pestañear.

Van Orst condujo a Mona hasta un estado alterado de la conciencia, confortable y sereno. En esta primera sesión, no quería violentar su memoria. En lugar de animarla a revivir los momentos dolorosos del ataque sufrido y ahondar en sus periferias, le sugirió que pensara en alguna emoción positiva. El método del facultativo consistía en acostumbrar al cerebro a invocar figuras tranquilizadoras por si, casualmente, durante una sesión futura, visiones demasiado negativas se apoderaban de él. A esto lo llamaba «ideas refugio».

Mona se sumergió en un delicioso entumecimiento. Una cascada de grises y blancos captaba su atención, como si desfilara ante ella, en un sueño incierto, la bobina de una película virgen. La voz del médico, aunque completamente audible, le parecía lejana. A medida que la idea de evocar a sus seres queridos crecía en su interior, también lo hacían las sensaciones relativas a su madre y su padre; y luego, inmensa, adoptando una forma vaga e impermeable a cualquier anécdota concreta, surgió la impresión de su abuelo. Mona se dejó envolver por esa aura. Flotaba en un no-lugar, fuera de las palabras, asaltada solo por percepciones abstractas.

Entonces, sin previo aviso, sintió algo absolutamente gigantesco, algo más allá del espacio y el tiempo... «Piensa en las personas que amas», seguía sugiriendo la voz, y era como un encantamiento. La psique de Mona se estremeció; la inundó una inconmensurable mezcla de dulzura y tristeza. Oyó el chasquido de dos dedos. Abrió los ojos. Van Orst le sonreía.

El bienestar persistió hasta la hora de acostarse, a pesar de que Mona no sabía qué pensar ni qué contar a sus padres sobre lo que había vivido. Cuando su madre fue a arroparla, se limitó a hacerle una pregunta:

—Mamá, ¿me hablarás algún día de la abuela?

Al entrar en la galería central del Museo de Orsay, al pie de la escalinata y sobre un zócalo macizo, se erguía un enorme león de bronce que impresionaba mucho a Mona.

—Es una obra de Antoine-Louis Barye —le confió su abuelo, antes de añadir que ese escultor, que solía tomar apuntes en la casa de fieras del Jardin des Plantes, había resucitado el arte animalista en Italia en la primera mitad del siglo XIX.

Mona temblaba de emoción. El mundo de los animales, sobre todo cuando eran redonditos y mimosos, era un edén efervescente en la mente de la niña. La lección de hoy versaba precisamente sobre ese tema, pero Henry quiso evitar el espectáculo demasiado heroico de los grandes depredadores y el demasiado enternecedor de los perros y gatos de compañía. Irían a echar un vistazo más trivial a los bovinos...

La obra, de dimensiones panorámicas, desplegaba en toda su anchura grandes surcos trazados por las rejas de un arado. El cielo, cuyos tonos degradados de azul se fundían a la perfección para emitir una sutil luz fría y matinal, ocupaba aproximadamente la mitad de la superficie del lienzo. Dos yuntas se sucedían, mostrando una disposición similar: seis bueyes tiraban del apero dirigidos por el labrador, y un boyero vigilaba a los animales provisto de una vara que servía para aguijonearlos. A la izquierda de la composición, una ladera boscosa en la que apenas sobresalían dos tejados entre los árboles ofrecía un amplio decorado, verde y despejado. La escena de labranza, ligeramente oblicua, hacía que las vetas de tierra aireada, en lugar de ser paralelas, convergieran en algún punto fuera del encuadre a la izquierda de la composición, justo por debajo de la línea del horizonte. Ese recurso generaba una perspectiva que aumentaba el tamaño de los protagonistas, que parecían más grandes y cercanos a medida que se desplazaban hacia la derecha, como si el terreno removido conformara una pendiente ascendente muy ligera, como un falso llano en una planicie. Las yuntas estaban compuestas por dos filas paralelas de tres especímenes, casi todos de color blanco cremoso. La recua del fondo formaba una masa más compacta, mientras que en la de delante se distinguía con claridad el perfil de los tres bovinos que avanzaban, con espuma en el morro, en la fila de la derecha: el animal que iba en cabeza era de un beis más oscuro, y el de cola de un rojizo que lo hacía excepcional con respecto a los doce animales del cuadro; entre ambos marchaba un bóvido que parecía constituir, si no el tema, sí, al menos, el corazón de la obra. Giraba levemente la cara hacia el espectador y su ojo parecía lanzar una mirada patética. Sin duda acababa de recibir un puyazo por parte del joven boyero de los zuecos que lo acompañaba.

Durante los veinticinco minutos que pasó examinando cada detalle, Mona se fijó sobre todo en los matices de los tonos claros que hacían vibrar el pelaje de los animales. Pero también observó las alargadas huellas del arado en la tierra, de un marrón brillante, bordeadas por campos de hierba.

«¡Ah! —se culpabilizaba Mona—. Dadé me pide que mire los cuadros con inteligencia ¡y yo me pongo a pensar en el río de Willy Wonka en *Charlie y la fábrica de chocolate*!». Se le hizo la boca agua. *Arando en el Nivernais* era una escena campestre, como *Un entierro en Ornans* de Courbet, aunque tenía una atmósfera completamente distinta, por el tema, pero sobre todo por el tratamiento pictórico. Mientras que Courbet buscaba la intensidad mate y opaca del barro y las cenizas, el lienzo de Rosa Bonheur era casi apetitoso gracias al juego de veladuras, y, en efecto, los surcos que se deshacían en grandes grumos parecían de cacao.

—Bueno, Mona —dijo por fin Henry—, aquí estamos de nuevo frente a una gran artista.

—He leído su nombre y me parece maravilloso: ¡Rosa Bonheur!, ¡Rosa Felicidad!

—El siglo XIX fue testigo de un gran número de mutaciones y cambios de percepción en todos los campos. Y Rosa Bonheur fue un ejemplo de esas transformaciones. Nacida en 1822 en el seno de una familia humilde, estaba destinada a convertirse en modista. Pero a los trece años, poco después de la muerte de su madre (a la que la familia enterró en una fosa común por falta de dinero), se decantó por la pintura. Su padre, también artista, la aceptó como alumna. A partir de entonces fue forjando su propia carrera y, con el tiempo, obtuvo reconocimiento internacional, sobre todo en Estados Unidos. Para ello, tuvo que demostrar una fuerza de voluntad excepcional y desafiar todos los prejuicios de los hombres sin doblegarse.

—¿Los hombres? ¿Te refieres a los chicos o a los seres humanos en general?

—¡Ambas cosas! Aunque era mujer, llevaba el pelo corto, fumaba puros y vestía pantalones, ¡lo que requería «un permiso de travestismo»! No se casó y vivió con otras mujeres. Era una persona que se rebelaba contra las jerarquías que operaban entre los seres: entre sexos, entre medios sociales, entre geografías urbanas y rurales. Pero este cuadro nos muestra mucho más...

Henry hablaba con voz dulce y profunda. Mona, en lugar de quedarse a su lado, se plantó delante del cuadro dándole la espalda al lienzo e irguiéndose frente a su abuelo, de manera que su cara se superponía al vacío entre las dos yuntas. Luego sonrió, arqueó las cejas y levantó un dedo como para pedir la palabra, con aire de decir: «¡Ahora me toca a mí!». A su abuelo le pareció un gesto adorable.

—Bien, Dadé, estamos de nuevo ante un cuadro de grandes dimensiones que representa algo que sucede en el campo, junto a algunos aldeanos. Los animales ocupan todo el espacio, a lo largo y a lo ancho. Eso es porque la artista quiere mostrar la belleza de la campiña y de todo lo que se encuentra en ella. Por ejemplo, los árboles de esa colina, los campos labrados, la gente que trabaja en ellos, y luego, también... —dudó.

—También ¿qué, Mona?

—Y también la belleza de los animales, me parece.

—¿En serio? ¿Cómo puedes decir eso, si los representa echando espuma por la boca?

—Bueno, sí, es cierto que babean y que son bueyes, y los bueyes, pues es difícil que parezcan bonitos, pero estos sí lo son. Eso creo..., aunque puede que me equivoque...

—En absoluto. Y Rosa Bonheur pensaba como tú. Para ella, los animales eran tan hermosos como los seres humanos. Los adoraba. Pocos años después de pintar este cuadro, y como ganaba mucho dinero gracias a su talento, pudo comprarse un gran estudio en París y un castillo cerca del bosque de Fontainebleau. En ambos lugares montó una auténtica casa de fieras: vivió entre caballos, ovejas, cabras, vacas, gatos, perros y pájaros; también tuvo yaks, gacelas, ¡e incluso un león y una leona que le regaló un domador!

—¿Significa eso que prefería los animales a los humanos?

—No lo sé, pero es probable. Una vez dijo: «En general, los animales valen más que la especie humana». Y, cuando se observa cómo los pinta, se ve que no intenta asemejarlos artificialmente a nosotros: respeta la intensidad expresiva propia de cada animal, incluido el buey. Míralos aquí: ocupan toda la superficie, mientras que los boyeros que los acompañan, en segundo plano, tienen un tamaño más modesto y están tratados someramente, con una pincelada uniforme desprovista de modulación. En cambio, los bueyes charoleses lucen un pelaje pintado con mucho refinamiento. Fíjate en esos pliegues, esas sombras; los matices cromáticos, esas capas crema, beis y marrón; ese pelo, entre hirsuto, rizado y ralo. Rosa Bonheur confiere a esas reses prestancia y majestuosidad. Hay que decir que pasó mucho tiempo observándolas, no solo en el campo que recorría a caballo, sino también en los cimacios del Louvre. Es heredera tanto del mundo rural del que procede como de toda una tradición de pintura animalista.

—Y aquí, en el cuadro, se puede sentir lo agotados que están los pobres animales; da la impresión de que el trabajo es duro, muy duro, que se repite y que durará mucho tiempo.

—Sí, y esta impresión de labor penosa está particularmente dramatizada por lo que denominamos las líneas de fuga. Mira: son las líneas que, al cruzarse en un punto, crean la perspectiva y dan la ilusión de profundidad al cuadro. Si las líneas de los surcos se prolongaran, se cruzarían a la izquierda del lienzo, fuera del marco. Al otro lado, a la derecha, se perpetuarían en longitudes interminables. El característico encuadre de Rosa Bonheur refuerza la sensación de trabajo penoso en un recorrido interminable que, además, parece ligeramente cuesta arriba.

Mona, que antes asociaba ese haz de tierra removida a un río de chocolate, captaba ahora su dimensión patética: la del trabajo de los seres humanos para hacer fértiles los campos y alimentar a toda la sociedad. No obstante, su abuelo matizó esa lectura elegiaca de la obra de Rosa Bonheur, que había sabido encontrar un equilibrio perfecto entre la dureza de la vida rural y una frescura y luminosidad bucólicas. El cuadro recordaba, por ejemplo, las descripciones de George Sand en *La charca del diablo*, novela publicada en 1846, tres años antes del éxito de *Arando en el Nivernais* en el Salón, y que tal vez inspirara a la artista. Pero Mona estaba especialmente fascinada por un detalle del cuadro.

—Dadé, ¿recuerdas lo que me dijiste de la mujer que nos miraba en *Conversación en un parque*, de Gainsborough?

—Sí, que era una...

—Espera —interrumpió Mona—, ¡quiero encontrar la palabra yo misma! Me dijiste que era una «admonitora». —Articuló cada sílaba con fruición, para no estropear el término deliciosamente sofisticado.

—Tienes una memoria de elefante, Mona.

—En este cuadro de Rosa Bonheur es el buey —dijo señalando la res que estaba en el centro de la yunta más visible— el que nos mira con su enorme ojo.

—Y así juega el papel de admonitor, exacto. A menudo hablamos de la mirada vacía de los bovinos, como si no tuvieran inteligencia ni conciencia. Para acabar con ese tópico, la artista pinta el negro de la pupila especularmente dilatado sobre el blanco de los ojos. De esta manera, su mirada reclama nuestra atención, nuestra implicación en el cuadro, nuestra empatía. Ese es el sentido de la obra.

—Dadé, si alguien hace daño a un animal, pienso pagarle con la misma moneda... Es más, en cuanto papá y mamá me dejen a mi aire, voy a hacerme vegetariana.

—Puede que quieras formar parte de la Sociedad Protectora de Animales. En el siglo XIX prosperó en Inglaterra, Holanda y Baviera, luego nació en Italia, y llegó a Francia en 1845. Rosa Bonheur fue una de sus primeras socias.

—Pero, Dadé, ¿a ti te parece bien decir que prefieres a los animales antes que a los humanos?

—Te lo repito, Mona, la gente debe tener derecho a pensar y decir lo que quiera. No puedo contestar de otra manera a tu pregunta. En cambio, sí estoy seguro de una cosa, y es que durante mucho tiempo los animales fueron considerados con desprecio, como seres mecánicos e inferiores, sometidos sin ninguna consideración a las necesidades de los humanos y, muy a menudo, esclavizados con crueldad. A partir del siglo XVIII, filósofos como Jean-Jacques Rousseau en Francia o Jeremy Bentham en Inglaterra los calificaron de «seres sensibles», sintientes, diríamos hoy, lo que significa que hay que tener en cuenta su sufrimiento, todavía más trágico por ser mudo. Y eso es un gran avance. Creo que la pintura de Rosa Bonheur tiene el mérito de haber contribuido a ese progreso.

Al salir del museo, Mona iba fijándose en todos los perros que brincaban por las calles de París y tenía ganas de saludarlos como a iguales. Henry sonreía. No pudo impedir señalar a la niña que, a pesar de sus inclinaciones vegetarianas, no había podido resistirse a dos perritos calientes unas semanas antes, en una de sus visitas al Louvre. Pero ese miércoles Mona tenía sobre todo antojo de un río de chocolate.

23

James Whistler

No hay nada más sagrado que una madre

Lili se volvió violenta en la escuela; la noticia del divorcio de sus padres aceleró su entrada en la adolescencia, y eso se notaba en su lenguaje y en su tono. Acababa de cumplir once años, pero ya incorporaba esa mezcla de agresividad y desapego que tanto contrasta con la alegre espontaneidad de la infancia. A pesar de la incomodidad que esto le causaba, se negaba a llevar la mochila a la espalda, prefiriendo colgársela descuidadamente al hombro de una sola correa. La señora Hadji vigilaba de cerca sus arrebatos de violencia contenida. Lili, aunque discretamente, arrugaba, rompía, cortaba y maltrataba sus posesiones más variadas, desde un simple pañuelo de papel hasta la montura de sus gafas.

Los primeros sentimientos de injusticia de la vida suelen provenir de un detalle cuyo impacto es inversamente proporcional a la causa que lo ha producido. En sus *Confesiones*, Jean-Jacques Rousseau aún luchaba, cincuenta años después de los hechos, por mantener su inocencia en un asunto doméstico: lo acusaron injustamente de romper los dientes de un peine. Era sencillamente la historia de un objeto banal degradado y de un castigo inmerecido, es decir, un hecho sin importancia, pero estructuró una parte sustancial de su existencia y, por consiguiente, influyó en el pensamiento literario y político de toda la Europa liberal. Sí: hay un pedazo de peine roto en el contrato social que liga las democracias modernas... Pues bien, si se hubiera sondeado el corazón retorcido de Lili, ¿qué se habría visto en ese momento? Evidentemente, la ruptura de sus padres, la marcha a otro país, un horizonte en el que ya no estarían sus amigas Jade y Mona. Pero el verdadero sentimiento de injusticia, el que la hacía querer destrozar todo lo que pasaba entre sus manos, no radicaba en eso. Se manifestaba de manera soterrada. Y fue necesaria la perspicacia de Mona para comprenderlo.

Mientras trabajaban en la maqueta de su proyecto de fin de curso, Lili perdió los nervios. Estaba dibujando una versión en miniatura de su cocina, pero no paraba de señalar la caja de arena de su gato y decir que no había espacio suficiente para él. Mona recordó de repente lo que le había dicho su compañera en el patio: no se sabía si el animal viajaría con ellos a Italia. Así que le preguntó qué pasaría con él cuando llegara el momento de la mudanza. Y Lili, en silencio, se limitó a rasgar la hoja de papel. Mona se dio cuenta de que eso era lo que, en el fondo, le resultaba intolerable a su amiga: a sus padres no les importaba. Tal vez ya habían sellado su destino y planeaban regalarlo o —¿quién sabe?— abandonarlo. Toda la violencia de Lili anidaba en ese abismo que, para los «mayores», carecía de importancia; la cuestión del gato, invisible a su propio egoísmo del momento, era, sin embargo, el mayor desastre para su hija, y solo otra niña fue capaz de verlo.

Mona tuvo una idea. Esa maqueta de la cocina era inútil; había que imaginar el cuarto de Lili en Italia. Modelar sus deseos y no sus nostalgias. ¿Qué contendría? Su cama, por supuesto. Y una litera para Jade, a quien le encantaba dormir en las alturas, y un colchón supletorio para Mona, que siempre se conformaba con todo.

Habría también un escritorio y un montón de armarios empotrados... Pero, sobre todo, sugirió Mona a Lili, en esa maqueta habría una casita para el gato, una casita magnífica, en forma de capullo, acolchada y de color rojo intenso. Una casita que significaría que ese animal era como un gemelo.

—Puede que tus padres se separen, pero seguro que serán incapaces de separarte de tu hermanito —dejó caer Mona.

—Supongo que tienes razón —admitió Lili medio convencida mientras abrazaba a Mona con todas sus fuerzas.

Aquel miércoles, Henry explicó a su nieta que tenían cita con un personaje que ya habían conocido en el Museo de Orsay.

—¿Manet?

—¡Casi aciertas! —contestó el anciano—, pero no. En el cuadro de Fantin, entre los artistas reunidos había un norteamericano: James Whistler.

Mona recordaba su altivez, y ahora iba a descubrir un gran retrato hecho por él, de curioso formato, ligeramente horizontal y casi cuadrado.

Una anciana, con el pelo gris recogido bajo una cofia de encaje cuyas cintas caían sobre los hombros, estaba sentada de perfil en una modesta silla de madera, de la que solo se veían las dos finas barras del respaldo. Su rostro, agrietado por algunas arrugas en la barbilla y sonrosado en los pómulos, con los ojos muy abiertos y las cejas levantadas, se encontraba ligeramente fuera de campo a la izquierda de la composición. Formaba una gran masa negra y austera, con un vestido holgado que apenas dejaba ver la punta de sus zapatos, pegados el uno al otro y apoyados en un reposapiés de madera. Tenía las manos entrelazadas sobre el regazo, sujetando un pañuelo cuyo tejido blanco se confundía con la palidez de sus dedos y los puños claros de las mangas. La pose era sin duda rígida, pero la silueta, liviana, dibujada desde el busto hasta la pantorrilla, formaba una curva y una contracurva. Todo a su alrededor era gris; de diferentes tonalidades, pero invariablemente gris, sin colores cálidos. La modelo estaba junto a una pared gris clara que ocupaba casi tres cuartas partes de la anchura, elevada sobre un zócalo oscuro. A la izquierda de la obra, en el gran espacio restante, una cortina bordada caía a ras del suelo, cubierto a su vez por una sencilla alfombra rasgada, pintada con una capa tan fina que parecía confundirse con el entarimado. Entre los pliegues de la cortina se distinguían vagamente algunos dibujos: líneas oblicuas y puntos semejantes a pétalos, así como un monograma. En lo alto de la pared, cerca de la cortina, en una posición levemente descentrada con respecto al conjunto de la composición, colgaba un cuadrito de formato horizontal cuyos tonos neutros sugerían un paisaje con un arenal y unas edificaciones al fondo.

Después de un buen rato de observación, Mona señaló a su abuelo lo extraño que le parecía el título del cuadro, que estaba como desdoblado: *Arreglo en gris y negro n.º 1*, también conocido como *Retrato de la madre del artista*.

—El término «arreglo» forma parte del vocabulario musical que Whistler suele incorporar a sus títulos: ya había utilizado «sinfonías en blanco» para el retrato de una de sus amantes, y también «armonías» o «nocturnos» para sus paisajes hechos de diluciones y transparencias.

—Sí, Dadé, pero ahí hay poca música, esa señora de la silla está muy callada; y, perdona, hablas de transparencias, pero mira la tela del vestido negro: ¡es bastante gruesa!

—Es cierto. Pero, como ves, esa masa negra es el eje en torno al cual saboreamos los colores en sí, la forma en que armonizan, se modulan, se responden unos a otros, y también contrastan, con independencia de lo que está representado. Lo mismo que ocurre en una melodía. El encanto de este cuadro emana, pues, de la interacción entre los diferentes rectángulos y sus matices: está, por un lado, la gran franja pajiza del suelo, rematada por el rodapié pardo. Luego, como contrapunto vertical, la cortina gris topo salpicada de unos toques discretos blancuzcos y amarillos. Y, sobre todo, la pared gris perla, que ocupa la mayor parte del espacio en un formato de cuatro tercios, es decir, un formato en el que la anchura es un tercio mayor que la altura. Como anécdota, te diré que esta proporción, muy agradable a la vista, muy equilibrada, se utilizó más tarde para los grandes clásicos del cine mudo, y a partir de 1950 para los televisores...

—Te olvidas de que hay otro cuadro colgado en la pared... ¿Qué es?

—Es un grabado del propio Whistler. Se supone que representa el Támesis. Pero sus contornos desvaídos se corresponden con la atmósfera nebulosa creada por el juego de grises, negros y blancos. El grabado contribuye al clima de vaguedad musical. Whistler también se inspira mucho en los grabados japoneses conocidos como *ukiyo-e*, que significa «imágenes del mundo flotante» o «imágenes del mundo transitorio». En una época en la que se estaba redescubriendo la cultura asiática, el artista favorito de Whistler era Hokusai, el famoso autor de *La gran ola de Kanagawa*. Así que no es de extrañar que la tela de la izquierda, con su constelación de motivos sinuosos a modo de floración, sea de estilo japonizante; de hecho, era un quimono transformado en cortina.

—Yo diría que ahí arriba, cerca del borde, hay algo escrito —comentó Mona.

—Ajá, es la mariposa que le sirve de firma... Verás, Whistler sufrió una profunda mutación personal en 1866. De buenas a primeras, se embarcó en un navío y abandonó Europa para ir a luchar en la otra punta del mundo, en Valparaíso, al lado de los chilenos y en contra de los españoles. Jamás llegó a explicar esa aparentemente insensata implicación en un conflicto que le era ajeno. Sigue siendo uno de los misterios más fascinantes de la vida de un artista. El caso es que regresó cambiado. Había sido un hombre encantador e ingenioso, pero volvió irascible, violento y vengativo. Esa mariposa es su metamorfosis.

—Pero ¿de quién quería vengarse?

—De todo el mundo. Pero sobre todo del pintor y el estilo que más había admirado en su juventud: el realismo de Courbet.

—El de *Un entierro en Ornans*.

—El mismo. Courbet fue su modelo y su amigo; se convirtió en su enemigo. Whistler lo consideró culpable de sus extravíos estéticos, y trató de distanciarse de él para desarrollar el carácter inmaterial de su estilo, siguiendo los pasos de Turner. Frente a su estilo cada vez más etéreo, el importante crítico John Ruskin llegó a reprocharle que se contentara con «arrojar un bote de pintura a la cara del público»...

—Vaya, pues a mí esa dama de negro me recordaba mucho a las del *Entierro*.

—Uno no se deshace tan fácilmente de aquello que admira.

—Solo que Whistler se equivocó de orientación. Habría sido mejor que se pusiera delante de la mujer para pintar su retrato, ¿verdad?

—En lugar de retratar a su modelo de frente, se desplaza y se centra en el perfil. Aunque mínimo, este cambio de punto de vista es una transgresión, porque los artistas están acostumbrados a sondear la expresión de un rostro para revelar el carácter de la persona; aquí, sin embargo, pinta la silueta, casi como un papel recortado y pegado.

—Si es la madre del artista, debía de quererla mucho, ¡seguro!

—La adoraba. Y, cuando regresa de su escapada a Valparaíso, vuelve a Londres para estar con ella. Este cuadro, tan ambicioso desde el punto de vista pictórico e intelectual, puede considerarse una declaración de amor a su madre. Whistler destacó a principios de la década de 1860 como retratista de bellas jóvenes vestidas de blanco, color simbólico de la pureza y de la frescura ofrecida a la vida. Diez años más tarde venera a su madre de negro, lo que da a la obra una atmósfera piadosa y melancólica. Es su manera de inmortalizarla antes de que desaparezca.

—¿Era vieja y estaba enferma?

—No, solamente tenía sesenta y siete años, y no morirá hasta una década después. Whistler no solo desarrolló un vínculo emocional muy fuerte con ella, sino que redobló ese afecto encariñándose tanto con este retrato que no quería separarse de él.

—Un momento, Dadé, dices que Whistler es norteamericano, que se va a Chile, que vuelve a Londres, ¿y ahora resulta que el cuadro acaba en Francia?

—A los ingleses no les gustó cuando Whistler lo mostró en 1872, hostiles al encuadre atrevido y al decorado deslavado. En cuanto a Estados Unidos, no lo descubren del todo hasta 1933, cuando Francia accede a prestarlo para que pueda exponerse en varias ciudades norteamericanas. Tuvo tanto éxito que el presidente Roosevelt en persona eligió la imagen para un sello que rezaba: «En honor y recuerdo de las madres de Estados Unidos». Más tarde, en 1938, el retrato inspiró un monumento en Pensilvania: una estatua de bronce de la señora Whistler tal como aparece en el cuadro que fue instalada en lo alto de la ciudad de Ashland con la siguiente inscripción: «Una madre es lo más sagrado del mundo». La obra se convirtió en el icono del amor filial y el respeto familiar.

—Cada vez que vemos una obra de arte, Dadé, llega un momento en que me dices: «Eso es lo que quiere decir este cuadro». Pero hoy me resulta difícil saber lo que quieres transmitirme. Si lo he entendido bien, el cuadro nos está expresando que una madre es sagrada, que es lo más importante; pero también que en una pintura cuentan más los colores que lo pintado... ¡Son dos cosas muy distintas!

Henry se quedó boquiabierto ante la inteligencia de Mona. Su nieta había asimilado de una manera sorprendente la mecánica de esas sesiones frente a las obras de arte. Ahora era capaz de anticipar su trasfondo moral y filosófico. Con sus propias palabras, la doble deducción que acababa de hacer de la lección del día cristalizaba dos concepciones de la historia del arte. Una era ante todo *iconográfica* y se apegaba a lo que las imágenes expresaban sobre el mundo; la otra, *formalista*, concebía la obra de arte como una entidad autónoma, poco preocupada por la realidad exterior.

—Lo más cómodo —respondió— sería pensar que el cuadro nos habla un poco de esas dos cosas. Pero tienes razón, es muy diferente. Pues bien, te pido a ti que lo decidas. ¿Qué debe enseñarnos esta obra, mitad «arreglo» y mitad «retrato»: que toda madre es sagrada o que la pintura es en primer lugar un puro espacio de formas y colores?

La mente de Mona vaciló. Por supuesto, la niña que había en ella se inclinaba por ver esa efigie de Whistler como un homenaje a las madres. Sin embargo, supuso que la segunda opción sería más madura debido a la exigencia intelectual que intuía en la obra. La respuesta que estaba a punto de dar no podía ser, por tanto, anodina, y eso le provocó un inesperado torbellino interno. ¡Ah!, le gustaba tanto que su abuelo la tratara como a una adulta que tenía que estar a la altura de esa insólita confianza que los unía. Así que, durante mucho mucho rato, flotaron en sus labios las palabras de una experta consciente del enorme punto de inflexión que Whistler representaba en la historia del arte. Excepto que esas palabras especializadas y eruditas solo flotaron, sin materializarse ni ver la luz... Las palabras que emanaron de su boca fueron muy distintas.

—Lo que nos dice el cuadro —resopló tímidamente— es que una madre es lo más sagrado del mundo.

Henry permaneció en silencio.

«¡Vaya!», se dijo la niña, sin duda su abuelo habría preferido oír hablar de formas y colores. Pero su Dadé, encandilado por esa inocencia elemental, se sintió tan feliz como nunca lo había sido un abuelo. Su cuerpo temblaba de emoción contenida. ¡Qué suerte la suya, tener una nieta tan extraordinaria! Pintar era ante todo amar.

24

Julia Margaret Cameron

La vida fluye en el flou

Camille no entendió muy bien las explicaciones de Paul, pero estaba claro que había tenido ingresos inesperados. Para enterarse mejor, bajó a la tienda. Mona quería contarle los acontecimientos en persona y la empujó hasta la pequeña trastienda donde había empezado todo: unos meses atrás se había topado por casualidad con una caja llena de figuritas de plomo pintadas. Había colocado una bien a la vista y un señor mayor y excéntrico se había interesado por el objeto. Luego, al cabo del tiempo, el cliente volvió y se llevó muchas otras piezas. No solo eso: había prometido regresar periódicamente si conseguían más Vertunni. Camille no interrumpió a Mona, se limitó a mirarla resignada, como diciendo: «Podíais habérmelo contado antes». Paul prosiguió el relato de la niña: el cliente era un alto funcionario jubilado, no hacía preguntas, fijaba él mismo los precios, pagaba en metálico y era un apasionado de esas efigies con las que componía dioramas de su vida. Para mantener despierto su interés, Paul y Mona habían decidido sacar las figuritas de doce en doce. Pero el volumen de la caja era importante: había más de trescientas, y, como se trataba de objetos no inventariados, eso suponía una ganancia de quince o veinte mil euros en dinero negro... Mona, atenta al gesto dubitativo de su madre, cogió los hombrecillos y se los enseñó: un grueso jefe de estación, un escolar en su pupitre, un ciclista con la misma interminable silueta que el señor Hulot.

Camille suspiró.

—¿No os habéis preguntado ni por un momento que tal vez yo supiera de dónde salía esa caja? —dijo.

—¡Ah! Pues no —contestó Paul con pesar—. Es verdad, cariño, podíamos haberte preguntado...

—Así os habríais enterado de que estabais vendiendo la colección de figuritas de mamá...

—¿Qué quieres decir con «mamá»? ¿Tú?

—No, quiero decir mi madre... Colette.

Se hizo el silencio. Camille asintió largamente. Pero la incongruencia de la situación acabó por distender su expresión. Esbozó una sonrisa triste pero sincera. A la muerte de Colette Vuillemin, esposa de Henry y abuela de Mona, hubo que dispersar algunas de sus pertenencias. Ya viudo, Henry le pidió a Camille que recuperara ella las figuritas, las guardara en algún sitio y las olvidara. Pero habían salido de nuevo a la superficie.

Mona tuvo entonces la vergonzosa sensación de haber cometido un error irreparable. Camille lo intuyó de inmediato, y, anticipándose a las disculpas de Mona, la abrazó sin que la niña tuviera tiempo siquiera de echarse a llorar.

—Mamá, lo siento muchísimo —murmuró Mona.

—Tranquila, no importa. Ella habría estado encantada de que sus cosas pasaran de mano en mano. Esta historia incluso la habría hecho reír. No pasa nada.

—¡Oh, mamá, cuéntame...!

—Eso sí que no —la interrumpió Camille recobrando su aire enfadado—, no me pidas que te hable de tu abuela. No es el momento.

En la explanada del Museo de Orsay, en cuanto salía el sol, los paseantes se entretenían alegremente junto a la escultura llena de pliegues del rinoceronte de Alfred Jacquemart. Aquel miércoles, había precisamente dos jóvenes delante del paquidermo, intentando captar su propia imagen con el objetivo de un teléfono móvil. Mona los reconoció: eran los amantes del Louvre con los que su abuelo había charlado al azar en alguna de sus visitas. Corrió hacia ellos con intención de ayudarlos. El anciano refunfuñó.

—¡Increíble! —decían los jóvenes, encantados de volver a encontrarlos.

Una vez que la niña hubo captado la fugaz imagen de la pareja con un clic, el muchacho y su compañera insistieron a su vez en inmortalizar a Mona y su Dadé, alrededor del cual la niña no paraba de dar saltitos, casi sin aliento. Henry la subió a sus hombros y la pequeña agitó los brazos. Juntos formaban una torre humana de más de tres metros de altura. A sus espaldas brillaban la alegre ondulación del Sena, la piedra amarillenta del Pont Royal y el recuerdo, ya lejano a escala infantil, del ala Denon del Louvre. La instantánea era magnífica, y una introducción ideal a la lección del día, que se centraría en una fotografía tomada en 1872 por Julia Margaret Cameron.

Era la imagen de una mujer encuadrada de hombros para arriba, en blanco y negro. El negro lo conformaban la masa oscura del vestido, del que no destacaba ningún detalle, y el fondo. El blanco, sobre ese mismo fondo, la constelación brillante de una veintena de elementos suspendidos —aparentemente flores y hojas— y, sobre todo, el largo cuello en el que se asentaba un rostro ovalado casi perfecto. La cabeza imperceptiblemente inclinada hacia atrás y la barbilla

erguida daban la impresión de un ínfimo contrapicado que confería
nobleza a la modelo. Los rasgos eran suaves y regulares, y particu-
larmente marcados por las curvas. De abajo arriba, unos mechones
de cabello claro circundaban el rostro, con raya en medio y sujetos
por una fina cofia; las cejas se arqueaban sobre unos párpados gran-
des, abultados, casi regordetes; los ojos eran de una redondez perfec-
ta; y luego, entre una nariz que era a su vez bastante redonda y una
barbilla pronunciada, estaba la doble franja de los labios. La mujer
no sonreía, y sin embargo algo luminoso surgía de la combinación de
una mirada muy abierta y una boca grácil marcada en su parte in-
ferior por un reflejo parecido a un toque de pintura. El hecho es que
el estado de ánimo de la modelo, sin ser neutro, tampoco podía in-
terpretarse de un solo modo. Alegría, melancolía o desánimo: se podía
deducir lo que se quisiera. La factura general era a la vez ligeramente
granulosa y como atenuada por un discreto flou.

El esfuerzo de mirar ese rostro fue más penoso para Mona que el
examen de un cuadro, porque en este caso su contemplación no
podía perderse en un detalle o una pincelada. No obstante, a la
niña le pareció que la señorita Duckworth era especialmente bella por la forma tan delicada en que destacaba del fondo vegetal
que parecía servirle de gran corona de flores.

—Lo que está claro, Dadé, es que esto se parece muy poco a
una foto de móvil.

—Bien visto, Mona —ironizó Henry—, pero no adivinarías
la cantidad de horas, incluso de días, que le llevaba a Julia Margaret Cameron tomar una sola imagen. En el siglo XIX, esto era una
proeza que requería dominar las leyes de la óptica y la química.

Y Henry se lanzó a una larga explicación sobre la historia de
la fotografía. Le contó a Mona cómo, hacia 1826-1827, el francés
Nicéphore Niépce logró la extraordinaria hazaña, con ayuda de

una *camera obscura*, de fijar y estabilizar en un soporte la imagen del paisaje visto desde su ventana. Le habló de cómo Niépce —que murió prematura y anónimamente— le había pasado el testigo a Louis Daguerre, cuyo «daguerrotipo» permitió obtener una representación precisa de la realidad, con sus llenos y sus vacíos, sus relieves y sus asperezas. Henry añadió que Daguerre tuvo la ocurrencia de registrar una patente muy pronto, en 1839, y eso lo convirtió en el padre de la fotografía. Pero no estaba conforme con haber dejado en la sombra a Niépce, y además sentía gran admiración por otro protagonista de esa aventura, el inglés William Henry Fox Talbot. Unas semanas después de que Daguerre hiciera oficial su procedimiento, Talbot propuso un método alternativo que presentaba una doble ventaja: mientras que el daguerrotipo inmortalizaba la imagen sobre una superficie rígida, el calotipo de Talbot la fijaba sobre papel y, sobre todo, permitía obtener un negativo, gracias al cual era posible realizar múltiples impresiones a partir de una sola fuente —frente al daguerrotipo, que es siempre único—, así como modular los contrastes o la intensidad.

Mona escuchaba, entre perdida y fascinada.

—¡Ah, Mona! —exclamó exultante Henry—. ¡Julia Margaret Cameron! ¡Qué mujer! Hija de un gentleman que murió alcoholizado, heredó de su padre una vitalidad indomable; tenía un sentido del humor demoledor, era inteligente, sensible y culta, y se relacionó con los escritores y filósofos más eminentes de la sociedad inglesa de su tiempo. Era la época victoriana, cuya rígida moral y convencionalismos la condenaron a cierta ociosidad cuando su marido se fue a trabajar a las lejanas colonias del reino y sus hijos abandonaron el hogar. Fue en aquel momento, en 1863, cuando le regalaron una cámara fotográfica y se dedicó con prodigiosa energía a experimentar todo su potencial, ¡porque entonces era una máquina tremendamente compleja! Entre otras cosas, convirtió su carbonera y su gallinero en un auténtico estudio. Pero lo más importante es que adoptó un método que le permitía obtener negativos de un refinamiento irreprochable y una hermosa gama de grises: fíjate sobre todo en las sombras del rostro, los matices del iris en torno a la pupila y el arco de los labios. Ese método es el del «colodión húmedo».

—Otro término demasiado complicado para mí, Dadé.

—Quizá, pero es mucho menos complicado que recordar las innumerables operaciones químicas necesarias para lograr ese resultado. Para obtener una fotografía perfecta, había que contar con un centenar de fracasos.

—Es como si en aquella época fuera más fácil hacer un cuadro que una fotografía, mientras que hoy es al revés.

Henry nunca había pensado de forma tan sintética en la rivalidad entre ambos medios, pero la observación le dio la oportunidad de hablar con Mona sobre el gran debate del siglo XIX: ¿la fotografía debía considerarse una técnica o un arte? La niña, con las cejas fruncidas, intuyó que su abuelo iba a ser una vez más muy preciso en sus explicaciones y se concentró con todas sus fuerzas.

—Verás, Mona, en la época de Julia Margaret Cameron mucha gente pensaba que la fotografía era sin duda una técnica revolucionaria, pero solo una simple operación mecánica. La intervención de la mano y de la mente era, decían, demasiado limitada, y desembocaba en una imagen que se correspondía servilmente con la realidad, incapaz de elevarse hacia una forma cualquiera de idealización. El poeta Charles Baudelaire llegó a afirmar que la fotografía mataría la imaginación. Pero Julia Margaret Cameron creyó que ella podría rivalizar con la pintura. En muchas de sus obras elabora pequeñas ficciones mitológicas, alegorías que recuerdan la pintura inglesa de la época, que se conocía como «prerrafaelita», muy inspirada en el teatro de Shakespeare y la literatura victoriana..., una pintura rica en jovencitas soñadoras confundiéndose con las flores. E incluso si este retrato de la señora Duckworth es solo un retrato y nada más que un retrato, el emplazamiento de los pétalos y los elementos vegetales que enmarcan el rostro tierno, abstraído y diáfano de la modelo se inscriben en esa tendencia.

—Me parece bien que sea como la pintura, Dadé. Pero ¿tiene que ser sin color?

—Es un punto clave. Como carece de esa herramienta esencial (igual que todos los primeros fotógrafos de la historia), Julia Margaret Cameron va a cuidar, aparte de la composición, y de manera considerable, la luz, además de trabajar la nitidez en el momento de la toma y luego del revelado.

—Pues la foto está borrosa.

—Me he expresado mal: tendría que haber dicho que trabajaba la falta de nitidez. Necesitaba un entorno impecable, una preparación perfecta del material, en particular de las placas que mojaba con colodión para que captaran la luz. Sus modelos debían permanecer inmóviles durante los largos segundos de exposición. El más mínimo accidente en esos pasos provocaba temblores y desdibujaba las formas. Pero fueron precisamente esos accidentes los que, en algunas ocasiones, le gustaron y dieron al tema una belleza y una expresividad mucho más personales que un simple registro de la realidad. Así que decidió, en lugar de corregir los errores, dominarlos.

—Y seguro que vas a decirme que la gente odiaba sus fotos en aquella época...

—No exageremos, pero digamos que, en los círculos de expertos y profesionales, acusaban a Cameron de falta de rigor a la hora de enfocar. Esto le dolió, pero insistió. Y por los movimientos infinitesimales del rostro de la señora Duckworth, tal vez por una minúscula elevación del aire, por un tiempo de revelado ligeramente interrumpido con antelación, vemos que se han desdibujado los contornos. La grisura de los ojos, la masa de pelo y el gorro que la cubre, los pómulos y las mejillas, así como la constelación de flores alrededor de la modelo, aparecen magnificados. El desenfoque de esta fotografía es como la reverberación de la música en una catedral. Lo que se pierde en precisión se gana en profundidad y lirismo.

—Sí, pero, si se viera más nítida, esta foto sería igual de bonita, ¡incluso más!

—En mi opinión, si el retrato de la señora Duckworth hubiera sido de una impecable precisión, habría aparecido recortado por unas aristas afiladas que habrían limitado su poder de seducción. Ahora está como envuelto en un aura sobrenatural que desvela el alma de la modelo. Los ingleses tienen la hermosa expresión *bigger than life*; eso es lo que nos dice esta fotografía: en el *flou*, fluye algo más grande que la vida. Cameron muere en 1879 sin tener tiempo de ver nacer, en las décadas siguientes, el movimiento que va a consagrar definitivamente este tipo de fotografía artística, que juega con la sugerencia más que con la exactitud. Se denominará «pictorialismo», del latín *pictor*, como si los fotógrafos y las fotógrafas, a su manera, se hubieran convertido en pintores.

—Dadé, has olvidado decirme quién es la mujer de la foto, esa tal señora Duckworth.

—Se llamaba Julia Jackson y era sobrina, y ahijada adorada, de Julia Margaret Cameron. Debido a su extraordinaria belleza, posó a menudo para los pintores más famosos de la época. Y fue madre de una novelista que, en el siglo XX, tuvo la soberbia idea de exhumar y publicar las fotos completamente olvidadas de su tía abuela. Sin esa otra mujer, nunca habríamos podido disfrutar de esta Gioconda de la fotografía.

—Y ¿cómo se llamaba?

—Virginia Woolf.

Virginia Woolf... La suavidad de ese nombre —tan líquido—, semejante al movimiento de una ola, se confundió en la mente de Mona con la prodigiosa fluidez de la obra, hasta que de repente exclamó, alarmada:

—¡Se nos ha olvidado darles la dirección para que nos manden la foto donde estoy subida a tus hombros!

Era verdad, constató Henry para sí mismo. ¿Cómo habían cometido semejante fallo? No tenía palabras para consolar a su nieta. La cara de la pequeña se ensombreció. Que fuera a perderse la imagen solar del abuelo con ella encaramada a su espalda era, desde luego, inadmisible.

25

Édouard Manet

Less is more

De vuelta en la consulta del doctor Van Orst para una segunda
sesión de hipnoterapia, el médico preguntó a Mona qué le había
parecido su primera experiencia. Sin ser desagradable, respondió
la niña, ese cambio de estado la había pillado un poco por sorpresa, y luego, justo antes de abrir los ojos, había tenido una sensación
muy dulce, como si la acompañara una presencia tranquilizadora
pero triste. Van Orst le preguntó si podía ponerle nombre. Mona
quiso responder, pero la sola mención de la persona en la que pensaba, en el instante en que creyó poder formularla, hizo que se le
formara un nudo inexplicable en la garganta que la dejó sin habla.
Van Orst la tranquilizó: no le pasaría nada, estrictamente nada
doloroso, y, una vez más, solo le pediría que pensara en las personas a las que quería. Si todo iba bien, en la próxima sesión podría
intentar que reviviera los minutos anteriores a su ataque de ceguera para encontrar la causa. Mona se sentía preparada. Se deslizó
en el mullido sillón de cuero como un cosmonauta en su cohete.
Van Orst la hipnotizó con la simple presión de tres dedos sobre la
frente y las palabras: «Párpados pesados y pegados».
    Ella tuvo la impresión de avanzar a gran velocidad por un tú-
nel cuyas paredes estaban formadas por una sucesión de zonas

grises y blancas. Se sentía a la vez embriagada y completamente protegida. La voz del médico estaba ahí todo el tiempo, diciéndole que pensara solo en cosas agradables. Pero sonaba muy lejos, en algún punto diminuto que apenas podía distinguir al final del fabuloso corredor por el que se precipitaba a toda prisa. Las palabras de Van Orst acabaron por apagarse y un concierto de sensaciones se apoderó de ella, primero abstractas, luego cada vez más concretas. La psique de Mona salió del túnel y se vio inundada por una sensación de felicidad absoluta, junto a Dadé, papá y mamá. Podía verlos, escucharlos, incluso percibir la fragancia del agua de colonia de su abuelo. Pero también había, entre esas siluetas, una nube movediza e impalpable. Y la psique de Mona intuía que dependía de ella atrapar o no esa nube. La percibía como un misterio gigantesco donde cristalizaba el más bello y el más desdichado de todos los secretos que haya albergado el mundo. Desprendía vida en sus aspectos más nobles y trágicos. Desprendía vida porque rozaba la muerte. La valiente psique de Mona decidió acercarse. Y en ese instante, cuando se disponía a abandonar el continente de la infancia, tuvo la sensación de retroceder, de volver a la edad de la primera infancia y remontar el tiempo hasta la insondable confusión de los años iniciales, el *flou* de las edades más tempranas, más acá de la conciencia.

Entonces la nube fue tomando forma poco a poco, como un puñado de piezas de un puzle que se unieran tímidamente. Colette apareció en la mente de Mona. Estaba junto al cabecero de la cama de su nieta, con su eterno moño plateado, su frente triunfante, sus ojos como rayos de luna y la eterna sonrisa rasgada en la boca. Acarició la mano de Mona y le dijo con serena benevolencia: «Adiós, corazón mío. Te quiero». Van Orst chasqueó los dedos.

—Abuelita, abuelita... —clamó la niña tras la reaparición del último recuerdo de su abuela.

No pudo evitarlo. Al llegar a los aledaños del Museo de Orsay, Mona pasó revista a los visitantes en busca de los jóvenes que habían tomado la fotografía la semana anterior. Escrutó sus rostros con la rapidez de un gato, los identificó a todos, y solo tardó unos segundos en darse cuenta de que la pareja no estaba paseando ese día por la explanada. ¿Por qué iban a estar allí? No tenía mucho sentido que volvieran.

Una vez dentro del edificio, Henry anunció, feliz, que ese miércoles, tal como había prometido cuatro semanas antes frente al cuadro de Fantin, rendirían homenaje a Manet. La pequeña asintió distraída y continuó su improbable búsqueda sin darse por vencida. Acechaba cada rincón con la mirada, haciendo una criba entre la multitud de visitantes: cabeza a cabeza, nuca a nuca, a la derecha, a la izquierda, por delante y a su espalda. Y justo detrás le esperaba una sorpresa.

—¡Ay, Dadé! —exclamó de repente—. ¡Increíble! ¡Mira!

Una mujer, apenas diez metros por detrás de ellos, parecía seguirlos. Era la señora del chal verde —seguía llevándolo puesto— con la que se habían cruzado en el Louvre mientras contemplaban *El concierto campestre* de Tiziano y más tarde el *Molo* de Canaletto... Henry se encogió de hombros y siguió su camino hasta un cuadro muy pequeño perdido en una gran pared.

La descripción de la obra habría podido reducirse a un único espárrago encima de una mesa. No sería incorrecta, pero no diría nada de su particular encuadre, sin horizonte, ni del tratamiento dinámico, fresco sobre fresco. Era un primerísimo plano de una superficie de un blanco roto que tendía al gris marengo. Estaba recorrida por unas pinceladas horizontales (o sutilmente oblicuas) claramente vi-

sibles, a las que había que añadir, en el ángulo superior derecho, la firma en forma de «m». Situado en la parte inferior del cuadro y ocupando toda su anchura, el espárrago se extendía a lo largo de una diagonal que descendía muy levemente de izquierda a derecha. Mientras que un trocito de la cola blanca sobresalía del borde de la mesa, la cabeza violácea se erguía ligeramente en el otro lado, bien asentada en el tablero. Una de sus aristas atravesaba el primer plano en una diagonal ascendente de unos diez grados que, desde la esquina inferior izquierda y sobre los diecisiete centímetros que medían los lados verticales, acababa interrumpiéndose unos cinco centímetros por encima de la base del marco. Esto sugería, en marrón, la cara exterior del bastidor, oscuro contrapunto al conjunto en el que, en definitiva, se desplegaba un claroscuro de marfil.

—¿Qué es esto, Dadé? —exclamó Mona después de mirar el cuadro durante siete minutos—. Pensaba que Manet era un rebelde, ¡y tú me traes a ver una hortaliza! Encima espárragos, que me repugnan...

—¡Ante algo tan modesto, admito que es difícil imaginar a Manet declarando que libraba una guerra a cuchillo con su época! Pero así fue, y te lo voy a contar: ese muchacho, nacido en 1832 en una familia acomodada, se embarcó en la carrera de artista después de querer alistarse en la marina. Como recordarás, experimentó los primeros sinsabores en el Salón cuando, en 1859, presentó su *Bebedor de absenta*, que fue rechazado por el jurado...

—¡Excepto por Delacroix!

—Excepto por Delacroix, ¡bravo! Ese *Bebedor de absenta* le valió, además, la enemistad con su profesor, Thomas Couture. Cuatro años más tarde, la carrera de Manet vuelve a bloquearse cuando presenta *El almuerzo sobre la hierba*, un cuadro en el que aparecía una mujer desnuda en un pícnic, junto a hombres vestidos. Lo expone en un lugar especial llamado el «Salón de los rechazados», y el público acude en masa para insultar el lienzo y lacerarlo a bastonazos. Al mismo tiempo se le acusa de practicar una pintura obscena y vulgar, sobre todo por su *Olympia* de 1865, que mostraba a una prostituta. El Ministerio del Interior llega incluso a censurarlo en 1869, debido a un grabado suyo en el que denunciaba la política exterior del emperador Napoleón III. Y ahí no acaba todo. La guerra a cuchillo también tiene lugar con sus aliados: Charles Baudelaire, que sin embargo le tenía estima, le espeta, a modo de cumplido, que es «el primero en la decrepitud de su arte». En una ocasión, en 1870, Manet abofetea a su amigo Edmond Duranty por una simple disputa estética. Los dos hombres toman las espadas para dirimir su disputa en un duelo. El pintor hiere a su rival y se reconcilia con él frente a unas pintas de cerveza. Del mismo modo, se enemistará con Whistler, mantendrá una relación distante con Courbet y nunca expondrá con los artistas de los que, no obstante, era padre espiritual: los impresionistas.

«Impresionistas» era una palabra que a Mona le sonaba, pero su abuelo le pidió que tuviera paciencia, ya llegaría la ocasión de una explicación más detallada. Sin embargo, para comprender lo que abarcaba esa noción y por qué Manet había sido un fundador sin haberse unido nunca al movimiento, Henry empezó por analizar la factura de *El espárrago* alentado por Mona, que no quería perderse ni una palabra suya, a pesar de su tremenda complejidad. Era, le explicó a su nieta, como si los medios de la pintura —esto es, aquello con lo que trabajaba Manet— aparecieran y se designaran a sí mismos a la vez que representaban una hortaliza aislada. Los reflejos del tallo mostraban la nota clara del blanco de cerusa, que acentuaba la reflexión de la luz. Como contraste, el bastidor pardo designaba el tierra de sombra, cuya capa era tan fina que hasta asomaba la trama del lienzo. Por último, en las rayas horizontales de color gris oscuro que recorrían la superficie, a las que hacían eco las ondulaciones de la firma, se apreciaba el trayecto fragmentado del pincel de pelo de marta. Mona estableció una conexión entre ese espárrago y los pedazos de cordero de Goya en el Louvre. Enseguida recordó el término «bodegón» que había aprendido en la sesión del pintor español, así que la utilizó tímidamente para describir el pequeño óleo de Manet. Henry la felicitó. La niña también se acordaba de que era un género un tanto despreciado.

—En efecto —confirmó Henry—. Pero en el XIX —prosiguió con voz apasionada— el bodegón adquirió una relevancia insólita. Te diré por qué. A lo largo del siglo, surge una nueva clientela de aficionados a la pintura. El acceso al arte se democratiza. Esa clientela burguesa tiene dinero y espacio, pero obviamente no dispone de los medios colosales de los príncipes, el Estado o la Iglesia. Por tanto, su demanda es diferente: en lugar de aspirar a grandes escenas que representen guerras o dioses, se interesan por temas modestos y materialmente accesibles: retratos en primer plano, paisajes, acontecimientos cotidianos y, por último, naturalezas muertas.

—Pero entonces, Dadé, ¿alguien le pidió al pintor que hiciera un solo espárrago?

—Bueno, no exactamente. La historia es más divertida. Un gran coleccionista de la época llamado Charles Ephrussi encargó a Manet que pintara un manojo entero de espárragos. El artista pidió ochocientos francos por él. Puede parecer irrisorio comparado con los millones que valdría hoy un solo cuadro de Manet, pero era una cantidad nada desdeñable. En aquellos tiempos el salario medio diario rondaba los cinco francos. En cualquier caso, Charles Ephrussi quedó tan satisfecho con el cuadro (que ahora se encuentra en Alemania) que envió mil francos a Manet. Y este tuvo una ocurrencia llena de ingenio y generosidad y pintó, en un lienzo aparte, este espárrago de más como regalo especial para el coleccionista, que le ofreció con la siguiente nota: «Le faltaba uno en el manojo». Manet nos insta a ver que en realidad hay muy poco que ver. Es un simple espárrago, o un fragmento banal de mesa, y es un pequeño arrebato de generosidad lo que impulsa a Manet a pintarlo y ofrecerlo como regalo. Pero este cuadro también nos dice que esa pequeñez es la sal de la vida; basta con esas cosas pequeñas para que la existencia se ilumine. Sin ellas la vida no sería lo que es. *Less is more*, dicen los ingleses para sintetizar muy bien esa idea.

—Tampoco es poca cosa. ¡Han hecho falta unas cuantas pinceladas de Manet!

—Sí, y casi podríamos contarlas.

—Yo veo unas cuarenta para la cabeza del espárrago y alguna más en el tallo, pero más alargadas. En cualquier caso, ¡cien pinceladas para una hortaliza, todo un récord, Dadé!

—¿Las has contado?

—Bueno, es como con los cuervos de Friedrich, las veo...

Henry no estaba muy seguro de lo que quería decir Mona con eso, pero se daba cuenta de que tenía una capacidad de percepción fuera de serie, un poder de discernimiento analítico casi mágico. Algunos niños poseían una habilidad extraordinaria para identificar las notas musicales, lo que se conoce como *oído absoluto*. Mona parecía gozar de una especie de *ojo absoluto*. Pero Henry no quería cometer el error de darle alas tratándola de fenómeno o de niña superdotada, por tres razones: en primer lugar, no tenía ninguna certeza al respecto; en segundo lugar, hacerlo supondría arriesgarse a perturbar la candidez de la niña; y tercero, cada segundo que pasaba con su nieta, sabía que la terrible amenaza de la ceguera se cernía sobre ella. Qué crueldad sería dejar que creyera que tenía un *ojo absoluto* si, quién sabe, un día podía apagarse de nuevo...

—El próximo día quiero que me expliques el impresionismo, Dadé...

—Bueno, está bien, ¡iremos a descubrir a Monet!

—Monet... —repitió la niña—. ¡Ojo! ¡Puede confundirse con Manet o con Mona!

—No te preocupes, que no me pierdo; nos citaremos con él en el andén de la estación Saint-Lazare.

Y entonces, al darle la espalda a *El espárrago* para dirigirse a la salida del museo, Henry y Mona tropezaron con una mujer que se había detenido detrás de ellos. Era la señora del chal verde...

—Lo lamento, pero no van a poder ustedes ver *La Gare Saint-Lazare* de Monet —dijo con voz un poco siseante, clara y refinada.

—¿Cómo? —replicó Henry, irritado—. ¿Acaso le importa?

—Discúlpeme, señor, y permítame que me presente. —Le entregó una tarjeta de visita con el nombre de Hélène Stein—. Soy conservadora aquí, en el Museo de Orsay. Una conservadora —añadió dirigiéndose a Mona— es una persona cuyo oficio consiste en velar por las obras y darlas a conocer organizando exposiciones.

—Pero, ¡señora! —exclamó la niña sonriendo—, me acuerdo muy bien de usted: ¡la hemos visto dos veces en el Louvre!

—Sí, es cierto. Suelo ir allí por mi trabajo. Os he escuchado en varias ocasiones, a ti y a tu abuelo, sin que os dierais cuenta, primero en el Louvre, en efecto, y luego aquí. Me explicaré: tengo sesenta y cinco años, y nunca, puedo asegurarlo, nunca pensé que mi oficio cobraría por fin tanto sentido... Nunca me he tropezado con dos visitantes tan fantásticos en los corredores de un museo. Es la recompensa a toda mi carrera, poder observar a ambos. Querida Mona... —Al parecer, conocía el nombre de la niña—. Querido señor, siento esta intromisión, pero esas conversaciones delante de las obras han sido, justo antes de jubilarme, el regalo más bello jamás soñado.

—Descuide —dijo Henry con tono seductor—, está usted perdonada. Sus cumplidos me conmueven. En cambio, no entiendo por qué no quiere que vayamos a ver *La Gare Saint-Lazare* de Monet.

—El caso es que no la encontrarán en nuestras paredes. Estamos restaurando el marco en este momento. Así que está en el almacén...

—¡Demonios! —exclamó Henry—, es uno de mis cuadros favoritos.

—¿Dónde han metido el cuadro, Dadé?

Su abuelo quiso entonces describirle el ambiente de «sala del tesoro» que se respiraría en esos lugares secretos donde se guardaban, restauraban y mimaban miles de obras ocultas al público. No tuvo tiempo. La conservadora respondió por él.

—Bueno, Mona, la mejor manera de averiguarlo es que vayamos juntos la semana que viene. ¡Así podrán ver ese Monet!

26

Claude Monet

Todo pasa

Al fondo de la clase de la señora Hadji se repartían ahora las quince maquetas que se estaban confeccionando para a su presentación al final del curso. En la de Mona y Lili —que reproducía la futura habitación de esta última—, hecha de cartón ondulado, destacaba una gigantesca cesta para gatos. En general, los niños habían construido edificios inverosímiles, monumentos imaginarios convertidos en algún caso en deliciosas meteduras de pata: por ejemplo, una pareja se había propuesto miniaturizar el Sacré-Cœur y, por el momento, todo el mundo estaba de acuerdo en que parecía más bien un merengue grande y sucio... Un caso aparte era el proyecto de Jade y Diego, que contra todo pronóstico estaba resultando asombroso. Porque el pequeño Diego, constantemente ridiculizado y siempre retrasado con respecto a sus compañeros, había conseguido crear una luna digna de Méliès. Suspendida gracias a un hilo invisible del techo de una caja, una gran esfera de cartón piedra pintada con espray en tonos plateados giraba lentamente sobre sí misma animada por un pequeño motor. Discretas bombillas daban la ilusión de cráteres, barrancos y montañas. Jade, antes exasperada porque le había caído en suerte ese chico, ya no ocultaba el placer de que la asociaran a él —la infancia posee el encantador secreto de esos cambios brutales, sabe olvidar los rencores y el pasado—. Y ahora que la obra estaba casi terminada, quería hacerla suya injertándole algunas ideas en el último minuto: estaba empeñada en pegar en la superficie un cohete rojo y blanco como el de Tintín, entre otras sofisticaciones tecnológicas. Aunque era el verdadero artífice, Diego no se atrevía a abrir el pico. Asentía servilmente, pero en el fondo no estaba convencido. Y se le notaba. Sabía que la belleza de esa luna residía en su sencillez. Implicada en el debate, Mona se puso en principio del lado de Jade. Pero, poco a poco, en favor de Diego, que le caía bien, y de esa creación, que le parecía increíble, hizo el ingrato esfuerzo de ser objetiva. Por fin le explicó a Jade que no era necesario estropear un trabajo que ya era, de por sí, «genial». Jade se sintió algo traicionada, pero Diego, exultante, disfrutó por primera vez en su vida del cariño de una compañera. Quiso darle a Mona un beso baboso en la mejilla, y ella, sin malicia, lo regañó y le pidió que no se pasara.

Hélène, la conservadora, había quedado con Mona y su abuelo en una calle adyacente al museo. Tras los mil y un agradecimientos de rigor, Henry se fijó en sus ojos vivos e inteligentes, su gran nariz aguileña y su fraseo, de una precisión aristocrática. Irradiaba una profunda autoridad natural. Los condujo a través de una sucesión de puertas, pasillos austeros y ascensores metálicos, bajo la atenta mirada de las cámaras de vigilancia. Las pocas personas con las que se cruzaron se detuvieron a saludarla con cortesía y deferencia, pero no osaron preguntar por qué un anciano y una niña estaban con ella en esos lugares ultraprotegidos. Por fin, tras una enorme y pesada puerta doble, llegaron a un espacio que parecía no tener fin. Había decenas de pantallas sobre rieles en las que se deslizaban los cuadros, estantes repletos de objetos valiosos, superficies atestadas de dibujos de maestros e innumerables cajas de obras a punto de salir para una exposición en el extranjero o recién devueltas de un préstamo. A través de una mampara, Hélène señaló el taller donde una joven restauraba la pátina de un bronce de Auguste Rodin. Mona estaba impresionada. ¡Las bambalinas eran maravillosas! Mucho más de lo que nunca había imaginado. Descubría un auténtico museo bajo el museo, sin visitantes, sin ruido..., era asombroso.

Pero Hélène les tenía preparada una sorpresa: *La Gare Saint-Lazare* de Monet, el cuadro que Mona y Henry habían ido a ver, estaba instalado en un caballete plegable y portátil del siglo XIX, montado sobre tres patas. Era un útil especialmente concebido para la pintura al aire libre. A partir de la década de 1840, con la democratización del tubo de estaño que permitía llevar las pinturas fuera del taller, «pintar del natural» se convirtió en una práctica habitual. Los impresionistas pronto se aficionaron a trabajar en el exterior, ya fuera en la campiña, el bosque de Fontainebleau o la Costa Azul, y también en las ciudades. En este caso, fue en un andén, ante unos viajeros atónitos, donde Claude Monet firmó en 1877 la obra que Hélène, Henry y Mona contemplaban ahora juntos en las entrañas de la reserva técnica del Museo de Orsay.

Por el suelo se extendía una red ligeramente sinuosa de vías férreas en dirección a la línea del horizonte. Esta se hallaba obstruida por una importante densidad urbana, a saber, un viaducto de acero y, más lejos, unos inmuebles acariciados por el sol. En particular, se veía, a la izquierda de la obra, un gran edificio de sillería, cuyo último piso —ostensiblemente el sexto— estaba rematado con pla-

*cas de zinc. En primer plano, una gran cubierta acristalada sobre-
volaba la estación, dominando el paisaje urbano y formando un
triángulo isósceles cuyo vértice era de unos ciento veinte grados. La
simetría de esa vasta marquesina se veía reforzada por la de las
dos finas columnas y el enrejado central que soportaban el armazón de acero: el conjunto acababa sugiriendo una composición
hexagonal casi regular, cuyo punto inferior coincidiría, supuestamente, con la posición del pintor frente a la escena. En las líneas
ferroviarias había tres trenes, cada vez más desplazados hacia el
fondo a medida que se iba de izquierda a derecha del cuadro. Su
achatamiento en la perspectiva ocultaba la sucesión de vagones.
Mientras que el tren de la izquierda estaba de espaldas, estático,
las dos locomotoras de las otras vías echaban humo al acercarse. La
situada junto a la mediana vertical constituía una especie de ba-
ricentro de la composición: era al menos la máquina más visible,
la más presente, aunque solo se compusiera de unas pinceladas de
pintura negra sin más detalle. El mismo tratamiento fragmentado,
atomizado, servía para representar una figura humana de pie entre los raíles, a la derecha de la composición, y, a sus espaldas, ya
en el andén, las formas inciertas de viajeros, ferroviarios o curiosos
—no se discernía ninguna identidad social—. Por último, entre
los innumerables juegos de sombras, fluctuaciones y temblores lo-
grados por un pincel que multiplicaba saltos, manchas, acana-
laduras y empastes, había masas de vapor que emanaban de las
locomotoras; lechosas en su mayoría, pero la del centro era azul,
y la luz, bajo el efecto de las pequeñas gotas de humedad, se veía
sutilmente refractada.*

Era a la vez austero y mágico. Mona contempló el cuadro largo
rato. Con su abuelo y, sobre todo, una conservadora a su lado,
tenía la sensación de ser una experta moviéndose entre tesoros.

Mientras observaba las gamas cromáticas, le vino a la mente un cuadro del Louvre y, con sus grandes ojos abiertos y tímidos, se atrevió a hacer un comentario.

—En las paredes claras de los edificios hay el mismo amarillo de cromo que en Turner, ¿verdad, Dadé? Pero con un poco de blanco...

Era tan prodigioso que, si la conservadora no hubiera sorprendido en varias ocasiones a la nieta hablando con su abuelo, habría pensado que se trataba de una tomadura de pelo destinada a impresionarla.

—Bien visto —secundó Henry—. Monet muestra aquí que todo cambia y fluctúa sin cesar. Lo que está fijo es una ilusión; la verdad es que todo es una sucesión de impresiones que cambian y se alteran perpetuamente. El más mínimo movimiento de nuestros ojos, la oscilación de nuestra cabeza, el flujo del aire, las incesantes modulaciones de la luz modifican los colores. Mira, imagínate a Monet delante de su caballete, ¡justo aquí! Imagina que te pregunta de qué color son las paredes de este almacén. ¿Qué contestarías?

Mona desvió la vista del cuadro para examinar la siniestra pared y se encogió de hombros.

—Bueno, señor Monet, pues ¡es gris!

—Exacto. Salvo que, si la observas detenidamente, te darás cuenta de que no es solo gris, sino que contiene miles de matices: vira a una claridad blanquecina o, al contrario, al negro; los reflejos amarillos de un foco de luz la alcanzan, pero se disipan en cuanto damos un paso a un lado. Este gris contiene en sí mismo una infinidad de declinaciones. Igualmente, si preguntáramos a alguien de qué color es el humo, nos diría también que es gris. Pero ¿cómo lo representa Monet?

—¿Azul?

—Y, más precisamente, azul cobalto con blanco de cerusa. Monet llega muy alto en este cuadro: embellece las fluctuaciones del mundo a gran escala; muestra las mutaciones inmensas debidas a la modernidad, la de las estaciones, los trenes, las máquinas de vapor. A propósito, ¿a qué te recuerda la cristalera triangular de la parte superior del cuadro?

—Voy a decir una tontería, Dadé, pero se parece a la pirámide del Louvre.

—No es ninguna tontería, Mona, salvo que la del Louvre es reciente y se inspira a su vez en las grandes pirámides de Egipto. Has de entender que, aunque las pirámides se remonten a un pasado lejano, representan una cumbre de la modernidad, y esta estación es como una reminiscencia, más aún, un renacimiento.

Mona estaba confusa. La palabra «modernidad» retumbaba en sus oídos. Preguntó qué significaba exactamente. Henry sugirió que, por el momento, esa expresión sería una pequeña semilla. Sin necesidad de definición, iría germinando a lo largo de sus charlas.

—La modernidad, en este cuadro, es París. París le debe mucho a un hombre llamado Haussmann, que la oxigenó y le dio amplitud. Hay aquí varios símbolos de la Revolución Industrial que provocó su metamorfosis. A la izquierda, al fondo, se levanta un edificio de piedra como tantos de los que se ven hoy en día. Pero en su momento supuso un gran revulsivo, un nuevo patrón que marcó la renovación de la capital. En cuanto al cristal del vestíbulo cubierto, es un material que se empieza a trabajar con pericia en la época, y al artista le encanta su transparencia y ligereza. Por último, Monet exalta la fuerza del vapor con esas dos locomotoras. No solo porque le gustan sus bocanadas, sino también porque es lo que acciona los trenes y, por tanto, acelera el cambio en el mundo. Esta pintura es el icono de numerosas mutaciones. Y su ejecución, con pinceladas rápidas y rítmicas, se ajusta a esa aceleración de la vida y la sociedad. Podría decirse que Monet pinta de una manera muy moderna la modernidad galopante de su época.

Mona hizo un gesto cómico que significaba que la semilla empezaba a germinar... Henry reanudó su charla junto al caballete, como si Monet estuviera sentado delante.

—Como gozaba de un permiso especial para pintar en esos andenes, Monet aprovechó para firmar siete versiones del interior de la estación. Pidió a los ferroviarios que pusieran en marcha las locomotoras, que las hicieran avanzar y retroceder mientras echaban humo, para multiplicar los puntos de vista. ¡El pintor se transformaba así en director de escena, pero con los trenes como actores! Le gustaba adoptar una sucesión de enfoques sobre un mismo tema para plasmar lo mejor posible las variaciones: las de la luz, los colores, las atmósferas, el cielo, el aire, las sombras proyectadas, los volúmenes que se recortan y difuminan. Muchos historiadores del arte creen que Monet inventó las series. Entre 1892 y 1894, firmó cuarenta versiones de la fachada de la catedral de Ruan, ante la que declaró: «Todo cambia, incluso la piedra». Y aquí sucede lo mismo. La pintura, supuestamente un arte del espacio, se convierte en una expresión del paso del tiempo. Lo que nos dice este cuadro nos lleva a una frase del pensador de la Antigüedad Heráclito de Éfeso: «Todo fluye», que en griego clásico se dice *Panta rei*.

—*Panta rei* —repitió Mona —. Pero, Dadé, ¿alguna vez se subió al tren?

—¡Oh, sí! A partir de 1850 la estación Saint-Lazare se hizo muy popular entre los artistas. Era para ellos como una puerta abierta a la naturaleza que les servía de estudio al aire libre, y de fácil acceso. Saint-Lazare era un billete a Normandía y a toda su campiña. De este modo, el cuadro es un templo de la modernidad, pero también lo que Baudelaire llama una «invitación al viaje», una claraboya con vistas al sueño.

Hélène intervino con su voz cincelada como un diamante. Era la primera vez que alguien se unía al diálogo entre los dos cómplices. Explicó con sobriedad que Monet siempre había dudado entre París y Normandía. Describió sus comienzos como caricaturista en El Havre. Y luego su encuentro con Eugène Boudin, que lo inició en los fenómenos atmosféricos. El tono de Hélène se volvió más melancólico cuando evocó el recorrido estético de Monet: con el paso de los años, contó, ese artista que captaba mejor que nadie los rasgos de un rostro optó por olvidarse de las caras y las siluetas humanas. La conservadora señaló la derecha del cuadro.

—Fíjate, Mona, en la forma en que se diluyen las figuras a la derecha, así puedes verificar ese cambio —dijo.

Mona pudo verlo. Y se sintió crecer. Y le resultó muy pero que muy agradable.

—Y, además —añadió Henry, que quería seguir con su explicación—, Monet acabó abandonando definitivamente la capital para instalarse en Normandía, en su hermosa casa de Giverny, que contaba con un suntuoso jardín. Allí, desde 1899 hasta el fin de su vida, pintó magníficos nenúfares que él mismo cultivaba.

—Sí —continuó Hélène—. Hasta el final de sus días, ya casi ciego, Monet pintó flores en las que latía la esencia de la vida, como una declaración de amor y paz al universo.

Un largo silencio —en el que flotaba el tabú de la amenaza de ceguera que se cernía sobre Mona— siguió a las hermosas palabras de la conservadora, colmado sin embargo por los latidos cardiacos de la pintura. Y esos latidos no procedían tanto de las máquinas en funcionamiento como de las convulsiones propias de la pincelada eflorescente de Claude Monet.

—Perdón —dijo de pronto Mona, fingiendo, con gracia, cierto azoramiento—, pero aún me falta una respuesta en todo esto: ¿por qué se dice que Monet es un impresionista?

—Tienes toda la razón, Mona —admitió Henry—. Bueno, empecemos por el principio. Este bonito calificativo fue originalmente un insulto. En 1874, al ver un lienzo de Monet titulado *Impresión, sol naciente*, el crítico de arte Louis Leroy declaró con ironía que estaba «impresionado», aunque en realidad la obra le pareció desenfocada, llena de pinceladas sugerentes pero inacabadas. Así que calificó de «impresionistas» a todos los artistas que rodeaban a Monet y pintaban en su mismo estilo: Renoir, Pissarro, Sisley o Berthe Morisot. ¿Qué podían hacer ante ese insulto? ¿Resignarse? ¿Renegar de él? Monet tuvo una idea mucho más inteligente: lo utilizó de bandera. Convirtió el insulto en orgullo. Y, hoy, el impresionismo se ha convertido en el movimiento más famoso y admirado de todo el planeta.

Henry guardó silencio y dejó que Mona agradeciera a Hélène ese inmenso regalo. La niña deseaba abrazar a la conservadora, pero tuvo miedo de perder su aura de madurez y se contuvo. Luego, mientras el trío se apresuraba hacia la salida, cayó en la cuenta de que acababa de perder una oportunidad única de pasear alrededor de la obra que, por esa vez, estaba sobre un caballete en lugar de contra la pared. Henry y la conservadora dieron media vuelta, conmovidos por su interés.

Mona rodeó entonces *La Gare Saint-Lazare* y buceó al otro lado del espejo. Allí vio un lienzo marrón desgastado y un bastidor de madera. ¡Caramba! De repente, todo le pareció irrisorio, desvencijado, frágil, pero comprendió que ese era también el *significado oculto* de una pintura, que eso era también lo que había que adivinar detrás de las imágenes: no solo había complejas lecturas, eruditas interpretaciones, atrevidos desciframientos y cientos de hipótesis. No, lo que se ocultaba bajo las capas de pigmento y convenía tener presente era la futilidad de esos lienzos sin alma montados sobre bastidores, la conmovedora sencillez de esos objetos en los que tal vez se fijarían momentos inmortales de la humanidad.

Ahora ya podían marcharse.

27

Edgar Degas

Hay que danzar la propia vida

El coleccionista de Vertunni volvía a la tienda de antigüedades una y otra vez. Y ese pequeño milagro se hizo general. Los clientes acudían en masa y la mercancía se vendía bien. De hecho, Mona se dio cuenta de que su padre, tranquilizado, ponía en las gramolas una música mucho más animada de lo habitual, y en particular la de principios de los años ochenta, por ejemplo, a France Gall salmodiando «¡Resiste!». A veces, los dos apretaban los puños a modo de micrófonos imaginarios y entonaban la canción a dúo.

Desde hacía algún tiempo, a Mona le rondaba una idea por la cabeza. Si las figuritas Vertunni eran en realidad pertenencias de su abuela Colette, tal vez en algún otro lugar de la tienda había viejas cajas relacionadas con ese misterioso personaje cuya imagen estaba cada vez más presente en su mente. Y, como los adultos se negaban obstinadamente a hablar de ella, Mona investigó por su cuenta. Es cierto que había un espacio en la tienda que la aterrorizaba, el sótano, al que se accedía por una trampilla. Sin embargo, un día, mientras Paul mantenía una larga conversación telefónica con su contable, decidió aventurarse hasta allí sin decirle nada. Abrió la pesada trampa de doble hoja, bajó por la escalera y se sumergió en una penumbra que le trajo sombríos recuerdos de sus episodios de ceguera. Se aferró a su colgante, como si tuviera la capacidad sobrenatural de emitir luz y ahuyentar los espectros. En realidad, el escaso rayo de claridad procedía de la abertura sobre su cabeza. Atemorizada, avanzó con cautela, pero entre el oscuro desorden reinante identificó con certeza tres cajas exactamente iguales a la que contenía los Vertunni. ¿Serían más cosas de su abuela? Se acercó, examinó la que estaba a su altura y vio montones de sobres de papel de estraza. Justo cuando iba a abrir uno, su padre la llamó desde la distancia. El corazón le dio un vuelco. Instintivamente, ocultó el escaso botín en la cinturilla de sus pantalones, corrió hacia la escalera, subió en una fracción de segundo y gritó:

—¡Ya voy, papá!

Pasó el día, y Mona esperó a estar tranquilamente en su habitación para ver más de cerca el fruto de su pillaje. «¡Hurra! —se dijo—, ¡aquí está la abuelita!». En el sobre había un pequeño recorte de periódico amarillento. Fechado el 9 de septiembre de 1967 y con el título «Colette Vuillemin, su indigno combate por la dignidad», mostraba la fotografía de una mujer aislada y amenazada por personas manifiestamente agresivas. La mujer era Colette, tan joven que resultaba irreconocible. La niña intentó leer el viejo artículo, pero no pudo captar el sentido, abrumada como estaba por lo que percibía: una oleada de hostilidad contra su antepasada. El texto hablaba de una manifestación, de enfermedad, de muerte e incluso de cárcel. Era pesado, desagradable. Mona tenía la impresión de que su abuela había sido ultrajada y estaba deseando contárselo a sus padres. Pero sabía que se llevaría una buena reprimenda. ¿A su abuelo? Nunca habían podido tocar ese tema prohibido, que se le antojaba amenazante. Mona apretaba con todas sus fuerzas el colgante, buscando una solución. Puede que lograra profundizar en el asunto con la ayuda del doctor Van Orst. Por otro lado, había pasado mucho tiempo desde el 9 de septiembre de 1967: seguro que las cosas habían cambiado después. Se quedó con esa idea, que la tranquilizó.

La explanada del Museo de Orsay era un lugar perfecto para ganar algo de dinero con los turistas, y ese día en concreto Mona se topó con unos mimos inmóviles: vestidas completamente de blanco, tres personas imitaban la pose de un grupo esculpido, como si se tratara de un cortejo de la Antigüedad petrificado en mármol. Le comentó a su abuelo que era extraño ganar dinero sin moverse. A Henry la observación le pareció bastante pertinente. Él detestaba esas actuaciones centradas en esforzarse en la pasividad. Y se sintió aún más incómodo cuando vio que un perro salchicha sin correa deambulaba alegremente alrededor del trío estatuario y amenazaba con aliviar su vejiga sobre una de las piernas que imitaban la piedra. El animal estaba a punto de hacerlo, pero el trío se movió de golpe e increpó al bicho suelto. Mona soltó una carcajada y Henry la cogió de la mano para recuperar un poco de dignidad con otro tipo de actividad artística, esta vez más grácil: la representación de una danza por Edgar Degas.

Era una vista aérea, muy dinámica, de un escenario gris en cuyo fondo se percibía, a modo de decorado, una casita vagamente esbozada. Una joven bailarina había irrumpido en escena y ocupaba, a la derecha de la composición, aproximadamente un tercio de la superficie del cuadro. Estaba saludando al público en esa posición particular conocida como arabesque penchée, *con los miembros extendidos y el cuerpo dibujando una diagonal. En la obra se veía una*

pierna estirada y apoyada en un pie plano que sostenía a la joven,
pero la pierna izquierda, debido al escorzo, estaba completamente
ausente. El torso se proyectaba hacia el público, y el rostro sonrosado,
con los ojos entrecerrados que sugerían un discreto éxtasis, estaba in-
clinado hacia atrás. Coronaba la cabeza una diadema floral, y una
cinta negra ceñía el cuello. El vestido era de un blanco plateado bri-
llante, salpicado de algunos pétalos de tonos cálidos. En un segundo
plano, y situados en el ángulo superior izquierdo de la composición,
en una especie de profundidad oblicua con respecto a la bailarina,
había unos extraños bastidores: en lugar de los habituales telones que
sirven normalmente para ocultar al público los laterales de la escena
y acotar su anchura, había una especie de cavidades que parecían
evocar, por la mezcla de pinceladas ocres y —más discretas— verdes,
un espacio natural, tal vez un decorado de acantilado con algunas
oquedades. Y en dichos huecos se distinguían varias siluetas inmóvi-
les pintadas a grandes trazos: tres bailarinas y, delante de ellas, un
hombre con traje negro cuyo rostro permanecía oculto.

Como bien sabía su abuelo, Mona era insensible al sueño de convertirse en bailarina. Nunca se había puesto un tutú y desconocía
la expresión «ratita de la ópera», como se llamaba a las jóvenes
alumnas de la escuela de danza de la Ópera de París. Aun así,
describió lo que veía con una emoción en la voz similar a la que
había sentido frente a la pareja de amantes pintada por Gainsborough.

—Mira, Dadé: ella se siente feliz, se le nota en la postura. Es
difícil saber qué significa ese gesto, pero parece que está volando.
Eso es: ¡volando! Y, además, fíjate, va vestida de blanco y su traje
es como las plumas de un pájaro: parece un pájaro blanco, puede
que incluso un cisne. Y espera, Dadé, observa bien: también hay
gente detrás de ella. Al artista le interesa la bailarina, claro, pero

hay algo más. Quiere que veamos a las chicas que se encuentran a su espalda. Y, además, está ese hombre de negro. ¿Te das cuenta? El pintor solo muestra sus pantalones y parte de su traje. Pero su cabeza está oculta. Y eso, Dadé, es como en las películas de miedo: esconden la cabeza y, así, pues es imposible saber quién es. Y eso crea suspense... El hombre de negro da un poco de miedo, pero ella es feliz. Está volando.

—Muy bien dicho, Mona. Aunque todavía hay que preguntarse de dónde nace la impresión aérea que has sentido. Fíjate en la bailarina en el escenario, y en particular en la línea de sus brazos: el izquierdo está extendido, el derecho doblado. Comprendemos que se dirige a un público que no podemos ver. Degas sugiere su presencia sin integrarla en la composición. Mientras el público permanece «fuera de campo» —continuó diciendo Henry al tiempo que Mona repetía entre dientes la expresión—, la bailarina le hace una reverencia; es un agradecimiento al público, un elegante saludo.

—Pero, Dadé, ¿significa eso que nosotros estamos excluidos del público?

—Estamos entre el público, pero en un lugar concreto. La posición desde la que Degas nos permite ver a su bailarina es probablemente un palco lateral alto, con una perspectiva muy particular, gracias a la cual algo desaparece...

—¡Una pierna!

—Sí, la pierna tendida hacia atrás está escamoteada debido al ángulo. Y así es como nace la impresión aérea.

—Voy a decir una tontería, Dadé, pero tú has comentado a veces que el artista crea contrastes. —Subrayó esa última palabra—. Aquí creo que hay uno entre la chica que vuela y lo que te he dicho que había detrás de ella: las bailarinas de blanco y el señor de negro todo tieso.

—No es ninguna tontería. Degas da la impresión de ser un mero testigo de la escena, pero en realidad es una especie de director teatral. No realiza esta imagen en vivo, en la ópera. Se inspira en lo que ha visto para luego recrear en su estudio una visión propia, donde se las arregla artificialmente para expresar lo que le interesa y no para transcribir las cosas a la manera de un reportero. Aquí, esta visión combina dos realidades: la de la escena y la de las bambalinas, que aparecen presentadas de manera extraña, casi informes.

—¡Parecen grutas!

—Exacto. Y Degas hace que contraste el vibrante resplandor de la primera bailarina con el severo estatismo a sus espaldas. La presencia de un hombre de negro es un recordatorio de que una autoridad masculina violenta e ingrata acecha en la sombra... Degas no era solo un pintor de bailarinas, como se ha dicho, sino de todo lo que constituye la atmósfera de la música y la ópera en general, incluida la opresiva autoridad de hombres adultos sobre unas niñas.

Henry reflexionó: debería explicar la personalidad del artista, un personaje odioso y fascinante admirado por los poetas de su época —en particular por Stéphane Mallarmé y Paul Valéry—, y con un carácter tan exigente consigo mismo y con los demás que a menudo se convertía en intolerancia y misantropía. El hombre de negro del fondo era un poco como Degas, terrible con sus modelos, gritándoles su ira y haciéndoles llorar hasta conseguir la expresión o la pose que quería. Al pintor le gustaba decir: «El arte es vicio. No te casas con él legítimamente, lo raptas». Pero contarle eso a Mona era arriesgarse a comprometer la comprensión de la obra en el sentido en que a Henry le interesaba transmitirla.

—Si observas con atención, Mona, verás hasta qué punto Degas era un experimentador e incluso un improvisador. De hecho, combinó a menudo técnicas que la historia del arte tradicional solía separar. El ejemplo más conocido es su escultura *La pequeña bailarina de catorce años*, donde mezcló un molde de cera con una enagua real y crin de caballo. Causó gran escándalo cuando se expuso en 1881, no solo porque era totalmente anticonvencional trabajar con esa combinación de materiales, sino también porque la pobre muchacha que le sirvió de modelo se consideró fea y vulgar. En este *Ballet*, encontramos igualmente un cruce curioso. Degas realiza primero un monotipo. Se trata de un tipo particular de grabado en el que se aplica primero pintura o tinta sobre una placa de metal —explicó Henry por medio de gestos—; luego ese medio líquido se raspa y se limpia para dibujar la imagen; la matriz resultante se cubre después con papel humedecido y se pasa por una prensa que crea un negativo de lo que había en la plancha. Solo se podía obtener una única impresión realmente nítida. Por eso se llama monotipo: *mono* significa «una vez» y *tipo* quiere decir «marca». Sin embargo, Degas hace de vez en cuando una segunda tirada, y la impresión se vuelve muy ligera, casi evanescente. Y aprovecha esa calidad menor para retocarla con pasteles.

—¡Ay, Dadé! Esto es como papá en la tienda de antigüedades. Entiendo cómo trabaja, pero cuando me lo cuenta... ¡uf! —Hizo una mueca encantadora.

—Ten paciencia, intentaré aclarártelo. Como te decía, Degas trabaja luego el pastel. A menudo recurre a un químico y biólogo, alumno del célebre Pasteur, llamado Henri Roché, para que le fabrique unos bastoncillos de pastel en colores variados y con distintos matices. Fíjate en cómo los aplica en el tutú: son las líneas de color las que le confieren dinamismo, un resplandor digno de una estrella.

—Entonces se parece a Monet, ¿a que sí?

—Bueno... Degas era amigo de los impresionistas y, aunque odiaba el término, se le llegó a asociar con ese grupo. Pero él prefería la pintura de taller y vivía recluido en su casa, donde albergaba una prodigiosa colección de cuadros antiguos y modernos. Se basaba en estudios, fotografías, y sobre todo en su memoria. ¿Recuerdas que Monet salía a pintar con su caballete portátil, sus lienzos y su paleta por los cuatro puntos cardinales? Pues bien, Degas aborrecía esa práctica, hasta el punto de que en una ocasión pidió al Gobierno que «supervisara a las personas que pintaban paisajes del natural». Pero hay algo más...

—¿Qué?

—Acuérdate: en Monet, los toques fragmentados de pintura al óleo daban al cuadro su carácter impresionista. Aquí, son más bien las líneas las que se fragmentan. Al igual que Fantin y los impresionistas, Degas adoraba a Delacroix y sus colores llamativos. Pero también le gustaba su gran rival, Jean-Auguste-Dominique Ingres, del que apenas te he hablado y que, sin embargo, fue uno de los artistas más importantes del siglo XIX. Para Ingres, la línea prima sobre todo lo demás, porque, si el artista la dibuja con el trazo adecuado, puede sacar a la luz los cuerpos y las actitudes más gráciles.

—Pues, Dadé, ¡yo creo que es ella, la bailarina, la que es grácil!

Mona hizo una reverencia a la obra de Degas, sobre una sola pierna, y estuvo a punto de caerse. Henry la sostuvo a tiempo... y el vigilante de la sala aplaudió los reflejos del abuelo.

—Un gesto —prosiguió Henry— parece tener siempre un significado, una justificación. En la vida hacemos infinidad de ellos. Caminamos cuando necesitamos desplazarnos; nos llevamos el tenedor a la boca para poder comer; nos tumbamos para dormir. Estos gestos tienen su utilidad diaria. Pero el gesto de la danza no. Existe simplemente por sí mismo, fuera de la cotidianidad práctica, es el gesto por el gesto, es un gesto por la belleza del gesto. Escucha lo que dice el propio Degas al respecto. Fue autor de algunos poemas preciosos. Y escribió a propósito de una bailarina: «Sus pies de raso bordan cual aguja / dibujos de placer».

«¿Pies que bordan?». Mona comentó que resultaba un poco extraño. Henry no estaba del todo de acuerdo: las bailarinas, cuando avanzaban a pasitos recortados, a veces le recordaban a las máquinas de coser... Pero reconocía que, tomado al pie de la letra, el verso era un poco incongruente. Le encantaba la manera que tenía la niña de no dar nada por sentado, de no dejarse impresionar nunca por una autoridad artística o literaria.

—En fin —continuó—, lo que nos dice esta obra es que la vida no solo hay que vivirla. También hay que bailarla. Poco importa que nuestros gestos, nuestras acciones, nuestros comportamientos escapen a veces al curso habitual de las cosas con esos encadenamientos sin fin y esas mecánicas que conllevan la costumbre y la coacción; poco importa que haya que apartarse, si es para danzar la propia vida.

Mona se quedó callada. Otra idea curiosa: danzar la propia vida. Pensó en sus clases de gramática con la señora Hadji. ¡Así que «vida» era el complemento directo de «bailar»! En su cabeza, Mona empezó a bordar con sus pies igual que una máquina de coser.

28

Paul Cézanne

Ven, lucha, firma y persevera

Esta vez, el doctor Van Orst advirtió a Mona: iba a invitarla a revivir su ataque de ceguera, ocurrido hacía más de seis meses. Tras el éxito de las dos primeras sesiones, la pequeña estaba lista para avanzar con la terapia. Sin embargo, ella, instalada ya en el gran sillón de cuero, estaba nerviosa, y el médico, que veía la preocupación en su mirada y su boca tensa, la calmó. En el caso de que las sensaciones le resultaran demasiado desagradables, solo tenía que recurrir a pensamientos tranquilizadores y placenteros: las «ideas refugio» trabajadas durante las semanas anteriores. Van Orst le impuso las manos. Mona se sumergió en sus sueños.

Bajo la influencia de la voz del médico, resurgió todo: el ejercicio de matemáticas, la mesa de la cocina, los olores de la cena del domingo, la presencia de su madre en el piso de Montreuil. Era una alucinación prodigiosa, y Mona se vio a sí misma repitiendo las acciones de aquella noche maldita. Era fascinante y terrible. En el momento de revivir un gesto banal, el de quitarse el colgante del cuello para hacer los deberes de clase más cómodamente, el pánico a la ceguera se apoderó de ella. Un abismo, un inmenso abismo similar a los agujeros negros de los confines del universo, se formó en la mesa en la que se apoyaba, y empezó a devorarla. Tenía que escapar de aquella pesadilla. Su psique luchó por salir de ahí, echándose atrás con todas sus fuerzas, pero la tensión y el esfuerzo no sirvieron de nada. Al contrario, favorecían la atracción morbosa. Así que cambió su forma de proceder y, en lugar de someterse a una lucha en la que se sentía derrotada de antemano, adoptó el ritmo del remolino oscuro, le siguió el compás y bailó un vals con este. Puso un pie encima, solo uno, y se deslizó sobre él, convirtiéndose en una especie de patinadora astral, virtuosa, grácil, hasta hacer que el vórtice se rindiera. La psique de la niña estaba orgullosa, pero durante ese ballet cósmico el cuerpo atrapado en las rotaciones de la vorágine disminuyó considerablemente. Mona había retrocedido en el tiempo.

Ahora era muy pequeña, tenía dieciocho meses y podía ver a su abuela llamándola al final de un camino bordeado de alhelíes en un parque. Mona, erguida torpemente sobre sus piernecitas, emitió un prolongado «aaah» de satisfacción y curiosidad y se aventuró en ese balanceo rítmico de un pie sobre el otro para evitar caerse, una coreografía elemental conocida como «caminar». A través de la hipnosis, revivió sus primeros pasos. Avanzó, al aire libre, bajo la mirada de Colette, que le tendía los brazos y de cuyo cuello pendía el colgante de hilo de pescar con su caracola. La niña lo miraba fijamente mientras avanzaba. Uno, dos, cuatro, seis metros, sin tropezar. Hubo gritos de alegría, besos. Y luego, en ese parque donde Mona había aprendido a avanzar en la vida, se perfiló una última reminiscencia. Un paseante se cruzó con su abuela y se detuvo.

—La he reconocido, señora, usted es Colette Vuillemin. Quiero que sepa que la admiro muchísimo.

Y la silueta desapareció. El doctor Van Orst chasqueó los dedos.

Aquel miércoles Henry, por descuido, sin duda, llevaba el colgante por fuera de la camisa, y Mona, al verlo, quiso saber más sobre aquel objeto. Mientras caminaban juntos hacia el Museo de Orsay, le pidió que le contara por qué él y la abuelita habían escogido, recogido y llevado puestas esas conchas. El anciano, a quien un insondable dolor obligaba a guardar silencio cuando se trataba de decir algo sobre su difunta esposa, se abrió más de lo habitual.

—Tu abuela era una luchadora, una gran luchadora —confesó.

Y luego, para que comprendiera el significado del colgante, le habló de esos talismanes o amuletos que la gente usaba para protegerse de la violencia y la mala suerte que la vida podía deparar.

—¿Una gran luchadora? —preguntó Mona, instando a su abuelo a que le contara más.

Pero Henry se quedó callado y encorvó la espalda durante unos minutos. No volvió a enderezarse hasta que estuvieron por fin frente al cuadro del día. Una vez allí, se irguió como si se preparara para escalar un Everest artístico.

Era un vasto paisaje en el que se alzaba un imponente macizo abombado en medio de una atmósfera mediterránea. Desde una terraza que servía de punto de vista, el cuadro mostraba un primer plano de pinos, tierras de labranza, a continuación, y finalmente la cadena montañosa, que parecía surgir del suelo bajo un cielo traslúcido. Una pincelada dinámica caracterizaba la obra, con zonas de color que parecían vetas de ocre, verde o azul, y una encantadora claridad. No había sombras en el cuadro, se podría decir, porque cada uno de los relieves y escarpes destinados a dar sensación de volumen estaban pintados con una paleta exquisitamente cálida. A la izquierda de la composición, justo detrás del borde de la terraza que hacía las veces de promontorio, un pino altísimo se elevaba entre las copas de los árboles, todos tratados con un trazo ascendente,

en tonos verdes, pero también azules. El tupido follaje se repetía a la
derecha, pero esta vez, en lugar de hallarse bajo el dominio de un
gran tronco, estaba marcado por la presencia, a lo lejos, entre la
montaña y los prados, de un acueducto de doce arcos. El centro del
lienzo, despejado, se abría a una especie de paisaje rural —e in-
cluso agrícola, ya que la actividad humana, aunque imperceptible,
se dejaba sentir—, con pastos y campos recortados de manera bas-
tante geométrica. Abundaban las pinceladas horizontales, las suge-
rencias de ángulos y volúmenes para las casas. Los tonos de la hierba
se mezclaban con matices cromáticos de amarillo y, a veces, de rojo
algo más encendido para esbozar algún tejado que se fundía con el
entorno. Por último, estaba el macizo, cuya cresta ascendía suave-
mente desde la izquierda del cuadro hasta una cima que se achata-
ba en una especie de pequeña meseta antes de caer abruptamente,
formando un hueco y luego fluyendo lentamente fuera del marco,
hacia el infinito de la Provenza.

Cuando vio el nombre del artista en la cartela, Mona tuvo un
reflejo. Empezó a tararear. ¿Cézanne? Había oído esas sílabas si-
bilantes varias veces en la tienda de su padre, cuando una de las
viejas gramolas zumbaba al ritmo de los éxitos de France Gall.
«Ahí está el hombre, / con su sombrero de paja, / su blusa llena
de manchas / y la barba enmarañada. / Cézanne pinta / dejando
que sus manos hagan magia...». El hilo de voz de la niña era justo y claro. Su abuelo la instó a tararear la canción hasta el final,
ante unos visitantes tan embelesados que a punto estuvieron de
entonarla a coro... Mona subió un poco el volumen y prosiguió:
«Si existe la felicidad, / es una prueba de artista». Entonces Henry, con su extraordinario talento para extraer el alma de cualquier
sustancia, ya fuera erudita o popular, genial o mediocre, retomó
literalmente la letra de esa canción ligera.

—En este caso, lo que tenemos ante nosotros no es exactamente una prueba de artista. Hablamos de una prueba de artista cuando nos referimos a grabados o estampas, pero aquí estamos hablando de un lienzo pintado. En cambio, no cabe duda de que Cézanne llevaba un sombrero de paja cuando lo pintó, porque, a juzgar por ese cielo azul y marfil, el sol mediterráneo brillaba intensamente.

—Y eso, Dadé, significa que Cézanne pintaba al aire libre, como Monet con su caballete plegable...

—Has acertado. Y te diré más: Monet y Cézanne se conocen muy bien, son amigos y se admiran mutuamente. Incluso exponen juntos en el famoso acto de 1874 donde el crítico Louis Leroy tachó de «impresionista» a todo aquel grupo de artistas en la estela de Monet, asociando a Cézanne con esa escuela. Lo que también tienen en común es que pintan series. Monet realiza unas cuantas versiones de la estación Saint-Lazare, la catedral de Ruan o los nenúfares. En cuanto a Cézanne, aquí está de pie delante de la montaña Sainte-Victoire, en Provenza, ¡un monumento natural que le serviría de modelo casi noventa veces!

—Este cuadro de Cézanne... es como si estuviera hecho de trocitos. Mira las rocas y los campos, Dadé. Me recuerda a Monet, pero Monet pintaba como a manchas, ¿verdad? Esto es..., ¡es más sólido! Bueno, esa es la impresión que me da...

—Has dado con la palabra exacta. Porque el propio Cézanne dice: «He querido hacer del impresionismo algo duradero y sólido como el arte de los museos». Monet pintaba lo que veía por medio de un sugerente juego de toques de color, más bien evanescentes, bastante líquidos. En esta versión de la Sainte-Victoire de Cézanne, las laderas de la montaña, los campos de la llanura, las ramas de los árboles y el antepecho del primer plano están entrecortados por una pincelada discontinua, cierto, pero muy estructurada, mucho más compacta que la de Monet. Este último diluía el motivo para dar cuenta de la fugacidad de lo que percibe el ojo humano; Cézanne no diluye: simplifica, tiende hacia algo más estable, más geométrico. Como llegará a decir en una ocasión, en 1904, en una carta a un pintor que lo admiraba: «Hay que tratar la naturaleza a través del cilindro, la esfera, el cono».

Mona evocó los dibujos que ella misma hacía cuando era más pequeña. ¿Acaso no tenían la sencillez que Cézanne parecía reclamar? De cualquier manera, ¡se sentía capaz de dibujar un abeto si bastaba con hacer un cono! Estaba hecha un mar de dudas. ¡Qué raros eran esos artistas! Podían ser adultos, trabajar duro, aprender montones y montones de lecciones, técnicas y teorías, pero al final ¡querían volver a hacer lo que hacen los niños! Henry intentó aclarar esa paradoja. Para Cézanne, explicó, todo era una cuestión de cualidad infantil del arte, pero elevada al máximo. Puso entonces un ejemplo: un niño no proyecta sombras en ninguna parte, no relega elementos a un segundo plano en perspectiva. Todos tienen la misma importancia. Así, un pájaro puede adoptar libremente las proporciones de un coche, porque un niño, cada vez que añade un motivo, quiere que tenga la misma relevancia que el resto; nunca subordina elementos débiles a un elemento fuerte para destacar uno en detrimento de otro. Y lo mismo ocurre con Cézanne.

Mona se rio: ¡le parecía una explicación absurda! ¡Demonios!, se quejó Henry a su vez. No es fácil hacer que los niños capten el genio que llevan dentro... Pero él insistió:

—Escúchame: Cézanne se ajusta al ideal infantil en la medida en que no intenta dar una profundidad ilusoria a su paisaje. Quiere que sus motivos salgan del lienzo... De hecho, cuando se observan sus bodegones, muchos de ellos dan la impresión, por el juego de líneas y la disposición de los objetos, de inclinarse hacia la parte frontal del cuadro. Lo mejor aquí es fijarse en las sombras. Intuitivamente, un artista las habría representado cóncavas, es decir, hundiéndose y, por consiguiente, atenuando el motivo. Cézanne afirma que aprendió a pintar la montaña Sainte-Victoire cuando se dio cuenta de que tenía que pintar las sombras irisándolas de manera que se abombaran y huyeran del centro. Se dio cuenta de que tenía que pintar las sombras convexas. —Al oír de nuevo ese término, Mona se acordó del globo metálico a la izquierda del cuadro de Marguerite Gérard en el Louvre—. En este lienzo, Cézanne no le cede ni un centímetro a la oscuridad. Mira ahora los pinos, ¿a qué te recuerdan?

Mona examinó la sucesión de trazos horizontales y oblicuos que animaban las vetas del follaje, y, a pesar de la variedad de tonos verdes, vio llamas. Propuso la idea a Henry, que asintió y le contó que el artista, al final de su vida, había dicho que la Sainte-Victoire tenía una sed insaciable de sol y que los bloques que la componían eran, pura y simplemente, fuego: un incendio mineral.

—¿Sabes, Mona? Paul Cézanne conocía al dedillo esa región, el sur de Francia. Nació allí en 1839. Su padre era banquero y se opuso a su decisión de convertirse en artista. «Se muere con genio y se come con dinero», afirmaba, lamentando la vocación de su hijo. Durante mucho tiempo, Paul contó con el apoyo y la amistad del que sería el escritor más influyente de su época, Émile Zola, con quien creció en Aix-en-Provence. Por desgracia, con el paso de los años se distanciaron. Además, mientras que la mayoría de los impresionistas se beneficiaron de la ayuda de un marchante visionario llamado Paul Durand-Ruel, él contó con muy poco apoyo económico. Apenas vendió antes de firmar este cuadro, hacia 1890. Pero perseveró. «La pintura reconocerá a los suyos», se decía, para alentarse, valiente hasta la extravagancia y solitario en extremo. Y, en medio de esa soledad, uno de sus compañeros era un pintor muerto hacía dos siglos, un eminente clásico del Louvre: Nicolas Poussin. De hecho, solía decir que pretendía «revivir a Poussin del natural»; no es que pintara exactamente el mismo tipo de obras: no tenía ningún deseo de imitar mecánicamente el siglo XVII. Pero, frente a la Sainte-Victoire, era tan exigente como Poussin en su día.

—¡Oh, me acuerdo de Poussin, Dadé! Estaba prohibido temblar.

—Sí. Para que todo estuviera completamente equilibrado, para que tuviera la máxima consistencia, para que todo vibrara por igual sin desintegrarse.

—¿También Cézanne permanecía tranquilo delante del cuadro?

—Pues no, no era su caso. Él estaba en ebullición perpetua. Un fuego interior lo consumía. Su palabra clave era «sensación». Quería atrapar, captar todas las sensaciones de la naturaleza y luego extraer la síntesis perfecta. Tú cantabas a France Gall hace un rato; pues permíteme que replique a sus palabras con las del poeta Rainer Maria Rilke... Rilke, para alabar el arte de Cézanne, dijo: «Es como si cada punto tuviera conocimiento de todos los demás». Esa es la clave. Es como si en este lienzo los dos toques rojizos de los tejados en el corazón del paisaje fueran conscientes de su vínculo con el entorno, con el más leve acento violáceo de los reflejos en la montaña, la más pequeña pincelada curva sugiriendo el viento en el cielo, o cada uno de los trazos horizontales que esbozan los campos. Y recíprocamente.

—¡Quizá pueda expresarse de forma más sencilla, Dadé! En realidad, es como en la canción cuando dice que él «ilumina el mundo».

—Sí, eso es. Sus ojos, abiertos de par en par, querían verlo todo. De hecho, estaban tan concentrados que se le salían de las órbitas, inyectados en sangre. Agotados por el esfuerzo y la obsesión de escrutar el universo y la pintura. A veces el pintor estaba literalmente rendido, y podían pasar veinte minutos entre pincelada y pincelada. Sus sesiones de trabajo duraban días enteros. Llegó a decirse que durante las interminables horas de trabajo delante de la Sainte-Victoire no era la montaña la que se erosionaba, sino el propio Cézanne pintándola. Sin embargo, el artista persevera, insiste, no capitula nunca.

—Entonces, pintar esta montaña es un poco como escalarla —concluyó tímidamente Mona.

—Sin duda, la pinta como si estuviera en plena ascensión. Y a pesar de los contratiempos y las dudas, a pesar de los esfuerzos que le hacen sangrar los ojos, sigue su camino...

—¡Oh, Dadé! ¡La lección de hoy! —exclamó Mona—. ¡Deja que la diga yo! ¡Me la sé!

Henry le cedió la palabra y Mona empezó a canturrear de nuevo, encantada. Pero ya no se trataba de «Cézanne pinta», sino de la canción de France Gall que su padre y ella habían cantado a dúo la semana anterior en la tienda: «¡Resiste!». Ahora, los cuatro imperativos de la letra destacaban como perfectas consignas para la obra del día y su fabuloso autor.

—¡Ven! ¡Lucha! ¡Firma! ¡Persevera! —atronaba Mona, con las manos tendidas hacia las alturas del museo, la cabeza hacia atrás, el pelo alborotado, los ojos abiertos de par en par, concentrada, viva, vibrante.

29

Edward Burne-Jones

Aprecia la melancolía

Cada semana, la señora Hadji hacía subir a la tarima a un niño para que diera una lección, sobre un tema elegido por él, en lugar de la maestra. Cuando le llegó el turno a Mona, llevó el póster de Georges Seurat que adornaba su cuarto, en el que aparecía una joven sentada en un pequeño taburete, de perfil, con la pierna izquierda cruzada sobre la derecha. Lo clavó con chinchetas en la pizarra y empezó a describir la obra: mencionó la técnica puntillista —una constelación de minúsculas pinceladas separadas— que hacía que el rostro resultara evanescente y que la piel y el segundo plano chisporrotearan con un destello hipnótico. Contextualizó el cuadro, evocando a Turner y la dilución de sus paisajes, a Manet, Monet y Cézanne, y la tendencia de los pintores a desterrar las sombras y las formas nítidas en beneficio de los colores puros y la sugestión.

No pidió a sus padres ni a su abuelo que la ayudaran a preparar ese trabajo. Simplemente intentó, a partir de todo lo aprendido en el Louvre y en el Museo de Orsay, y gracias a algunas informaciones entresacadas de internet, transmitir en su propio lenguaje lo que percibía de Seurat.

—Es neoimpresionismo —explicó—. En otras palabras, el artista fue aún más lejos que los impresionistas; ¡pretendió hacer una pintura que pareciera realmente polvo!

Lo dijo con convicción, pero con modestia. Luego, mientras continuaba hablando, tuvo la impresión de que no llegaba a ninguna parte. ¿Por qué se sentía así? Porque estaba pensando en su Dadé. Cometió el error de desdoblarse y compararse con su modelo absoluto. Estaba a la vez en la tarima y en su pupitre. Su cerebro cayó, pues, en la trampa de aquella disociación terriblemente desagradable y se bloqueó al concluir trágicamente con estas palabras: «Soy un desastre». Se le llenaron los ojos de lágrimas.

No obstante, como se la había preparado a conciencia, la presentación se desarrolló de manera casi automática.

—Georges Seurat —dijo— murió muy joven y dejó pocas obras.

Enseguida explicó que la mezcla de colores, en lugar de elaborarse en la paleta, se producía en el ojo del espectador, gracias a la proximidad entre todos los puntos. Febril, convencida de que nadie entendía sus comentarios y de que se liaba con las frases, se acobardó, contuvo apenas un sollozo, pensó que se derrumbaría, decidió luchar. Perseveró, dio el paso. En la recta final de su intervención, consiguió decir que Seurat soñaba con que quien contemplara su obra se sintiera «lavado por dentro» (la expresión hizo reír a Diego) gracias a la belleza crepitante de su puntillismo. Finalmente, en un último esfuerzo, subrayó con palabras sencillas que los pintores del siglo XIX tenían que experimentar con los colores para competir con la fotografía, que en aquella época todavía era en blanco y negro.

Bueno, se acabó. Había resistido a las ganas de dejar la lección a medio acabar. Pero seguía pensando en su abuelo y en la distancia insalvable entre el saber de adulto de su abuelo y sus propias capacidades infantiles. «Soy un desastre, soy un auténtico desastre», se decía a sí misma.

En la clase, todo el mundo estaba impresionado. Entonces, con una sobriedad benevolente, la señora Hadji exigió un premio. Hubo una salva de aplausos. El corazón de Mona, puro y humilde, no sabía si esos vivas eran de consuelo o de reconocimiento a su excepcional prestación como historiadora del arte.

Al reunirse con su abuelo para ir al Museo de Orsay, Mona prefirió no hablarle de su éxito en clase. ¿Por qué? No podía expresarlo con claridad, pero la razón era obvia: su propia autonomía mental ante las obras de arte, si bien habría proporcionado a Henry felicidad y orgullo, en ella despertaba un sentimiento preocupante. Por el momento le resultaba inconcebible imaginarse analizando una obra y disfrutando del espectáculo sin su abuelo. Considerar la posibilidad de esa autonomía era considerar que se hacía mayor, y hacerse mayor significaba despedirse de la magia de la infancia. Si le hubieran preguntado, Mona habría jurado por lo más hermoso y por el universo entero que nunca sería capaz de visitar un museo sin su héroe Dadé. Y habría sido sincera. De hecho, cuando le dio la mano aquel día, sintió que hacía un juramento. Pero sus dedos se aflojaron en cuanto vio, con un ardor mezclado con espanto, *La rueda de la fortuna*, la desconsolada obra maestra de Edward Burne-Jones.

Era una escena imaginaria de tonalidades oníricas, de una profunda extrañeza y pintada con pincelada suave y continua. Una figura femenina, vestida de azul grisáceo, de perfil, con los ojos cerrados, un bonete en la cabeza y los pies descalzos, hacía girar, con una mano sujeta a uno de sus radios, una enorme rueda de madera a cuyo cer-

*co se hallaban enganchados dos hombres musculosos que llevaban sencillos velos de pudor (había un tercer hombre, pero en la parte inferior, y el encuadre solo revelaba sus hombros y su rostro adornado con una corona de laurel). La composición era asombrosa: aunque ligeramente al bies y orientada hacia la derecha, la rueda —que ocupaba ella sola un buen tercio del espacio del cuadro— estaba tratada en escorzo, tan de cerca que las partes superior e inferior, truncadas, no eran completamente visibles. Se desplazaba hacia el punto de vista del espectador, de modo que en su avance podría haberse salido del marco para chocar con él. Se reconocía así una tortura clásica en la que los individuos son aplastados por el movimiento giratorio de la estructura circular a la que están sujetos, en general rígidos y muy arqueados. Los personajes masculinos del lienzo estaban sin duda algo arqueados, pero en absoluto rígidos. Al contrario, desprendían una especie de sensualidad gracias al juego de las caderas y la flexibilidad de sus miembros, mientras que su expresión transmitía cierta somnolencia. La figura que ocupaba la posición central sobre la rueda portaba una corona dorada y sostenía un cetro. Por último, eran de destacar las curiosas proporciones del conjunto: la mujer de la izquierda era, sin efecto de perspectiva, aproximadamente el doble de alta que los hombres que sometía a suplicio. Para reforzar su condición de diosa, estaba de pie, en con*trapposto, *sobre un soporte mineral a modo de pedestal. Además, la propia rueda era inmensa en comparación con el paisaje que parecía atravesar. Este último apenas era visible en ínfimas brechas de la composición: bajo un cielo metálico, se extendía claramente una ciudad antigua, poco propicia a la vegetación.*

Mona se quedó pasmada. Apreció la meticulosidad de la obra, la cuidada factura de las carnaciones de los cuerpos y su perfección anatómica. Entre los surcos y relieves de los pliegues y los drapeados, la mirada de la niña viajaba como si paseara la vista por un paisaje contemplado desde el cielo. La voz de su abuelo la sacó de su ensimismamiento.

—El tema es misterioso —explicó Henry—, ya que la enigmática giganta está sometiendo a estos tres hombres (de arriba abajo, un esclavo, un rey y un poeta) al suplicio de la rueda. La composición está tan condensada que apenas se distingue la piedra desgastada de un templo o una fortificación, tal vez una necrópolis. Todo aparece ligeramente agrisado, y esa atenuación de los colores vacía de vida la escena, propulsándola hacia el mundo turbio, incluso indescifrable, de los sueños...

—Entonces ¿será imposible decir qué es este cuadro? ¡Qué pena! —exclamó Mona con un mohín.

—Vamos a probar... Edward Burne-Jones fue un autodidacta nacido en 1833 y se unió a una hermandad muy importante de pintores ingleses que se hacían llamar «prerrafaelitas». Lo sé: es una palabra complicada... Digamos que esos artistas querían volver a un ideal anterior a Rafael.

—El pintor de la joven Virgen y el niño Jesús.

—Es decir, de la modernidad.

El término, ya evocado frente a *La Gare Saint-Lazare* de Monet, intrigó a Mona, pero Henry continuó con su análisis.

—Como Rafael encarnó, ya en el siglo XVI, la fe pionera en el conocimiento de la naturaleza y en la técnica, muchos artistas de épocas posteriores lo veneraron. Pero también hubo quien le guardó rencor. A ojos de los prerrafaelitas, él había corrompido la creación. Y es que Rafael, por muy genial que fuera, acabó según ellos con la ambición sagrada, mística, que se prestaba al arte de la Edad Media. Y lo que ellos pretendían era precisamente volver a un ideal espiritual y colectivo.

—Vale...

—Burne-Jones pertenece a una generación contemporánea de la reina Victoria y de la Revolución Industrial en Inglaterra. Es una época llena de confianza, obsesionada por el éxito y el goce materiales; la gente cree que puede progresar a través del conocimiento y el pensamiento racional. Una época que mira hacia el futuro. Pero la Revolución Industrial también causa daños: siembra el desencanto, la miseria y el egoísmo. La poesía y la ficción se consideran contrarias a la marcha del progreso. Burne-Jones y los prerrafaelitas ingleses, y más en general los llamados «simbolistas» de toda Europa, no lo aceptan.

Mientras Mona intentaba asimilar esos términos nuevos repitiéndolos para sus adentros, Henry pensaba en todos los artistas impregnados de visiones híbridas, y decididamente inmorales, del movimiento «decadente»: Gustave Moreau y Odilon Redon en Francia, James Ensor y Fernand Khnopff en Bélgica, Max Klinger en Alemania. Entonces, por algún hechizo sinestésico, resonó en su interior la furiosa viola de «Venus in Furs» de la Velvet Underground, esa áspera canción hasta cuya profundidad irreal la inteligencia humana bregaba por descender y que en tiempos solía escuchar una y otra vez con Colette.

—Como recordarás, Mona, hemos visto artistas que miran hacia el mundo exterior para representar la ciudad en plena mutación, como Monet, el ocio moderno, como Degas, o paisajes, como Cézanne. Aquí ocurre lo contrario. Burne-Jones pinta un sentimiento interior, y para ello recurre a la alegoría. Esta rueda giratoria, que es una rueda de la fortuna, es decir, del destino, sirve a Burne-Jones para expresar la vieja idea de que el destino es caprichoso. Incluso cuando uno se cree el más poderoso de los príncipes o el más consumado de los poetas, la felicidad y el talento están sujetos al paso del tiempo, porque todo pasa...

—*Panta rei!* —exclamó Mona, recordando la expresión que había aprendido en los depósitos del Museo de Orsay.

A Henry le maravillaba la extraordinaria capacidad de asimilación de la niña, pero siguió hablando sin dejarlo entrever.

—Monet sugería la implacable fuga del tiempo físico y las perpetuas transformaciones de la naturaleza y la sociedad. Burne-Jones habla más bien, mediante una pintura más literaria, del curso de los destinos individuales, de los caminos lentos y sinuosos de la vida.

Algo perdida en las explicaciones, Mona no parecía muy convencida, pero asentía prudentemente.

—¡Ah! Y aquí tenemos una adivinanza que te va a encantar... Te he contado que los prerrafaelitas desconfiaban del Renacimiento y querían retornar a los ideales anteriores a esa época. Y sin embargo...

—Y, sin embargo —cortó Mona con un tono de obviedad casi profético—, los cuerpos de la rueda se parecen al del esclavo moribundo del Louvre. El de Miguel Ángel...

—Exacto —convino Henry, disimulando su asombro ante la agudeza y la memoria visual de su nieta—. Estos tres personajes masculinos se inspiran en el arte de Miguel Ángel y transmiten a la vez la imagen del sufrimiento, la de la gracia y la de la belleza. Están pintados como si una luz plateada acariciara su carne. En otras palabras, Burne-Jones hace que esta alegoría de los caprichos de la Fortuna sea agradable, atractiva, seductora, cuando en realidad se trata de una idea trágica.

—¿Por qué?

—Evoca un sentimiento muy particular, que rara vez se experimenta de niño y que se agudiza con la edad. Este cuadro, en contra de los valores materialistas de la Revolución Industrial que invitan al ser humano a ser activo, pragmático y eficaz, fomenta la melancolía.

—¡Ya pronunciaste esa palabra cuando estábamos delante de Miguel Ángel!

—Hay que reconocer que tienes buena memoria. La melancolía es un género de tristeza que no tiene una razón precisa, y por ello es de difícil consuelo; es una impresión más vaga e intensa que el dolor, a veces rayana en la locura, donde ya nada tiene sentido y todo lo que se construye para el futuro parece destinado a desaparecer. Fíjate en la rueda: está encuadrada de tal manera que parece a punto de proyectar a esas figuras fuera de los límites del cuadro, es decir, fuera del mundo. Hay melancolía cuando no sucede nada más que lo que sucede.

Mona frunció el ceño. Para una niña sensible como ella, la idea de que la tristeza fuera seductora resultaba intrigante, cuando no grata. Henry se dio cuenta.

—La melancolía —prosiguió— depende de una minucia. Así como la luz del sol aporta alegría, un claro de luna suscita melancolía. Pues bien, aquí todo está bañado por una luz plateada. Mientras que un rostro valiente y erguido inspira fuerza, una cabeza ligeramente inclinada inspira melancolía. Como ves, la mujer tiene los ojos cerrados y vuelve la cara hacia el suelo. Mientras que un jardín verde o un edificio nuevo expresan vida, la arquitectura clásica expresa melancolía. En este caso el decorado es de piedra vieja, gris, erosionada. Esa atmósfera nocturna, ese perfil de una figura inclinada y el decorado mineral son de una inaudita belleza, pero de una belleza que destila tristeza... E, inversamente, ese aroma a tristeza despierta emociones que nos permiten vislumbrar los misterios de la existencia. Mona, escúchame: está muy bien disfrutar de una buena vida, pero ser feliz hace que las cosas crepiten en la superficie; la melancolía, que abre una grieta en nosotros mismos, en el sentido y el sinsentido del universo, nos permite asomarnos al abismo, a las profundidades. Los artistas lo sabían y lo cultivaban para crear sus obras. Lo que dice este cuadro, cariño, es que hay que saber apreciar la melancolía.

—¿Y por eso la mujer es tan guapa?

—En parte, sí. Digamos que era un estereotipo de la época en el que se inspiraban todos los poetas: la mujer como ser fatal. La conclusión era más obvia aún porque quienes pensaban eso se regodeaban en su posición de víctimas. Así que sí, la diosa Fortuna es bonita, como dices, para lo bueno y para lo malo, y sobre todo porque, a los ojos de Burne-Jones, lo peor es mejor.

A Mona le encantaban esos giros inesperados, esos juegos de palabras que se convertían en paradojas. Para Henry, en cambio, no se trataba de meros ripios, sino de puntos de partida para la verdadera reflexión. Y, en este caso, creía sinceramente que Burne-Jones y su generación estaban de lleno bajo el signo de esa figura retórica. En el fondo, el grupo experimentaba una voluptuosidad contradictoria que solo podía calificarse de masoquista. Sin ir más lejos, recordó Henry, ese último término lo había acuñado un contemporáneo de los prerrafaelitas y de Burne-Jones: el escritor Leopold von Sacher-Masoch, autor en 1870 de *La Venus de las pieles*. ¡Caramba! Esa novela había inspirado a la Velvet el tema que le había venido a la mente un momento antes. ¡Cómo no había caído nunca en ello! Y al darse cuenta pensó que era maravilloso seguir aprendiendo a su edad, a su cuatro veces veinte primaveras.

30

Vincent van Gogh

Fija tus vértigos

Habían pasado tres semanas desde que Mona sustrajera el sobre que contenía un viejo recorte de periódico sobre su abuela. Sin entender gran cosa de lo que decía el artículo, la niña se sintió lo bastante desconsolada al leerlo como para no querer llegar al fondo del asunto. Quería borrar esa impresión de su memoria. Pero las reminiscencias de la «abuelita» se habían despertado en ella de un modo perturbador y no podía olvidarlas. El misterio de su presencia durante las sesiones de hipnosis y el descubrimiento —no menos fantástico— de objetos que le habían pertenecido en la tienda de antigüedades de su padre se habían combinado hasta infundirle una nostalgia que su fuerza de voluntad era incapaz de contener. A veces, sola en la tienda, tenía la tentación de volver al sótano y hacerse con otro archivo. Pero la divertida transgresión infantil —por lo que suponía de desprecio por las normas— ya no le traía más que aflicción. Así que renunció.

Un domingo por la tarde, la pena de no saber más sobre su pariente desaparecida se vio sustituida por otra pena mucho más inexorable: la pena de no tenerla, a toda ella, a su lado. La ausencia de su voz, de su mirada, de su risa salvadora y de sus gestos más insignificantes: ¡qué grande era la brecha, de repente! En la trastienda, mientras hacía los deberes en el suelo entre montañas de cajas de cartón, la niña rompió a llorar. «¡Y ahora qué! —se dijo—, seguro que me regañan por llorar». Es increíble cómo la infancia puede culpabilizarse por sus tristezas más inocentes. Así que se limpió como pudo los lagrimones con el pliegue del codo, inundando el algodón de su camisa malva. Luego sintió la necesidad de buscar en cada rincón de la tienda algún rastro de su abuela. Se levantó y se adentró en la oscuridad. Fue hasta la trampilla y se agachó para abrirla. Pero, en lugar de hacerlo, permaneció de rodillas y dejó que su duelo la llevara a un nuevo recuerdo.

Mona tenía tres años. En el regazo de Colette, miraba cajas y más cajas, pequeñas y a veces maravillosas, las abría, las cerraba, rebuscaba en ellas. Qué graciosos eran aquellos cofrecillos y sus tapas, que revelaban objetos por docenas: bolsitas amarillentas y olorosas, fotografías, joyas y baratijas. Hasta que, de una de ellas, Mona sacó una medalla chapada en oro en la que aparecían una Virgen María y un niño. En el reverso había un nombre grabado: «Colette».

—Eso, cariño, nunca volverá a significar nada para mí —le confió su abuela antes de enseñarle la caracola que pendía de su cuello y añadir—: Esto es lo único que cuenta, y un día será para ti.

Mona notaba las manos de su abuela en la espalda, acariciadoras y suaves. Con los párpados cerrados, la niña lloraba y lloraba, sin querer alejarse nunca más de ese fantasma llegado de entre los muertos; se quedaría allí, frente a esa trampilla, en la vena irreal de aquel cariño reencontrado, de rodillas, para siempre. Cuando volvió a abrir los ojos, no eran solo manos sino brazos los que abrazaban a Mona, inmensos y tiernos.

—Seca tus lágrimas, mi niña, estoy aquí —susurró su padre.

De camino al Museo de Orsay, la melancolía embargaba a Mona. Como no se atrevía a hablar con Henry de su abuela, le preguntó, para abordar el tema al tiempo que lo evitaba, si creía que era posible encontrar lo que se había perdido para siempre. Y Henry, perplejo, pensó erróneamente que se refería a su miedo a perder la vista. Reprimió una mueca de dolor.

—Acuérdate del cuadro de Philippe de Champaigne... —le dijo para tranquilizarla.

Mona recordó que siempre se debía creer en los milagros. Pero esto no logró consolarla. La lección del Louvre, que la había ayudado en el pasado, no le servía de nada en ese preciso momento. Le habría gustado que su abuelo fuera, ahí mismo, al instante, el artífice de un prodigio que demostrara que los milagros son posibles. Sabía que era injusto, porque un milagro no se sirve a la carta. Había que evitar un fracaso programado que los frustrara a ambos. Pero su corazón infantil, oscilando entre la ingenuidad y una pizca de egoísmo, no pudo evitar implorarle:

—Por favor, Dadé, ¡haz un milagro!

Henry sonrió y suspiró.

—No se te ocurra pedírmelo todos los miércoles, pero, por esta vez, de acuerdo...

Los ojos de Mona se abrieron de par en par. Entonces Henry, con gesto hierático, señaló la fila del museo, a unos treinta metros de distancia. Ella comprendió de inmediato. La pareja que los había fotografiado unas semanas antes estaba allí. Chilló de asombro, soltó la mano de su abuelo, se abalanzó sobre las piernas de los jóvenes ante la multitud de visitantes y les preguntó en tono suplicante si habían borrado la foto.

—No —dijeron, felices también ellos de encontrarse otra vez con la niña.

La fotografía seguía guardada en el móvil: Mona y Henry planeando sobre el mundo entero, solares. Casi sin aliento, Mona deletreó una dirección de correo electrónico a la que enviaron instantáneamente la imagen.

—Dadé, Dadé, esto es una locura, ¡una locura! —gritó, pletórica.

¿Una locura?, se preguntó el anciano. Perfecto, hablemos de ello.

En el cuadro del día, de formato vertical, una iglesia de pueblo se alzaba sobre una pequeña parcela de hierba florida. El jardín en cuestión formaba una especie de pirámide invertida, flanqueada por dos caminos que divergían casi simétricamente y acababan rodeando el edificio. Pinceladas muy visibles trazaban el sendero en amarillos y marrones, los tonos cálidos de un hermoso día. De la iglesia, ligeramente ladeada y muy compacta a causa del escorzo, se representaba en realidad la parte de atrás, es decir, la cabecera: de izquierda a derecha de la composición, el exterior de una capilla, un ábside apoyado en un muro hastial y un absidiolo, todo ello recorrido por tres grandes vanos y luego dos más pequeños. Al fondo, la torre del campanario, con su cubierta a dos aguas, dominaba el conjunto. El monumento, mezcla de gótico y románico, se recortaba sobre un cielo con variaciones de azul, y, aunque no había nubes, las pinceladas curvas y circulares daban la impresión de masas de aire en movimiento —tal vez una tormenta, pero más probablemente el atardecer, a juzgar por la oscuridad creciente en las dos esquinas superiores—. En sintonía con las turbulencias pictóricas del segundo plano, las líneas arquitectónicas —formadas por tejados, pilares o cornisas— parecían vacilar ligeramente, cuando no tambalearse, como si un espectador ebrio estuviera mirando la imagen. Por último, y en su mayor parte oculto por la iglesia, se distinguía vagamente un pueblo en el horizonte: árboles, tejas color naranja. Y la silue-

ta de una campesina con sombrero, de espaldas, en primer plano,
caminando por el sendero de la izquierda, delineada con el mismo
trazo grueso que se repetía casi por todas partes en el cuadro.

Mona estaba fascinada por el lienzo, que examinó ininterrumpidamente durante media hora, hasta embriagarse.

—¿Sabes, Dadé? —murmuró por fin—, cuando papá bebía mucho, creo que veía las cosas un poco así. —Movió el brazo para emular el aspecto flotante de la iglesia.

—No olvides nunca que tienes un padre maravilloso, cariño; te quiere y es extremadamente sensible. Las personas con una gran sensibilidad a menudo se entregan a la embriaguez, porque la embriaguez agudiza esa cualidad. Vincent van Gogh, por ejemplo, bebía mucha absenta, una bebida espirituosa apodada «el hada verde», hoy prohibida, pero que en su época era más barata que un vaso de vino. Estimulaba tanto su genio como su locura. Y tienes razón, en este cuadro las aristas se curvan, fluctúan levemente, surgen colores incongruentes, como ese naranja en una parte del tejado que debería ser gris...

—¿Estaba enfermo?

—Vincent sufría trastornos psíquicos. Esos dos caminos simétricos que ves en la obra podrían interpretarse como un símbolo del desdoblamiento de su cerebro, porque había dejado de ser él mismo.

—¿Eso significa que era un poco... malo?

—No, Mona, justo lo contrario. La locura no tiene nada que ver con la maldad. Van Gogh podía mostrarse agresivo, pero era más bien lo que los médicos llamarían hoy un «hiperempático», un ser con una sensibilidad tan aguda que siente lo que sienten los demás. Él desarrolla un enorme afecto por todas las personas que conoce; se identifica y quiere confraternizar con ellas. Incluso en esa modesta silueta de la campesina, a la izquierda de la composición, puedes estar segura de que ha puesto el alma. A este respecto, Vincent escribió una frase conmovedora, en una carta de 1888 destinada a su hermano Theo. Decía: «Siento que no hay nada más artístico que amar a la gente».

—¡Oh, Dadé! ¡Qué bonito! ¡Esa será nuestra lección de hoy! ¡Te lo suplico!

—No tan rápido. Antes tendrás que explicarme en qué elementos de este cuadro ves plasmada la desmesura de ese amor.

Mona creyó ver el pictograma de un corazón en el triángulo de hierba delimitado por dos caminos sobre el que se levantaba el edificio. Era una idea bonita, desde luego, pero ya tenía experiencia suficiente para distinguir una ensoñación gratuita de un símbolo real. Esa visión era sin duda una fantasía. Así que, dubitativa, mencionó la iglesia en su lugar. Tampoco lo tenía claro, porque sus padres —especialmente su madre— se burlaban siempre, y con jactancioso desdén, de cualquier mención a los valores cristianos. En cambio, para su abuelo, las cuestiones sagradas y la fe eran algo serio que debía respetarse.

—Sí, para Van Gogh esta iglesia es la materialización del amor. Por supuesto, no era católico, sino protestante, nacido en los Países Bajos. Y era un ferviente creyente; en su juventud quiso ser pastor para poder vivir cerca de la gente sencilla. Esta humildad se percibe incluso en el tratamiento que da aquí a la iglesia: no eligió la triunfante fachada principal, es decir, el imafronte, sino su reverso bajo y achaparrado: su cabecera.

Mona estalló en carcajadas y el visitante más próximo refunfuñó ostensiblemente. Era un chico joven con el porte pedante de un dandi, que llevaba una chalina de estilo decimonónico al borde del ridículo. La niña fingió disculparse, con los dedos cruzados a la espalda. Luego pidió a su abuelo que se arrodillara para poder susurrarle su impresión. ¿Por qué ese repentino ataque de risa? Porque se había dado cuenta de que Van Gogh había pintado la trasera de ese venerable edificio del siglo XII, como si hubiera encuadrado las posaderas de un animal tendido, en lugar de su cabeza.

—¡Mira! ¡Las nalgas de la iglesia!

«¡Caramba!», pensó Henry, desde luego la niña tenía una imaginación desbordante... Pero la observación no carecía de intuición. Le gustaba la idea de que Van Gogh fuera un iconoclasta. Después de todo, ¿no era el loco una figura carnavalesca? Aun así, procuró darle un tono serio a la conversación.

—El cuadro es muy colorido. Pero Van Gogh no siempre pintó con esa paleta. De hecho, en su juventud frecuentó las regiones mineras y sus primeros cuadros eran muy carbonosos. A partir de 1885-1886 descubre a Rubens en Amberes, luego a los impresionistas en París, y conoce a un tal Paul Gauguin, y entonces su pintura empieza a brillar. En 1890, cuando firma este cuadro en Auvers-sur-Oise, Van Gogh se encuentra en el apogeo de esa búsqueda de la luz.

—¿Eso significa que era feliz?

—En realidad, no. —Henry dudó un momento—. O, mejor dicho, sí, tienes razón: era extraordinariamente feliz pintando. Con el pincel en la mano se sentía eufórico, apasionado. Pero, ¿sabes?, el gran contraste entre el resplandor de sus lienzos y las desgracias de su vida se hizo legendario. Tras su llegada a París, se sucedieron periodos de esperanza y decepción. Impulsado por su espíritu de comunidad, intenta, por ejemplo, fundar una colonia de artistas al lado de Gauguin. Y, en efecto, pasan una temporada juntos en Arlés, en el sur de Francia. Pero las cosas no van bien: las disputas se multiplican, Gauguin no aguanta más a su amigo y anuncia que vuelve a París. Afligido, Van Gogh se cercena un trozo de oreja con una navaja de afeitar. Lo ingresan en una clínica para locos. Cuando le dan el alta unos meses después, su estado requiere mucha atención médica. Y si finalmente llega a la pequeña Auvers-sur-Oise es porque allí, a pocos metros de esta iglesia, vive un médico, el doctor Gachet, que se ocupa de él.

—Si yo hubiera sido el médico, le habría felicitado sobre todo por sus colores azules.

—Le gustaban muchísimo. Como ves, en este cielo juega con azules profundos a los que hacen eco las vidrieras de la iglesia, de un cobalto puro. La piedra del edificio está cubierta de destellos violáceos. Y luego, muy suavemente, al recorrer la obra con la mirada hacia su parte inferior, se produce una ruptura en la composición...

—Es como si el cielo fuera oscuro, sobre todo en las dos esquinas del cuadro; la iglesia es un poco más clara, pero bueno, es una mezcla de ambos tonos. En cambio, el camino en medio de la hierba es luminoso, se nota que es primavera. ¿Lo entiendes, Dadé? Es de día y de noche al mismo tiempo.

—Cierto. Esas dos potencias naturales antagónicas aparecen juntas, y de manera simultánea, gracias a la exactitud de la pintura de Van Gogh, pero a esta pintura...

—... a esta pintura le falta solidez —interrumpió Mona, en ese tono profético suyo—. ¿Recuerdas cuando me hablaste de Cézanne? Dijiste que era compacto. Esto es muy diferente, es como si todo fuera a derrumbarse...

—Porque la pincelada se desestructura —intervino a su vez Henry—. La pintura parece a punto de desgarrarse, como el camino del primer plano, que se divide en dos direcciones opuestas. Es, simple y llanamente, inestable. Verás, hay un poeta cuyo viaje es sorprendentemente similar al de Van Gogh. Su nombre es Arthur Rimbaud. Van Gogh nació en 1853 y murió en 1890,

Rimbaud nació y murió exactamente un año después. Ambos produjeron sus obras en un periodo muy corto, con la misma preocupación por la intensidad expresiva, en medio de la relativa indiferencia de su tiempo... ¡Van Gogh solo vendió un cuadro en vida! Luego los dos se convirtieron en auténticos mitos. Ambos mantuvieron relaciones fértiles pero tóxicas: Rimbaud con Verlaine y Van Gogh con Gauguin. Y, además, el final de sus vidas fue horrible y brutal. En particular en el caso del pintor. Apenas dos meses después de terminar el cuadro que ves ahí, Vincent acabó con su vida de un balazo en el pecho... Rimbaud y Van Gogh nunca se encontraron. Pero en su texto más célebre, *Una temporada en el infierno*, el poeta, sin saberlo, ofrece una lección de este lienzo.

—¿Qué es lo que dijo Rimbaud?

—Dijo: «Fijaba vértigos».

—¡Ah, sí, Dadé! —exclamó Mona, suspirando con una gravedad de una madurez excepcional.

Mientras se alejaba de la obra, como embriagada, Mona volvió a cruzarse por los pasillos del museo con la mirada del joven pedante de la chalina. El muchacho, como dándose importancia, hizo un gesto de desdén. Esta vez la niña no pudo evitar sacarle subrepticiamente la lengua.

31

Camille Claudel

El amor es deseo y el deseo es carencia

En cuanto el doctor Van Orst puso tres dedos sobre la frente de Mona, esta se enfrentó, como en la sesión anterior, a su episodio de ceguera en la mesa de la cocina y al torbellino que allí se formaba. Y de inmediato sintió que se ahogaba en él. De una de esas maneras extrañas e indecibles que solo pueden producir los estados subconscientes, el vórtice estaba constituido tanto por aquel horrible episodio de verse sumida en la oscuridad total como por un caleidoscopio de recuerdos soterrados. La pérdida pasajera de la visión de Mona había abierto, por así decirlo, el camino a un túnel a través del tiempo, con leyes completamente ajenas a la física del mundo real. Allí colisionaban lo centrípeto y lo centrífugo, en medio de un tenebroso abismo en el que, a pesar de todo, se atisbaba un vibrante asomo de claridad.

El vértigo de Mona era constante. Había como irrupciones telúricas de memoria. Allí, a través de la rendija de una puerta, podía ver a la abuelita negando serenamente con la cabeza mientras Camille imploraba, con los puños cerrados, sumida en una mezcla de rabia y lágrimas; podía percibir vagamente una enorme mesa y el tintineo de vasos al resonar el nombre de Colette; y en otro lugar, como en un eco, Mona podía oír la voz de su abuela.

Decía: «Esto te protegerá de todo». No había ninguna visión aso-
ciada a esas palabras. Era solo un sonido en bucle, sin rostro,
acompañado de una percepción táctil: la de un hilo de nailon con
una concha en espiral muy dura, puntiaguda en un extremo y
hueca en el otro. Notó el colgante deslizándose alrededor de su
cuello.

El torbellino de la memoria se aceleró y el cerebro de Mona,
que era a la vez capitana y pasajera, ya no pudo seguir el ritmo.
Sin que el doctor Van Orst la devolviera a la conciencia, Mona se
despertó de repente y, sacudida por un profundo espasmo, vomi-
tó. Estaba avergonzada. Van Orst nunca había presenciado un
desenlace semejante. Estaba apenado, pero intrigado. Cuando
Camille entró en la consulta a recoger a su hija y vio su estado,
se enfureció con el médico, que balbuceó unas palabras de con-
trición. Mona, por su parte, aseguró que todo iba bien y se guardó muy mucho de contar a su madre en qué había consistido la
nueva experiencia.

En el metro, Camille trató de restar importancia al incidente.

—¡Y pensar que me dijo que sería un cincuenta por ciento!
¡Contigo es el cien por cien!

Pero la frase, aunque lanzada al aire, aterrorizó a la niña. ¿Cincuenta por ciento? ¿Cien por cien? Recordaba muy bien la conversación entre su madre y el médico unos meses antes. ¿No era
el riesgo de quedarse completamente ciega lo que se había mencionado?, preguntó. Camille puso cara de sorpresa y esbozó una
sonrisita irónica.

—¡En absoluto, cariño! ¡Eran las estimaciones del doctor para
saber si serías receptiva a la hipnosis!

La aclaración del malentendido alegró a la niña, pero la náusea, tenaz, perduraba. De vuelta en Montreuil, ahuyentó ese malestar gracias al recuerdo de otro vértigo, esta vez a hombros de

su abuelo. Imprimió la fotografía en la que aparecían juntos en la explanada del museo y la colgó en la pared de su cuarto, cerca del póster de Seurat.

En uno de los corredores del Museo de Orsay, una decena de jóvenes, probablemente estudiantes de Bellas Artes, rodeaban una escultura. Se trataba de un gran bloque de mármol del que asomaba, en la parte superior, una cabeza de mujer con cofia. Los aprendices estaban trasladando a las páginas de sus cuadernos los relieves de *El pensamiento* de Auguste Rodin, una obra en la que la figura daba la impresión de brotar de un material informe, pero también —por la ausencia de miembros, busto e incluso cuello— de estar aprisionada en su interior. En medio de la silenciosa asamblea que estudiaba el objeto, lápiz en mano, Mona se dio cuenta de que una dibujante se reía mientras trabajaba. Se acercó con discreción para echar vistazo. Vio que la chica había bosquejado la escultura a la perfección, en particular el relieve de la piedra. Pero no había podido resistirse a añadir un bocadillo de cómic encima del dibujo... que decía: «¿Alguien tiene un brazo para prestarme?». La broma, descarada e insolente, hizo estallar de risa a Mona. Y entonces la alumna, halagada por la reacción de la niña, le regaló la hoja de papel con una dedicatoria y un guiño. Henry se alegró por su nieta, pero pensó que había llegado el momento de rendir un homenaje más serio a aquel rostro que flotaba en la superficie del mármol: el de una tal Camille Claudel. Se encaminaron hacia una gran escultura de bronce.

Era un grupo de tres figuras: de derecha a izquierda, una joven desnuda de rodillas hacía un patético llamamiento a un hombre que la abandonaba, acompañado —quizá para animarlo en su deserción— por una anciana que parecía un ángel maligno. El hombre, desnudo salvo por un drapeado que le cubría el pubis, se apartaba de la mujer implorante caminando con paso decidido y resignado a la vez, y su cuerpo en tensión formaba una diagonal respecto a la base, como un árbol inclinado por la tormenta. No era musculoso, y la piel de su torso estaba ajada. También el rostro, aunque firme en su expresión, aparecía particularmente avejentado. A pesar de ello, de esa silueta emanaba una gran fuerza gracias las piernas, moldeadas y en movimiento, que le servían de apoyo. Gracias también a la amplitud de sus manos, sobre todo la que, tendida hacia atrás, mantenía a raya a la pobre criatura abandonada. La figura femenina que arrastraba al hombre para llevárselo era claramente de una edad muy avanzada, con el pelo enmarañado y el rostro marchito. Al examinar la parte posterior de la escultura se podía ver su trasero un poco grotesco, y unos pliegues tumultuosos que figuraban una capa agitada por el viento o unas horribles alas. Se cernía sobre el hombre en su huida, empujándolo y rodeándolo con los brazos. Flotaba a su espalda, con el rostro casi pegado a su frente. Sin duda le susurraba que no se diera la vuelta. Sobre el suelo rocoso e irregular provisto de diferentes niveles que servía de base al conjunto, la joven implorante se situaba en el punto más bajo, humillada, abandonada a su rabia y desesperación. La parte superior de su cabeza inclinada, peinada con un sobrio moño, apenas llegaba a la altura de los muslos del fugitivo. Solo unos centímetros separaban los dedos del hombre que huía de las manos de la joven en el suelo; estaban físicamente muy cerca y a la vez infinitamente lejos el uno del otro.

La cabeza masculina causó una extraña impresión en Mona, que se fijó en las numerosas arrugas, tan profundas que parecían cicatrices. No era una cara marcada por una herida como la de su abuelo, con su corte del pómulo a la ceja... No: era una cara desollada desde dentro, por la inexorable labor del tiempo.

—Dan miedo esos dos —dijo Mona, señalando los personajes que se alejaban de la suplicante.

—Y es normal, porque simbolizan la vejez y la muerte. Son...

—... ¡alegorías!

—¡Bravo! Son alegorías de lo más trágico de la vida. Esa horrible mujer de rostro huesudo personifica la finitud que conduce al hombre, sin resistencia posible, a la edad madura.

—Dadé... ¿Cuándo se vuelve uno viejo?

—Cada uno tiene su propia experiencia, Mona. Objetivamente hablando, yo ya lo soy. Sin embargo, no me siento así. Al menos, no cuando estoy contigo... Pero tratemos de interrogar a esta obra para encontrar una respuesta. Aquí, la vejez es claramente una decadencia cuyo dramatismo revela Camille Claudel modelando asperezas por todas partes con la punta del pulgar. Acércate, por ejemplo, a la cabeza de esa mujer: sus ojos están tan hundidos que se diría que se los han arrancado... Resulta evidente que la vejez es indisociable del declive físico. No obstante, la artista alude a la dimensión subjetiva del paso a la edad madura, porque hay quien elige abandonar la juventud por voluntad propia, esto es, darle la espalda.

Esas palabras, como las pronunciadas ante *Un entierro en Ornans*, se hacían eco de la propia situación de Mona. Le enorgullecía sentirse depositaria de la eterna juventud de su abuelo, pero al mismo tiempo la embargó una emoción un poco perturbadora.

—La obra es, de hecho, una alusión a los destinos personales de dos artistas: Camille Claudel y Auguste Rodin. Los dos estaban profundamente enamorados, pero su amor se vio frustrado por una serie de obstáculos. Rodin, a la cabeza del taller más prestigioso de París, era el maestro de Camille. Había una gran diferencia de edad entre ellos. Y Rodin se había casado con Rose, una mujer mucho mayor que su joven amante, una mujer que no deseaba perder a su marido (cosa comprensible). Camille se sentía muy desdichada, y, a pesar de su apasionada relación, Rodin acabó por hacerle saber que nunca dejaría a Rose. De ese trauma nace esta pieza, *La edad madura*.

—Así que es Camille la que llora de rodillas porque Rodin se va con Rose, que se lo lleva agarrándolo de los brazos, ¿es eso?

—Sí, Mona, eso es. Pero Camille Claudel no se embarcó en una obra así solo por su historia privada. Había recibido un encargo oficial por parte del Estado, y eso podía suponer su consagración. Fue entonces cuando decidió realizar esta composición inspirada en su propia vida. En otras palabras, quería que su reconocimiento público coincidiera con la expresión de su desgracia: la infelicidad provocada por Rodin.

—Y eso sería una bomba, porque, si Rodin era su maestro, ¡lo lógico es que lo representara de forma positiva!

—Sí. Pero hacer una escultura de este calibre es algo largo y complejo. No se talla el material directamente, como con el mármol. Primero se hace un vaciado en yeso que se utiliza para fabricar un molde, y luego se vierte el bronce. Es una sucesión de etapas que cuestan tiempo y dinero. Así que cuando Rodin se enteró de que Camille estaba preparando la escenificación de su patético desgarro, algo que no lo beneficiaba en absoluto, maniobró para que el Estado anulara el encargo, lo que evitaría el escándalo.

—¡Ah! Desde luego, si su mujer hubiera visto la escultura, se habría enfadado mucho...

—¡Seguro! Y hete aquí que Auguste Rodin, maestro de Camille Claudel, le impide elevarse por encima de su estatus de discípula en el momento en que podría haberlo hecho...

—Pero si la obra está aquí, ¡delante de nosotros!

La candidez de Mona hizo recordar a Henry la famosa frase de Friedrich Engels: «La prueba de que existe el pudin es que se come». Le explicó entonces los avatares de *La edad madura*. Mientras que el Estado se retiraba cobardemente del encargo, un oficial llamado Tissier, deslumbrado por el proyecto, dispuso que se realizara un ejemplar en bronce para él, a título personal. Esto permitió realizar la escultura en dimensiones más que respetables: aproximadamente la mitad de la escala humana.

Mona comprendió entonces que la existencia de una obra maestra dependía a veces de pequeños milagros, y que siempre debería rendirse homenaje a esos pioneros que sabían detectar el genio de un artista antes que los demás. Pensó en el capitán Tissier y le dedicó un saludo imaginario, amistoso y marcial, con la mano perpendicular a su sien.

Henry eludió las crisis de locura y el espantoso destino de Camille, que sin haber alcanzado la gloria que le correspondía en vida acabó en un manicomio de Vaucluse. Allí padeció frío, hambre, falta de cuidados, y a los internos como ella que chillaban de la mañana a la noche... Y luego tuvo delirios: en la década de 1930, aunque hacía mucho que Rodin había muerto, la pobre desheredada seguía convencida de que él había dado órdenes de continuar persiguiéndola. Abandonada por todos, incluido Paul, su hermano poeta y embajador, acabó enterrada en una fosa común en otoño de 1943. ¡Ah! ¡Con qué sublimidad parecía inscribirse ese destino de lágrimas en aquella otra náufraga arrodillada en el suelo que gritaba su vana plegaria de amor! Mona era incapaz de despegar la vista de sus dedos, que se aferraban a la nada.

—Veo que te has fijado en las manos —le dijo su abuelo—. Puedes estar segura de que los artistas siempre ponen en ellas una especial atención. Intenta adivinar por qué.

—Bueno, es fácil, ¡es con lo que trabajan!

—Sí. Es su herramienta de trabajo, y de esa herramienta pueden nacer las expresiones más conmovedoras. Además, las manos tienen un inmenso poder de elocuencia. Mira el grupo. En medio de la gran línea oblicua, hay una cesura: es la separación de las manos. Las palmas de la joven se separan una de la otra. El cerco de los brazos se abre y ella se encuentra abandonada. En cuanto al hombre, sus dedos agarrotados escapan. Se tensan, con un vigor exacerbado por la muñeca musculosa y henchida de gruesas venas: traducen la despedida, el rechazo, pero también la destrucción.

—Sí, Dadé... Es como si lo más importante fuera lo que hay entre las manos, o sea... nada.

—Lo que dices es del todo acertado. Una escultura puede ser maciza, pero está hecha de llenos y vacíos. Y en la escultura de Camille Claudel, sea cual sea la monumentalidad del bronce, el vacío es el protagonista. Toda la paradoja de *La edad madura* reside en ello...

—¿Ah, sí?

—El vacío, lo que no está colmado.

—¿Puedes explicarte mejor?

—Verás, Mona, no hay nada más hermoso que el amor, nada más fuerte que la atracción, la inclinación que se siente por alguien. Cuando esos sentimientos son correspondidos, experimentamos una especie de absoluto. Pero lo que nos dice la obra de Claudel, su gran lección, es que, pase lo que pase, el amor nunca se colma del todo. Y, aunque así fuera, en la breve duración de la existencia terrenal el tiempo y la amenaza de la muerte acabarían por separar a los amantes...

—¡Ay! ¡Qué triste!

—Sí, claro que es triste, es incluso la peor de las injusticias... Pero entiende que ese vacío irreductible es lo que mantiene vivo el deseo; gracias a ello nos agarramos a la vida y sentimos las emociones con más fuerza, eso es lo que nos hace actuar. Esta escultura muestra el carácter trágico del amor, eso es innegable, pero ¿no te parecen impresionantes la actitud de los personajes y su composición?

—Pues es que... Bueno, a pesar de todo se ve que hay acción, ¿verdad?

—Sí, en efecto, las figuras se ponen en movimiento por una energía poderosa. La dinámica de la composición es de proyección hacia delante, no de gravedad inmóvil. No se trata en absoluto de Eros contra Tánatos (los nombres griegos del Amor y la Muerte), sino de Eros explotando de frustración. Y en ese caso el mismo Platón, el gran filósofo de la Antigüedad, nos proporciona hoy la lección para esta *Edad madura*: «El amor es deseo y el deseo es carencia».

Mona se encogió de hombros. Por una vez, no había entendido absolutamente nada de la explicación final de su adorado abuelo. «Bah —pensó—, todo esto son rollos de mayores». En Montreuil, se apresuró a colgar el divertido dibujo que le había regalado la estudiante de Bellas Artes junto a la fotografía de ella volando sobre los hombros de Henry. Luego, al meterse en la cama, intentó asimilar al menos algunos retazos de la lección del día. Pero todo era demasiado abstracto para ella... Se quedó dormida.

Y soñó con Guillaume.

32

Gustav Klimt

Vivan las pulsiones de muerte

Al salir del comedor, Mona se subió a uno de los balancines del patio. Tenía la forma de un gatito y, como estaba destinado a los alumnos de la guardería, ella era demasiado grande para columpiarse en él. Así que se quedó sentada observando el alboroto a su alrededor. Por todas partes, los niños corrían y chillaban, eufóricos por el fin de curso. Le entusiasmaba el espectáculo y, con cierta malicia, se divertía jaleando a sus compañeros más revoltosos, que redoblaban su energía gritando y corriendo.

La trayectoria del sol acabó por deslumbrarla. Una extraña sensación la invadió. Tras el horizonte de los placeres de julio y agosto asomaba el inicio del instituto, lejos de la escuela primaria a la que llevaba asistiendo desde siempre. Una escuela que, a fin de cuentas, se había convertido, debido a la fuerza de la impregnación del tiempo pasado entre sus cuatro paredes, en la propia infancia de Mona.

La luminosidad la cegaba tanto que volvió la cara hacia la derecha. Entonces vio a Guillaume, el gran Guillaume, en el balancín vecino al suyo. Recordó que había soñado con él la noche anterior, y eso la hizo reír para sus adentros. Se quedó mirándolo en silencio. Ahora llevaba unas gafas redondas de carey y parecía más tranquilo, completamente despojado de esa máscara de agresividad por la que, apenas unos meses antes, todos los niños lo reconocían. Ya no jugaba al fútbol. Antaño un zoquete, se había convertido en un excelente alumno. A horcajadas sobre su columpio —este con cara de perrito—, leía *Harry Potter*.

Hacía semanas que la turbación que sentía Mona frente a él se había diluido en un apacible olvido. Sin embargo, en esa extraña situación, mientras cabalgaban uno al lado del otro en una montura demasiado pequeña como si se abrieran paso suavemente hacia la adolescencia, ella lo redescubrió de manera distinta. Él levantó la vista de su libro y devolvió la mirada a Mona. ¿Cuánto tiempo permanecieron así? Segundos que iban metamorfoseándose en minutos, años, siglos, a medida que transcurrían entre el bullicio y el polvo del patio.

Mona lo encontró infinitamente apuesto, y, al sentirse observada, tuvo, como en un espejo, la confusa, odiosa y al mismo tiempo encantadora sensación de volverse guapa ella también. Los dos habrían querido soltar un inmenso aullido para romper el caparazón de la infancia y estrecharse en un gran abrazo. Ella se quedó callada; él no dijo nada. Ella contuvo la respiración; él no hizo ningún gesto. Nunca se confesarían lo bonito que fue cruzarse así en la mañana de la vida.

El mes de julio se acercaba y Mona empezaba a preocuparse. ¿Tendría que interrumpir las visitas semanales con su abuelo? Hacía ya ocho meses del inicio de su pacto. Pero, lógicamente, con las vacaciones de verano a la vuelta de la esquina, las sesiones terapéuticas ya no serían necesarias y el ardid tendría que llegar a su fin... Sin contar con que, uno de esos días, ¡sus padres podrían hacerle algunas preguntas sobre esa consulta fantasma! ¿Qué diría entonces? Henry, para tranquilizarla, le recordó que Camille y Paul habían jurado solemnemente que nunca interferirían en las sesiones con el «psiquiatra», que eran responsabilidad y prerrogativa suya, y solo suya. Mona asintió y se abalanzó sobre su chaqueta empapada de colonia. Le apretó las costillas delgadas y prominentes. Antes, en sus arrebatos de ternura, Mona abrazaba las rodillas de su abuelo. Luego fue su cintura. Ahora era el tórax, y esto marcaba táctilmente una nueva etapa en su crecimiento. Aferrada a su abuelo, preguntó tímidamente:

—Dadé, ¿puedes decirme qué es un psiquiatra?

Henry sonrió. Era hora de viajar a Viena. Hora de medirse con el «pintor del inconsciente». Había llegado el momento de conocer a Gustav Klimt, y con urgencia, porque el cuadro en cuestión, propiedad del Museo de Orsay desde hacía décadas, iba a ser devuelto en breve a los descendientes de la familia, expoliada antes de la guerra.

Un paisaje de frutales se extendía sobre un formato cuadrado de, aproximadamente, 1 × 1 m. El encuadre era tan estrecho que el lienzo parecía un cúmulo exuberante de pequeños toques verdes en el que los relieves y la perspectiva habrían sido abolidos. Pero había muchos otros colores que sugerían frutas y pétalos: destellos de malva, naranja y amarillo, y aureolas de ese tono rosa conocido como «muslo de ninfa». En la parte inferior de la obra, de izquierda a derecha, podían aislarse seis elementos vegetales plantados sobre una franja de hierba de un matiz más claro que el resto del follaje. Primero había un árbol cuyo tronco se situaba ligeramente hacia el fondo; luego, en la base del cuadro, un rosal de escasa altura y un segundo ejemplar más elevado; de nuevo un árbol (a dos tercios de la composición); un tercer árbol (situado también algo más al fondo), y, por último, un tercer rosal alineado con los precedentes. Los brotes estaban tan es-

trechamente entremezclados y producían tal chisporroteo cromático que los motivos desaparecían y reaparecían, requiriendo mucha atención. La madera de los troncos era rígida, fina y frágil en comparación con la extraordinaria profusión que brotaba de ella en forma de macizo tupido. Era sobre todo el árbol situado a dos tercios del cuadro el que, por su imponente frondosidad, ocupaba lo esencial del espacio. Sin embargo, dos huecos se abrían en los ángulos superiores de la obra, a derecha e izquierda, para revelar, en un lado, la cima de un follaje azulado salpicado de rojo y, en el otro, un cielo nublado sobre un campo lejano.

El efecto palpitante de *Rosales bajo los árboles* deslumbró a Mona, que enseguida evocó la charla que había dado en clase sobre Seurat. Ese jardín parecía exhalar tantos aromas que la niña, en su cabeza, acabó atribuyéndole los efluvios del perfume de su abuelo.

—Gustav Klimt —comenzó a decir Henry en tono apasionado— revolucionó todas las convenciones de la época. Por supuesto, no desde el principio. Primero se adaptó a las costumbres de su tiempo, pintando en un estilo que se conocía como «historicista». Era un género artístico muy pulido y espectacular que describía escrupulosamente grandes momentos legendarios de la humanidad.

—Pues, perdona, pero aquí más bien se trata de un paisaje extraño, donde todo está enmarañado y los árboles se confunden unos con otros... Parece que estamos viendo el jardín desde arriba, cuando en realidad son las copas vistas desde un lado. Además, faltan personajes e historias. Pero seguro que vas a decirme que me estoy perdiendo algo...

—No te has perdido nada. Este cuadro data de 1905. Hacía ocho años que Klimt había cambiado completamente su forma de hacer las cosas. En 1897 se puso a la cabeza de un movimiento conocido en Viena como la «Secesión». Esta palabra indica una ruptura con las tradiciones anticuadas y propone una visión mucho más contemporánea. El estilo de Klimt se volvió entonces más incisivo, y también más erótico. Provocador, vaya. A menudo incorpora oro en sus cuadros, mezclando la belleza clásica de las jóvenes con horribles imágenes de muerte. En un friso en homenaje a Beethoven, llega a representar un mono gigante con ojos nacarados entre mujeres desnudas.

Mona imitó discretamente un gruñido simiesco, pero Henry prosiguió, imperturbable.

—Provoca escándalos a menudo, y a veces es objeto de censura. Además, Klimt parece un poco loco, odia viajar y tiene una quincena de hijos de diversas uniones clandestinas... Se encierra a trabajar durante horas, con un cartel en la puerta de su casa donde dice que no abrirá a nadie. A pesar de su mala reputación, se convierte en una verdadera estrella en Viena, adorado por los mecenas. Es rico e influyente en una ciudad que es en sí misma un faro en Europa.

—¿Y eso por qué? ¿Qué pasaba en Viena?

—Era la capital del todopoderoso Imperio austrohúngaro, gobernado por una familia que había dominado parte de Europa durante siglos: los Habsburgo. Cuando Klimt trabaja allí, la ciudad no solo vive al ritmo de constantes bailes y conciertos, sino que alberga a grandes artistas, sabios, personalidades que van a cambiar el curso de la historia de la humanidad. Para lo mejor, sin duda, pero también para lo peor.

Mona no entendió la alusión. Y Henry no quiso aclararlo. No mencionó el nombre de Adolf Hitler, que, en 1907, el mismo año en que Klimt trabajaba en su amoroso *Beso*, probó suerte en la Escuela de Bellas Artes de Viena y suspendió. Los historiadores desprecian las hipótesis ucrónicas en las que se trata de imaginar el encadenamiento de consecuencias que se habrían derivado de un acontecimiento distinto del que ocurrió. Pero, pensándolo bien, si los insignificantes paisajes de ese muchacho mediocre hubieran contado con un mínimo de aprobación en la época, ¿cómo habría sido el siglo XX? El pecado apocalíptico de Viena fue desdeñar a un tipo empujándolo a su destino de criminal de masas, en un momento en que la ciudad impulsaba la música atonal de Schönberg, la arquitectura disruptiva de Adolf Loos, el periodismo crítico de Karl Kraus o la locura pictórica de Schiele y Kokoschka.

—Si piensas en las artes visuales en su conjunto —prosiguió Henry—, obviamente te darás cuenta de que no solo existe la pintura. A tu alrededor, las formas han sido pensadas y creadas para hacerte la vida cotidiana agradable, tanto práctica como visualmente. La claridad de las letras de un cartel, la sobriedad de un mueble, la transparencia de una ventana, el color de un suelo o un tejido: todo eso lo meditan constantemente los arquitectos, los decoradores... Cuando caminas por un espacio descuidado, gris y con techos bajos, por ejemplo, como el metro, enseguida te ahogas. En la Viena de principios de siglo estos detalles se tomaban muy en serio. Gustav Klimt forma parte de una generación en la que los artistas quieren revolucionar el entorno en el que vive la gente, desde la vajilla en la que comen hasta los tejados de los edificios, pasando por las obras que adornan sus paredes. Y para lograrlo apuestan por el esquematismo de las formas, por su pureza geométrica, al tiempo que combinan todas las artes y todos los oficios, sin despreciar ninguno.

—¿Qué quiere decir eso, Dadé?

—Esa generación de creadores valora del mismo modo a un artesano de la madera que a un vidriero, una modista, un escultor

o un pintor de caballete. A todos concede su importancia y legiti-
midad. Fíjate en el cuadro: está completamente cubierto de toques
de color y representa un huerto con rosales de forma extremadamente simplificada, muy plana. Hay tres fuentes de inspiración
en esta estética...

—Reconozco el impresionismo, ¡eso seguro!

—Muy perspicaz, Mona. También tenemos la antigua tradición
del mosaico, que reaparece a principios del siglo XX y consiste en
colocar, uno al lado de otro, minúsculos fragmentos de piedra, es-
malte, pasta de vidrio o de oro. Aquí no se da, pero el puntillismo
exacerbado produce un resultado similar al de esos fragmentos que
se llaman «teselas». Por último, la técnica de Klimt recuerda los
motivos con los que se estampan el papel pintado, las tapicerías o
la trama de una tela. La destreza y la estética de las artes decorati-
vas se hallan completamente integradas en este lienzo.

—Es como si se hubieran juntado las semillas que se encuentran en la naturaleza con las flores, los frutos, las ramas y los
enormes árboles que crecen gracias a esas semillas. Todo a la vez.

—Así es, Mona, parece como si estuviéramos contemplando
el proceso de un vasto florecimiento...

—Salvo que se parece más a una explosión...

—Tienes razón. Y no había pensado en eso.

Henry hizo una larga pausa y se tomó el tiempo necesario
para reconducir sus pensamientos en la dirección que Mona acababa de sugerir.

—En sentido físico, ¿qué es una explosión? —dijo, reflexio-
nando en alto—. Es una liberación repentina de energía, una
onda que se propaga en el espacio. Esto se representa aquí por la
expansión del follaje, desde los delgados troncos marrones hasta
las redondeadas copas de los árboles, y por el crepitar de los toques cromáticos...

—Sí, pero una explosión es más como una bomba... Es la muerte, cuando todo lo que queda es un agujero, un vacío, nada...

—Y en este caso, sin embargo, no cabe duda de que el lienzo exhala un estallido de vida... —El anciano volvió a hacer una larga pausa—. Aunque... ¡Espera! Creo que tenemos que desarrollar tu intuición hasta el final. Una explosión es peligrosa, violenta. Invade y devora todo a su alrededor hasta que no queda más que la nada. Pues bien, creo que es muy legítimo ver eso también en este cuadro. Conjuga un dinamismo entusiasta y un impulso destructor.

—Pero ¿cómo es eso posible? ¿Las dos cosas a la vez?

—Tú me has puesto sobre la pista de esta paradoja...

Sin dejarse engañar del todo, Mona agradeció el cumplido.

—La floración exponencial de este edén es la naturaleza proliferante, signo de una euforia sin límites. Tú has podido sentir la onda expansiva de esa explosión en el paisaje vegetal que estalla en múltiples gavillas de colores, pero a la vez has captado algo fúnebre. Esa es la clave del cuadro, el inextricable entrelazamiento de fuerzas y tensiones contrapuestas: la pulsión de vida y la pulsión de muerte son semejantes y convergen.

Mona reflexionó. Quería asimilar la lección del día, pero le parecía críptica. Aquellos términos le recordaban un poco los de la semana anterior frente a la escultura de Camille Claudel. Pero lo fundamental era que había expresado su visión personal: a la imagen de la eclosión se superponía la de la explosión. Y esa idea había dado lugar a nuevas consideraciones en la lección de Henry sobre el cuadro. Pero ¿qué habría dicho su abuelo si ella no hubiera percibido la deflagración de una bomba? ¿Qué habría dicho si ella hubiera visto un pastel enorme, unos animales o un mapa geográfico? ¿Acaso no suponía una traición a la obra extraer de ella un mensaje definitivo a partir de una sensación fugaz y subjetiva? Y, sobre todo, ¿qué la había empujado a ver eso?

—Dadé —dijo—, ¿por qué me ha dado la impresión de una explosión cuando lo que hay son flores por todas partes?

—Es tu inconsciente, Mona.

—¿Mi qué?

—Tu inconsciente.

—¿Qué es eso?

—Bueno, verás, en el número 19 de la Berggasse de Viena vivía un profesor que, en la época en que Klimt realizó este cuadro, empezaba a hacerse un nombre. Al pintor debía de interesarle mucho lo que decía y escribía el sabio, quien planteó la idea de que todos actuamos bajo la influencia de nuestros pensamientos no confesados. El inconsciente es una parte oculta de nuestra mente que en ocasiones aflora a la conciencia mientras estamos despiertos, por ejemplo, asociando extrañamente una imagen con otra, como has hecho tú ahora. Pero, sobre todo, el inconsciente se expresa con total libertad cuando soñamos, y nos revela, a través de mensajes que nuestra inteligencia no puede comprender en un primer momento, todo tipo de cosas que deseamos o tememos, a menudo sin saberlo, sin permitirnos a nosotros mismos ni aceptarlas ni verbalizarlas. Y el profesor en cuestión añade que ocultar esas cosas dentro de nosotros, y a nosotros mismos, nos hace desdichados. Así que se inventó una profesión, y la ejerció, que consistía en hacer que sus pacientes expresaran, sin censurar ni enjuiciar, sus esperanzas, sus miedos, sus amores y sus odios, para que se sintieran más ligeros, orgullosos y serenos.

—Pero, si todo eso está escondido en nuestras cabezas, ¿cómo lo hacía?

—Probaba sus propias técnicas, un poco como la hipnosis.

—¿Y cómo se llamaba el profesor?

—Sigmund Freud.

—¿Y cuál era esa profesión suya?

—La de psiquiatra.

33

Vilhelm Hammershøi

Deja hablar a tu voz interior

Mona nunca había oído un timbre tan desagradable, estridente y
ronco, como de otra época. Y, mientras retumbaba en la tienda,
su padre, de repente, se puso tenso, como loco, mesándose el cabello. Era un teléfono de disco lo que sonaba así, delante de él.
Lo cogió y preguntó febril:

—¿Eres tú?

Una voz respondió.

—¡Camille al habla!

Paul se levantó de la silla de un brinco. Estaba exultante.

Entonces Mona se dio cuenta de que el viejo aparato de
baquelita de los años cincuenta que su padre se había esforzado en adaptar a un teléfono móvil funcionaba por fin, a costa
de un esfuerzo increíble. Con los labios pegados al micrófo-
no, besó a su mujer y le gritó su amor. Luego se abalanzó sobre Mona. Le estrujó las mejillas con las manos y le dijo que
ese verano irían por los mercadillos a vender prototipos de su
invento. Daba saltos de alegría. La niña sonrió y lo observó:
sus ojeras habían desaparecido y su piel tenía un aspecto más
fresco. Lo vio rejuvenecido, sin duda porque había dejado de
beber.

A Mona le sorprendió sentir cierto rechazo ante aquel estado de gracia. ¿Cuál era la causa de su malestar? A pesar de su corta edad, intuía lo que le sucedía: era el miedo a que aquello no durase lo que despertaba en ella un dolor insidioso. Porque la ansiosa anticipación del retorno de un problema en un momento en que todo va bien, en un instante en que la dicha debería irradiar sin trabas, a veces hace la vida tan abrumadora como la propia experiencia del problema. La psique humana afronta una dificultad presente mucho más fácilmente que su temida eventualidad. Mona se dio cuenta a sus diez años.

Instintivamente, la niña tuvo una ocurrencia; fingió levantar una copa para celebrar la noticia y sugirió a su padre que hiciera un brindis. La euforia de Paul se detuvo en seco. Se sintió herido y decepcionado por lo que interpretó como una torpeza de su hija. Despechado, le reprochó con ironía:

—¡Ah! ¿Eso es todo lo que se te ocurre? Gracias, Mona.

Fue horrible y cruel, como una ráfaga de viento helado... A Mona se le revolvió el estómago, porque no había querido ofenderlo en absoluto. Solo pretendía jugar con la posibilidad, sin duda disparatada, de volver a ver a su padre bebiendo, y, mejor aún, mezclar ficticiamente esa perspectiva mortífera con un momento alegre. Guardó silencio, desolada, mientras Paul se encerraba en una indignación permanente.

Más tarde, en la cama, a Camille le extrañó ver tan enfurruñado a su marido y le preguntó. Él relató desganado el incidente con Mona en la tienda. Entonces ella se irguió, con el pelo revuelto y su aire de autoridad, y le espetó:

—Pero ¿eres idiota o qué, Paul? ¡Tu hija solo intenta superar sus miedos! ¿Es que no lo entiendes?

Sí, por supuesto, ahora lo entendía. Y sí, efectivamente, había sido un idiota. Un completo idiota. Corrió a la habitación de Mona. La niña no estaba dormida y le sonrió con ternura.

—¡Lo siento, cariño, he venido a brindar contigo! ¡A tu salud!

Su copa imaginaria brilló en la oscuridad.

El verano apenas había comenzado, pero hacía ya bastante calor. Era la ocasión perfecta para que Mona le pidiera a su abuelo dos helados seguidos de vainilla y chocolate; los engulló mientras paseaban por las Tullerías. En los senderos del parque, la niña quedó impresionada por el efecto estroboscópico de los rayos del sol al atravesar los árboles. Cerró los ojos y se embriagó con los filamentos y los pulsos de luz que danzaban bajo sus párpados, como si fueran galaxias enteras. Al mismo tiempo cantaba. Henry le enseñó la bonita palabra «fosfeno», que designaba esas manchas que se imprimían en la retina. De paso mencionó a dos creadores estadounidenses, Brion Gysin e Ian Sommerville, y sus *dreamachines* de principios de los años sesenta, unos artefactos que estimulaban esos fenómenos ópticos y favorecían un estado meditativo. La «máquina de sueños» consistía en un cilindro con múltiples rendijas dentro del cual se colocaba una bombilla. Luego lo montaban sobre un tocadiscos para que girara sobre sí mismo. Y no había más que concentrar la atención en el aparato manteniendo los ojos cerrados. Obviamente, Mona quería probarlo.

—¡No se encuentran así como así! —replicó su abuelo.

—Papá me fabricará uno —apostilló ella.

Era hora de refugiarse en la frescura del Museo de Orsay. Y el cuadro del día era perfecto: un interior frío de un gran maestro nórdico de nombre vikingo: Vilhelm Hammershøi.

Una mujer daba la espalda al espectador, sentada frente a una pared. Llevaba un grueso faldón negro y una blusa más clara con una abertura detrás. El cuello redondo dejaba al descubierto las vértebras y, encima, la nuca y la cabeza, con su masa de pelo castaño recogido en un moño. La mujer ocupaba una posición central en el cuadro. Aunque la simetría estaba rota por una línea de hombros levemente inclinada de izquierda a derecha, que culminaba en un brazo un poco doblado hacia atrás, la composición era extremadamente equilibrada y estaba dotada de una armonía casi sagrada. De la silla, vista del revés, no se distinguían ni las patas ni el asiento, tan solo el respaldo con sus largueros unidos por un sólido travesaño superior bajo el que había otros dos: uno inferior muy fino y otro, central y ondulado, que confería cierta redondez a un conjunto dominado por la angulosidad y la cuadratura. Este mueble era de madera sencilla, al igual que la mesa situada a la derecha de la composición, cortada por el límite del marco y sobre la que reposaba una fuente blanca con el borde en forma de corola. Sobre todo ello destacaba la pared, estrictamente paralela al plano del lienzo. La mujer (cuyas manos se ocultaban a la vista) no daba muestras de la menor actividad, de modo que, prácticamente pegada al gran muro opaco y monótono, con las rodillas casi rozándolo, parecía estar mirándolo. ¿Qué le veía? Apenas estaba puntuado por el zócalo, que se elevaba hasta una cuarta parte del eje vertical de la obra. Aunque era gris, desprendía una luminosidad misteriosa, como si una luz intrusa hubiese ido a incrustarse en ese oscuro y sobrio interior.

Mona se dio cuenta, durante el infinito tiempo que pasó observando la obra, de que estaba de cara al cuadro como la propia mujer se encontraba de cara a la pared pintada. A Henry, por su parte, el encadenamiento de la nuca de su nieta y la de la modelo le recordó el cuadro surrealista de René Magritte en el que un hombre de espaldas, al mirarse en un espejo, ve el reflejo de su espalda en lugar de su cara.

—¡Oh, Dadé! ¿Has visto qué bien pintados están los mechones de pelo, los pliegues de la ropa y el plato en forma de flor? ¡Es precioso! ¿Sabes?, a veces me pregunto cuánto tiempo hay que pasar en la escuela para hacer algo así de bonito... Quiero decir, cuando los artistas son pequeños, ¿se sabe ya que van a convertirse en artistas?

—Bueno, hay muchas leyendas sobre los grandes pintores y su precocidad. Puedo contarte alguna anécdota acerca de Vilhelm Hammershøi. Por ejemplo, con solo dos años, según dicen, era capaz de encontrar un trébol de cuatro hojas entre la hierba. Eso demostraba una agudeza visual extraordinaria desde una edad temprana... En cuanto a sus dotes artísticas, se cuenta que cuando tenía ocho o nueve años su madre le leyó un cuento de troles y gnomos, y él cogió sus lápices para dibujar a esas criaturas. Y lo hizo con tanta fuerza que los monstruos que él mismo había hecho lo aterrorizaron y le hicieron salir corriendo.

—¿Le daban miedo sus propios dibujos? —preguntó Mona con cara de incredulidad.

—Sí. Debían de ser terroríficos... Pero Hammershøi no cultivó esa vena fantástica. Podría haberlo hecho, porque nació en Dinamarca, un país del norte de Europa rico en mitos sobrenaturales, una tierra poblada de brujas que lanzan sus conjuros en medio de los bosques, entre árboles que cobran vida por la noche... Pero al final acabaría haciendo algo completamente distinto: como ves, lo que le interesa aquí es un interior en su más estricta banalidad.

—Recuerda un poco a Vermeer, ¿a que sí?

—Sin duda, pero con mayor sencillez. Hay muy pocos elementos, aparte de la silla en posición central, esa mesa pesada y la fuente blanca en la que ya te has fijado. Hammershøi apreciaba el mobiliario antiguo, la belleza de la madera, aunque no fuese noble. Decía que un interior no tenía por qué estar demasiado recargado, que el espacio ganaba si solo lo adornaban unos pocos elementos simples y modestos, siempre que fueran de calidad.

—¡Apuesto a que habría odiado nuestros decorados actuales!

—Digamos que rechazaba tanto lo ostentoso como lo vulgar. Lo que desencadena su deseo de pintar son las líneas y su pureza. Es una de las pocas cosas que dijo públicamente sobre su enfoque. Estaba tan encantado con la calidad de una línea, ya fuera curva o recta, que quería reflejar su belleza. En este cuadro, por ejemplo, debieron de entusiasmarle el rodapié, el armazón de la silla o, a la izquierda, la banda de sombra que proyecta, desde fuera, una cortina o la esquina de una pared. Todo lo que él denominaba «el rigor arquitectónico».

—Dadé, ¡tu Hammershøi debería haber sido decorador en lugar de pintor!

—Pero no tenía elección.

—¡Ah! Y ¿quién lo obligó?

—Deja que me explique. Hammershøi era un hombre discreto, nervioso a la hora de tomar la palabra, y bastante melancólico también. Los testimonios que existen acerca de él confirman que hablaba muy poco y que no oía muy bien (era sordo del oído izquierdo). Hace unas semanas mencioné al gran poeta Rainer Maria Rilke. Pues bien, da la casualidad de que Rilke visitó un día a Hammershøi en su sobrio y bello apartamento del segundo piso del número 30 de la Strandgade, en Copenhague (el mismo que sirve de marco a este cuadro). Debido a la natural reserva del artista y a la barrera del idioma, apenas intercambiaron palabra, y Rilke, al marcharse, comentó: «Se dedica exclusivamente a la pintura, no podría ni desearía hacer otra cosa que pintar». Creo que es cierto. Hammershøi vivía obsesionado por su vocación. No le gustaba analizar su obra ni debatir sobre estética. Pintaba, en silencio, todo el tiempo, obstinadamente. Era su único medio de expresión y, en cierto modo, su única forma de existir. Y, de hecho, ¿qué pintaba? Su existencia más inmediata. Nada más, nada menos. Su hogar, sus objetos. Y a su mujer, Ida...

—Ya entiendo, pero es raro que pintara a su mujer de espaldas... ¿Sabes? Esto me recuerda a la madre de Whistler, porque daba la impresión de que se había equivocado de lado al hacer su retrato...

—Yo creo más bien que Hammershøi quería expresar su fascinación por una parte del cuerpo poco atendida en la historia de la pintura, y menos aún en el retrato clásico...

—La nuca —sugirió Mona tocándose la suya.

—Exacto, pequeña: la nuca, flexible como una estela centelleante... En cuanto a la alusión a Whistler, tienes toda la razón. Era un artista al que Hammershøi apreciaba mucho, en particular por sus colores.

—Pero, Dadé, precisamente aquí los colores brillan por su ausencia. Todo es gris...

—Utiliza de forma deliberada colores apagados porque, en su opinión, desde el punto de vista cromático consigue el máximo efecto limitando la gama de su paleta. Y el efecto que busca es el del silencio y la ensoñación. En general, cuanto más resplandeciente es un cuadro, más impregnado parece de energía física; cuanto más neutros y minerales se vuelven los tonos, más da la impresión de estar apegado a la meditación y a lo irreal.

Henry trató entonces de explicar a su nieta un fenómeno histórico complejo: el del nacimiento de la intimidad. Le contó que a lo largo de los siglos XVIII y XIX los hogares se habían ido segmentando en diferentes habitaciones en residencias cada vez más urbanas. Habló de cómo esos espacios cerrados —dormitorios, aseos, tocadores o gabinetes— habían contribuido a que la gente prestara atención a su bienestar, a las sensaciones y la subjetividad, en el confort de sus propias casas.

Todo eso era fascinante, pero Mona se estaba empezando a marear, debido al calor, sin duda. Henry se apresuró a concluir su explicación.

—Ida está sumida en la intimidad de su hogar y a la vez en su propio interior. Y entre ambas cosas hay un vínculo: la pared, ese muro cuyo resplandor procede de una fuente de luz fuera del cuadro, una ventana invisible a la izquierda de la composición. Verás, Mona, la genialidad de este lienzo reside en el hecho de que la posición de espaldas de la modelo impide al espectador ver sus manos. Hay un ligero movimiento de los hombros y del codo derecho, pero es imposible adivinar, por ejemplo, si Ida está leyendo o bordando. Eso hace que nos veamos obligados a contemplar la pared e impregnarnos de ella en silencio.

—Así que esa es la lección de Hammershøi...

—Eso es: hay que dejar hablar a tu voz interior.

El mareo de Mona iba en aumento. Aun así, hizo un esfuerzo y observó más de cerca el pálido parpadeo del muro, la superficie pintada con un pincel lechoso, muy sutilmente verdoso y a veces azulado. Soñó despierta y se adormeció en su ensueño. La obra se titulaba *Reposo* —lo había memorizado bien—, pero a la experiencia de calma le siguió otra de intenso malestar. Su mente se nubló, y al momento estaba tan confundida que empezó a buscar en el cuadro de Hammershøi rastros de un trébol de cuatro hojas o de un trol. Su abuelo, alarmado por el balbuceo incongruente y la palidez extrema de su nieta, la sentó a toda prisa en un banco del museo. Por un instante, Mona tuvo la impresión de que se ahogaba, asfixiada por el calor. Sin pensar, como quien se deshace de una bufanda o un jersey para buscar un poco de aire, se quitó el colgante. De nuevo se le aceleró el pulso. Levantó la cabeza y miró una vez más la pared gris. Era negra. Todo era negro. Se quedó paralizada unos segundos, con los ojos velados por el miedo a esa vieja pesadilla del retorno de la ceguera.

—Respira, Mona, respira —repitió Henry, sin perder la sangre fría ni un momento.

—Estoy bien, Dadé, estoy bien...

No, no estaba bien, pero Mona se armó de valor y puso fin al drama. Con una mano, se agarró con fuerza a la rodilla de su abuelo, y con la otra volvió a poner la concha alrededor del cuello para no perderla. Inspiró y espiró, una y otra vez, hasta que su corazón recuperó un ritmo aceptable. La pantalla opaca se fue aclarando poco a poco. Frente a ella reaparecieron la nuca de Ida, el armazón de la silla, la corola blanca de la fuente de porcelana y la sombra proyectada a la izquierda, y por último la pared, el pequeño panel de muro gris de Vilhelm Hammershøi. Abrazó a Henry con fuerza.

—Se me pasará enseguida, Dadé. Creo que me han sentado mal los helados, me los he comido muy deprisa...

—Pobrecita, hasta te ha parecido ver un trol...

—Lo he visto...

—Anda ya...

—Que sí, mira, en el pliegue de la manga derecha, en el codo. Es la cabeza de un trol, con la boca abierta, la nariz grande y aplastada y el ojo caído.

Henry examinó el detalle que le señalaba la niña. Tenía razón.

34

Piet Mondrian

Simplifica

Camille se mostró educada pero firme.

—Doctor, se acercan las vacaciones de verano, Mona está bien y debo admitir que tengo mis reservas después de la sesión de hace tres semanas. Tal vez podríamos dejarlo así.

El médico pareció contrariado. Se encogió de hombros, dubitativo. Pero no quería forzar a nadie. De todos modos, recomendó un chequeo completo. Para los ojos, era necesaria una retinografía, así como una medición de la tensión ocular y del grosor de la córnea. Después concertarían una última cita al final del verano. Miró a la niña y, con un nudo en la garganta, se dispuso a despedirse. Pero Mona, como hiciera en otras ocasiones, lo interrumpió:

—¡Un momento!

E insistió en llevar a cabo otra sesión de hipnosis. Camille dudó un segundo. Pero reconocía tanto su propia personalidad en el tono resuelto de su hija que dio su consentimiento y salió de la consulta.

Poco después, con un aleteo de párpados y el cuerpo desplomado, Mona se sumía en ese estado de semiinconsciencia con el que ya estaba tan familiarizada. Y, también esta vez, el médico la instó a revivir la experiencia de la ceguera. Pasaron unos treinta segundos sin que Mona reaccionara a la sugestión. El facultativo insistió, con más suavidad. Y entonces ocurrió algo totalmente inesperado. Van Orst escuchó a su joven paciente relatar el primer episodio traumático, el que conocía casi de memoria. Pero, a continuación, las palabras de Mona evocaron acontecimientos que nunca antes le había confiado: la crisis en la tienda de su padre, varios meses antes, y otra, muy reciente, en el Museo de Orsay, delante de un cuadro de Hammershøi. El médico comprendió que la niña había ocultado a su familia esas recaídas pasajeras que el estado hipnótico sacaba ahora a la luz. Escuchó con atención esas reminiscencias. Mona, en trance, las relató con serenidad, salvo por un pequeño gesto repetitivo que intrigó a Van Orst. La despertó e invitó a entrar a la madre.

Mona parecía otra: estaba fresca y radiante, como si acabara de concluir una larga convalecencia. Camille se fijó en su rostro sonrosado y escrutó la expresión del médico. Impenetrable. Cuando le pidió una explicación, Van Orst respondió en tono monótono mientras redactaba la receta:

—Bueno, Mona tendrá que someterse al chequeo acordado. Si hay la más mínima anomalía, tomaremos las medidas oportunas. Si no, volveré a verla en septiembre. Mientras tanto, lo mejor es que descanse durante las vacaciones, pero bajo la supervisión de su psiquiatra infantil. Creo que está haciendo un trabajo extraordinario con ella. Me pondré en contacto con él cuando termine el verano.

Mona se quedó sin habla. Eso significaba que podía seguir yendo al museo con su abuelo en julio y agosto, y era maravilloso. Pero ¿qué iba a decirles a sus padres y al doctor ahora que él quería conocer a ese psiquiatra inexistente? Se limitó a sonreír amablemente. Ya se le ocurriría algo a su abuelo.

La puerta de la consulta se cerró. Solo, detrás del escritorio enterrado bajo una montaña de papeles, Van Orst se sirvió un café. Estaba meditando. Finalmente, susurró para sus adentros, a la manera de Sherlock Holmes: «Todo esto pende de un hilo».

Cuando Henry supo que el verano no interrumpiría las visitas artísticas de los miércoles en compañía de su nieta, se sintió aliviado. Con aplomo, comunicó a Camille que el misterioso psiquiatra infantil mantendría abierta su consulta. Ella mostró curiosidad, pero su padre le pidió que siguiera confiando en él sin hacer preguntas, como habían convenido inicialmente. Así que Camille cedió. En cuanto a Henry, ya estaba deseando ir a Beaubourg. A Beaubourg, sí, porque la agenda semanal que se había marcado solo incluía una visita más al Museo de Orsay, y muy pronto daría paso al último tercio del colosal fresco artístico del que Mona era la preciada destinataria. Le anunció a la niña que en breve visitarían un nuevo centro de arte al otro lado del Sena, no lejos del viejo barrio de Les Halles, y le describió su aspecto: era un espacio lleno de grandes tubos exteriores, colores primarios y escaleras mecánicas transparentes. El entusiasmo de Mona fue inmediato. Pero antes tenía que ver una última obra en el Museo de Orsay, una obra que, a su manera, concentraba todo lo que habían aprendido juntos sobre la pintura del siglo XIX y que, al mismo tiempo, anunciaba las innumerables locuras de la modernidad. Mona estaba lista, y esta vez solo se comió un helado por el camino. Henry la condujo ante un minúsculo cuadro de 35 × 45 cm pintado por un holandés que iba a revolucionar la visión del mundo.

Era un paisaje campestre dominado por la estrecha sucesión de dos grandes almiares y otro más pequeño a la derecha de la composición. Estaban pintados desde un punto de vista ligeramente en tres cuartos desde la izquierda del cuadro. Para averiguar la naturaleza de los motivos era preferible leer el título en la cartela, porque, aparte del cielo donde se extendía una fina capa de nubes claras, los elementos no eran fáciles de identificar. Los montones comprimidos de heno, tan comunes en el campo, parecían aquí toscos paralelepípedos rectangulares algo abombados, blandos en los bordes y casi orondos. La cara externa estaba veteada por una trama de pinceladas verticales enérgicas y muy visibles, que iban del magenta oscuro al color vino. Describir el terreno (que ocupaba un tercio del espacio total) sobre el que descansaban los almiares era casi imposible. Una serie de sinuosas franjas verdes y azules configuraban tal vez un saliente, o incluso una orilla fluvial. Había también motas blancas y algunas comas erectas y rojizas, sobre todo en el lado derecho, que recordaban la escasa flora —juncos, quizá— que crecía en los humedales. Se podía deducir, pues, que los haces de paja se erguían en medio de la atmósfera cenagosa de una laguna, de una pradera inundada, de un pólder indistinto con aspecto de caos emborronado.

En la media hora que Mona pasó delante del lienzo, el baile de turistas se animó de repente mucho más de lo habitual. Los vigilantes de la sala, por su parte, estaban furiosos y lo hacían saber: «No flash, please! No flash, please!». A Mona le divertía mucho que los adultos riñeran a otros adultos. Le proporcionaba una sensación de venganza... Y luego estaba la firma del cuadro del día. Cada vez que un visitante descubría la identidad de su autor, parecía sorprendido, o decepcionado, y volvía a mirar la obra con una especie de confusión que afectaba al ambiente a su alrededor. Un caballero bien vestido pegó tres veces las gafas a la pequeña cartela de la esquina inferior izquierda. Luego interpeló a uno de los guardianes, convencido de que intentaban engañarle.

—¿Esto es un Mondrian? ¡Imposible!

La niña inquirió a su abuelo con la mirada.

—Verás, Mona, Piet Mondrian es conocido en todo el mundo por sus pinturas «abstractas», compuestas de cuadrículas y colores primarios: azul, amarillo y rojo. Esas obras no solo revolucionaron la pintura, sino también el diseño y la arquitectura después de la Primera Guerra Mundial. Lo que ocurre es que la gente olvida a menudo que el artista comenzó su carrera en la década de 1890, y que su estilo, al principio, fue realista, reflejo de su gran esfuerzo por representar de manera exacta la naturaleza.

—¿Y a ti te parece «exacto» este cuadro, Dadé?

—No, en efecto, no es el caso. Estos almiares son de 1908 y tienen un aire evasivo, incierto.

—Sí, es como si el paisaje temblara un poco, como si estuviera agitado...

—Vas por buen camino. Escucha: a Mondrian le interesaba una tendencia que causaba furor en Europa en ese momento, una doctrina que pretendía ser capaz de revelar una verdad antigua y universal. Se trata de la teosofía.

—¿Es una religión? —preguntó intrigada Mona.

—En cierto modo. Las malas lenguas tacharon a estos grupos de sectas, aunque sus partidarios pretendían alcanzar la sabiduría. Digamos que la teosofía buscaba conciliar los cultos de Oriente y de Occidente, el mayor conocimiento posible, para crear en la tierra un clima de armonía donde cada ser humano pudiera gozar de la iluminación. La idea era purificarse al máximo para llegar a lo esencial; de hecho, es una búsqueda de la simplicidad y la sabiduría. Si pudiéramos contemplar toda la obra de Mondrian, veríamos que, entre sus comienzos y su madurez, el artista procedió de la misma manera: tendió hacia la mayor simplicidad posible. Partió de una figuración escrupulosa para ir acercándose progresivamente a formas reducidas de una geometría elemental. Y estos *Almiares* son fascinantes porque se sitúan justo a medio camino de su recorrido.

Henry hizo un inciso para explicar que ese periodo intermedio correspondía a lo que la historia del arte denominaba «expresionismo», un movimiento muy importante marcado por una concepción interiorizada de la creación, en la que la sensación vivida primaba sobre la percepción real, sin que esta última quedase descartada. Van Gogh y Gauguin habían sido sus dos grandes inspiradores, así como el noruego Edvard Munch. El famoso autor de *El grito* daba a este respecto una definición elocuente. Decía: «El arte es la forma de la imagen concebida a través de los nervios humanos: el corazón, el cerebro, el ojo». Eso era el expresionismo: una forma de entender la pintura desde un prisma que integraba todos los componentes del ser, desde la retina hasta las capas de la piel, pasando por los órganos vitales, las emociones presentes, los recuerdos pasados y los fluidos corporales.

Para asimilar conceptos tan difíciles, Mona intentó concretar las palabras de su abuelo. Se imaginó a Mondrian deambulando por la campiña holandesa y se puso a imitarlo.

—Voy a hacer como si yo fuera Mondrian... Voy caminando tranquilamente por el campo y al ver el heno empiezo a sentir emociones... —Abrió mucho los párpados y dio un saltito—. Muchas emociones: alegría, pena, de todo. Y luego, cuando me pongo a pintar el heno, pinto todo eso que he sentido. —Sus manos y sus dedos hicieron una cascada de gestos rápidos—. Y entonces, si me apetece, pongo un poco de marrón o de rojo donde debería haber verde, porque esos son los colores que tengo en el corazón —añadió dándose un golpecito en el pecho— o en los nervios, y me da igual que sean colores diferente a los que han visto mis ojos. —Se quedó expectante—. ¿Es así, Dadé?

—Así es exactamente, señor Mondrian. Y yo añadiría, mi querido maestro, que ha puesto usted especial cuidado en elegir un formato pequeño, porque, cuanto menor es el tamaño de su lienzo, con más gusto inyecta en él lo íntimo y personal.

Mona abandonó su papel. Contempló en silencio el cuadro un rato más. Y, lentamente, este empezó a revelársele.

—¿Sabes, Dadé? Esta pintura me hace pensar en Van Gogh, desde luego, porque se parece muchísimo... Y un poco también en Monet y en Cézanne. Pero...

—¡Tienes razón, sí! Pero ¿qué?...

—Pues que es extraño porque me recuerda sobre todo a otro... ¡Me da miedo decir una tontería enorme! Pero estoy casi segura, aquí se ve la influencia de otro... Creo que me vas a poner un cero esta vez...

—No te preocupes, Mona, dime a quién te recuerda. —Henry estaba impaciente por oírlo.

—Bueno, estaba pensando en el día en que vimos *La Gioconda*. La lección fue que había que sonreír a la vida, ¿verdad, Dadé? —Henry asintió—. Pero para llegar a eso dijimos que Leonardo mostraba que había energía en el paisaje, que por todas partes había... —La niña dudó un instante—. ¡Vibraciones! ¿Cierto?

—Sí, sí, ¿y?

—Pues que aquí pasa lo mismo que con Leonardo, Dadé. Y es porque Mondrian quiere que sintamos que está vivo, que vibra, y por eso da esas pinceladas tan gruesas. Es como si todo estuviera vivo, como si respirara...

—Como si palpitara...

—¡Sí! ¡Eso es! Ya pronunciaste esa palabra delante de los trozos de cordero de Goya; y, ahora que lo pienso, esto es igual. —Mona se echó a reír—. Fíjate bien, Dadé: ¡los almiares de Mondrian parecen un pedazo de rosbif!

—Vas demasiado lejos con tus analogías culinarias, pero has entendido perfectamente las sensaciones que Mondrian busca exteriorizar. Su pintura expresa el aura intrínseca que recorre ese banal montón de forraje, y también utiliza el blanco fluido de las nubes para envolver las masas de heno y darles una dimensión cósmica. Mondrian quería que notáramos, como él, ese espíritu que irradia en todos y cada uno de los elementos del mundo. Apela a nosotros para que observemos la esencia de cada uno de ellos.

—Y ¿has visto, Dadé? Las pinceladas dibujan como un tejido en los montones de paja.

—Desde luego que sí, Mona... Como te he dicho, Mondrian está en plena transición cuando realiza esta obra. Se dispone a reducir sus cuadros a estructuras muy depuradas. Poco después, en la década de 1910, empieza a organizar los espacios con un entramado de líneas verticales y horizontales. Las primeras, por su aspecto ascendente, tenían para él un valor espiritual, y las segundas, tendidas horizontalmente, un valor terrenal. El pintor pensaba que, al construir sus lienzos como cuadrículas, con ángulos rectos por todas partes, estaba desvelando la armonía oculta del universo. Por supuesto, esa idea no se le ocurrió porque sí: se la dictó su iniciación a la teosofía.

Mona se estaba perdiendo un poco, pero logró identificar las numerosas pinceladas ascendentes que componían la dinámica perpendicular (no siempre rigurosa) y, debajo, las estelas que recorrían la anchura del lienzo, en primer plano. ¡Ah!, ese primer plano... Era lo que más le molestaba. Le parecía que se tomaba muchas libertades con respecto a la verosimilitud. Por más que Henry le explicara lo que era un pólder holandés, ¡a ella le seguía pareciendo una paleta llena de manchas!

—Con tu teosofía, tu expresionismo y tus historias de abstracción —dijo—, ya sé que la lección de Mondrian va a ser complicada...

—Podría serlo, es cierto. Pero no tiene por qué. La prueba es que voy a resumirla en un solo verbo, un imperativo que en sí es bastante sencillo: *simplifica*. Mondrian simplifica su tratamiento pictórico, su factura; simplifica los colores sin preocuparse de si se corresponden o no con los de la naturaleza; centra el foco en el heno, es decir, en un motivo sencillo y cotidiano. Al pensar en las transformaciones, siempre imaginamos que se avanza hacia una mayor complejidad; creemos que las transiciones y las metamorfosis proceden por adición y no por sustracción. Mondrian nos enseña lo contrario. Simplifica. Simplifica, Mona. ¿Lo ves?

—Sí, Dadé, creo que lo veo. Veo...

III

Beaubourg

35

Vasili Kandinsky

Encuentra lo espiritual en cada cosa

El capítulo de la escuela primaria tocaba a su fin. Pronto llegaría la hora de ir al instituto. Pero Mona todavía no era consciente de ello. Se lo estaba pasando genial en la fiesta de fin de curso con Lili y Jade, y las tres estaban muertas de risa tratando de afinar la puntería para tumbar unas latas. Echaban una partida tras otra, y, cada vez que alguna derrumbaba la pirámide en medio de un furioso estruendo, estallaban en gritos victoriosos y estridentes.

Luego, muy emocionadas, las niñas se dirigieron al aula, donde la señora Hadji iba a presentar las famosas maquetas elaboradas a lo largo de todo el año. El modelo de la luna orbitando en su caja iluminada, que Diego había firmado con la vaga complicidad de Jade, llamó la atención de todos y despertó la curiosidad general. Los adultos se arremolinaban, abriéndose paso a codazos, para admirar el diorama. Y entonces, sin saber cómo ni por qué, sobrevino el drama. Tras un instante de confusión, la luna de papel maché apareció aplastada. La gran esfera plateada quedó plana como una crepe. ¿Un accidente? ¿El resultado de un empujón? ¿La maldad de algún celoso? Nadie había visto nada; parecía obra del mismo diablo. El objeto estaba roto. Se lo dijeron a Diego. Meditó la noticia en silencio durante tres o cuatro segundos, y luego desapareció por algún lado. No volvieron a verlo.

En cuanto a la maqueta de Mona y Lili, que supuestamente reproducía el futuro cuarto de esta última, tenía un detalle adorable. En la enorme cesta, las chicas habían colocado la figurita de un gato, una figurita Vertunni sustraída de la tienda de antigüedades. Al pensar en aquel caballero que las coleccionaba con el fin de reconstruir el pasado y crear un teatro de su memoria, Mona había decidido invertir el proceso: el gato de plomo enroscado entre las cuatro paredes en miniatura era un llamamiento, una petición desesperada para el padre de Lili. Este entendió el mensaje y prometió que el animal viajaría con ellos.

Lili, animada por la victoria, no se conformó con aquello: suplicó a su padre que invitara a Mona y a Jade a visitarla en Italia en cuanto se mudaran. Él se limitó a comentar, con evasivas, que sería mejor que lo dejaran para las vacaciones de Todos los Santos. Lili estalló:

—¡Todos los Santos! ¡Pero si falta muchísimo! ¡Es injusto! Estoy harta de ti, estoy harta de todo, ¡harta, harta!

Mona procuró tranquilizar a su amiga. Le hizo una ingeniosa demostración, contando con los dedos.

—Lili, Todos los Santos es dentro de cuatro meses. Pero, si lo piensas bien, son cuatro meses de doce que tiene un año, así que es como un año dividido entre tres... ¡Es solo un tercio del año!

Y ese cálculo simplificado, que recordaba que la escuela no se había terminado del todo, calmó a Lili. El artificio matemático hizo más aceptable el plazo. Las chicas se marcharon, bulliciosas y dispuestas a echar abajo la pirámide de latas todas las veces que hiciera falta.

Mona nunca había visto el Centro Georges Pompidou, al que Henry Vuillemin llamaba, como todo el mundo, «Beaubourg». Esta disputa nominal privilegiaba el recuerdo de una antigua denominación medieval sobre la memoria más reciente de un presidente francés amante del arte moderno. Al descubrir el edificio con su abuelo, la pequeña se sintió abrumada: los colores vivos y el gran entramado tubular le dieron la impresión de un enorme juguete, y le costaba creer que un museo pudiera tener un aspecto tan poco serio. Esa arquitectura impregnaba el aire de julio de una atmósfera lúdica. De hecho, en la explanada ligeramente en pendiente que se abría frente al edificio, dos chicos jóvenes parecían divertirse: excepcionalmente musculosos, realizaban un número imposible. El primero, con los brazos perpendiculares al suelo, estaba cabeza abajo con las piernas en el aire, tieso como una «I», mientras el segundo escalaba su cuerpo para adoptar la misma posición, agarrando las plantas de los pies de su compañero con las palmas de sus manos. Mona sugirió una analogía con Beaubourg, cuya arquitectura también estaba invertida. Henry lo confirmó: en lugar de ocultar las escaleras y los ascensores, el sistema de ventilación, los conductos y las tuberías de agua y electricidad, la maquinaria..., todo estaba a la vista. Mona se imaginaba ya entrando en esos grandes tubos y dando vueltas a través de ellos como en una montaña rusa, pero su abuelo frenó sus fantasías de parque de atracciones. La llevó a ver una pequeña obra en papel, en una elegante sala, una de las más clásicas.

Un jinete con capa roja montaba un caballo blanco que, trotando en el espacio, emprendía el vuelo en un movimiento diagonal de izquierda a derecha de la composición. Las patas del animal, extendidas horizontalmente hacia delante y hacia atrás, bosquejaban de modo exagerado un galope o un salto de un obstáculo. La obra era un estudio, es decir, algo preparatorio y sin duda inacabado. El dibujo era muy simple, casi infantil, porque el protagonista y el caballo no eran más que un conjunto de trazos en tinta china, desprovistos de detalle; se reducían a siluetas de perfil. El segundo plano vibraba con un tono anaranjado que sugería una luz crepuscular, o tal vez de alborada, mientras gravitaban alrededor unos pocos motivos confusos, difícilmente calificables. Se podían distinguir cuatro, que nacían más o menos en los ángulos del vago rectángulo en el que se representaba la escena. A la izquierda, en la parte inferior, había una especie de pino negro esquelético superpuesto a una masa de acuarela verdosa; masa que también se encontraba en la parte superior, más extensa y contenida dentro de un cerco, primero dentado y luego redondeado. A la derecha, y avanzando hacia el centro desde arriba, había una forma alargada casi paralela a la del caballo y siguiendo su cadencia: una especie de nube que colindaba con un semicírculo de luz solar, adosado, a su vez, a la capa del jinete. En cuanto al ángulo inferior derecho, estaba, por así decirlo, roído, recortado: una sección de dos colores, vino y violáceo, generaba una red negra de raíces que se elevaban hacia lo alto. Dispersos por todas partes, como levitando, unos orificios sombríos salpicaban el conjunto. Por último, era de destacar que la imagen se recortaba sobre un fondo pintado de un azul intenso, el mismo color que el del cuerpo del jinete.

Mona examinó el dibujo durante veinte minutos, convencida desde el principio de que tras su aparente sencillez se escondía una gran complejidad. También le gustó el nombre del artista escrito en la cartela, con sonido cristalino: Vasili Kandinsky...

—Es un nombre ruso —precisó Henry—. El artista nació en Moscú en 1866. Y el dibujito que ves ahí data de 1911. Así que podríamos decir que el artista, a sus cuarenta y cinco años, era ya un hombre de mediana edad cuando lo dibujó. Tenía un temperamento muy ponderado y razonable. De hecho, debería haber sido profesor universitario. Y, cuando se sentaba ante el caballete, siempre se aseguraba de ir bien vestido, no con la típica blusa de pintor, sino con traje...

—¿En serio? Pero si dibuja igual que un niño.

—Eso puede ser, pero ¿no te acuerdas de lo que hablamos acerca de Cézanne?

Mona se acordaba, sí, pero le pidió que le refrescara la memoria. Henry le explicó una vez más cómo ciertos pintores pretendían volver al lenguaje elemental de la infancia, llevando ese modo de expresión, en apariencia indigno de la madurez, a su máximo potencial.

—Aquí, Mona, hay motivos reconocibles. ¿Los ves?

—Veo a un hombre montado en un caballo blanco; va vestido de azul y lleva capa. Parece que se dirigen al cielo. En cuanto a lo que hay alrededor, es más difícil de decir. Por ejemplo, esas cosas negras como trozos de carbón que flotan por todas partes... a saber qué pueden ser.

—Sí, es imposible ponerle nombre a eso. El espacio en el que el jinete echa a volar recuerda vagamente a motivos de la naturaleza: un árbol, un cielo recorrido por una nube, un montículo tal vez, pero en realidad son formas libres, más misteriosas aún porque no pretenden parecerse a nada que conozcamos. Se podría decir, pues, que son abstractas... Déjame que te cuente una historia al respecto. Una tarde de 1908, cuando Kandinsky regresa a su estudio de la ciudad alemana de Murnau, descubre de repente, en la penumbra de ese entorno familiar, algo completamente inesperado... Un enigmático cuadro lleno de suntuosos colores, sin ninguna temática aparente. No sabe de qué se trata, pero le causa una fuerte impresión...

—¿Cómo podía estar en su estudio? ¿Alguien quiso gastarle una broma?

—Fue el destino quien se encargó de gastarle la broma... He aquí la explicación: a la luz mortecina del final del día, el artista no reconoció uno de sus propios cuadros. Estaba colocado del revés, por lo que no vio que se trataba de un paisaje. Solo distinguió explosiones cromáticas y unas líneas que trazaban libremente su propio camino.

—Ah, entonces ¡estaba al revés! Ya entiendo: lo que cuenta es la belleza de los trazos y los matices; en acuarela, en tinta china. Ya vimos algo de eso en Whistler, ¿te acuerdas?

—Lo recuerdo, Mona. Y, ahora, fíjate en el jinete.

—El jinete... —repitió la niña con voz emocionada, dispuesta a describirlo por sí misma—. El jinete forma una línea oblicua... —añadió con orgullo— y luego salta, ¡pero de una manera tan exagerada que parece un cohete! El amarillo, el naranja y el violeta son como una explosión en medio del azul que rodea la imagen: es la llama de un despegue en el cielo.

Mona movió la mano en el aire a la altura del caballo y la larga nube en diagonal para imitar el vuelo de un avión. Acompañó el gesto con un fuerte ruido de motor. Emocionado, Henry atrapó los dedos de su nieta para acariciarlos con ternura. De repente cayó en la cuenta de que la época en la que se había hecho ese dibujo coincidía con el nacimiento de la aeronáutica. Así que le contó a Mona las hazañas de Louis Blériot, quien había cruzado el canal de la Mancha en su monoplano en 1909, y evocó los primeros sueños de exploración espacial. Según explicó, a Kandinsky, como a muchos artistas de su generación, le influyeron dos tendencias aparentemente opuestas: por un lado, le atraían las fuentes tradicionales, las culturas populares, primitivas, incluso rústicas; por otro, sentía pasión por todo lo que implicaban los descubrimientos y las innovaciones técnicas de principios de siglo.

—¡Qué curioso! —exclamó Mona—. Durante mucho tiempo millones y millones de personas han querido ir al cielo para alcanzar el paraíso, y aquí Kandinsky nos dice que por fin vamos a poder ir a visitar a Dios y a los ángeles. ¡Y sin necesidad de morir! ¡Gracias a los progresos de su tiempo!

Aquello tranquilizó a Henry. Lo que acababa de decir su nieta estaba muy bien expresado, desde luego, pero era de una frescura tal que entendió que todavía no se había convertido en una adolescente... Sobre todo, se dio cuenta de que aún tenía que enseñarle muchos matices para ayudarla a entender mejor lo simbólico. Lo que Kandinsky quería decir, evidentemente, no era que íbamos a poder dar un paseo rápido por el más allá en una especie de nave espacial; sin duda, jugaba con el imaginario de la conquista del espacio, pero lo que quería era instar al mundo a volverse hacia lo espiritual.

—Ya lo tengo —dijo Mona después de pensarlo con calma—. Un jinete se siente libre, ¡puede galopar por donde quiera! Parte a la aventura. Y además es azul, y eso es muy importante porque es el color del cielo. Me lo dijiste cuando vimos *La bella jardinera* de Rafael. Este jinete azul es la alegoría de nuestra mente, que puede ir donde quiera.

—Y el jinete azul, *Der Blaue Reiter* en alemán, iba a servir de símbolo a todo un grupo de artistas. Verás, este dibujo estaba destinado en un principio a ilustrar la revista de ese grupo. En dicha publicación, Kandinsky y sus amigos explican que quieren dar protagonismo a lo poético y lo onírico; quieren que las artes y los oficios dialoguen entre sí sin distinción ni jerarquía; quieren librarse de la obligación de representar solo lo que existe ante nuestros ojos. Y mira, Mona: ni los árboles, ni las rocas, ni nada de lo que hay en este paisaje se parece realmente a lo que podríamos percibir en el exterior. Más bien parecen imágenes mentales, colores brillantes y trazos anárquicos que podemos ver dentro de nosotros mismos, al antojo de los destellos abstractos que atraviesan nuestra conciencia...

—... y nuestro inconsciente —dijo Mona, recordando la lección sobre Klimt y la evocación de Freud.

—Exacto. Kandinsky no quiere dirigirse únicamente a los ojos o a la conciencia de la humanidad, porque eso sería rozar la superficie de los seres. Aspira a dirigirse a sus almas.

Mona pareció sorprendida y permaneció un rato en silencio. ¿Qué podía significar dirigirse al alma de alguien? Henry advirtió enseguida su desconcierto. Y entonces, sin previo aviso, se puso a tararear. Tenía una voz grave que hacía que los sonidos resonaran en lo más hondo de su paladar. Era *La cabalgata de las valquirias*, de Wagner, y solo hicieron falta unas notas a capela para que a Mona le temblaran las piernas. Él sonrió.

—Seguro que sientes, Mona, el modo en que la música toca directamente tus fibras más sensibles: gracias a esa fuerza, toda tu alma se pone a resonar. Pues bien, Kandinsky, que también era un gran melómano, exigía que la pintura alcanzara el mismo nivel de intensidad y desarrollara un nuevo lenguaje capaz de crear una emoción total. Lo que quería era enseñarnos (y cito de memoria) a «captar lo espiritual en las cosas materiales y abstractas». Para Kandinsky, todo, absolutamente todo, puede ser sagrado. Si prestamos atención al mundo que nos rodea, a la más mínima de sus formas, colores y contornos, deberíamos ser capaces de vislumbrar lo divino, incluso en el objeto más humilde realizado en la remota campiña rusa, incluso en un rayo de luz o en el simple canto de un pájaro. Por tanto, no hay necesidad de ir a un templo para que surja un fuego interior: la chispa está en todas partes.

Mona siguió contemplando el dibujo de Kandinsky durante largo rato, pero, en lugar de centrarse en el jinete, se sumergió en los colores, en particular en la vibrante masa de azul y en las líneas rizomatosas de un negro tupido. En su cabeza sonaba *La cabalgata de las valkirias*.

36

Marcel Duchamp

Desordénalo todo

El domingo, Mona acompañó a su padre al mercadillo de Évreux, en Normandía, donde Paul montó, bajo el sol de julio, un pequeño puesto al aire libre encajonado entre una tienda de ropa de segunda mano y un quiosco de crepes. Allí expuso media docena de prototipos de antiguos teléfonos de disco que había desmontado y manipulado hasta hacerlos operativos. El modelo estrella era de madera, y tenía un timbre de campana tan exquisito que hacía pensar en los tiempos de Proust. Los curiosos pasaban por delante, sin más; luego fueron deteniéndose, interesándose, y finalmente se mostraron entusiastas. Paul siguió haciendo demostraciones. Al final del día, una pequeña multitud se congregaba a su alrededor. Como se trataba de prototipos, había que hacer la reserva para poder recibir más adelante el encargo: sin duda eso frustraba a los clientes, pero también contribuía a acrecentar sus ganas. Los resultados fueron muy alentadores. A las siete y media de la tarde, Paul ya tenía once pedidos a trescientos euros cada uno... Un reportero del periódico local, el *Paris-Normandie*, se presentó de improviso y prometió hacer al menos un artículo breve. También quiso tomar una foto, y Mona sugirió a su padre que sostuviera un teléfono de madera en una mano y un móvil con pantalla táctil en la otra. El vendedor de ropa de segunda mano y el de crepes se alegraron de que el puesto de Paul atrajera a más gente, porque revertía en el volumen de sus respectivos negocios. A Mona, como premio a su empeño, se le obsequió con un gorro rojo y una riquísima crepe de queso livarot con ensalada. Mientras recogían, un último cliente se acercó a Paul.

—¡Le compro el aparato de baquelita por seiscientos euros ahora mismo! —dijo. Y le tendió el dinero en billetes pequeños.

Paul no podía creerlo, pero aun así rechazó la oferta y contestó educadamente que, por el momento, solo admitía pedidos.

En el coche de vuelta a Montreuil, Mona no dejaba de mirar a su padre. A pesar del éxito del día, seguía siendo el mismo de siempre, modesto y amable. Se alegraba mucho por él. Le preguntó por cuánto habría vendido el teléfono, y Paul respondió que nunca se desprendería de él: era el primero que había conseguido poner en funcionamiento.

—¿Y por diez mil euros? —preguntó Mona.

Y Paul, riendo, le rogó que no le dijera ni una palabra de aquello a su madre.

—¡Ni por cincuenta mil euros!

La niña quería lanzarse al cuello de su padre, orgullosa del modo en que sacralizaba ese insignificante objeto. Pero él estaba al volante, concentrado. ¡No era cuestión de provocar un accidente! Así que la niña se contentó con aferrar la caracola que colgaba de su cuello y sentir su inconmensurable esencia afectiva y su valor místico.

Para ir a Beaubourg, Henry y Mona pasaban por la rue de Rivoli, amplia y hermosa arteria haussmanniana en cuyo número 52 se encontraba el Bazar de l'Hôtel de Ville. Era un centro comercial con amplios escaparates a pie de calle. En uno de ellos había un reluciente cuarto de baño totalmente equipado, con una cabina de ducha de hidromasaje. Mona preguntó qué ocurriría si alguien decidiera asearse, desnudo, a la vista de los peatones. Henry se tomó su comentario al pie de la letra y explicó a la niña que a partir del siglo XX una provocación así podría haber sido, sin problema, obra de un artista. Se habría considerado una performance. Y profundizó en ello.

—Durante la Primera Guerra Mundial, hubo un movimiento llamado Dadá que inventó un nuevo tipo de cabaret completamente loco, donde la gente hacía de todo: gritaba, saltaba, se contorsionaba, declamaba. Ese espectáculo anárquico se ofrecía al público como una creación más, y pretendía expresar el absurdo de la época. Pero el arte de la performance despegó realmente después de la Segunda Guerra Mundial, cuando acciones aparentemente contrarias a la estética o el buen gusto empezaron a verse como obras de arte. Imagina un hombre al que disparan en un brazo, una pareja que se grita hasta la extenuación, o un joven encerrado de forma voluntaria en una estructura hermética de piedra durante una semana... Esos actos anodinos, estúpidos, violentos, irracionales se atrevían a reclamar el estatus de obra de arte...

Mona expresó su desconcierto. ¿Cómo era posible todo aquello? Henry respondió:

—No te lo vas a creer, Mona... Esa aventura empezó aquí mismo: ¡en el Bazar de l'Hôtel de Ville! ¿Quieres que entremos y lo descubramos?

Mona asintió con entusiasmo. Sin embargo, en lugar de franquear las puertas del establecimiento, Henry la cogió de la mano y la condujo hacia Beaubourg. Esta vez, ella se sentía completamente perdida...

Era un objeto suspendido: uno de esos botelleros de hierro galvanizado conocidos como «erizo», compuesto por una base circular seguida de otros cinco niveles de diámetro progresivamente más pequeño. En cada una de las cinco alturas, los aros metálicos estaban provistos de varillas cortas que formaban un ángulo obtuso de unos ciento diez grados. En ninguna de ellas escurría un solo recipiente de vidrio. Se podían contar: había doce en el primer nivel y nueve en cada uno de los siguientes. El armazón estaba reforzado por cuatro travesaños verticales; los remaches que soldaban el conjunto quedaban a la vista. El escurridor de botellas estaba suspendido en el aire por un cable, como si levitara, de modo que, gracias a los efectos luminosos, se podía discernir la sombra que proyectaba. Finalmente, en el aro que servía de base, podía leerse, en negro, en letra manuscrita: «Marcel Duchamp 1964 / Exempl. / Rrose».

Confusa, Mona no pudo soportar el largo rato de observación que exigía su abuelo. Se sentía turbada: aquel objeto, un escurridor de botellas, cristalizaba en ella antiguas fobias. Bastaba con recordar el miedo que le tenía al que había en la tienda de su padre. La invadió una especie de malestar, incrementado por la incongruencia de que un cacharro semejante estuviera colgado en un museo prestigioso. Le parecía muy poco serio. Y, precisamente, Henry quería explicarle que era serio porque no lo era...

—Sí, Mona, es un vulgar portabotellas como los que se encuentran por todas partes y como el que el propio artista compró en el Bazar de l'Hôtel de Ville...

—¡Ah! Por eso me hiciste creer que íbamos a entrar allí y al final me trajiste aquí. ¡Qué bromista, Dadé!

—El bromista en la materia es más bien el autor de esta obra: Marcel Duchamp. Apréndete su nombre porque hay pocos artistas que hayan tenido tanta influencia en el siglo XX.

Mona se preguntó si su abuelo estaría intentando engañarla, aunque parecía sincero. Entonces recordó las obras monumentales en mármol y bronce de Miguel Ángel y Camille Claudel, y planteó si también esta era una escultura.

—En cierto sentido —respondió Henry—, esta obra puede considerarse, efectivamente, una escultura, ya que se trata de un volumen que se despliega en tres dimensiones, a diferencia de una pintura, la cual solo tiene dos. Pero esas son categorías tradicionales que Duchamp quería romper. Este botellero no fue fabricado por el propio Duchamp; ni siquiera fue transformado, repintado o manipulado. Duchamp se limitó a elegirlo, y lo hizo precisamente porque no tenía nada de especial. No era bonito ni feo, era lo que era. Estaba ya ahí y ya estaba hecho, y por eso se sirvió del término *ready-made* para designar este objeto.

—Pero, Dadé, ¿es una obra de arte?

—¡Ah! ¡Esa es la gran pregunta! Marcel Duchamp habría respondido que es una obra, pero una obra ¡«que no es de arte»! No sé si lo es o no, pero en este momento, ante nuestros ojos, se convierte en una.

Mona frunció el ceño. Guardó silencio y se puso a examinar el botellero con atención, como teóricamente debería haber hecho al llegar. Uno, dos, cinco minutos... ¿Se estaba convirtiendo el objeto en una obra de arte ante sus ojos, como había dicho su abuelo? Henry la interrumpió con una frase célebre de Duchamp, que desgranó despacio, sílaba a sílaba, para que resonara en lo más profundo de Mona.

—«Contra toda opinión, no son los pintores, sino los espectadores, quienes hacen los cuadros».

La niña sonrió. Era halagador pensar que ella, una simple niña, pudiese desempeñar un papel crucial cada vez que iba al museo; gracias a ella, los cuadros, las esculturas, las fotografías y los dibujos del museo se iluminaban y se activaban. Se convertían en lo que eran, y más. Lo que Henry quería que intuyera era que Marcel Duchamp, con su botellero y más tarde con otros *ready-mades*, sometía al espectador a un abismo: ¿a partir de qué momento o de qué umbral un objeto se convertía en obra de arte? Duchamp no ofrecía la respuesta, pero planteaba la pregunta (o más bien la hacía sentir) a través de un gesto mínimo desprovisto de toda búsqueda estética o moral.

—Verás, Mona, a Duchamp le encantaba provocar. En 1917, por ejemplo, realizó de forma anónima una obra titulada *Fountain* que era un simple urinario del revés, y luego quiso que se exhibiera entre esculturas y pinturas. El comité de la exposición se negó, a pesar de que había prometido no rechazar a nadie. Con su broma, Duchamp planteaba la eterna pregunta: ¿en qué momento se puede considerar que un objeto se convierte en obra de arte? ¿Tiene que imitar la naturaleza? ¿O, al contrario, diferenciarse de ella? ¿Basta con que esté firmado? ¿O con colocarlo en una galería? ¿Tiene que ser fruto de un trabajo? Y, en ese caso, ¿quién lo evalúa?, ¿a partir de qué criterios? Aunque el botellero o el urinario no sean en principio bellos o interesantes, sirven a Duchamp como prueba *ad absurdum*...

—Sí, Dadé, pero yo creo que una obra de arte tiene que conmoverte.

—Por supuesto. Pero habrá quien te diga que ese no es su problema, y su visión también sería legítima. Es más, Mona, la incomprensión, la duda, el malestar, la rabia e incluso la risa (porque no olvidemos que el humor está en el fondo de todo esto) también son emociones.

Mona se dijo: «Es cierto que esta obra me irrita, pero también es verdad que tiene su gracia... Un trozo de hierro colgado en medio de un museo...».

—Ahora que lo pienso —dijo al fin—, no me disgusta este cacharro tuyo... Queda bonito ahí, flotando en el aire. Es como el jinete azul de Kandinsky: ¡un auténtico cohete!

—Hablando de cohetes, Duchamp cuenta que fue un día a una feria de aeronáutica con sus amigos Fernand Léger y Constantin Brancusi, también artistas. Durante su visita, se tropieza con una espléndida hélice de avión. Les dice a sus amigos que ninguna mano humana podría hacer nada mejor. Llega a la conclusión de que la pintura ya está muerta...

—Seguro que lo decía porque era muy malo con el pincel...

—Te equivocas, Mona. Duchamp sabía lo que se hacía delante de un caballete. Sin embargo, a principios de la década de 1910 se le metió en la cabeza que se trataba de una técnica anticuada y había que acabar con la imagen clásica del arte. No por casualidad este botellero data de 1914, apenas unos meses después de que se convenciera de que la pintura había muerto...

—¡A mí me parece más bien de 1964! Es lo que está escrito en el metal, ¡mira!

—No se te escapa nada. La verdad es que el portabotellas original es de 1914, la fecha en que Duchamp lo compró. Pero un día su hermana lo tiró por descuido, sin saber que se trataba de una obra, y Duchamp volvió a comprar botelleros iguales que el primero y los firmó, sobre todo en 1964, con vistas a donarlos a museos. En un sentido, pues, son réplicas del original. En otro, es absurdo hablar de réplicas y originales, porque ya en 1914 el botellero en cuestión era similar a cualquier otro que se hubiera podido encontrar en el Bazar de l'Hôtel de Ville...

—¡Me marea el Duchamp este!

—Es alguien que está siempre intentando romper con las convenciones. Al cuestionar lo que rige nuestra vida cotidiana, llama nuestra atención sobre los hábitos de la sociedad, sobre lo que esta acepta como normal. Desmonta sus mecanismos y demuestra que lo que parece irrefutable no lo es.

—Vale...

—Mira lo que está escrito en el botellero: «Rrose». Es una alusión a «Rrose Sélavy».

—¿Quién es esa?

—Es el nombre de un personaje ficticio, una mujer cuya identidad Duchamp asumía a veces travistiéndose. Trastocaba las dos categorías convencionales, los hombres por un lado y las mujeres por otro, al sugerir que dichas categorías eran intercambiables.

—¡Uy! Debió de montar un buen lío el tal Duchamp...

—Y tanto. Lo cogió todo y lo revolvió. La lección de Duchamp es que hay que desordenarlo todo, dar otro sentido a las cosas, y con este botellero se podría decir que lo consiguió, pero consagró su vida y su obra a desordenar las cosas, incluso en los lugares más serios, empezando por los museos...

Al salir de la sala, Mona se preguntó dónde habría ido a parar el «erizo» de su padre, sórdido símbolo de su alcoholismo. Recordó el día, en la penumbra de la tienda, en que lo decoró con llaveros en forma de corazón para expresarle su amor. «Así que hice una obra de arte», pensó. Y entonces se dijo que Marcel Duchamp era un mago a su manera, porque ofrecía la extraordinaria posibilidad de transformarlo todo en una obra de arte. La confusión que creaba entre el arte y la vida la estremecía. Era casi demasiado bello para ser verdad...

37

Kazimir Malévich

Sé autónomo

Camille tenía la cara crispada, la mandíbula apretada. Había llevado a su hija al centro oftalmológico donde la niña debía someterse a la serie de revisiones que el doctor Van Orst había prescrito justo antes de las vacaciones. Mientras comprobaban su tensión ocular —una prueba que consistía en proyectar un pequeño chorro de aire sobre la córnea—, Mona experimentó una sensación infinitamente desagradable. Camille miraba a su hija y quería gritar de rabia, y es que, ante el peligro de ceguera que pendía sobre la niña, se le hacía un nudo en el estómago. Pero también ella supo aguantar.

En la sala donde esperaba los resultados junto a otros pacientes, Mona se propuso un reto: se dijo a sí misma que, si era capaz de contar mentalmente hasta treinta en menos de veinte segundos, el diagnóstico sería positivo. Así que se inclinó sobre su reloj, contuvo la respiración, empezó a contar y lo logró. Pero era demasiado fácil. El verdadero desafío sería «hacer el cabra», como decía su padre. Pensó que, si conseguía hacer reír a su madre en menos de diez minutos, las noticias serían buenas. Volvió a mirar el reloj. Eran las 15.11, y a las 15.13 empezó a hacer muecas sin parar, lo que puso nerviosa a Camille, que le ordenó que se estuviera quieta. A las 15.15 probó una broma bastante burda, sin el efecto esperado. A las 15.18 volvió a las muecas. El tiempo se estaba agotando. Así que la niña, segura de que su vida dependía de la risa de Camille, se propuso sembrar el desorden en la silenciosa sala de espera: a las 15.19 se puso en pie y lanzó una adivinanza a los pacientes allí presentes. Camille estaba empezando a hartarse, pero Mona no se sentó: con los dientes clavados en el labio inferior, como una rata, se llevó las manos detrás de la cabeza inclinada, las pegó en vertical justo por encima del occipucio y las chasqueó.

—¿Saben qué es? —preguntó a su audiencia.

Medio indignada por la improvisada performance, la gente refunfuñó.

—¡Un conejo en moto y sin casco! —aclaró Mona, radiante.

Luego se dio la vuelta y se encogió de hombros como para pedir disculpas. Su madre, enternecida, puso cara de resignación y dejó escapar una risita. Eran las 15.20.

Henry supo por Camille que los resultados de las pruebas no solo habían sido normales, sino que, además, habían confirmado que Mona poseía una capacidad de percepción excepcional, muy por encima del nivel de excelencia. La niña, siempre modesta con sus éxitos, no le había contado a su abuelo que el doctor Van Orst había establecido su agudeza visual en un 18/10, es decir, el nivel de un tirador de élite o un piloto de caza. Al enterarse, Henry quedó encantado, aunque se cuidó de no dejar traslucir su alegría. El *ojo absoluto*... Sí, tal vez gozara del ojo absoluto... Sin duda, Mona tenía tanto oro en los ojos como en el corazón. Sabría, pues, captar, tras su aparente austeridad, la trascendencia del tenebroso Kazimir Malévich.

Era una simple cruz negra sobre fondo blanco. Una cruz griega para ser más exactos, cuyos brazos horizontales y verticales tenían la misma longitud y se cortaban en el centro. Esos brazos, bastante anchos, parecían ocupar, aproximadamente, un tercio de la superficie de la que surgían, dado que el cuadro medía 80 × 80 cm. En realidad, nada era tan estructurado ni tan geométrico. La simetría vacilaba. El rectángulo horizontal tenía unos lados lo suficientemente oblicuos como para convertirse en un trapecio, y la cabeza de la cruz se inclinaba imperceptiblemente hacia la izquierda de la composición. Los trazos no daban la impresión de una estricta regularidad, ni de proporciones completamente sólidas. En cuanto al negro y al blanco, su textura producía un sinfín de matices y asperezas. Aunque de una sobriedad y un minimalismo francamente áridos, la obra no dejaba de ser vibrante, cuando no sensual.

Mona se lo tomó con humor. ¡Ah! Su abuelo, no contento con llevarla la semana anterior a ver el botellero, esta vez le presentaba una cruz negra sobre fondo blanco, sin frutas, ni flores, ni rostro, ni paisaje, ni batalla, ni detalle alguno, ni siquiera un toque de rojo o una pizca de amarillo. Como parecía querer retarla a pasar mucho tiempo delante de casi nada, así sería, ella resistiría. Al cabo de cuarenta minutos fue Henry quien rompió el silencio.

—Kazimir Malévich nace en 1879 en lo que hoy es Ucrania, que en aquella época formaba parte del Imperio ruso, por entonces el Estado más grande del mundo, dominado por un zar todopoderoso. Cuando el pintor muere, en 1935, Rusia ya se ha convertido en la URSS, un territorio aún más vasto bajo el dominio de una dictadura totalitaria.

—¿Qué ocurrió?

—Primero tienen lugar las airadas huelgas obreras, que agitan al pueblo y obligan al zar a capitular en 1917. Malévich apoya esta revolución e incluso participa en ella, como muchos de los artistas de su generación. Posee un temperamento revolucionario...

—¡Oh! ¡Eso me recuerda a David! Aunque me cuesta entender cómo se puede hacer una revolución con un cuadro así.

Y aun así..., pensó Henry. Cuántas maneras había de rebelarse, de indignarse, de clamar contra la injusticia, de arengar a las masas contra el poder fáctico. El truco estaba en encontrar el modo de expresión que se adaptara a cada contexto. David, sin duda, lo había encontrado. Pero esa cruz, esa simple cruz reducida a sí misma, sobre su fondo blanco, ese «grado cero de las formas», como lo llamaba Malévich, tenía también, en 1915, su carga explosiva... Eso era lo que debía hacerle entender a Mona.

—De hecho —prosiguió Henry—, cuando Malévich pinta y expone este cuadro, todavía está vinculado a un movimiento artístico muy importante en Europa: el futurismo. Es un movimiento que propugna la mutación constante, la metamorfosis total, todo el tiempo, a menudo con violencia. Pues bien, Malévich, con sus abstracciones extremadamente depuradas, lleva esta lógica hasta el límite: nos hace comprender que hay que volver a partir de cosas elementales, de lo más profundo de nosotros mismos, para provocar cambios en el mundo. Podemos partir de los colores que habitan nuestra alma, de una simple línea, un círculo, una cruz, un cuadrado, un plano oblicuo, de nuestra interioridad más sobria, más pura, para lograr desencadenar inmensas transformaciones.

—Es curioso —murmuró Mona—. ¿Ves? Al principio se ve solo una cruz, ¡una cruz sin más! Pero en realidad las líneas se inclinan un poco. Hay cosas que se mueven, es decir, la cruz está viva. Está viva porque...

—... porque se estremece —dijo Henry—. Lo que Malévich expresa son las sacudidas y los ritmos más íntimos y diminutos que dictan el curso del universo: la dirección, la relación entre la gravedad y la ingravidez, la fluidez, el entrelazamiento de los espacios, la revolución de los átomos y los planetas. Lo que expresa es ese grado mínimo de la acción, su germen, su temblor inicial, a partir del cual existen y se despliegan todas las posibilidades. Es un llamamiento a la libertad total.

—Pero la cruz es también la historia de Jesús, Dadé. ¿Sabía Malévich que estaba pintando un símbolo de la religión?

—Por supuesto. Tiene esa idea en mente cuando la pinta. Sobre todo porque, al igual que Kandinsky, es un artista espiritual. En este sentido, su abstracción es un resorte revolucionario, ya que manifiesta un rechazo del materialismo.

—¿Un rechazo de qué?

—Del materialismo: una visión del mundo que afirma que el universo solo está compuesto de materia y que es inútil o ilusorio preocuparse de lo divino, de lo «trascendental», como dicen los sabios. —Mona repitió esa palabra en silencio—. Pues bien, a Malévich le importa mucho lo invisible, lo impalpable. Esta cruz no es una cruz cristiana como las que se ven en las iglesias, pero no por eso carece de un aura sagrada.

—Pero ¿tú crees que la gente que veía esta cruz entendía todo lo que me estás diciendo?

—Bueno... Algunos la consideraron una provocación estúpida; otros admitieron que era revolucionaria. En el contexto de 1915, resulta evidente que Malévich buscaba liberar al arte de todo lo convencional y darle un nuevo impulso. Pero lo más asombroso es que sus cuadros más aparentemente inofensivos acabaron planteando problemas muy serios. Voy a explicarte por qué.

Mona puso una cara muy seria.

—En 1922, cuando nace la Unión Soviética, Malévich se muestra favorable a ese enorme cambio político y social que supone el paso de un régimen de privilegios (el del zar) al sistema denominado «comunismo». Pero muchos comunistas empezaron pronto a desconfiar del arte, de los cuadros, de la pintura...

—¿Y eso?

—Pues verás... Entre los comunistas había bastantes que se oponían a todo lo que fuera demasiado intelectual, demasiado individualista en el arte. Para esos opositores, esas búsquedas vanguardistas eran contrarias a una sociedad igualitaria, al hacer de la cultura una excepción aristocrática reservada a una élite. De hecho, querían que el arte estuviera única y exclusivamente al servicio de la causa revolucionaria y de la Unión Soviética.

—¡Pobre Malévich! Se le debió de quedar cara de tonto con esas cruces y esos cuadrados suyos...

—Peor aún. Los comunistas lo tomaron por un loco peligroso. Se miraba con recelo a alguien que pintaba formas tan simples y que clamaba que todo era posible, que uno debía dejarse llevar por su interioridad, por lo que veía dentro de sí, por su subjetividad. Figúrate, llegaron a prohibirle hacer esas cruces, esos monocromos, esos cuadros reducidos a texturas y meras geometrías. Vigilado y humillado, no tardó mucho en morir, a mediados de los años treinta, a causa de un cáncer. Lo que quiere mostrar Malévich es que el cuadro constituye un espacio autónomo. «Autónomo» viene del griego *nomos*, que significa «ley», y de *auto*, que significa «propio, mismo». Lo autónomo es, pues, todo aquello que se da a sí mismo su propia ley. Con su geometría elemental, el arte de Malévich surge de reglas que solo le pertenecen a él. Es un arte que se aparta por completo de la naturaleza que nos rodea. Imitar esa naturaleza supondría esclavizarse, alienarse, ser su prisionero.

—Es curioso, Dadé, porque papá me dice a veces que un día, cuando sea mayor, seré autónoma también yo. Ahora lo entiendo mejor.

—Malévich exhortaba a cada individuo a navegar en su propio «abismo blanco y libre», y en el infinito, a su aire. El contrasentido que suele darse con esta cruz, como con el *Cuadrado negro sobre fondo blanco*, es que se quiere ver como un punto final de la historia del arte, como un velo de luto que significaría que la pintura ha muerto...

—Que la pintura ha muerto —repitió Mona—. Dijiste que eso era lo que pensaba Marcel Duchamp.

—Pero, como acabo de explicarte, Malévich no lo cree en absoluto: al contrario, está convencido de que la pintura renace gracias a la abstracción que él denomina «suprematista». Renace porque retorna a un estadio elemental y embrionario infinitamente rico. De hecho, sin que nos demos cuenta, en nuestro entorno hay muchas cosas, en especial en diseño y en arquitectura, que se inspiran en ese tipo de abstracción de principios del siglo XX.

Un vigilante tuvo que acabar interviniendo para dar por finalizada la meditación de Mona y de su abuelo.

—¡Ustedes dos! ¿Están maquinando algo o qué?

—¿Maquinando algo? —preguntó a su vez Henry, sorprendido—. ¿Y eso por qué?

—¡Llevan una hora mirando esa cruz! Nadie se queda delante de la cruz más de diez segundos.

—¡Vamos, señor mío! ¡Un anciano y una cría! Pero ¿de qué maquinación está usted hablando? Permítanos quedarnos solo un momento más y ya no volveremos a molestarlo hasta la semana que viene.

—Cinco minutos... ¡Ni uno más!

El hombre volvió a sentarse sin dejar de observar a la pareja. Mona se desternillaba.

—Bueno —le dijo a su abuelo—, ¡basta por hoy! ¡Hay que dejar este cuadro al resto de la gente!

38

Georgia O'Keeffe

El mundo es una carne

Las vacaciones de verano discurrían lentamente. Durante la semana, Mona pasaba la mayor parte del tiempo en el campamento recreativo de Montreuil, pero le costaba encontrar nuevos amigos. No es que estuviera enfadada o que se aislara tristemente sin hablar con nadie, en absoluto. Solo echaba de menos a Jade y a Lili. En el campamento estaban prohibidos los ordenadores, las tabletas y los móviles, pero había una biblioteca bien surtida. Mona fue hasta allí y preguntó cándidamente al funcionario que atendía el local:

—¿Puedo escribir?

Esta era una pregunta como mínimo sin ninguna lógica, totalmente novedosa, en cualquier caso, pero nada impedía que una niña tomara el lápiz para contarse a sí misma sus propias historias, en lugar de leer las de otros. Mona se sentó en un rincón oscuro y sacó de su mochila un gran cuaderno de tapas rojas, un lápiz y una goma de borrar. Pensó que había llegado el momento de escribir su propio diario para anotar sus impresiones, divagar sobre sus estados de ánimo y manifestar sus esperanzas...

Quería empezar hablando de cómo pasaba el día allí, pero se dio cuenta de que, antes de poder describir el presente, tendría que repasar mentalmente la secuencia de las semanas marcadas por las visitas al Louvre, Orsay y Beaubourg en compañía de Henry. ¿Debía pedir ayuda a su abuelo si tenía dudas? No, prefería buscar las respuestas en su interior. Cerró los ojos. Volvió a ver el dañado fresco de Botticelli: Venus, las tres Gracias, Amor y la joven recibiendo su regalo. Cogió el lápiz y, con una caligrafía muy cuidada, escribió: «Lo primero que me enseñó Dadé fue a recibir».

Con el aire abrasador de julio, los plátanos de París se habían vuelto amarillos. Mientras caminaba junto a su abuelo, Mona se percató del fenómeno.

—¿Adónde va el verde de los árboles cuando se marcha? —preguntó.

Henry se detuvo en seco. La pregunta no tenía sentido desde un punto de vista científico, por supuesto. Sin embargo, era un enigma con profundas resonancias metafísicas. Examinó el horizonte en silencio y, finalmente, sugirió en voz baja y pausada:

—Sí, Mona, ¿hacia dónde escapan el blanco de la nieve cuando se derrite, el rojo de un volcán cuando se apaga, el púrpura del amaranto cuando se marchita, el marrón del cabello cuando se vuelve gris, el azul del cielo cuando muere el día? Tal vez haya un paraíso para los colores... Seguro que allí juegan, se combinan, brillan y estallan, y al final se apagan. Para volver a empezar. Y así hasta el infinito.

Mona se fijó entonces en un castaño de Indias que parecía un gigante.

—Ay, Dadé —dijo—. El amarillo de las hojas pronto se volverá naranja, con la llegada del otoño, pero, si miro ese amarillo durante mucho tiempo, quizá fluya hasta mi mente. ¡Y puede que incluso sea mi mente el paraíso de los colores!

La niña sonreía, dejándose llevar por su descubrimiento y aquel irresistible encanto poético... Luego, su rostro despierto y cándido se nubló de repente.

—Si me quedo ciega, espero que el paraíso de los colores esté en mi cabeza...

A Henry no se le ocurrió nada que decir. Nada. La cogió de la mano y la condujo al museo, con las pupilas ennegrecidas por la tristeza. Tal vez los cuadros de Georgia O'Keeffe los consolaran.

Eran unas masas de color suaves y sinuosas trazadas con un pincel extremadamente preciso. Había una especie de ondas o lenguas bien definidas y completamente legibles, en rojo, amarillo y naranja, que podían dar la impresión de una pura abstracción con tintes de lava. La dinámica de la composición, marcada por una especie de sucesión estratigráfica, oscilaba ligeramente, ya que las líneas de estratificación, en lugar de ser rígidas y estrictamente horizontales, flameaban inclinándose de izquierda a derecha; sin tirantez, sin ángulos, solo un oleaje serpenteante y luminoso. Más de cerca, sin embargo, se dibujaba algo parecido a un paisaje. En la parte superior, dominada por nubes rosas, amarillas y blancas, se intuía el cielo iluminado por el crepúsculo o el amanecer; debajo, una estría más fina y abombada, entre negra y gris, se asemejaba a un macizo rocoso; y ese macizo delimitaba la mitad inferior de la obra, en la que se hinchaban y rizaban vibrantes capas de colores cálidos que iban deslavándose hasta convertirse, abajo del todo, en tonos carne. Estas capas recordaban las nubes de arriba, haciéndose eco de ellas, sin duda como un reflejo libre y distorsionado en una masa de agua. De ahí surgía la temática latente: tal vez un lago de lava al pie de una montaña umbría bajo un cielo convulso y afrutado.

La semana anterior, Mona había examinado largamente y sin palabras la cruz de Malévich para poner a prueba la paciencia de su abuelo. Y era evidente que aquella interminable sesión de observación la había curtido de verdad, porque esta vez, sin necesidad de esforzarse lo más mínimo, consiguió recorrer la obra en toda su amplitud sin cansarse. Al cabo de un rato, Henry dio comienzo a su explicación.

—Georgia O'Keeffe nació en 1887 en Estados Unidos, un país todavía muy nuevo y sobre todo muy grande, en plena expansión económica y cultural. Ella era de origen húngaro por parte de madre e irlandesa por parte de padre. En Nueva York, fue alumna de William Merritt Chase, el pintor más eminente de su tiempo, toda una figura, pero que seguía impregnado por completo de las concepciones estéticas del viejo continente, y en especial del impresionismo.

—Y, por mucho que se quiera a los profesores —añadió Mona—, llega un momento en que hay que dejar de ser discípulo... Seguro que Georgia O'Keeffe lo entendió así...

—Sí. Dejó voluntariamente de lado todo lo que había aprendido para partir de cero. Y, al hacerlo, pasó a formar parte del grupo de artistas que levantaron y construyeron el espíritu americano. ¿Sabrías decirme en qué consiste dicho espíritu, Mona?

—Para mí, Dadé, en América todo es inmenso: hay paisajes con desiertos, lagos y montañas, y además esos rascacielos enormes de Nueva York. Sí, ¡todo es inmenso en América!

—Precisamente, Georgia O'Keeffe pintó tanto esas ciudades colosales como la naturaleza espaciosa y generosa que se extiende hasta perderse de vista. Su trabajo retrata la América urbana y la América rural, y se caracteriza por la justa mesura de la desmesura.

—En este cuadro, desde luego, yo veo más campo que ciudad.

—Tienes razón. Se trata del lago George, un paraje extraordinario al pie de las montañas Adirondack. Fue representado en numerosas ocasiones por pintores estadounidenses del siglo XIX, paisajistas que también eran, a su manera, exploradores y aventureros. Desbrozaron la naturaleza salvaje para rendirle homenaje en grandes lienzos y mostrar Estados Unidos como un nuevo edén. Pues bien, esta obra de Georgia O'Keeffe se inscribe en esa misma línea, aunque el lago George, el macizo gris negruzco que se hunde en él y el cielo que lo cubre ya no son reconocibles, porque han sido sometidos a una vívida abstracción. Ahora son estrías, franjas. Y esas estrías, con su juego de ondulaciones, matices y gradaciones cromáticas, se asemejan a brocados suaves y protectores, a olas cálidas...

—Como si la naturaleza se transformara en caricias... —susurró Mona, al tiempo que apretaba la mano de su abuelo y le clavaba con fuerza las uñas.

Henry sintió una punzada de dolor que abrió una brecha en su alma. Puede que aquella conexión entre la naturaleza y las caricias lo remontara a las primeras sensaciones de la infancia, a la embriaguez causada por una bocanada de aire cálido o el olor a primavera. El caso es que siempre que rememoraba aquellos antiguos recuerdos se ponía melancólico. Qué extraño le resultaba admitir que alguna vez había tenido la edad de Mona. Qué vertiginoso era pensar que un día Mona alcanzaría la suya... ¿Cómo se expresaba él con diez años? ¿Cómo se expresaría ella cuando tuviera ocho veces más? De repente, las líneas de Georgia O'Keeffe se pusieron a crepitar como en un incendio. La naturaleza se convirtió en caricia y la caricia en fuego.

—Georgia O'Keeffe —continuó— se hizo famosa pintando flores con un encuadre muy ajustado. Y, del mismo modo que este paisaje lacustre te ha hecho pensar en caricias, la corola con sus pétalos, el pistilo, el tallo, tal como ella los pintaba, evocan la anatomía humana, alguna parte del cuerpo. Es lo que se conoce como «biomorfismo».

—Ay, sí, Dadé... ¡Fíjate en el rojo y el rosa! Eso de abajo parecen lenguas o labios. Yo veo tres bocas, y arriba, en las nubes, ¡hay alguien que está tumbado!, ¡se ven las piernas y las nalgas! Qué gracioso, Dadé, porque siempre que miro al cielo veo cosas, animales..., pero aquí está claro, hay tres traseros flotando por encima de la montaña. ¡Es genial el biomorfismo!

Y Mona soltó una carcajada, mientras Henry se limitaba a levantar las cejas en un gesto de fingida consternación... Pero el comentario de Mona sobre el cuadro del día, aunque infantil, daba en el clavo. Eso le ahorró tener que explicarle a su nieta que las visiones de Georgia O'Keeffe eran famosas por sus alusiones a los genitales femeninos. De haber querido, Henry podría haber aprovechado para aclararle que la artista afirmaba su propia identidad sexualizando de forma femenina la flora y los paisajes. Sin embargo, esa interpretación le parecía demasiado reductora, así que se decantó por otra menos erótica y más filosófica.

—Cuando pensamos en nuestro propio cuerpo, Mona, generalmente tenemos la impresión de que, por un lado, existe un espacio y, por otro, dentro de ese espacio, nuestra presencia diferenciada: una unidad en un entorno... Pero la pintura de Georgia O'Keeffe nos insta a sentir las cosas de otra manera. En su obra, los elementos del mundo se funden en elementos anatómicos, los elementos anatómicos en elementos abstractos, los elementos abstractos en elementos del mundo, y así sucesivamente. Es como si todo estuviera atrapado en un bucle, en un entrelazamiento inseparable. ¿Serías capaz de decir cuál es la forma dominante en este cuadro?

—Dudo entre la línea recta y la curva —dijo Mona con ironía, porque la pregunta le parecía demasiado fácil—, pero seguro que será la curva...

—Sí, por todas partes hay curvas que van en una dirección y otras que van en dirección contraria: contracurvas. Este juego formal de curvas y contracurvas es la encarnación perfecta de la fluidez. En sentido literal, podríamos considerarlo la expresión, llevada a su apogeo, de la liquidez del agua o de las variaciones aéreas del cielo y las masas de vapor que flotan en él, estirándose y desgarrándose, recombinándose. A Georgia le interesaban mucho estos fenómenos atmosféricos. Pero es posible ir más lejos: para ella, esa fluidez es la naturaleza misma del cosmos, el flujo que une todos los cuerpos del universo. No existen los cuerpos biológicos de los seres humanos por un lado y los cuerpos minerales de la montaña o un lago por otro; todos forman parte del mismo circuito. Así que es normal percibir mucosas, miembros y sensaciones epidérmicas diluidas en este paisaje.

—Sí, e incluso, Dadé, en este caso se podría decir que hay heridas. Cuando sabes que este paisaje es también una especie de piel, puedes imaginar que está sangrando. —Mona hizo una larga pausa—. ¡Bah! Seguro que he dicho una tontería, como siempre.

—No es ninguna tontería, querida. En absoluto. Has comprendido muy bien la lección de Georgia: el mundo es una carne.

Sin añadir más, porque no quería confundir a la niña, sus pensamientos lo llevaron hasta Merleau-Ponty, el filósofo de la fenomenología. Era él quien había hablado de la «carne del mundo» y la «carne universal del mundo». Merleau-Ponty no solo afirmaba que la percepción humana sentía el cielo, la montaña y el lago, sino que también el cielo, la montaña y el lago —porque son carne— sentían la existencia del ser humano cuya percepción penetraba en ellos...

Y entonces, de repente, Mona levantó los brazos. Un torrente de sangre había avivado sus pequeños pómulos; sus cabellos parecían erizados, electrizados por una revelación. La pequeña acababa de descubrir un diminuto y casi imperceptible matiz verde en el flujo de colores cálidos del cuadro, que le recordaba los árboles vistos dos horas antes. Tenía la respuesta a su pregunta: ¿adónde van los colores de la vida una vez que desaparecen?

—¡Dadé! El paraíso de los colores... ¡está aquí! Lo he encontrado. Está en la pintura...

39

René Magritte

Escucha tu inconsciente

Aquel día de agosto, Mona cumplía once años. Y, en cada uno de sus cumpleaños, el ritual era el mismo: a la hora de la merienda, su padre decoraba la tienda de Montreuil, montaba una gran mesa, horneaba galletas de chocolate y les ponía velas.

Había cuatro sorpresas, según anunciaron sus padres. En apenas unos minutos, la niña descubrió tres de ellas —tres paquetitos—: una bonita caja con una baraja de cincuenta y dos cartas, un par de pendientes y un sobre con sesenta euros. Mona saltaba de alegría, pero, tras una larga búsqueda, desistió de dar con el cuarto regalo. Luego Camille, con un rápido gesto de la barbilla, le sugirió que fuera a echar un vistazo a la trastienda, y, en cuanto la niña puso un pie en la habitación, el recuerdo de su abuela acudió a su mente. Pensó en las figuritas Vertunni que Paul había vendido ya en su totalidad: las imágenes mentales de Colette Vuillemin y las figuritas de plomo se entretejieron en su cabeza. Afortunadamente, apenas tuvo tiempo de ponerse melancólica, porque un ruido la sobresaltó y barrió esa tristeza pasajera.

—¡Papá, mamá, he oído algo raro!

Y el extraño ruido sonó de nuevo, de forma más nítida. Y luego otra vez. El corazón de Mona empezó a latir con fuerza. Se acercó despacio al rincón de donde procedía el sonido. Era lo que imaginaba. Tumbado de lado, ladraba un precioso spaniel; acercó la mano y el perrito se la mordisqueó. Acarició su pelaje, casi sin aliento, abrumada por la sensación de suavidad trémula que notaba bajo su palma.

Mona miró al animal a los ojos; el animal miró a Mona a los ojos. Se lamió el hocico y se irguió sobre sus pequeñas patas delanteras. El regalo era, por supuesto, esa frágil criatura. Pero también era algo más, algo difícil de describir. Era, a través de esa empatía inmediata entre el animal y la niña, una toma de conciencia. La de la membrana del mundo. El mundo como un tejido vivo compartido.

—Te llamas Cosmos —le dijo Mona, con lágrimas en los ojos y jadeando de felicidad.

Y Cosmos ladró dos veces.

Henry se negó a que su nieta fuera al museo con el cachorro en una bolsa. Mona cedió y se propuso un reto. Los miércoles, cuando volviera a casa después de la visita, repetiría la lección del día a Cosmos. A Henry le pareció una idea tan descabellada que la secundó. No sin cierta ironía, sugirió que Mona hiciera o encontrara una fotografía de cada obra para poder mostrársela al perro.

—Sí, me parece lógico —dijo ella muy seria.

Anunció que pegaría las fotos en los bonitos naipes plastificados que le habían regalado por su cumpleaños. Así tendrían un soporte rígido.

—Cosmos estará encantado —concluyó.

Maravillado en su fuero interno, Henry recordó al extravagante poeta y artista plástico Marcel Broodthaers, que en 1970 había grabado una entrevista con un gato sobre arte contemporáneo... Broodthaers era belga, como el grandísimo pintor surrealista René Magritte. Había llegado la hora de descubrirlo.

Dominaban el espacio un par de zapatos abotinados, colocados casi en paralelo. Era una vista en picado, de tres cuartos, con el contrafuerte a la derecha de la composición y los dedos de los pies a la izquierda. Los dedos, sí, y no las puntas de los zapatos, ya que estos se transformaban progresivamente en pies. Para ser más precisos, el cuero marrón, fino y meticulosamente pintado, se iba convirtiendo, más o menos a la altura del hueso navicular, en una piel blanca y rosácea recorrida por una red venosa bastante abultada. Gracias a una gradación impecable, la transición de objeto a parte del cuerpo humano resultaba perfectamente natural y convincente. Incluso había detalles que hacían creíbles tanto la bota como la anatomía: cordones rectos que subían en cuatro filas y colgaban, desatados, de los agujeros de arriba; uñas un poco largas, nacaradas al nivel de la queratina y ligeramente sucias en el borde. El aspecto de la carne sugería una presencia humana, pero fragmentada y espectral. El motivo aparecía en un encuadre ajustado y bastante lúgubre, dominado por tonos carbonosos y apagados. En el tercio inferior del lienzo de formato vertical, había tierra marrón y pedregosa. En los dos tercios restantes, a partir del suelo, se encadenaban horizontalmente cuatro tablones de una empalizada de madera beis marcada por algún que otro nudo disperso.

Mona pasó algo más de cuarenta minutos delante de la obra antes de que comenzara la conversación.

—Como puedes ver —dijo al fin Henry—, con Magritte volvemos a algo un poco más clásico que en nuestras últimas visitas. Es un óleo figurativo sobre lienzo...

—¿Clásico? Qué raro que digas eso, Dadé. A mí me parece que esta obra da bastante miedo... ¿Sabes? A algunos niños de la escuela, incluso a Lili, les gustan esas películas de zombis donde te dan un montón de sustos. Pero yo las odio, Dadé... Y tu cuadro de hoy, con esos pies cortados que parecen zapatos y esos colores oscuros, me recuerda a las películas en las que me tapo los ojos... Perdona que te lo diga, Dadé...

—No hace falta que pidas perdón cada vez que crees que tus impresiones no se ajustan a lo que se espera de ti. Eres libre de sentir lo que quieras. Y te diré algo más: tu malestar ante la atmósfera ambigua y tétrica de Magritte es la prueba de que sabes mirar este cuadro, de que encuentras en él lo que el artista ha puesto ahí.

—¿Estás diciendo que Magritte quiere asustarnos?

—¿Y por qué no? Ten en cuenta esto: cuando se aborda la historia del arte de forma ingenua, se piensa que la creación solo tiende a elaborar cosas bellas. Pero eso no es cierto: la pintura, la escultura, la fotografía, la literatura, la música e incluso el teatro remueven los estratos más profundos de nuestro ser y los exacerban, incluida la angustia. Has mencionado el cine. El movimiento al que pertenece René Magritte, llamado «surrealismo», está formado por artistas que nacieron al mismo tiempo que las primeras películas. Y esas primeras películas eran a menudo fantásticas. Te daré un ejemplo. Los surrealistas iban mucho al cine, era casi como una droga para ellos. Pues bien, una de sus películas favoritas era la historia de un vampiro demoniaco inspirado en Drácula. Se trata de *Nosferatu*, de Friedrich Murnau, estrenada en 1922.

—A mí este cuadro me hace pensar en fantasmas.

—Explícamelo.

—Primero está esa parte del cuerpo que es mitad pie, mitad botín. Luego el título: *El modelo rojo*... ¿Qué quiere decir eso? ¡El rojo está completamente ausente! ¡Solo hay tonos fríos! Y ¿por qué se habla de un «modelo»? Los zapatos que se convierten en piel están vacíos. Pero con ese título parece que hay que adivinar que hay algo más. Así que tengo la impresión de que hay un fantasma planeando por ahí...

Henry, para tranquilizarla, pasó sus manos por la abundante melena de Mona y la alborotó con insistencia.

—¡¡Dadé!! Voy a hacerte lo mismo a ti... —protestó la niña, toda despeinada.

El anciano se agachó y dejó que ella le revolviera el pelo. Tenía un aspecto muy gracioso con un mechón levantado de pronto sobre la frente. Mona se partía de risa.

—Que sepas que la risa ahuyenta a los fantasmas —le susurró su abuelo.

Este curioso método, que no encajaba del todo con el talante serio de Henry, se inspiraba en una película de dibujos animados japonesa, *Mi vecino Totoro*, una de las maravillas de Miyazaki. Al principio de la historia, en una casa que lleva deshabitada mucho tiempo, un padre enseña a sus dos hijas cómo acabar con la proliferación de espectros muriéndose de risa, aunque sea forzada. Y funciona: las sombras se disipan.

—Los fantasmas están por todas partes durante la infancia —dijo Henry—. Pueden anidar en el rincón de un sótano, en la espesura de un camino mal iluminado o incluso en un objeto tan banal como una colcha o un sombrero, y hasta en el dibujo de un papel pintado o el desagüe de una bañera. La raíz etimológica de «fantasma» es la misma que la de «fantasía», y, a medida que crecemos y construimos nuestra imaginación adulta, este último término va solapando al primero.

Henry era consciente de que esa dispersión era un alivio y permitía a las personas ser autónomas, aunque solo fuera para dormir solas en casa, por ejemplo.

—Esta pintura —prosiguió— no es exactamente una pesadilla; es más bien un mal sueño que perturba. ¿Qué dirías tú, a este respecto, del suelo y la empalizada del fondo?

—Diría que las piedrecitas del suelo parecen una piel llena de granos. —Hizo una mueca de disgusto—. Y luego, en los tablones, los nudos de la madera son un poco como ojos. Ay, Dadé —exclamó, llevándose una mano a la frente—, esto me recuerda a cuando creí ver un gran ojo viscoso en un trozo de carne. Fue en el Louvre, ¡delante de Goya!

—Me acuerdo muy bien. De hecho, Goya tuvo una enorme influencia en los pintores surrealistas. Por cierto, los surrealistas, al igual que su venerable ancestro, eran técnicamente excelentes. Manejaban la pintura al óleo como los maestros antiguos. Fíjate bien en este lienzo: las proporciones anatómicas son perfectas; las venas se hinchan y palpitan hasta los dedos de los pies. Y eso es lo que hace posible la inquietante extrañeza. Hay suficiente autenticidad y verosimilitud como para que la rareza contamine el resto. A partir de ahí, incluso el suelo bulboso y las tablas nudosas acaban por agitar nuestra imaginación, o, más exactamente, hacen que nuestro inconsciente se tambalee.

—¡Ah! ¡El inconsciente! ¡Ya salió otra vez a relucir!

—Así es, Mona. Los surrealistas consideran que el inconsciente es «el funcionamiento real del pensamiento». En consecuencia, no les interesa nada de lo que es racional y razonable, de lo que es decente y moral, es decir, todo lo que se sitúa en el nivel de la conciencia. Para los surrealistas, la capa de la mente en la que nos sumimos a diario está recubierta por una capa más profunda...

—La que visitamos en sueños —interrumpió Mona, recordando su lección frente a los *Rosales bajo los árboles* de Klimt.

—La imagen es tan incongruente que también tiene su lado sarcástico. Cuando Magritte comentó este cuadro, afirmó que aludía al proceso de fabricación de los zapatos de cuero, que se confeccionan con piel curtida... Aquí hay un guiño macabro a esta práctica. Este *Modelo rojo* está lleno de humor negro.

—Cuando yo sueño —dijo Mona—, casi siempre veo las imágenes muy claras y me impresionan mucho, pero al mismo tiempo es como si se me escaparan, porque están a medio terminar. Me parece que Magritte ve los sueños con precisión, como la realidad.

—El cineasta Alfred Hitchcock decía exactamente lo mismo. Pensaba que era ridículo representar los sueños en una película con imágenes borrosas. Hizo que Salvador Dalí dibujara decorados «nítidos», claros, como dices tú, para su película *Recuerda*. Esa confusión con la realidad que mencionas era la máxima ambición de los surrealistas. Habrían querido que tú y yo, mientras hablamos, caminamos, comemos o respiramos, mientras realizamos las tareas más cotidianas, nos viéramos constantemente confrontados con las sorpresas y la originalidad de los sueños. Habrían deseado que las erupciones y la efervescencia del inconsciente desbordaran la conciencia sin parar. A través de ese desbordamiento habrían inventado un mundo completamente nuevo, sometido sin cesar a la alucinación poética. Nos habríamos paseado por la vida como deambulamos por los sueños.

Mona señaló con el dedo, sin decir palabra, un doble detalle: en cada zapato había unos centímetros de transición entre el marrón del cuero y el rosa de la piel, entre lo inerte y lo vivo. Era como el paso de la noche al día o, si se miraba el motivo de abajo arriba, del día a la noche. La prodigiosa fuerza del lienzo se concentraba ahí, y ella lo percibió instintivamente. Magritte había pintado la unión de la parte superior de los pies y la inferior de las piernas como un entrelazamiento de luces y sombras, conformando a su vez el relato metafórico del ir y venir entre dos estados opuestos pero continuos en el cerebro: el sueño y la vigilia, la vigilia y el sueño.

—Escucha, haz caso a tu... —dijo Henry (se le trabó la lengua)—, casa a tu inconsciente...

—¿Que me case con mi inconsciente, Dadé?

—He tenido un *lapsus linguae*, perdóname —rio él, sin contestar del todo.

Era hora de volver a casa. Mona pensaba en su perrito. Tendría que hablarle de surrealismo, de alucinaciones y de pintura al óleo... ¡Menuda perspectiva! Nada más llegar, llamó a Cosmos a su cuarto. El spaniel se sentó frente a ella, con aire apenado. Ella le enseñó una foto de la obra y se esforzó hasta la extenuación en explicársela durante unos minutos. El perro permanecía quieto. Pero la verdad es que solo pensaba en pegarle un buen mordisco a aquel par de botines.

40

Constantin Brancusi

Levanta la vista

Después de que la primera crisis la hubiera dejado en la oscuridad, Mona había tenido que encerrarse en un arcón para someterse a una resonancia magnética del cerebro. Ahora había que repetir la prueba para comprobar el estado de su tejido cerebral. Una vez tumbada en el espantoso túnel de dos metros, la niña se dio cuenta de que estaban a punto de penetrar en su cabeza. Esa visión de pesadilla le provocó un grito ahogado que alertó a su madre. Camille intentó tranquilizarla.

—Estoy aquí, Mona —le susurró—. Esta máquina te protege, no te preocupes. No tardaremos mucho.

Su voz serena tuvo un efecto inmediato. La camilla se convirtió en un lecho mullido, y Mona, allí tumbada, se sumió pronto en una ensoñación, guiada por la palabra «proteger». Se la repitió hasta que sus pensamientos se ahogaron, y al cabo de unos minutos sintió que se aletargaba, igual que en las sesiones del doctor Van Orst. Un recuerdo recuperado bajo el estado de hipnosis volvió a hacer aparición en ese momento, mucho más claro...

«Esto te protegerá». Eran las palabras que había pronunciado su abuela al quitarse la caracola del cuello y dársela a su nieta. Colette parecía orgullosa, muy decidida y también algo triste.

Mona la veía como en una alucinación, allí mismo, delante de ella, sentada en el borde de la cama, en su dormitorio; incluso sintió un beso suyo en la frente. Por último, oyó esta orden: «Conserva siempre la luz en ti, cariño». Esa frase de Colette se filtró a través de los canales del tiempo. El mensaje, incomprensible para la pequeña de tres años que lo había recibido, le llegó de repente a la joven en la que se estaba convirtiendo.

—¿Cuándo volveremos a vernos, abuelita? —susurró en el corazón de la máquina, sumida en un estado semicomatoso.

No hubo respuesta. Nunca la habría.

Al término de la exploración, Mona y Camille contemplaron las imágenes negras y grises del cerebro en compañía de una radióloga que parecía casi eufórica por poder decirles que el diagnóstico por imagen no revelaba nada sospechoso. Camille se aferró a su hija, que, a su vez, se aferraba a su colgante. Contagiada por ese momento de alegría, la radióloga comentó, en tono jocoso:

—Lo que voy a decirles no tiene ningún sentido médico... Pero creo que este cerebro es magnífico. Tiene algo radiante. Normalmente se asemeja a una gran nuez, pero en este caso se parece más a una enorme piedra preciosa.

Mona se encogió de hombros tímidamente.

—Debe de ser su subconsciente el que le hace ver eso, señora...

Camille sonrió y no se le ocurrió nada que añadir. Pero pensó que el misterioso psiquiatra infantil al que Henry llevaba a su hija todos los miércoles era, sin lugar a dudas, un genio...

Al lado de uno de los enormes tubos de ventilación que se erigían frente a Beaubourg, en la explanada, había una encantadora de pájaros. Cientos de palomas la rodeaban, se posaban a sus pies, en sus muñecas, batían las alas a escasos centímetros de su cara. Henry, casi siempre hostil a los espectáculos callejeros, sintió especial repugnancia al ver este. Decidió salvar esa escena tan patética hablándole a Mona de los grandes amantes de las aves con los que había contado la historia: en el siglo XIII, san Francisco había llegado a darles sermones, ¡llamándolas «mis hermanas»! Pero Mona estaba encantada con el ballet aéreo, que miraba extasiada, con los ojos como platos.

—Mira, Dadé: ¡es lo contrario de un espantapájaros!

Si su nieta quería ver aves, pensó Henry, bien podía mostrarle el pájaro por excelencia. Y para ello había que ir al encuentro de Constantin Brancusi.

Era una escultura cuya forma longilínea, de una pureza extraordinaria, se inflaba ligeramente en su impulso ascendente antes de terminar en punta. Frágil y rotunda a la vez, medía casi dos metros de altura. El bronce perfectamente pulido reflejaba la luz. Un zócalo cilíndrico, de unos 15 cm de altura y diámetro, le servía de base. Para ser más precisos, la forma se desarrollaba en dos tiempos desde la base. Primero había un pie cónico muy fino, sutilmente inclinado hacia atrás, que no llegaba a una quinta parte del tamaño total. Luego, en la cúspide de dicha parte, el material se ensanchaba gradualmente. Al final, ese abombamiento parecía un arco o una llama. O tal vez una pluma. Se titulaba El pájaro en el espacio.

Mona y Henry no contemplaron esa escultura en el museo, sino en un pequeño edificio contiguo que era una reconstrucción del taller de Brancusi. Allí el ambiente era muy diferente, porque, además de una colección de obras soberbias que parecían engendrarse unas a otras, había herramientas por todas partes: mazos, cinceles, gubias, paletas, formones... La profusión de objetos le recordó a Mona el desbarajuste de la tienda de su padre. Se quedó atónita.

—Brancusi —le dijo a su abuelo— es un nombre que he oído antes, Dadé... Un día estaba él con Duchamp y vieron juntos una hélice alucinante... Después Duchamp dejó de pintar y empezó a ponerlo todo patas arriba...

—Así es, Mona, y verás que Duchamp siguió poniendo todo patas arriba con la escultura que estás viendo ahora mismo. Después te lo cuento. Pero primero debes saber que Brancusi pasó toda su vida buscando la ligereza, la «esencia del vuelo»: esa fue su obsesión.

—Como Kandinsky y su jinete azul, como Malévich... También ellos querían representar lo que estaba suspendido en el aire.

—Tienes razón. A decir verdad, creo que la historia de la abstracción en general está impregnada del deseo de liberar a la humanidad de la gravedad. Y ese deseo nutre mitos muy antiguos. Pensemos en las leyendas griegas de Ícaro o del dios mensajero Hermes... Eso es lo que hace la abstracción: nos propulsa hacia lo inmaterial, más allá de nuestra pesada condición terrenal de seres mortales.

—Me gustaría volar contigo, Dadé... Y que fueras mi maestro para siempre.

—Déjame que te cuente lo que decía Brancusi al respecto. Venía de una familia muy pobre de Rumanía, campesinos que vivían en una modesta choza. A los veinticinco años se marchó a París para hacer carrera. Y recorrió toda la distancia a pie: unos dos mil quinientos kilómetros, apenas equipado con una mochila y una flauta. Una vez en Francia, Auguste Rodin se fijó rápidamente en él...

—Ah, sí... Ese que tenía enamorada a Camille Claudel, aunque era mucho más viejo.

—El mismo. Y, al igual que ella, Brancusi no tardó en darse cuenta de que, si permanecía demasiado tiempo al lado de semejante maestro, como un simple ayudante, no podría realizarse por completo ni llegar a ser original. Al cabo de un mes, se dijo: «Nada crece a la sombra de los árboles altos». Así que dejó a Rodin y se fue a buscar su propio camino. Y ahora volvamos a nuestro *Pájaro en el espacio*. Hay muchas versiones, elaboradas a partir de 1923, en mármol, escayola y bronce. Esta es de 1941, una de las últimas y más imponentes...

—Es cierto, Dadé, que es increíblemente bella, sobre todo porque cuando te mueves a su alrededor, con todos esos reflejos, es como si la escultura estuviera viva. Pero ¡cuéntame lo de Duchamp!

—En 1926, uno de los ejemplares en bronce de *El pájaro en el espacio*, muy parecido al nuestro de hoy, viajó de Europa a Estados Unidos para una exposición. En la aduana del puerto de Nueva York, las obras de arte estaban exentas de tasas; en cambio se exigía el cuarenta por ciento del valor de los objetos manufacturados y utensilios diversos. Se trataba de una medida de protección y regulación comercial. En teoría, al examinar *El pájaro en el espacio*, el funcionario de aduanas debería haber considerado que no estaba sujeto a ninguna tasa porque se trataba de una escultura. Pero se negó a creer que lo fuera, por lo que le aplicó la tasa del cuarenta por ciento. Esta decisión de las autoridades aduaneras planteó la misma cuestión que debatimos ante el portabotellas de Marcel Duchamp...

—¡Lo sé! La cuestión de cuándo una obra se convierte en obra de arte —añadió Mona a toda prisa.

—Exactamente. Y por eso nos tropezamos con Marcel Duchamp en esta historia. Es él quien anima a Brancusi a poner una denuncia en Estados Unidos para que sea un tribunal el que dictamine si se trata de una obra de arte o no...

—Y ¿qué pasó, Dadé?

—¡Paciencia! Primero vas a intentarlo tú: piensa en cómo habrías defendido a Brancusi. Yo haré el papel del Estado norteamericano.

Emocionadísima ante la perspectiva, Mona se imaginó enseguida en medio de un tribunal de justicia.

—Bien —empezó a decir Henry con tono autoritario—. Este objeto no se parece en nada a lo que designa el título. No es más que una forma alargada y cónica sin el menor detalle... ¿Un pájaro?, ¿esto? ¿Dónde están las plumas, el pico, las alas y las patas? ¡No se ve aquí ni rastro del trabajo de un escultor!

—¡Por supuesto que hay trabajo! —exclamó Mona, metida de lleno en su papel—. Desde luego, es diferente de lo que suele verse, pero un artista, un artista de verdad, intenta sorprender, hacer algo nuevo. Y es necesario mucho trabajo para hacer algo nuevo, porque hay que pensar de forma distinta a los demás. En el fondo, el parecido con el pájaro es inútil, ¡siempre que sea bello!

—¿Bello? ¡Qué descripción más rara! —replicó Henry—. ¿Cómo puede alguien pensar que esto es bello? En tal caso, ¡el menor objeto de latón fabricado por un obrero podría aspirar a la belleza!

—Es cierto —admitió Mona con astucia—. Es posible que existan objetos industriales muy bonitos. La hélice de un avión, por ejemplo. Pero este *Pájaro* está lleno de armonía y sus reflejos dorados son preciosos.

—Vale, pero ¿por qué llamarlo *El pájaro en el espacio*? Podría haber sido un pez, un tigre, un elefante...

—Porque el artista hace que vuele gracias a ese tallo tan vertical con su punta al final. Y sobre todo porque la parte de abajo es muy fina y luego, hacia arriba, va aumentando la energía.

—Entonces —añadió Henry con voz exageradamente afligida—, me temo que el arte tradicional está perdido...

—El arte tradicional tiene derecho a seguir existiendo, ¡por supuesto! Pero ahora, desde hace algún tiempo, existe también la abstracción; está Malévich, está Georgia O'Keeffe... Y la escultura se está volviendo abstracta... ¡El arte está cambiando!

Henry se quedó callado. Y Mona, indecisa, hizo un mohín. Su incorregible humildad la hacía desconfiar de sí misma y ahora esperaba el veredicto con temor.

—Dadé, dime quién ha ganado.

—Tú, sin lugar a dudas. O más bien Brancusi. En noviembre de 1928, el juez emite el veredicto. Declara que no hay ninguna razón para oponerse a que *El pájaro en el espacio* sea considerado como una obra de arte. Por tanto, Estados Unidos pierde. En particular, se rechaza el argumento de que debe existir necesariamente una semejanza entre lo que designa el título y el tema que se ha representado. Durante las audiencias, los testigos que subieron al estrado en nombre de Brancusi expusieron unos puntos de vista muy similares a tus argumentos. Habrías sido una abogada magnífica.

—¿Sabes, Dadé? Si Brancusi quería crecer como un árbol muy alto, y si quería mostrar lo que es el vuelo, creo que es porque siempre quiso levantar la vista... ¡Levanta la vista, Dadé, levanta la vista!

Excelente. Ya estaba. Por primera vez en su vida, Mona había extraído espontáneamente una lección de lo que había oído y luego, con toda inocencia, había instado a su abuelo a seguirla. Henry comprendió la extraordinaria revolución que se estaba produciendo. Y sintió vértigo.

—¡Levanta la vista! —repitió su nieta con un entusiasmo contagioso.

Efectivamente, iba a levantar la vista para observar el futuro. Así que se agachó, agarró a Mona por la cintura, se irguió, y, con los brazos extendidos, la sostuvo por encima de sus hombros con todas sus fuerzas. Ella flotaba en el espacio como un pájaro. Y Henry Vuillemin levantó la vista hacia ella.

41

Hannah Höch

Compón tu ser

En el campamento de verano, Mona pasaba gran parte del día sola, sumida en sus apacibles ensoñaciones, y, sin ser mala compañera, a menudo parecía un poco distante. Un día, justo después de comer, se sentó a la sombra de un castaño. Abrió su gran cuaderno rojo y releyó las notas sobre el *Autorretrato* de Rembrandt y su exhortación a conocerse a uno mismo. La hizo sollozar. Seguía pensando en su abuela constantemente. Y, como las pasiones de la juventud son tan crueles como las de la edad adulta, tres adolescentes que acampaban en un banco cercano aprovecharon que la niña derramaba lastimeramente unas lágrimas para dar rienda suelta a su violencia, entre insultos y burlas. Hasta entonces, Mona nunca les había prestado atención. Un poco temerosa, procuró ignorarlas. Además, estaba inmersa en sus recuerdos, grabando en su memoria lo más hermoso de este mundo.

Sin embargo, al cabo de unos minutos la humillación empezó a irritarla de verdad. Sus lágrimas se habían secado, así que levantó la cabeza y miró al trío.

—¡Baja la vista! —espetó, sorprendida, la que más imponía de todas.

Mona no bajó los ojos.

—¡Que bajes la vista! —insistió la adolescente, desfigurada por la agresividad.

Mona tampoco hizo caso esta vez. La acosadora enloqueció de odio mientras repetía la orden en bucle, hasta que, presa de la rabia y la impotencia, le dio un ataque de nervios y, por una inconcebible ironía, rompió a llorar. Las cómplices comenzaron a burlarse de su derrotada líder. Ahora era ella «la payasa». Mona se encogió de hombros.

—Venga, se acabó, ya está olvidado... —dijo con una amabilidad conmovedora.

Y el incidente quedó olvidado.

Antes de volver a Beaubourg para descubrir una nueva obra, Henry quiso asegurarse de que Mona repetía las lecciones a su perro, como había prometido. La chica se lo juró y de paso le pidió un favor.

—Dadé, igual que a mí me gusta ver en los museos obras de arte en las que aparecen animales, creo que a los animales, si tuvieran derecho a visitar Beaubourg, ¡les encantaría ver a humanos! Y, como a mí me gusta ver animales extraños, ¡estoy convencida de que a ellos les chiflaría ver humanos extraños!

Pues ¡adelante con los humanos extraños!, pensó Henry, habría que ir a ver la *Madre* de Hannah Höch...

Era un retrato de mujer que resultaba muy extraño debido al ensamblaje de elementos dispares. El rostro, en particular, mezclaba una serie de fragmentos del cuerpo humano con la representación de una máscara tribal. Esta última tenía la nariz caída en línea con una cresta central que partía la frente en dos. Y, en lugar de pelo, había pequeños motivos ovoides pintados en lo que los anatomistas llaman la sutura coronal. El ojo de la izquierda, bien encarnado, era el de una mujer. Recortado de una revista ilustrada en blanco y negro, era claro, regular, cuidado y coronado por una ceja fina y arqueada. En cambio, el ojo de la derecha estaba tallado en la máscara. Era más esquemático y tenía una pupila que parecía sufrir un estrabismo divergente. Justo debajo, por encima del pómulo, la artista había practicado un estrecho orificio en forma de trapecio irregular, que daba la impresión de una rudimentaria cuenca ocular. A través de ese agujero asomaba el segundo plano de la obra, compuesto por una sucesión de bandas verticales de acuarela en tonos anaranjado, rosa y gris. En la parte inferior de la gran cabeza híbrida y asimétrica había otro recorte fotográfico: el de una boca humana cerrada, demasiado pequeña con respecto al conjunto, sobre una barbilla diminuta y redondeada. Esta parte era monocroma pero amarilla, al igual que el busto cubierto por un modesto jersey. Este busto tenía los hombros menudos y el pecho desplomado sobre un nuevo corte que volvía a dar paso al fondo abstracto y multicolor. Aquí, la artista había querido señalar, mediante una curva a la altura del estómago, un embarazo. Los brazos se interrumpían en los bíceps, antes del codo. El conjunto estaba bordeado por amplios márgenes blancos.

Durante el examen ritual, Mona entró en comunión con la profunda angustia que pesaba sobre esa extraña efigie discordante. Algo la lastraba de cansancio y de hastío, sobre todo en la boquita apretada y en el juego de colores: la acuarela desvaída del fondo chocaba con la grisura del rostro.

—Vamos, Mona, dime lo que ves —dijo al fin Henry.

—Veo sobre todo la máscara, que podría estar colocada encima de una cara..., aunque el ojo izquierdo y la barbilla son trozos de periódico recortados, y sirven más que nada para recubrirla.

¿Qué hay encima, qué hay debajo? Es imposible saberlo. Es un poco confuso, la verdad.

—Por supuesto, esa máscara es un elemento muy importante. Y sin duda es un aspecto histórico del que no he hablado lo suficiente hasta ahora. Hannah Höch es alemana. Nacida en 1889, es una de esas artistas que desde principios del siglo XX sienten una viva fascinación por otras culturas, de África o de Oceanía, por ejemplo. Le encantaban los museos etnográficos donde se exponían objetos exóticos. De hecho, recortaba imágenes de algunas de las piezas y las yuxtaponía a imágenes del cuerpo femenino. Es lo que hace aquí: mezcla una máscara amerindia kwakiutl con el retrato de una mujer encinta, cuyo embarazo puede adivinarse por el ahuecamiento marcado debajo del pecho. En tiempos de Hannah Höch, algunos curiosos empezaron a mirar con otros ojos esos objetos despreciados durante largo tiempo. El poeta Guillaume Apollinaire, por ejemplo, y sobre todo el pintor Pablo Picasso, del que te hablaré muy pronto, proclamaron su admiración por esos amuletos, joyas y muebles que se atribuían al «arte primitivo». Sin embargo, Hannah Höch, Apollinaire y Picasso también querían demostrar que la distinción entre lo «salvaje» y lo «civilizado» era absurda. Hannah Höch vivía en Berlín durante la Primera Guerra Mundial y tomó conciencia del desastre causado por el progreso técnico. Por desgracia, esa toma de conciencia no impidió que el conflicto se repitiera. La guerra del 14-18 no sería la última.

—Dadé, sé que en esa guerra hubo muchos soldados cuyos rostros quedaron tan desfigurados por las explosiones que se les llamó los «caras rotas».

—Es cierto, este retrato también es un poco eso: una «cara rota», porque las distintas piezas están pegadas como si se hubiera hecho bricolaje...

Mona quería tanto a su abuelo que ya no se daba cuenta de que él mismo tenía una cicatriz y era tuerto. Pero en ese momento se vio obligada a pensar en ello. Desconocía el origen concreto de la herida sufrida mientras hacía un reportaje en el Líbano. El anciano era poco elocuente respecto a esa cuestión; pero para ella su Dadé no tenía una cara rota, sino una cara hermosa, valiente, sublime, a pesar de esa incisión que le cruzaba el rostro.

—A Hannah Höch le repugnaba la guerra: ese horror que, según ella, «oprimía a todos como un corsé»; la asfixiaba y le hacía anhelar la libertad. En Alemania, la conmoción del conflicto fue atroz, y muchos de los heridos regresaron con sus cuerpos desmembrados. La visión de esos supervivientes marcados de por vida golpeó las conciencias. Era un espectáculo horrible que, por desgracia (y esto es lo peor), tenía algo de absurdo y cómico.

—¿Cómico? ¿Quién puede reírse de personas que han sufrido?

—Es indigno, Mona, tienes razón. Pero lo cierto es que a veces el arte remueve lo más oscuro de nuestros corazones, incluidos sentimientos nada nobles, pero que forman parte de la naturaleza humana. Hannah Höch se adhirió al movimiento Dadá, que ya mencioné brevemente delante del Bazar de l'Hôtel de Ville a propósito de los extravagantes cabarets que organizaban. En ese movimiento, algunos artistas quisieron retratar la sociedad traumatizada por los horrores de la guerra, una humanidad desfigurada. Pero siempre lo hacían con un toque de insolente ironía... Fue el caso de Raoul Hausmann, un hombre con quien Hannah Höch vivió una relación dolorosa, porque la tiranizaba.

—Explícamelo, anda.

—Como puedes ver, esta obra se titula *Madre* y muestra a una mujer embarazada. Hannah Höch sufrió dos abortos en su juventud, en 1916 y 1918. Hay que decir que Raoul Hausmann podía ser un compañero cruel. Por un lado, quería acabar con las

tradiciones familiares, invitándola a ser una mujer libre y eman-
cipada. Por otro, quería vivir egoístamente y poseerla; ella acabó
temiéndolo tanto que solo pintaba a escondidas, y se paraba en
seco en cuanto oía sus pasos por las escaleras...

—Da miedo lo que cuentas, Dadé. Espero que lo abandonara...

—Lo dejó, sí, en 1922, y después convivió con una mujer.
Cuando firma esta *Madre*, hace tiempo que no se ve con Raoul
Hausmann. Pero siguieron apreciándose, porque su intensa
emulación mutua les permitió inventar una nueva técnica artística...

—Espera, Dadé, ya sé lo que vas a decir. ¡Inventaron el collage!

—Casi, Mona. Si hablamos de collage, tenemos que remon-
tarnos a Picasso, quien ya en 1912 pegó un trozo de hule a una
pintura oval que, a su vez, estaba orlada por una cuerda de verdad.
En cambio, en 1918, Hannah Höch inventa, junto con Raoul
Hausmann, lo que se conoce como «fotomontaje». —Mona repitió la palabra cuidadosamente—. Por tanto, es pionera en esta
técnica, a la que da un carácter altamente político. Recortando y
combinando imágenes populares de revistas e imágenes más cul-
tas o personales, no se contenta con una innovación formal, sino
que busca cuestionar los puntos de vista convencionales, hacer
añicos la forma tradicional y supuestamente única de representar
las cosas.

—En cualquier caso, aquí da la impresión de que estar embarazada es una desgracia, Dadé... En la imagen, hay como un
peso sobre los hombros...

—Entiendo muy bien tu lectura, Mona. La obra de Hannah
Höch cuenta, sin duda, todo eso, pero no se trata solo de una des-
figuración y una descomposición. Es mucho más positivo de lo
que parece. Porque también muestra una reconfiguración y una
recomposición, una reinvención de los cánones de belleza. Y eso

es también lo que simboliza esta maternidad: el nacimiento de nuevas posibilidades e identidades inesperadas. Tienes que entender, Mona, que a principios del siglo XX aún se piensa que cada individuo debe limitarse a su papel, sobre todo las mujeres. La obra de Hannah Höch nos enseña que nada está tan predeterminado. Y que la desproporción no es mala: si todos fuéramos idénticos e igualmente proporcionados, física o moralmente, ¡qué triste sería! Nos dice que la desproporción es necesaria, porque eso es lo que significa ser uno mismo, en su singularidad.

—¿Y cuál es la lección?

—La lección es que debemos constantemente, una y otra vez, componer nuestro ser.

—Y dime, Dadé, ¿qué clase de desproporción tengo yo? ¿Ojos saltones, como me dicen en el recreo? ¿Una barbilla demasiado pequeña, como dice papá?

—Yo diría que, sobre todo, tienes el corazón demasiado grande, Mona.

42

Frida Kahlo

Lo que no mata hace más fuerte

Paul tenía una cita importante. La dirección de una empresa formada por jóvenes emprendedores quería reunirse con él para desarrollar su concepto de antiguos teléfonos de disco capaces de comunicarse con móviles. Se vistió con esmero, se afeitó la barba y se perfumó generosamente. Antes de marcharse, le pidió a Mona que le deseara buena suerte.

Mientras, la niña debía quedarse sola en la tienda de antigüedades, cerrada con llave. Había clavado en la pared el artículo del *Paris-Normandie* que hablaba de su padre y de su éxito en el mercado de Évreux, donde también ella aparecía en la foto, a su lado. Estaba orgullosísima y sorprendida de que no se refirieran a ella como a una «niña pequeña», sino como a una «jovencita». ¿Era la primera vez que la calificaban así? En cualquier caso, aquel matiz le infundió un entusiasmo acrecentado por el honor de ver la expresión escrita en un periódico, e hizo que brotara en ella el deseo confuso pero muy intenso de construir su propia vida, de componerse a sí misma.

Sin pensárselo dos veces, se armó de valor y fuerza de voluntad y, con el perrito en sus brazos, cruzó la trastienda, abrió la trampilla y bajó al sótano, donde apenas había luz. Cosmos temblaba y gemía. En medio de una negrura como de barro, Mona rebuscó al azar en la caja donde el mes de mayo anterior había encontrado algunos papeles viejos sobre su abuela. Esta vez sacó tres sobres de papel marrón y volvió a subir a la superficie.

—Este será nuestro secreto, Cosmos.

Escrutó su botín. Eran recortes de prensa muy antiguos, fechados, respectivamente, en 1966, 1969 y 1970. Los colocó con cuidado en el suelo delante de ella, se arrodilló y los examinó con atención, concentrada en captar detalles de la misteriosa abuela en quien pensaba tan a menudo. «Colette Vuillemin, la muerte sin miedo», titulaba un periódico en gruesos caracteres; otro decía: «Colette Vuillemin, su lucha por un último suspiro digno», y un tercero se preguntaba: «¿Quiere que nos suicidemos todos?». En todos los casos se referían a su abuela como «una mujer combativa». A Mona le encantaba la expresión. Por el momento, ella no era más que una «jovencita», pero se convertiría en una mujer combativa como Colette... Se lo juró a sí misma.

Pero no solo se repetía esa expresión. Un término desconocido para ella y difícil de leer también aparecía en los artículos. Era un término dulce, cadencioso, meloso y confusamente inquietante precisamente por su musicalidad: «eutanasia».

En París, el aire era seco, pero los relámpagos iluminaban el cielo a lo lejos. Henry encontró a Mona taciturna. Y, además, no paraba de aferrarse a su colgante. Con un gesto inconsciente, tiraba de él como si fuera una cadena que pudiera activar un mecanismo y liberar algo. El anciano se detuvo frente a Beaubourg. Todo estaba sorprendentemente tranquilo en la explanada, pero el cielo amenazaba tormenta. Se agachó, le cogió las manos a su nieta y, mirándola a los ojos, le dijo:

—Mona, habla. Te vendrá bien. Habla. Te juro que te sentirás mejor.

Mona sonrió con tristeza. No quería mirar a su abuelo a la cara. Así que se hundió en sus brazos y pegó la boca a su oreja. Con voz un poco avergonzada, inquirió:

—Dadé, ¿cuándo sabe uno que va a morir?

Se hizo un largo silencio. Henry abrazó a su nieta, una y otra vez. Mona notó que él no paraba de tragar saliva: su glotis subía y bajaba por su interminable cuello como un pistón enloquecido que intentara canalizar un desbordamiento de emociones torrenciales. No tenía palabras. Ni una. Su silencio retumbaba como un trueno acercándose a la capital. Quizá Frida Kahlo lo ayudara a encontrar una respuesta.

Era el retrato de una mujer de unos treinta años sobre un fondo azul uniforme. Su rostro severo, dominado por una ceja única semejante a las alas de un gran pájaro —abundante pilosidad a la que hacía eco una fina pelusa sobre los labios—, giraba tres cuartos hacia la derecha de la composición. En la nuca se veía el nudo de una cinta verde que recogía y trenzaba su cabello negro, rematado en lo alto por una corona de girasoles. La cara estaba apenas modelada, pintada de forma naturalista, pero sin adornos, con sobriedad y casi ingenuidad, lo que le daba el aspecto de un icono fuera del tiempo. Sin embargo, los múltiples matices de la carne y la boca cerrada roja como la sangre eran signos de una vida desbordante y audaz. Los ojos en particular, nítidamente definidos por el arco de los párpados, transmitían una impresionante determinación interior. El cuerpo se estiraba en un largo cuello que emergía de un corpiño verde ribeteado de amarillo. Además, la mujer estaba enmarcada por un juego de motivos simplificados, de muchos colores, con una simetría a la vez elaborada y torpe: tres corolas de flores rosas y rojas a los lados;

arriba, un decorado rayano en la abstracción que recordaba la bóveda de una capilla y el telón de un teatro. Y por último, abajo y enfrentadas, dos aves de perfil, esquematizadas y provistas de un hermoso penacho. El pico, las alas y la cola eran amarillos, el resto era rojo y rosa. Al igual que ciertas partes de las flores y del plisado del telón, las cabezas de los pájaros, que quedaban a la altura de los hombros de la modelo, dejaban ver, en transparencia, el espacio del retrato. Se entendía, pues, que el juego de motivos del encuadre se había realizado en el envés de la placa de vidrio que cubría el retrato pintado superponiéndose a él.

Mona nunca había visto a su abuelo tan perturbado delante de un cuadro. Y se preguntaba cuál podía ser la causa. Henry, siempre tan erguido, estaba medio encorvado, como si el espectáculo de ese miércoles lo dejara exhausto. Sus hombros caían hacia el suelo como un árbol moribundo.

—¿Te encuentras bien, Dadé? —preguntó tímidamente Mona.

—Sí, muy bien. —El anciano sonrió y pasó una mano afectuosa por el cabello de su nieta—. Pero me pongo triste cada vez que veo esta obra. Es especial, ¿sabes? En los museos europeos solo existe un cuadro de Frida Kahlo, y es este. Lo compró el Louvre en 1939, aconsejado por el escritor surrealista André Breton, que descubrió a la artista en México.

—¡El Louvre! ¡Oh, el Louvre! —exclamó Mona con tono entusiasta—. Pero entonces ¡deberíamos haber visto a Frida Kahlo allí! Podemos descolgarlo y llevarlo al Louvre para colocarlo enfrente de *La Gioconda*. ¡Venga, vamos a hacerlo!... Los dos lienzos se mirarían el uno al otro, quedaría muy chulo...

—Es una idea magnífica, Mona, y, si un día te convirtieras en conservadora de museo, estoy seguro de que serías capaz de esa audacia. Pero, de momento, deja de decir tonterías...

—Ya sé lo que piensas. Que volverían a echarnos la bronca los de seguridad...

—No —se burló Henry—, has dicho una tontería porque *La Gioconda* no es un lienzo; Da Vinci la pintó sobre una fina plancha de álamo. Y este cuadro tampoco lo es: el autorretrato está pintado sobre un soporte de aluminio y está asociado a lo que se conoce como un «fijado bajo vidrio». De hecho, este cuadro se compone de dos piezas: primero está el soporte sobre el que se ven la figura y el fondo azul. Y encima hay una placa de vidrio con el reverso pintado.

—Ahí es donde están las flores, los pájaros y esa especie de capitel encima de la cabeza, ¿verdad? Toda esa guirnalda que rodea el retrato. De hecho, en algunas zonas se nota que está superpuesta, sobre todo donde están las cabezas de las palomas.

—Bien visto... En definitiva, ¿qué hizo Frida Kahlo? Combinó, por un lado, una obra suya que la muestra a ella y, por otro, un objeto folclórico hecho en un pueblecito mexicano.

—¿Eso quiere decir que lo que llamas «fijado bajo vidrio» lo realizó otra persona?

—Exacto. Lo fabricó un artesano, sin duda para colocarlo sobre una imagen religiosa. Frida lo recuperó y lo integró en su propia producción. Es su forma de poner al mismo nivel su voz de pintora singular, individual, y la anónima de la tradición popular.

Al abordar estos temas técnicos y políticos, Henry recuperó sus fuerzas. Mona estaba encantada. Con Frida Kahlo, comprendió una vez más, como lo había hecho con Hannah Höch, Brancusi, Duchamp y Kandinsky, lo importante que era para los creadores valorar otras habilidades distintas de las suyas.

—Frida Kahlo tuvo una vida difícil —continuó Henry—. De muy joven, sufrió una enfermedad, la poliomielitis: una de sus piernas le quedó más corta que la otra y cojeaba. Era muy buena alumna, enérgica y creativa. Estaba destinada a estudiar Medicina e ingresó en la mejor escuela de Ciudad de México, donde solo había treinta y cinco chicas de dos mil estudiantes. En 1925 sufrió un terrible accidente de autobús. Acabó con un pie aplastado, el hombro dislocado y la columna vertebral y la pelvis rotas por varios sitios. Permaneció inconsciente durante muchas semanas, y, en cuanto despertó del coma, aunque paralizada, pidió material para poder pintar.

—Pero ¿cómo iba a hacerlo si era incapaz de moverse?

—Mandó que le fabricaran un aparato para trabajar tumbada, con el lienzo o el papel sobre la cabeza y un espejo para poder verse la cara. Pero hay que imaginarse a Frida como una mujer de pie, siempre de pie, a pesar de las operaciones y el dolor. ¿Notas lo tiesa que está? El cuello es fuerte, la frente amplia y despejada, la mirada severa sin ser austera. Esos son los rasgos distintivos de su rectitud. A menudo tenía que llevar corsés de escayola o de hierro para evitar que su cuerpo se desplomara. Para Frida Kahlo, la pintura era simplemente una forma de vencer el sufrimiento moral y físico. Sentía el dolor en sus carnes de manera permanente, y el arte la mantenía viva contra la tentación de la muerte...

—Quieres decir... ¿Quieres decir que quería suicidarse, Dadé?

Henry bajó la cabeza. Su mandíbula se tensó. ¿Era razonable hablar con Mona de todo eso? Sí, Frida Kahlo había querido suicidarse; y sí, probablemente lo había hecho en 1954... Dijeron que una neumonía había acabado con su vida, pero, después de que le amputaran la pierna derecha a causa de la gangrena, seguramente fue ella misma quien decidió terminar con aquel suplicio: «Espero que la salida sea alegre y espero no volver jamás», escribió en su diario. La frase era todo menos ambigua; le recordaba a Henry el final del diario íntimo de Cesare Pavese, quien en 1950 se limitó a anotar: «Basta de palabras. Un gesto. No escribiré más». Y se envenenó con medicamentos. Pero contar eso a Mona, no, no era posible. Porque, si se hacía realidad esa minusvalía potencial suya —la ceguera—, eso no debería hacerla dudar nunca, nunca, del deseo de existir. Así que era hacerle un flaco favor a Mona, y a la vez a la memoria de Frida Kahlo, interpretar su obra solo como una lucha entre la vida y la muerte. Se irguió y cogió a la niña del hombro.

—Eso no es lo importante, Mona... Lo importante es lo que tenemos ante la vista. Y ¿de qué nos hemos olvidado?

—¿De los dos pájaros?

—Exactamente. Frida Kahlo, como antes que ella Rosa Bonheur, adoraba a los animales. Entre la cincuentena de autorretratos que realizó, hay muchos donde se la puede ver en medio de monos, perros o gatos. También tenía loros. Aquí está rodeada de dos aves con penacho, tal vez palomas...

—Yo creo que son sus protectores, Dadé, los guardianes de Frida Kahlo. Y también simbolizan el vuelo, como la escultura de Brancusi...

—Así es, Mona. Y, puesto que hablas de símbolos, te diré que puede que representen su historia de amor con otro pintor mexicano, muy importante también: Diego Rivera. Mantuvo con él una relación similar a la de Hannah Höch y Raoul Hausmann. Una historia pasional, de admiración artística, pero terrible en el terreno personal. Frida Kahlo sufrió, además, la pena de no poder tener hijos por culpa de su accidente... Ya ves, el destino se ensañó con ella.

—Es como si estuviera siempre a un paso de la muerte y quisiera que todo el mundo se enterase.

—Es verdad, Mona. Pero creo que Frida Kahlo, al ofrecernos una efigie tan orgullosa de sí misma, al erigirse en madona que supera todos los martirios, nos da una lección más profunda, una lección que desafía la fatalidad.

—¿Cuál?

—Lo que no te mata te hace más fuerte —respondió Henry pensando en Nietzsche.

Esas palabras se grabaron tan intensamente en Mona que no necesitó pronunciarlas para asimilarlas; anidaron naturalmente en su psique.

Había caído una tormenta sobre París. Las aceras estaban húmedas. Mona llamó la atención de su abuelo: un arcoíris inmenso, tan bien dibujado que se asemejaba a una arquitectura alucinatoria, cruzaba el cielo de la capital. A la vez, y sin siquiera darse cuenta, ambos se aferraron al colgante que llevaban alrededor del cuello.

43

Pablo Picasso

Hay que romperlo todo

De vuelta en el hospital del Hôtel-Dieu tras dos meses de ausencia, bien instalado tras la mesa de despacho, el doctor Van Orst parecía rejuvenecido. Los resultados de las pruebas oculares de Mona resultaban tranquilizadores. De no ser por el riesgo de ceguera, su vista era excepcionalmente aguda: todos los exámenes lo demostraban. Volviendo a su rutina habitual, Van Orst sacó a Camille de la consulta y acomodó a la joven en el gran sillón de cuero. Le dirigió una mirada muy seria.

—¿Te sientes preparada para afrontar lo que podría ser una experiencia dolorosa?

—¿Podría morir?

—¡Por supuesto que no, Mona! Pero, para verificar mi hipótesis, no puedo decirte más acerca de la sesión...

Mona dudó un segundo, luego asintió con energía. En lugar de conducirla al estado de hipnosis, el médico le pidió que se relajara y se mantuviera consciente, calmada, pero sin dejar de prestar atención a su alrededor. Cuando vio que Mona estaba completamente tranquila, le ordenó que continuara con los ojos abiertos y evitara parpadear.

Entonces le sugirió que se quitara suavemente el collar del que colgaba la concha. La niña pellizcó el hilo de nailon entre los dedos y, muy despacio, se lo pasó por la nuca. Y el mundo se oscureció. El espacio blanco del hospital se ahogó en sombras, primero las paredes, luego el suelo, el techo, los muebles..., y, con una rapidez prodigiosa, Mona dejó de ver sus propios miembros, se fundió en la nada. Fue aterrador. Tenía los ojos muy abiertos y las pupilas dilatadas, pero la claridad había desaparecido. La pesadilla vivida en la cocina con su madre, en la tienda de antigüedades con su padre, en el Museo de Orsay con su abuelo, la enorme pesadilla de la ceguera volvía a empezar, acompañada de una devoradora sensación de frío... La voz del médico la instó a respirar. Una oleada de calor reanimó su cuerpo: podía moverse de nuevo. Agarró el colgante y se lo colocó otra vez en el cuello. La caracola se acomodó en su pecho. Y el universo reapareció, como si el alba hubiera absorbido la noche en un instante.

Mona recuperó el aliento y, con voz temblorosa, le contó al médico su experiencia.

—La luz se ha vuelto a apagar... —musitó.

Van Orst dejó pasar un instante y esbozó una sonrisa furtiva.

—Me he dado cuenta, Mona. Has sido fuerte.

Luego le dijo a Camille, que volvía a la sala para recoger a la niña:

—Que no se quite el collar que lleva al cuello. —Su voz sonaba firme y a la vez cauta—. Estamos ya muy cerca...

Henry apareció con un regalo para su nieta, una gran pamela de paja con una cinta color crema. Mona estaba irresistible con ese sombrero.

—Tu abuela fue la última persona en ponérsela —murmuró Henry.

La niña comprendió al instante la importancia del regalo y sintió que sus ojos, repentinamente enrojecidos, se llenaban de lágrimas. Se los frotó para no llorar, y, al hacerlo, se arrancó sin querer una pestaña que se quedó incrustada entre el párpado y la córnea. Empezó a luchar con el diminuto y casi invisible parásito. Al igual que una astilla en el pie, la partícula más pequeña en el ojo enseña a su víctima el deletéreo poder invasor de lo infinitamente pequeño. Una pestaña, basta una pestaña para que la máquina convulsione y se detenga. Por fin, Mona consiguió sacársela. Todo su cuerpo empezó a respirar y sintió un enorme alivio, inversamente proporcional a la apariencia inocua del daño. Qué terrible espectáculo, pensaba Henry, el de su queridísima Mona luchando con sus ojos... Y sus ojos, ese día, iban a tener que luchar de nuevo, quizá más que nunca, porque el mayor perturbador de la mirada de la historia del arte los esperaba en las salas de Beaubourg.

Había dos mujeres: una, desnuda, tendida horizontalmente en una cama y bien centrada en la composición, y otra sentada en una silla a la derecha, en primer plano, sujetando una mandolina por el cuello, sin tocarla. A la izquierda, un marco de madera vacío yacía en el suelo. Sin duda, todo esto era perceptible, pero solo con cierto esfuerzo, porque nada en el cuadro estaba representado de forma ligera o realista. Todo se hallaba figurado en facetas y fracturas de manera extremadamente angulosa (cabezas, barbillas, rodillas y codos eran puntiagudos en vez de redondeados) y bañado en una atmósfera sombría. El fondo, una especie de arquitectura austera construida con perspectivas aberrantes, estaba compuesto por entero de tonos marrones, grises, negros y pardos. La carne de la modelo tum-

bada era de un beis enfermizo, y la mandolinista tenía la piel azul y un moño verde. Ni la cama ni la silla parecían cómodas. Pero eran sobre todo los cuerpos humanos los que destacaban por su extrañeza. En lugar de las proporciones y la ubicación habituales de los atributos físicos, estos se combinaban sin respetar la simetría y la anatomía tal como se conocen. Los ojos estaban en lo alto de la frente, desparejados; la boca no era más que un trazo sin labios; y había contorsiones que dificultaban la lectura: por ejemplo, la mujer tendida parecía volverse hacia el espectador, de manera que podía verse su pubis, pero sobre su costado estaban al mismo tiempo las nalgas, como si se hubieran pintado en escorzo desde los pies o la cabeza. Del mismo modo, en ambas modelos, el hombro y el pecho parecían confundirse. Las nociones de frente, perfil, vista de tres cuartos, relieve y planitud, profundidad y superficie confluían todas, y todas volaban en pedazos, como si se tratara del reflejo de un espejo roto.

L'Aubade de Pablo Picasso llevó a Mona a un arrobamiento ininterrumpido durante largos minutos. La niña comprendió en el acto que esas dos mujeres, en un contexto tradicional o académico, habrían sido el soporte de cierta belleza, de una lascivia suave y untuosa. Aquí, sin embargo, la emoción que inspiraban procedía de su aspecto descompuesto, casi monstruoso, y de la expresividad del propio cuadro, donde cada línea, cada capa, cada color atraían la atención.

Mona, sentada con las piernas cruzadas frente a la obra, estaba literalmente con la boca abierta, y Henry podía oír su respiración jadeante, la de alguien que está a la espera.

—En 1940 —empezó a decir Henry—, Francia perdía la guerra contra los nazis y París estaba ocupada. Había una atmósfera extraña y sofocante en toda la ciudad, pues un poder enemigo, violento, racista y antisemita, acallaba las voces de la libertad.

Y Picasso era una de esas voces. Español, nacido en Málaga en 1881, hijo de pintor, era ante todo un técnico excepcional con un dominio precoz de la pintura. «Me tomó cuatro años pintar como Rafael (decía), pero me llevó toda una vida aprender a dibujar como un niño».

—Eso me recuerda a Cézanne...

—Sí, y Cézanne fue, de hecho, un gran modelo para Picasso. Mira esta *Aubade*: todo está fragmentado, como si pudieras ver la cara, el perfil y la espalda de las dos modelos al mismo tiempo. Es un estilo que en la época se calificó de «cubista», un estilo inspirado profundamente en Cézanne y que empezó a despuntar realmente en la década de 1910. Picasso y su amigo Georges Braque fueron sus principales figuras. Intentaban descomponer la realidad, deconstruirla, para reorganizarla a su manera, mostrando el derecho y el revés del mundo. Picasso practicó muchos estilos diferentes a lo largo de su vida, pero volvió a este enfoque cubista con mucha frecuencia, como en esta *Aubade* de 1942.

—Es un poco como si el mundo estuviera hecho pedazos...

—Sí, pedazos. Picasso produjo una serie de obras muy críticas con la guerra, entre ellas una enorme y muy famosa pintura llamada *Guernica*, que muestra la masacre de gente común, civiles, un día de mercado, en España en 1937. Pero a menudo son los temas cotidianos los que, a través del fraccionamiento, le permiten traducir la implosión de los puntos de referencia.

—Yo diría que en este cuadro hay un poco de toda la pintura que ya conocemos. Me acuerdo, por ejemplo, de las mujeres desnudas y la música en *El concierto* de Tiziano. Pero esta escena de Picasso es más triste, más oscura, porque es un interior, y porque todo está deformado y las tonalidades son apagadas.

Henry estaba maravillado. Quería felicitar a su nieta, pero se contuvo. Estaban analizando a Picasso casi como dos iguales.

—Apuesto lo que quieras —prosiguió Mona— a que la gente pensó que Picasso quería jorobar la pintura, aunque la amara más que a nada.

—Bueno, Picasso conocía a la perfección a los maestros antiguos. Y esta *Aubade* debe mucho a las composiciones de Tiziano, como bien has subrayado. También adoraba a Goya, a Courbet, a Manet... Es como si se apoderara de ellos para luego reinterpretarlos a su manera, no para mofarse, sino para prolongar su genio. Esta *Aubade* donde todo parece dislocado, donde los juegos de perspectivas se vuelven laberínticos, es, en el fondo, de un gran clasicismo.

Mona reflexionó un rato. Clásico, clasicismo... Eran palabras que su abuelo había utilizado delante de Poussin, de David, para comentar obras en las que reinaba una poderosa estabilidad, un rigor. También recordaba todas las veces que habían hablado de lo moderno y la modernidad, sobre todo a propósito de Monet. ¿Sería Picasso el encuentro milagroso de ambas nociones? Henry retomó la palabra.

—Hay muchos indicios de una atmósfera trágica: la deconstrucción de los rostros y los cuerpos inmóviles, los motivos angulosos del techo, los colores apagados y la penumbra, y luego una especie de vacío...

—Ya lo sé, Dadé: ese marco de la izquierda. Normalmente, rodearía un cuadro o algo así. Pero aquí está solo. Y ese es el símbolo del artista que deja de pintar...

—Es el artista que calla. Picasso era una voz de libertad y lo redujeron al silencio, igual que la mujer de la derecha sostiene su mandolina, pero no la toca. Eso nos cuenta el pequeño marco. Y es que los nazis odiaban el arte de Picasso, lo consideraban «degenerado». Según ellos, el arte debía representar el cuerpo humano en toda su potencia y atracción, y que Picasso pintara una cabeza verde y azul con un cráneo puntiagudo, o una axila en el lugar del pecho, les parecía un insulto al ser humano que contribuía a su decadencia, su degeneración, su debilitamiento.

—Mira esto, Dadé: hay nueve rayas en el centro del colchón que están como partidas. Es como si fueran barrotes de una prisión o cuerdas para atar a alguien a una cama. Y fíjate: otros nueve trazos negros forman la cabellera de la mujer acostada, y ese pelo es también pesado como el metal...

Al oír esas palabras, Henry se acercó al cuadro para contar los mechones separados por una línea gris. Nueve, en efecto, eran nueve. Y Mona se había percatado al primer golpe de vista. Le recordaba la increíble percepción de Picasso, cuyo genio era, de hecho, doble. Tenía una gran habilidad, por supuesto, a la hora de inventar formas y utilizar cualquier tipo de material; el mejor ejemplo de ello era su *Cabeza de toro* de 1942, una escultura hecha con un sillín de cuero y un manillar de bicicleta encontrados en cualquier parte. Pero ante todo era el más consumado de los observadores. Picasso examinaba todo lo que lo rodeaba con la penetrante visión de las aves nocturnas, animales que ejercían en él una fascinación total y en los que se reconocía.

—En definitiva —dijo para concluir Henry—, ¿qué hace, pues, Picasso? Desarticula la realidad, volviendo su piel del revés. Así, la realidad, en lugar de ser lisa y plana, se llena de repente de asperezas y aristas, de grietas y protuberancias. De hecho, Mona, creo que a Picasso le habría encantado que sus cuadros actuaran un poco como la pestaña que se te ha metido en el ojo hace un rato; le habría gustado que el espectador se sintiera visualmente incómodo. Su gran amigo y rival Henri Matisse hablaba de la pintura como «algo análogo a un buen sillón que alivia la fatiga física». En esta *Aubade* ocurre lo contrario: la pintura nos devuelve a la dureza del mundo. Aquí, como bien has visto, el propio colchón se asemeja a una prisión.

—Hay que romperlo todo. Esa es la lección de esta *Aubade* pintada durante la guerra. Hay que romper las cadenas, hay que romper los barrotes...

—Y más aún, Mona, hay que romper todo lo que nos rodea para entender cómo funciona. Picasso es muy culto y a la vez muy infantil. Culto porque sigue los pasos de los maestros y quiere desentrañar los secretos del universo; infantil porque, para conseguirlo, se comporta exactamente como un niño. Desmonta o rompe juguetes y objetos para descubrir su mecanismo.

—Y luego los vuelve a montar a su manera —dijo Mona encogiéndose de hombros.

Mona volvió a Montreuil con la pamela de su abuela en la cabeza. Se sentía muy orgullosa. Cuando llegó a casa, Cosmos saltó sobre ella, atraído por el sombrero. Mona se lo puso encima entre risas, porque el cachorro, todavía muy pequeño, quedó completamente oculto. Al final, decidió anudar la cinta color crema alrededor del cuello de Cosmos.

—Tengo que hablarte de *L'Aubade* de Picasso —le dijo.

Pero nada más empezar la lección se vio sumida en una laguna típica de la juventud. ¿Qué quería decir la palabra *aubade*?

44

Jackson Pollock

Entra en trance

El verano pasó volando... Aquel lunes de septiembre, Mona abrió los ojos empapada en sudor. No había dormido bien; era su primer día de instituto y había tenido pesadillas toda la noche. De camino al nuevo centro, ansiosa hasta la náusea, clavó las uñas en la mano de su madre. Procuraba ocultar su miedo, pero un mal presentimiento la atormentaba.

Había cientos de cabezas convulsas entrando a toda prisa en el edificio, algunas preocupadas, otras arrogantes y bravuconas. Chillaban, daban alaridos. Camille soltó la mano de su hija. También ella estaba mareada y le dijo adiós con una sonrisa temblorosa.

El pasillo de las clases de primero era infinito y resonaba de manera lúgubre. Mona y la treintena de compañeros de quienes no sabía nada entraron deprisa en un aula que olía a vieja casa de campo. No se oía ni un susurro. Su pupitre, individual, estaba al fondo. Por fin apareció un hombre joven. Vestido con un traje de tres piezas y una chalina, tenía un aire altivo y parecía molesto por estar allí. En cuanto anunció que iba a dar clases de francés, Mona se sobresaltó. Lo había reconocido: era el sujeto con el que había tenido un pequeño altercado en el Museo de Orsay, delante del cuadro de Van Gogh. Ella había fingido disculparse después de reírse del cuadro, y más tarde, al encontrárselo de nuevo en un corredor del museo, se burló de él una vez más, sacándole la lengua. La fatal premonición de la noche no era infundada. Se encogió en su asiento. El mundo le resultaba hermético, indescifrable. Ella misma era un jeroglífico a ojos de los demás. La realidad se había quedado congelada. Y ¿qué podía hacer para irrumpir en ella? Quebrarla, tal vez.

El profesor empezó a pasar lista. Las voces que respondían a sus nombres eran apenas audibles, y esa timidez regocijaba al amo del lugar. Cuando le tocó el turno a Mona, en lugar de levantar la mano, apretó con fuerza su estuche, que se volcó y expulsó de golpe toda la parafernalia escolar: los bolígrafos cayeron al suelo con un estruendo inesperado.

—¡Presente! —vociferó al mismo tiempo.

El profesor frunció el ceño, la miró un buen rato... ¿Quién era esa insolente? Ante la duda, consideró el incidente una torpeza involuntaria. Toda la clase se volvió hacia Mona. Todo el mundo vio su cara y ella vio las caras de todo el mundo.

El miércoles por la tarde, de camino a Beaubourg con su amplia pamela en la cabeza, Mona se iba quejando de la mala suerte que había tenido.

—¿Te lo puedes creer, Dadé? Mi profesor de francés, y por ende, mi profesor principal, ¡es aquel tipo del que me burlé en el Museo de Orsay!

La coincidencia era extraordinaria, desde luego, y habría merecido una reflexión sobre los caprichos del destino, la contingencia y la necesidad, la predeterminación. Pero un detalle aún más asombroso del relato de su nieta había llamado la atención de

Henry. Mona había dicho: «Y por ende...». ¡Y por ende! Era una expresión de adulto, el indicador simbólico de una maduración. «¿A qué edad —se preguntó Henry— utilicé yo esa expresión por primera vez? ¡Ah!, si pudiéramos rebobinar el hilo de nuestras vidas y reproducir toda la película de su lenguaje: ¡la primera palabra, la primera frase, la primera aparición vocal de "muerte", "belleza", "te quiero" o "por ende"! ¡Ah! —se irritaba Henry—, ¿cuándo utilicé mi primera forma interrogativa?». Y se dio cuenta de que, en la vida, la forma exclamativa del lenguaje precede inevitablemente a la afirmativa. Todo empieza con gritos que brotan de un hervidero inarticulado. Su mente bullía, y, si se hubiera podido cartografiar su cerebro en ese preciso momento, se habría parecido al cuadro ante el que Mona se había detenido por propia iniciativa mientras vagaba por los pasillos del Museo Nacional de Arte Moderno.

Se trataba de una obra abstracta semejante a un caos de materia donde se cruzaban, entremezclaban y superponían regueros y goterones de color, a veces muy finos, como la delgada línea de un dibujo, a veces gruesos, como una mancha, que describían tanto rectas (nunca perfectas) como curvas zigzagueantes. De este modo, el lienzo se encontraba totalmente saturado por una extravagante red de surcos, rayaduras y motas de la que no surgía ningún motivo reconocible. Como mucho podía recordar el estado de suciedad de un trozo de alfombra recortada, tal vez una alfombra destinada a proteger el suelo del estudio de un artista sobre la que el flujo residual de pigmentos diluidos se hubiera estrellado accidentalmente por todas partes, salvo que el lienzo, aun siendo el receptáculo de un desorden eruptivo y pastoso, resultaba bastante estructurado. No organizado ni compuesto —de hecho, no había centro ni periferia identificables—, sino estructurado por ritmos y una coherencia de conjunto.

Así, unas cuantas masas negras más voluminosas se repartían como una docena de archipiélagos luchando con olas de blanco. En menor cantidad, pero presentes por todas partes, surgían chorros amarillos y rojos, y por encima, en abundancia, se extendía una maraña gris plateada cuyos bucles eran más numerosos que los de los colores colindantes. Había que subrayar que esos colores eran siempre lo bastante densos para superponerse sin absorberse ni mezclarse entre sí, y, por último, que el cuadro parecía ser el fragmento de un todo ilimitado.

A Henry le maravilló que Mona decidiera pasar treinta minutos delante de aquel cuadro de Jackson Pollock, de una dimensión modesta, 60 × 81 cm, en vez de fijarse en el lienzo vecino del mismo autor, mucho más grande. Aunque sin duda la estética del pintor norteamericano se entendía mejor a menor escala, por mucho que lo negaran algunos historiadores del arte. Porque el expresionismo abstracto, nacido en Nueva York justo después de la Segunda Guerra Mundial con Mark Rothko, Franz Kline, Willem de Kooning o Robert Motherwell, se caracterizaba por una explosión de formas abstractas sobre superficies imponentes, incluso abrumadoras. Y Henry sabía que no siempre era necesario seguir el camino convencional de los especialistas para desentrañar el secreto del genio humano. En cuanto a Mona, tras deshacerse de una mosca que parecía desesperada por posarse en su nariz, ya estaba lista para emitir un juicio.

—Caray, Dadé, hasta ahora habíamos visto artistas que sabían lo que hacían, se notaba que tenían un plan, incluso cuando era abstracto como en Malévich o Brancusi. Y esto, por primera vez, es muy diferente. Es improvisado. Pero ya sé lo que me vas a decir...

—¿De verdad, Mona? ¡Pues dímelo tú!

—Vas a decir que es más complicado.

—¡Cierto! ¿Y qué más?

—Vas a decir que parece una improvisación porque hay goterones de pintura por todas partes y en todas direcciones, que el cuadro parece un mantel asqueroso, pero que, en realidad, bueno, es algo totalmente distinto. Que es armónico y que es lo que pretendía el artista.

Henry sonrió, resignado y feliz. Eso era más o menos lo que quería decir. Pero antes tenía que situar a Pollock en su marco histórico. Así que le explicó a Mona que a Jackson Pollock no le satisfacía la vieja tradición europea según la cual un cuadro debía ser realista, fiel a motivos reconocibles. Era hostil a la ilusión de profundidad mediante el dominio de la perspectiva, y quería realizar una pintura que explorara una energía más fundamental, la del cuerpo, los gestos, la rapidez, los accidentes, el azar. De ahí que, para referirse a él, se hablara de *action painting*; incluso se llegó a decir que el lienzo se transformaba en un ruedo, en un coso, porque el cuadro no contenía ninguna anécdota, ningún símbolo, no contaba nada. Se limitaba a registrar la *furia* del artista frente a él. La pintura no representaba la violencia, *era* la violencia.

—Este lienzo —añadió Henry— no se pintó en un caballete. Estaba tirado en el suelo. En lugar de aplicar capas sucesivas con el pincel, Pollock proyectaba la pintura desde arriba, con palos que mojaba en botes de colores. Utilizaba pinceles secos e incluso jeringuillas y peras de goma, lo que le permitía obtener salpicaduras y volutas finas. Fíjate en las masas de negro: ahí dejaba caer un poco de pintura líquida directamente del recipiente. Así, con medios rudimentarios y solo unos pocos colores, en un lienzo de apenas medio metro cuadrado, produce un cuadro tan rico como un organismo compuesto de tejidos, como el veteado de una piedra o miles de constelaciones en el cielo.

—¡Oh, Dadé, me encanta! Pero seguro que la gente decía que eran simples garabatos, que hasta un niño podría hacer lo mismo.

—¡Y lo siguen diciendo! La verdad es que es una pena que los niños no hagan estas cosas...

—¿Quieres que pruebe yo?

—Ahora no, Mona —dijo Henry sonriendo—. En cualquier caso, Pollock no tuvo únicamente detractores. Muchos críticos influyentes lo adoraban, afirmaban que era la culminación de la historia del arte, y también tuvo partidarios entre los coleccionistas y los poderosos...

—¿Como quiénes?

—En Estados Unidos, después de la guerra, se tenía en cuenta lo que ahora llamamos *soft power*, el poder de la cultura, los símbolos y los valores. Para muchos estadounidenses de la época, un cuadro abstracto como este podía parecer a primera vista estúpido e incluso insultante, sobre todo porque Pollock tenía un temperamento errático, bebía mucho y políticamente se situaba a la izquierda, mientras que Estados Unidos estaba gobernado por conservadores. Pero, en lugar de humillar o condenar a Pollock al ostracismo, el Gobierno estadounidense entendió que le interesaba promoverlo como la encarnación de la libertad y la audacia del nuevo continente: una especie de James Dean del arte. Era la manera perfecta de distinguirse de la vieja Europa y dar una lección a los soviéticos.

—¡Ah, sí! Recuerdo que ellos prohibieron a Malévich pintar abstracciones... ¡Esas explosiones de color les debían de parecer estrambóticas! Pero ¿y Pollock? ¿Qué opinaba él de todo aquello?

—No era muy expresivo, y probablemente nunca fue del todo consciente de lo que estaba en juego a su alrededor. Murió joven, en un accidente de coche en 1956, conducía borracho. Estados Unidos, para él, era de los amerindios. Fíjate: tiene ritmo, cadencia, se diría que baila. El alcohol le permitía salir de sí mismo, conocer estados de trance. Su práctica de la pintura se relaciona con el chamanismo. Según él, el espíritu tiene que viajar, descubrir otros planos, otras esferas, fundirse con la naturaleza, con los animales, con la materia. Si su arte es típicamente americano, como se ha repetido hasta la saciedad, hay que ir a buscar esa fuente de expresión en los indígenas.

En ese preciso momento, la molesta mosca volvió a posarse en la punta de la nariz de Mona, que agitó la mano con rabia. Presa del pánico, el insecto se alejó de ella, dio unas cuantas vueltas en el aire, buscó un refugio y finalmente lo encontró en el cuadro de Pollock, en el borde izquierdo, sobre una mancha blanca muy nítida. Dirigía sus cinco ojos hacia la derecha, y Mona sintió un súbito mareo...

—Mira la mosca, Dadé, ¡me gustaría ver el cuadro de Pollock como lo está viendo ella ahora!

—Muy bien, Mona, así es como Pollock habría querido que pensaras. Eso es precisamente una experiencia chamánica. Cierra los ojos e imagina que eres esa mosca. —Mona obedeció y se concentró—. Ahora te has vuelto cien veces más pequeña de lo que eres. Esto significa que ahí, sobre el cuadro, la pintura de Pollock se hace cien veces más grande para ti.

—¡Es fantástico! —exclamó Mona apretando los párpados con fuerza—. ¡Los chorros de color se transforman en auténticos torrentes!... ¡Qué maravilla! ¡Qué belleza!

—Y, si fueras un pulgón, Mona, un pulgón diminuto, parecería mil veces más grande...

Mona, con los ojos cerrados, se sumergió en sí misma y vio el cuadro a sus pies. Podía verlo plano, como la mosca que se había pegado a él. Los ocho decímetros de longitud del lienzo, por una operación de la mente, se ampliaron hasta formar una distancia de ochenta metros, luego de ochocientos metros cuando imaginó el estadio del pulgón. Y la superficie aumentaba y se multiplicaba sin cesar en la mente de la niña. ¡Había ya kilómetros de entramado de Pollock en el horizonte!

—Siento que me encojo, Dadé —confesó Mona, extasiada.

—Puedes llegar a ser una fracción de átomo si quieres: un cuark. Entonces este cuadro de medio metro cuadrado se convertiría para ti en un universo colosal, digno de un planeta desconocido...

Mona hizo el esfuerzo, sin saber si era ella la que de repente se convertía en una diminuta partícula o si era el lienzo de Pollock el que se expandía como el cosmos. Delante de ella se extendían potencialmente ocho gigámetros de pintura, es decir, ocho mil millones de kilómetros, ¡todo un sistema solar! Le temblaban las piernas; su abuelo la agarró por los hombros justo cuando estaba a punto de desmayarse.

—¡Ay, Dadé! La lección de Pollock es que hay que entrar en trance, creo...

—Exacto, pero también hay que salir de él, de lo contrario acabaremos cayendo...

—... cayendo como moscas.

45

Niki de Saint Phalle

La mujer es el futuro del hombre

El negocio de Paul empezaba a ir bien: no las antigüedades, de las que se ocupaba poco, sino su proyecto de teléfonos antiguos compatibles con los móviles. Los jóvenes empresarios que había conocido le ofrecían contratos más que prometedores. Animado por Camille, Paul se preguntaba: «¿Y si hubiera llegado el momento de traspasar la tienda y embarcarse en esta aventura?». Mona no se atrevía a decir nada, pero la idea la perturbaba.

Escoltada por Cosmos, tumbada en el suelo de la tienda y lápiz en mano, intentaba ponerse al día con el relato de su diario íntimo. Lo había empezado a finales de julio, y en él había ido repasando su vida desde la crisis de ceguera del otoño anterior, mezclando unos hechos con otros. Junto al descubrimiento de Magritte y Brancusi, describía la resonancia magnética a la que se había sometido y lo que había provocado en ella. Embriagada por sus visiones, se dejaba llevar por la corriente de sus pensamientos. Entonces recordó que dentro de la máquina había rememorado un pasado cuya orilla le resultaba extraordinariamente lejana en su escala temporal infantil. Emborronando el cuaderno, accedió a la Mona del verano anterior, y, garabateando un poco más, encontró el camino hacia un continente perdido e incierto: el de las primeras edades. Su yo de once años se remontó hasta el tiempo en que no tenía más de tres. Eso produjo un torrente de sentidos, una explosión de verdad. Revivió el momento en que Colette Vuillemin, su querida abuela, le regaló el colgante que llevaba al cuello durante su último encuentro, cuando le dijo: «Conserva siempre la luz en ti, cariño». La pequeña Mona no volvió a verla nunca, a pesar de que parecía tan llena de vida, tan feliz, tan cariñosa.

Ese vacío incomprensible debió de parecerle un misterio a Mona, porque nadie fue capaz de explicarle lo que significaba dejar de existir cuando ella acababa de comenzar su propia existencia. Avanzar en la vida es hacer el ingrato esfuerzo de sacar a la luz heridas que no se han visto venir y que, precisamente por su sigilo, traumatizan a la persona hasta lo más profundo de su abismo. En su cuaderno, Mona escribió con letra pequeña y temblorosa: «¿De qué murió la abuelita?». El perro, acurrucado a sus pies, bostezaba satisfecho.

Al lado del Museo Nacional de Arte Moderno, en su cara sur, había una gran fuente de unos seiscientos metros cuadrados con dieciséis esculturas dentro del agua y animadas por diversos mecanismos. Mona se acercó y observó, en la amplia fachada de un edificio colindante, una obra de un artista urbano pintada directamente sobre la pared, junto a la iglesia de Saint-Merri. El mural representaba medio rostro gigante con un dedo en la boca, como pidiendo silencio a toda la calle. ¿Invitaba a la multitud a contemplar la famosa fuente? Tal vez. ¿O quizá a escucharla? ¿Por qué no? Ya que la fuente, aunque muda, era sutilmente musical. Henry precisó enseguida que su creación se debía a una pareja de artistas. Las piezas negras, que parecían máquinas absurdas y destartaladas, eran obra del suizo Jean Tinguely; las piezas de colores, en particular el curiosísimo director de orquesta de cuya corona dorada brotaban chorros de agua —un *Pájaro de fuego*—, habían sido firmadas por su esposa, Niki de Saint Phalle.

—Los dos se definían como los Bonnie & Clyde del arte —explicó Henry—, auténticos *enfants terribles* que estimulaban mutuamente la locura del otro.

Mona, en cualquier caso, sintió una clara preferencia por Bonnie, y miraba hipnotizada su mujer sirena de pechos gigantescos, pero sobre todo la serpiente en espiral que giraba sobre sí misma.

—Podría ser un sacacorchos —murmuró, ensortijándose el pelo.

Henry sabía que ese tipo de ingenuidad habría complacido mucho a la escultora, y le dio la razón. Le sugirió ir a ver otra de sus obras en una de las colecciones del Centro Pompidou.

—¡Ok! —exclamó Mona con entusiasmo.

Era una novia gigantesca vestida de blanco. Más aún, era una novia enteramente blanca, o más bien grisácea y arcillosa, desde la base de su enorme vestido plisado hasta la masa como de estopa del cabello largo y tieso, pasando por el ramo que llevaba agarrado y pegado al pecho. Tenía un aspecto tan calcáreo que la supuesta pureza que se atribuye a las novias rozaba aquí lo grotesco. Esa mujer parecía un fantasma, impresión que reforzaban sus aberrantes proporciones. Si bien el tamaño de la figura era aproximadamente un tercio mayor que el de una morfología estándar, la cabeza escapaba a esa monumentalidad. Resultaba demasiado pequeña comparada con el resto, como si hubiera hecho eclosión en un cuerpo enorme y pesado. Vista de frente, se inclinaba ligeramente hacia la derecha y el rostro quedaba apenas sugerido, a la manera de una burda máscara. Había, sin embargo, una hendidura que figuraba la boca —como si estu-

viera emitiendo un prolongado estertor—. Pero la parte más terro-
rífica de la efigie se encontraba en el busto. La novia sostenía allí un
ramo de flores osificadas. Estaba en su mano derecha, mientras que
la izquierda, colosal, una especie de extrapolación degenerada de
Rodin, reposaba en el vientre. El pecho y los brazos parecían una
vasta masa hormigueante, tal vez incluso carne en descomposición.
De hecho, la escultura incorporaba en esa zona un conglomerado de
innumerables objetos, algunos claramente discernibles, otros ocultos
tras los primeros: juguetes, en particular, y sobre todo muñecas. Tam-
bién había una maqueta de avión, ciclistas, carruajes, patitos, ser-
pientes, pájaros y un par de zapatitos de bebé.

Mona contempló la obra entre escalofríos. La notaba cargada de
oscuridad. Henry le dio la razón: Niki de Saint Phalle había tenido una juventud difícil, tan difícil que era preferible no entrar
en detalles lúgubres. Se contentó con explicar a la niña que había
padecido penurias. Le ahorró los acontecimientos más trágicos:
las agresiones sexuales que le infligió su padre, la agonía de su
abuela durante un incendio en su castillo ocupado por los nazis,
el suicidio de su hermana... Dejó a un lado toda esa violencia familiar, porque Mona era aún demasiado joven para oír ese tipo
de cosas, y porque proyectar la sombra demasiado grande de esa
vida desgraciada sobre las obras de la artista les conferiría un simbolismo exclusivamente mortífero.

—¿Sabes en lo que pienso al ver esto, Dadé? En Goya y los
monstruos... Y también en Hammershøi y las historias de trols
de las leyendas nórdicas y aquella cabeza que me pareció ver en
la manga del retrato de su mujer de espaldas. Es como un fantasma esta novia, como si se hubiera secado dentro de un armario...
Y se me ocurre... que las esculturas en movimiento del estanque
también tenían cierta apariencia monstruosa...

—Niki de Saint Phalle lo admitiría. Los monstruos la fascinaban. Contaba que había visto muchas películas de monstruos y añadía (cito de memoria): «Yo misma he hecho un montón; soy capaz de renovarme sin fin en este tema». Pero seguro que te has fijado en todos los juguetes sellados con escayola...

—Sí, claro. Enseguida he visto al pequeño bañista de plástico debajo de la barbilla, y hay muñecas por todas partes, e incluso una maqueta de avión en el hombro... ¡Ah!, ¡y encima un pájaro! Si lo que quería era alegrar a la novia..., te lo digo en serio, es un fracaso.

—Déjame que te desengañe: la artista sabía muy bien que ese aglutinamiento no haría de su novia una escultura más alegre. En realidad, coleccionaba juguetes, los acumulaba en cantidades exageradas, no solo muñecas, sino también antiguallas de esas que se guardan en un baúl y acaban en el desván.

—Es decir, hace un poco como Marcel Duchamp, recoge cosas que ya existen y las convierte en obras de arte.

—Sí, hay algo de eso; de hecho, Niki participa de una tendencia más amplia de la historia del arte de los años sesenta que consiste en apropiarse de los objetos de la realidad, simplemente seleccionarlos, para luego combinarlos entre sí. En Francia es lo que se denomina «nuevo realismo», y entre los artistas que lo abrazan está, por supuesto, Niki de Saint Phalle, pero también Arman, por ejemplo, ¡que llenó una galería entera de basura!

—Bueno, ¡esto es un basurero de juguetes!

—Una observación muy acertada, querida. Es como si el universo de la infancia asaltara y oprimiera la escultura. Esta *Novia* es de 1963. Su aspecto rígido y cadavérico contradice la imagen tradicional de una boda feliz. Pero esta figura, cuyo rostro parece desgarrado por un grito, es también la expresión de una revuelta. Los años sesenta fueron una década de muchas luchas en todo el mundo por una mayor libertad y tolerancia, por la igualdad entre los seres humanos, y contra la guerra y el imperialismo. Niki de Saint Phalle, con esta *Novia* que parece agonizante, está lanzando un grito.

—¿Y qué dice ese grito?

—Que las mujeres no deberían quedar atrapadas en el papel de buena esposa. Que han de ser capaces de defender sus deseos y tomar sus propias decisiones, sean cuales sean, incluso las más inapropiadas.

—¿Y Niki? ¿Qué decisiones tomó ella?

—Bueno... —Henry dejó pasar unos segundos mientras reflexionaba—. Pues, por ejemplo, en determinado momento de su vida decidió que no sería una madre modelo. Se consagró a su arte, es decir, a sí misma, en vez de a sus hijos...

—Estaba enfadada —comentó Mona poniendo cara de berrinche.

—Sí. De hecho, llegó a realizar lo que llamamos *shooting pictures*. Cogía una escopeta y apuntaba al lienzo, que antes había preparado con bolsas de pintura. El impacto de las balas hacía estallar una lluvia de colores. Pero, si realmente quieres entenderla, recuerda que la imagen que Niki de Saint Phalle tiene de la mujer es dualista. Es una imagen con dos caras. Su *Novia* no es solo una expresión de la muerte, es también un llamamiento al renacimiento femenino bajo otro aspecto que el de la esposa abnegada.

—¿Cuál?

—El de la sirena de colores que has visto antes en la fuente, por ejemplo, y sobre todo el de sus famosas «Nanas», esas esculturas de mujeres que corretean, bailan, saltan. Son rechonchas, con caderas enormes y cabezas diminutas. Pero están vivas, liberadas de las normas sociales. Encarnan un porvenir radiante, frente a *La novia*, que es el símbolo de ese pasado alienante en el que sus deseos han sido pisoteados.

—Entiendo esto de la doble imagen... Pero ¿cuál es la lección?

—En 1963, el mismo año de la creación de *La novia*, un poeta muy comprometido políticamente, miembro de la Resistencia y comunista declarado, escribe un verso que encaja a la perfección con el mensaje de Niki de Saint Phalle.

—¿Quién es ese poeta? ¿Y qué dice?

—Se llamaba Louis Aragon. Y escribió: «La mujer es el futuro del hombre».

—Sí, bueno, pero Niki habría dicho: «La Nana es el futuro del hombre»...

—Simplemente. Pero yo prefiero quedarme con el verso, más austero, de Aragon.

La niña aferró el colgante que ya nunca abandonaría. Pensó que con gusto lo habría colocado alrededor del cuello de la novia, para ayudarla a superar su pena.

—Era una mujer combativa —concluyó Mona con voz clara.

Henry la miró, atónito. La expresión lo perturbó. La había escuchado muchas veces, tiempo atrás, a propósito de Colette. Ahora, por la forma en que su nieta la había pronunciado mientras apretaba la concha, el anciano imaginó que tal vez aludía a ella. Permanecieron callados largo rato, hasta que Henry rompió el silencio.

—Sí —dijo al fin—, Niki de Saint Phalle era combativa, Mona. Y tu abuela también, puedes estar segura. Hasta el final.

—Lo sé, Dadé...

46

Hans Hartung

Sé veloz como el rayo

Camille tecleaba nerviosa en el móvil mientras esperaba a que la recibiera el doctor Van Orst. Se estaba retrasando mucho, y, a cada segundo que pasaba, su mente no dejaba de darle vueltas al final de su última cita. Había aceptado el consejo del médico sin rechistar —debido a su febril respeto por la autoridad médica, sin duda—, pero esa historia de que la niña no se quitara el colgante la tenía trastornada. ¿A qué venía semejante tontería?

Cuando irrumpió en la consulta, con Mona de la mano y la cara enrojecida, no se anduvo con rodeos.

—¿Qué está pasando, doctor? —preguntó—. Mona acude a su consulta desde hace un año. Ha hecho todo lo que le ha prescrito, todas las pruebas posibles: cerebrales, oculares, hipnosis. ¿Y ahora me dice que no debe quitarse el colgante?

Mona estaba petrificada. No solo por el tono y la virulencia de su madre, sino también por la idea de que su caracola, que tanto quería y a la que se aferraba, fuera objeto de disputa.

—Señora —intervino Van Orst—, mi oficio es curar. Comprendo su enfado, que es muy legítimo. Pero puedo decirle que la psique es un mecanismo tremendamente complejo y que nada debe pasarse por alto en su posible funcionamiento.

—¿Y bien?

—Y bien, tras un extenso reconocimiento de Mona, estoy seguro de haber encontrado el origen de su ceguera: no es un problema de orden mecánico, sino un trastorno psicotraumático. Y he podido acceder a esta verdad gracias a la hipnosis... O, mejor dicho, gracias al camino que ha recorrido Mona conmigo, a lo que ha descubierto de sí misma y de su pasado lejano.

—¿Lejano? Pero ¡si es una niña!

—Mona es una jovencita. Y, para ella, ocho años atrás suponen un abismo más profundo e inalcanzable que tres décadas para nosotros, los adultos.

—De acuerdo, ¿y qué hay en ese pasado?

Van Orst metió la mano en un cajón y sacó con delicadeza un dosier encuadernado con una pequeña espiral negra. En la tapa, dura y de color rojo, estaba escrito con rotulador grueso y subrayado dos veces el siguiente epígrafe: «Los ojos de Mona». El médico había redactado un informe meticuloso.

—Está todo aquí dentro. El título es poco médico, de acuerdo... Pero he reunido todos los datos y mi conclusión.

—Muy bien, doctor, ¿y cuál es su conclusión?

Ante esa pregunta llena de impaciencia, Mona hizo un gesto que interrumpió el diálogo. Porque ella sabía ya la conclusión: la sentía, la conocía, estaba en ella, en toda ella, la atravesaba de parte a parte. Esa conclusión era cosa suya. No es que temiera oírla de boca del médico, pero sí le daba miedo no formularla ella misma, con sus propias palabras y sus propias impresiones. Ella encarnaba el futuro. Y para encarnarlo plenamente, para abrazarlo, tenía que asumir que era su depositaria, que ella misma tenía que tomar la palabra, en lugar de dejarla en manos de una autoridad externa, por muy benévola y competente que fuera la del doctor Van Orst.

—Mamá, lo que he descubierto, lo que he comprendido... Me gustaría ser yo quien os lo dijera a ti y a papá, cuando llegue el momento.

—La luz está en ella —dijo el doctor, entregando el expediente a la joven en vez de a su madre.

Ese miércoles, Henry Vuillemin encontró a su nieta todavía más cambiada y delgada. Se lo dijo.

—Es sorprendente, Mona, lo rápido que creces; pronto serás más alta que tu padre y tu madre, ¡ya verás! Y creo que no vas a parecerte a ninguno de los dos, ¡y afortunadamente tampoco a mí!

Pero ese comentario molestó a la niña, que de repente se puso mustia.

—Pues qué pena, Dadé, porque a mí me gustaría parecerme a ti... Parecerme a alguien... A ti en primer lugar, o al menos a mamá o a papá...

Y, toda temblorosa de emoción, se abalanzó sobre su abuelo y casi lo aplastó, a fuerza de estrujarlo. Henry le quitó la pamela y le acarició el pelo con ternura, sorprendido por semejante reacción. Entonces ella dijo:

—Es tristísimo: soy simplemente como soy...

Aquello le partió el corazón al anciano. Por un lado, no había nada más hermoso que ser solo lo que eras si eras Mona, algo que Mona aún no entendía. Por otro lado, era indiscutible que Mona se parecía a alguien. Resultaba obvio que corría por sus venas una sangre llena de fuerza, gracia y bondad. Solo que ella ignoraba el origen. Henry lo tenía clarísimo.

—Claro que te pareces a alguien, Mona... Pero no a tu padre, ni a tu madre, y en realidad tampoco a mí...

—Pero entonces ¿a quién me parezco, Dadé?

—A tu abuela, Mona. Te pareces muchísimo a tu abuela.

La niña abrió los ojos de par en par, llenos de brillo. Ya no eran azules, se habían vuelto amarillos como el sol tras la revelación. Se habían transfigurado.

—Ay, Dadé, ¡te lo pido por favor!, ¡hoy quiero ver el cuadro preferido de la abuelita!

Era una obra abstracta de 180 × 111 cm, compuesta esencialmente por una vasta masa oscura. No era exactamente un fondo monocromo negro, sino más bien una capa vibrante creada a partir de pintura pulverizada. Además, tenía unos bordes superior e inferior que oscilaban ligeramente y cuya incierta delimitación estaba hecha de un material soplado, atomizado, que daba la impresión de una bruma que se disipa. Debajo de la capa negra, una base de color amarillo limón ocupaba la parte inferior del cuadro y se elevaba hasta algo menos del veinte por ciento de su altura total. Esa zona estaba levemente ranurada en vertical, y esos innumerables surcos conferían un vivo dinamismo a la obra. En lo alto de la capa negra, sin embargo, se extendía una banda de azul intenso, también estriada pero más estrecha, casi aplastada contra el borde superior del cuadro, como un pedazo de cielo asomando discretamente tras el tumulto de una tormenta. Por último, en la vasta masa negra fulguraban tres trazos luminosos muy claros, como tres altas hierbas o tres largos cabellos aislados, algo curvos, flexibles, pero tensados por una poderosa energía aérea. En el centro estaba el más grande, que recorría casi de abajo arriba toda la capa oscura. A su izquierda, el segundo, más fino y arqueado, describía un movimiento tangencial, y aún más discretamente, a su derecha, un tercero seguía el mismo camino, aunque ninguno tocaba al otro. Los tres juntos podían sugerir, de forma simplificada al máximo, el ascenso de un estilizado tronco de árbol.

Así pues, Mona estaba contemplando la obra favorita de su abuela. Sin darse cuenta, estuvo sonriendo durante los veinticinco minutos que pasó, sentada con las piernas cruzadas, examinando esa sencilla composición, y sintió, más que nunca, cómo la pintura podía encender en una persona una luz interior.

—Entiendo perfectamente a la abuelita —le dijo a su abuelo—, y estoy segura de que podía quedarse horas delante de este lienzo...

—Se quedaba horas enteras, sí —confirmó Henry con voz nostálgica y dichosa—. Se sabía la obra de memoria y podía designar con los ojos cerrados cada uno de sus elementos.

—Yo veo nueve elementos —continuó Mona, señalando la obra con el dedo—. Primero, tres zonas: amarilla abajo, negra en el centro y azul arriba. Luego veo los límites algo borrosos entre el amarillo y el negro, y entre el negro y el azul. Veo también tres trazos, por supuesto. Y finalmente la firma en el ángulo inferior derecho: «Hartung 64».

—Tu cálculo es correcto, porque el 9 era el número favorito de Hartung. También era el de su mujer. Hay que decir que se conocieron el 9 de mayo de 1929, cuando tenían, respectivamente, veinticinco y veinte años.

Henry se quedó pensativo al mencionar esas edades.

—Lo que debió de gustarle a la abuela de esta obra es que está llena de contrastes, y los contrastes dan la impresión de que hay un combate...

Mona dijo aquello con una inocencia tal que a Henry se le hizo un nudo en la garganta. Miró la línea central del cuadro de Hartung y, como por mimetismo, sintió vibrar la cicatriz que le cruzaba la cara. Volvió a sentir la puñalada que le había hecho perder un ojo décadas atrás. La herida se reavivó, como si la piel volviera a abrirse. E, inexplicablemente, su ojo muerto se empañó y derramó una lágrima, una fina lágrima de emoción, tan discreta e inesperada que Mona no la vio.

—Sí, Mona, has dado en el clavo —dijo al fin—. ¿Sabes? A Hartung le encantaban Rembrandt y Goya...

—¡Ah! —exclamó Mona interrumpiéndolo—, ¡eso es! ¡Sabía que me recordaba a los cuadros del Louvre! Estoy segura de que adoraba el claroscuro, y, al realizar un cuadro abstracto en el que hay un amarillo que parece salir de una niebla muy sombría, está haciendo lo mismo que los artistas del pasado.

—No es exactamente lo mismo. La técnica es muy diferente. Aquí no utiliza pincel ni óleo. Hartung trabaja esas capas flotantes pulverizando pintura acrílica con una pistola de carrocería, una herramienta que suele emplearse para pintar coches. Esto da un aspecto muy vibrante, pulverulento y evanescente a las distintas zonas coloreadas.

—Parecen nubes, o un banco de niebla...

—Desde luego que sí. La estética de Hartung se describe a menudo como «nuagista», nebulosa. Los contornos borrosos de sus formas absorben la mirada, la envuelven y la sumergen en el corazón del cuadro. En eso está muy cerca de uno de sus amigos, el estadounidense Mark Rothko, con quien mantuvo muchos intercambios sobre estas cuestiones.

Mona se quedó callada un buen rato, pensando de nuevo en su abuela. Se preguntaba cómo podía un artista llegar a ser lo que era, hacer lo que hacía; cómo un joven llamado Hans terminaba convirtiéndose en un genio llamado Hartung. Y, sobre todo, por qué había suscitado la admiración de Colette Vuillemin.

—¿Qué hacía Hartung a mi edad?

—Bueno... Acababa de estallar la Primera Guerra Mundial. Lo cierto es que Hartung era muy religioso, así que quiso ser pastor, pero pronto olvidó esa vocación para consagrarse a la contemplación de las estrellas, con idea de estudiar astronomía. Y es interesante recordar eso al observar esta pintura, que es a la vez expresión de su interioridad, del claroscuro que atraviesa a los seres humanos, y, simultáneamente, una especie de visión de los misterios del cosmos, de la naturaleza, de los movimientos de la materia. Has señalado la fecha junto a la firma: en efecto, la obra data de 1964, año en que se mencionó por primera vez el término «agujero negro»... Por supuesto, no creas que Hartung pinta los fenómenos astrofísicos de forma literal y mimética; él los traduce a su propio lenguaje.

—¿Y qué más, Dadé?

—Hartung demostró ser tenaz y muy valiente. Era alemán, pero detestaba a los nazis, y antes de que estallara la Segunda Guerra Mundial ya había decidido luchar contra su propio país. Vivió clandestinamente en el sudoeste de Francia, huyó a España, fue encerrado en cárceles y campos de concentración, y, cuando se reincorporó al combate en 1944, resultó gravemente herido. Su pierna estaba muy afectada y tuvieron que amputársela sin anestesia total, así que puedes imaginarte su sufrimiento. Cuando volvió la paz a Europa y pudo pintar de nuevo, ya no tenía la misma movilidad, algo muy fastidioso cuando se hace un arte donde el gesto cuenta por encima de todo... Y eso también se nota en esta obra: reinventó sus medios utilizando o adaptando todo tipo de herramientas para seguir pintando, y en particular las pistolas para carrocería que he mencionado antes.

—Estoy segura de que Hartung quería hacer la línea más hermosa posible, y aquí lo ha conseguido, dibujando esos tres trazos perfectos...

—Sí, pero seamos precisos, Mona. Esos trazos no están dibujados, sino rascados. Hartung aprovecha que la pintura acrílica aún no se ha secado para eliminar una capa superficial con una cuchilla o una espátula, gracias a un virtuosismo extraordinario. Así la luz atraviesa la masa negra.

—¡Como un rayo en medio de las nubes! —exclamó la niña.

—Sí. De hecho, cuando tenía tu edad, a Hartung le daban miedo las tormentas. Pero solía decir que, si conseguía figurar rápidamente los zigzags de los relámpagos, no podría pasarle nada. En el fondo, la lección de su pintura es: «¡Sé veloz como el rayo!».

—Ahora entiendo por qué la abuelita lo adoraba —concluyó Mona—. Ella me dijo la última vez que la vi: «Olvida lo negativo; conserva siempre la luz en ti».

A Henry se le doblaron las piernas al oír aquello. Él, siempre tan dueño de sus emociones, tuvo que sentarse un momento por temor a desfallecer. Mona le dio un beso en la mejilla. Él sonrió. ¿Qué le había pasado? ¿Le había impresionado escuchar, como una voz de ultratumba, las palabras que su amada esposa había dedicado a su querida nieta? Sí, eso era. Pero no solo eso... También era el lenguaje secreto de Mona. Esa singularidad en sus palabras, su fraseo, su expresión, esa curiosidad de cuya existencia estaba absolutamente seguro sin llegar nunca a atraparla, esa extraña y encantadora musicalidad cuya clave buscaba desde hacía tanto tiempo... Creía haber desentrañado por fin su naturaleza y su causa. ¿Las había encontrado? Solo había un modo de averiguarlo: tenía que seguir escuchando a Mona para verificar su hipótesis... «Debo ser paciente», se dijo a sí mismo. Su pulso volvió a la normalidad. O casi.

47

Anna-Eva Bergman

Empieza siempre de cero

Definitivamente, a Mona no le gustaba en absoluto aquel profesor de francés. En cuanto le tocaba clase con él, se le hacía un nudo en el estómago y empezaba a desear que estuviera enfermo, ausente o algo peor. Sentía náuseas al pensar que se había preparado mal el ejercicio de vocabulario o de ortografía, a pesar de que dominaba esas asignaturas a la perfección. Pero con *él* eso no bastaba. Con la crueldad que lo caracterizaba, siempre tenía a mano una palabra dura o un castigo fácil, por cualquier motivo.

Así que Mona no aprendía las lecciones, las rumiaba. Tenía tanto miedo de ser reprendida que se esforzaba más por evitar el castigo que por asimilar los conocimientos. Aquel día tenía que recitar un poema de su elección, y había elegido uno de los más difíciles, pero que le parecía especialmente bello. Sin embargo, era superior a ella: le resultaba imposible, literalmente imposible, memorizar más allá del décimo de los catorce versos del soneto. Tenía atragantado el undécimo.

Llegó tarde, unos minutos después del timbre, y, cuando se unió por fin a sus compañeros ya sentados, reinaba el silencio sepulcral impuesto por el profesor de la ridícula chalina.

—¡Ya era hora, Mona! —dijo en tono humillante—. No, no te sientes. Ya que estás en la puerta, ¡dinos desde ahí tu poema! Si es bueno, podrás sentarte. Si no, tendrás que ir al despacho del director para recibir el castigo correspondiente. Te escuchamos...

—«A una transeúnte», de Charles Baudelaire —susurró Mona con voz trémula.

> La calle atronadora aullaba en torno mío.
> Alta, esbelta, enlutada, con un dolor de reina,
> una dama pasó, que con gesto fastuoso
> recogía, oscilantes, las vueltas de sus velos,
>
> agilísima y noble, con dos piernas marmóreas.
> De súbito bebí, con crispación de loco.
> Y en su mirada lívida, centro de mil tornados,
> el placer que aniquila, la miel paralizante.
>
> Un relámpago. Noche. Fugitiva belleza
> cuya mirada me hizo, de un golpe, renacer...

—¿Y bien, Mona? ¿Cómo sigue? ¡Estamos esperando! ¡De momento hay más noche que relámpago!

Cómo seguía. Cómo seguía el poema... Era tan bonito lo que seguía... ¡Ah, sí! ¡Ya estaba! Por una especie de pequeño milagro del que solo la memoria conoce los extraños secretos, sintió que podía recordar los últimos cuatro versos. Había superado el obstáculo. ¡Qué alivio!

Salvo que... Mona ya no tenía ganas de regalar las palabras de Baudelaire a ese profesor que no las merecía. Entonces hizo algo extraordinario. Repitió con voz firme: «Un relámpago. Noche. Fugitiva belleza / cuya mirada me hizo, de un golpe, renacer...», y, sin añadir más, se dio la vuelta y echó a andar a paso ligero, viva e intrépida, casi volando. Zigzagueó como un rayo hasta el despacho del director en busca del castigo prometido. Había sido atrevida, estaba radiante y, sobre todo, había perdido el miedo.

Delante de Beaubourg, un muchacho había extendido un enorme lienzo de arpillera de unos 6 × 6 m y estaba esparciendo por encima, con ayuda de un trapo, masas de colores apagados... El joven realizaba un retrato. Pero ¿de quién? A cada segundo que pasaba, los rasgos se hacían más evidentes: era maravilloso ver, surgiendo de la nada para ocuparlo todo, dos ojos vivos, una cabellera tupida y crespa y una espesa barba. Henry reconoció enseguida la efigie... Al cabo de unos veinte minutos, el muchacho firmó la tela.

—¡Señoras y señores! —gritó—. He aquí la cabeza más grande del mundo: ¡treinta y seis metros cuadrados! ¡Georges Perec ha hecho aparición!

La gente aplaudió. ¿Quién era Georges Perec? Un escritor que Henry Vuillemin adoraba, cuyos libros estaban escritos con unas limitaciones formales que a veces resultaban imposibles. Por ejemplo —le explicó a Mona—, era autor de *La Disparition*, una novela en la que se omitía todo el tiempo la letra «e». Cientos de páginas sin una sola palabra que contuviera esa vocal. Y todo para contar la historia de una desaparición, metáfora a su vez de la desaparición de los padres del autor, muertos en los campos de concentración. Mona desafió a su abuelo:

—¡Dadé! ¿Y si me explicaras la obra de hoy así? ¡Hablando al revés, por ejemplo! ¡O como tú quieras!

Pero Henry negó con la cabeza, muy decidido, y a continuación dijo algo desconcertante.

—No, Mona, no... Creo que vas a ser tú, una vez más, la que hable del cuadro de hoy como digna heredera de Georges Perec...

Mona hizo una mueca. Henry prosiguió:

—Y, puesto que la semana pasada vimos la obra favorita de tu abuela, ¿quieres que vayamos hoy a ver a mi artista preferido?

Esta vez Mona sonrió, loca de alegría.

—¡Oh, sí!

A primera vista parecía una forma puramente abstracta, a fuer de simplificada: una especie de pentágono negro irregular y convexo que ocupaba toda la altura de 180 cm (aunque la punta no alcanzaba el límite superior del marco), recortado sobre un fondo blanco uniforme. Era la proa de un barco, pero vista de frente, en escorzo, de modo que la arista de la roda, en lugar de sobresalir, quedaba aplastada. Los costados del pentágono eran ligeramente curvos, imitando, en versión depurada, la forma de un casco. Si se imaginaba dicho casco sumergido en el agua, la línea de flotación correspondía a la base del cuadro. Había una dinámica recreada por ligeros efectos de asimetría y desajuste. Por ejemplo, el ángulo superior izquierdo se encontraba un poco más abajo que su opuesto, el cual, además, se hundía ligeramente fuera del marco, creando un sutil descentramiento. Por último, el negro, más brillante que mate, no era del todo uniforme; estaba atravesado por efectos de materia —en particular una línea oblicua— que hacían más densa la presencia de la proa, y sobre los que la luz parpadeaba a veces en función del ángulo de dicha proa o de la posición del espectador en el espacio.

Mona nunca se había movido tanto delante de un lienzo. Iba y venía, a veces saltando, casi bailando, examinándolo desde infinitas perspectivas. Sin saberlo, estaba cumpliendo los deseos de su autora, que exigía que su obra se viera como algo móvil y no estático. Henry, en cambio, no dio un solo paso. Se sentía cansado. Se contentó con saborear el espectáculo de Mona, que durante treinta y tres minutos recorrió un kilómetro por lo menos sin abandonar el haz de luz de la obra maestra de Anna-Eva Bergman. A partir de ahora escucharía atentamente cada una de las frases de su nieta para verificar su hipótesis sobre el secreto de su lenguaje.

—Es como una gran sombra, Dadé —murmuró por fin la niña.

—Y la sombra es el origen de la pintura, Mona... Su «grado cero», si prefieres.

—¿Cómo?

—En la Antigüedad, Plinio el Viejo contó una historia que a menudo se ha considerado el mito original de las artes plásticas. Es el mito de Calírroe. Se trata de una mujer que vivió en Sición, en Grecia, hace unos dos mil seiscientos años. Calírroe está enamorada de un hombre que tiene que marcharse al extranjero. Y quiere conservar una imagen de él. ¿Cómo se las arregla? Trazando en una pared el contorno de su sombra proyectada por la luz de un farol. Así de sencillo: la sombra es en cierto modo el negativo del modelo y, fijando su silueta con carboncillo, encuentra el positivo.

—¿Y crees que nuestra artista conocía esa historia?

—Estoy seguro de que sí, porque Anna-Eva Bergman, de origen nórdico, tenía un gran interés por las culturas, las civilizaciones y los misterios de la humanidad; sentía una curiosidad insaciable por la mitología. O, más bien, por todas las mitologías, no solo la de la Antigüedad clásica.

—Pero, Dadé, a mí cuando pienso en mitología me vienen a la mente cuadros con muchos personajes y detalles, como el de Poussin sobre la Arcadia o el de Burne-Jones con *La rueda de la fortuna*. ¡Esto se parece más a la cruz negra sobre fondo blanco de Malévich!

Henry asintió. Luego invitó a Mona a acercarse lo más posible al gran cuadro. Le hizo levantar la cabeza para examinar la punta. La niña se dio cuenta entonces de que su cuerpo estaba en la posición de un nadador perdido en el agua, flotando en la superficie, o tal vez ahogándose, con la proa de un barco echándosele encima.

—Desde este punto de vista —continuó Henry—, no hay forma de saber cuál es el secreto de esta embarcación ¿Quién es su capitán? ¿Quién lo habita? Imposible decirlo. Por tanto, ya no es un barco que avanza, sino un enigma. Y, en torno a él, toda una procesión de esperanzas y temores mezclados. En el folclore escandinavo, los barcos eran muy importantes: se los asociaba a la muerte que acecha. Se decía que los fantasmas de los pescadores naufragados rondaban a los vivos. Con este cuadro, Anna-Eva Bergman hace referencia a esas leyendas.

—¡Otro de esos cuadros que dan miedo!

—Salvo que en la mitología nórdica también existía un barco fabuloso llamado Skíðblaðnir, el mejor de todos los navíos. Fue ingeniosamente construido por enanos con finas piezas de madera. Podía transportar a todos los dioses porque era muy grande... Pero había algo aún mejor: podía meterse en un bolsillo cuando no se utilizaba, doblado como una servilleta...

—¡Guau! Eso es genial... Seguro que lo que Bergman ha pintado aquí es el Skíðblaðnir... Podríamos doblar su enorme dibujo y llevárnoslo.

—Pero ¡si ya te lo estás llevando, Mona!

—¿Qué quieres decir?

—Simplemente que te lo llevas dentro de la cabeza. Es más fácil llevarse una obra cuando está compuesta de forma sencilla y armoniosa, como la *Cruz negra* de Malévich o *El pájaro en el espacio* de Brancusi. Mientras que un cuadro lleno de detalles como un Vermeer o un Courbet no se dejará atrapar tan dócilmente.

Mona entendió lo que decía su abuelo. Sin embargo, y sin querer caer en la arrogancia, estaba segura de haber absorbido cada una de las obras que llevaba viendo desde hacía casi un año, tanto las complejas de Vermeer o Courbet como las esquemáticas de Malévich o Brancusi. El conjunto de esas producciones desfilaba por su memoria con una precisión casi alucinatoria.

—¿Y por qué te gusta tanto Anna-Eva Bergman, Dadé?

—Porque era una persona muy libre. Ya en 1920 jugaba al tenis, iba al cine o vestía igual que un hombre. Se sacó el carnet de conducir en 1931, con veintidós años, en una época en que casi ninguna mujer lo tenía. En la primera parte de su vida, y en concreto en los años treinta, se impuso como ilustradora y caricaturista dotada de gran ingenio, y hasta cierta insolencia; no dudó en burlarse de los nazis, por ejemplo. Pero la Segunda Guerra Mundial la afectó mucho. Forma parte de esos artistas, como el norteamericano Barnett Newman y muchos otros, que vieron el mundo convertido en una ruina tras 1945. Nunca más se podría crear como antes. Había que «empezar de cero», según la expresión de Barnett Newman.

—¿Es como reiniciar el ordenador?

—Sí, algo parecido, Mona. Y Anna-Eva Bergman cambió por completo su programa artístico. Eliminó para siempre la figura humana de su obra y redujo sus motivos a un vocabulario muy básico: piedras, estelas, árboles, astros, acantilados. Solo representaba elementos de la naturaleza y el cosmos. Muy a menudo utilizaba láminas de metal en sus obras, y, sobre todo, construía sus cuadros basándose en el número áureo 1,618: un coeficiente de proporción perfecta.

—Vale, Dadé, me he perdido.

—Reconozco que no es fácil de explicar. Pero, simplificando, Anna-Eva Bergman hizo muchos estudios geométricos para elaborar sus obras. Buscaba formas en las que la relación entre la parte pequeña y la grande fuera equivalente a la que existe entre la parte grande y el todo, lo que da la sensación de una armonía perfecta, hasta el infinito.

Mona se concentró. Su percepción era tan aguda que apreciaba intuitivamente, más allá de cualquier codificación aritmética, los embriones de proporción divina en el cuadro. Pero, al ir un paso por delante de su abuelo gracias a su ojo excepcional, también podía ver cómo la artista había jugado con esa regla, la había distorsionado para evitar una abstracción demasiado fija. Se representó mentalmente la proa negra en un estado preliminar, el de un pentágono regular. No podía haber apuntado con mayor precisión, porque, sin que ella lo supiera, ese motivo había estado en la base de toda la investigación de Anna-Eva Bergman sobre la proporción áurea. Mona visualizó entonces la lenta transformación de ese pentágono en el espacio y la forma en que, a medida que se estiraba hacia arriba, se metamorfoseaba en la roda de un barco, que a su vez podría haberse convertido, con ligeras variaciones, en una estela, el pico de una montaña, un horizonte o una casa.

—Empezar de cero, empezar siempre de cero... Esa es la lección de Bergman —sentenció, segura de sí misma—. Empezar de cero para poder reconstruirlo todo.

—«Pues nada ha naufragado ni se complace en las cenizas; / y a quien sabe ver cómo la tierra se consuma en sus frutos / no le perturba el fracaso, aunque lo haya perdido todo».

Tras recitar esos versos de René Char, Henry se dirigió a la salida del museo con su nieta de la mano. Mona estaba meditando. En lugar de pedirle a su abuelo que le explicara el poema que acababa de declamar, ella misma buscaba el sentido. Sobre todo, se preguntaba qué significaba «perderlo todo». ¿Cómo sería para ella? ¿Perder a Dadé? ¿A papá? ¿A mamá? ¿A Cosmos? ¿Perderlos a todos a la vez? ¿Perder la memoria? ¿Perder la vida? ¿Perder la vista? Cuando por fin llegaron a Montreuil, la niña llevaba una hora sin abrir la boca. Y de repente, al entrar en casa, le vino a la memoria la introducción de la visita.

—¡Dadé! Antes, en la puerta del museo, me dijiste que sabría hablar del cuadro de hoy como digna heredera del señor ese... Ya sabes, el que escribió un libro sin la «e», ¿te acuerdas?

—Georges Perec. *La Disparition*.

—Entonces ¿he estado digna?

—Sí, Mona. Eres la digna heredera de Georges Perec. Y todo viene de una frase de tu abuela. Te lo explicaré pronto, muy pronto.

Henry había descifrado por fin el secreto del lenguaje de su nieta, y estaba como loco de alegría.

48

Jean-Michel Basquiat

Sal de la sombra

Mientras hacía los deberes sentada en el suelo en la tienda de antigüedades de su padre, con Cosmos pegado a su espalda, Mona vio a su madre en la entrada del local. La niña y el animal levantaron la cabeza de manera sincronizada y ambos sintieron, instintivamente, que algo iba mal. Un problema serio, tal vez grave, arrugaba la frente de Camille. Se quedó fuera unos segundos en lugar de entrar directamente. El perro ladró al ver que Paul se reunía con ella. Finalmente, entraron los dos. Camille le pidió a Mona que se sentara y, con el rostro mortecino, se sentó a su vez.

—He hablado por teléfono con tu abuelo y debo decirte algo, Mona...

—¿Qué pasa?

—¡Ay! Si supieras cuánto lo siento, cariño...

—Pero ¿qué pasa, mamá?

—Algunas personas escogen su muerte —dijo Camille con voz apenas audible.

Cosmos volvió a ladrar. Mona casi se atraganta. De repente vislumbró, mal disimulado detrás de la espalda de Camille, la esquina de un cuaderno. ¿Era su diario? ¿El diario que escribía para contarse a sí misma todo lo que había sucedido desde su ata-

que? ¿El diario de su largo y lento aprendizaje del arte y de la vida
con su Dadé? ¿El diario en el que había investigado sobre su abuela sin contar nada a nadie? ¿Era ese diario de sombras y libertades
el que su madre le había robado?

—Mamá —dijo con voz débil.

—¡Oh, lo siento, cariño! —exclamó Camille, sacando a la luz
el cuaderno rojo—. Sé que no debería haberlo hecho, que tus secretos te pertenecen. Pero lo encontré en tu habitación...

—¿Lo has leído?

Camille asintió. Mona gritó de rabia. Cosmos se escondió
debajo de un mueble. Camille corrió hacia su hija para intentar
consolarla. Ella la rechazó, apartándola con un gesto violento que
su madre desconocía. Mona seguía gritando, se sentía traicionada,
asqueada, desesperada.

—¡Eres horrible! ¿Me oyes? ¡Horrible! —repetía una y otra vez.

—Mona, escúchame...

Pero Mona no escuchaba nada. Echó a correr hacia la puerta
de la tienda. Habría querido huir, lejos, para siempre, invadida
por una mezcla indefinible de rencor, vergüenza, pena y remor-
dimiento. Finalmente, con las piernas paralizadas, se dejó caer en
la acera y rompió a llorar.

Así que su madre lo sabía todo: que nunca había acudido a la
consulta de un psiquiatra infantil, que en su lugar llevaba meses
visitando museos con su abuelo... Y, si Camille lo había llamado
por teléfono, seguro que era para hablar de eso. ¿Qué se habrían
dicho? Mona, con la frente entre las manos, notó que sus padres
se sentaban a su lado y la rodeaban por la cintura. El primero en
hablar fue Paul. Ella lo escuchó entre sollozos.

—Mona, ya me conoces, esto de hablar no se me da bien.
Pero debes saber que estamos orgullosos de ti. Me parece increíble lo valiente que has sido durante casi un año. Nunca te has

quejado de tu enfermedad; has mantenido un secreto con tu abuelo sin traicionarlo; te has hecho preguntas sobre tu familia y con razón. Yo adoraba a Colette, ¿sabes? Todo el mundo la adoraba. Era una mujer extraordinaria. ¡Y ella te quería tanto, Mona! Habría estado muy orgullosa de ti. Te diré algo más: las dos sois iguales, exactamente iguales.

—¿Quieres hablar de ello, cariño? —preguntó Camille tímidamente.

Mona permaneció en silencio. Fue capaz de tolerar las palabras de su padre, que había escuchado con atención, pero estaba infinitamente enfadada con su madre por haber leído su cuaderno. Porque no hay nada más cruel que darse cuenta, por primera vez en la vida, de que aquellos que deben protegernos son precisamente quienes nos causan humillación y dolor.

Nada sería como antes entre Mona y su madre. Algo en ella había muerto y había que pasar el duelo. Pero aquello también era —y así lo decretó Mona en lo más profundo de su alma— un nuevo comienzo. Solo hacía falta un poco de tiempo.

Las cosas estaban claras ahora, así que, por primera vez, Henry llevaría a su nieta al museo sin subterfugios y con el conocimiento de sus padres. ¿Qué les había contado? La verdad, ni más ni menos: que a lo largo de cuarenta y ocho semanas Mona no había ido a la consulta de un psiquiatra infantil, sino a ver obras de arte con él, y esas visitas eran las que estaban sanando su alma. Cuando Camille y Paul se enteraron de la artimaña, se quedaron estupefactos. Lo que los perturbaba no era la afrenta de la mentira ni la traición, sino la sensación de haberse perdido parte de la infancia de Mona: una inmensa distancia los separaba de ella.

Para Mona, el mundo se desmoronaba. Incapaz de descargar su ira, de repente se sintió tentada por la oscuridad. Sí: el negro. Como la incursión en su intimidad le resultaba insoportable, necesitaba agazaparse en la oscuridad. Y se vio a sí misma deseando frenéticamente esa oscuridad que tanto había odiado y temido, esa soledad cenicienta, ese calvario de ceguera en el que, al no percibir ya nada, creía que ya nadie la percibiría a ella. Al menos, en la negrura, todo desaparecería, pensaba.

A las puertas de Beaubourg, le confió a Henry:

—Dadé, a veces estoy tan triste que solo quiero desaparecer.

La expresión de semejante pulsión de muerte horrorizó al anciano. Había que sacar a Mona de las tinieblas que empezaban a invadir su mente. Era hora de contemplar un gran dibujo de Jean-Michel Basquiat.

Se trataba de una gran cabeza. O más bien de dos. Porque la figura principal, completamente alucinada, desproporcionada y de tres cuartos, se superponía a otra, de perfil, tapada en parte y relegada a un segundo plano. Esta doble efigie agujereaba la gran capa negra, rectangular pero tosca, que cubría todo el papel excepto los bordes, que permanecían vírgenes. Surgía, pues, en el corazón de la oscuridad, aunque no completamente en el centro, sino ligeramente descentrada hacia la izquierda y hacia abajo. El dibujo podía describirse como extraordinariamente enérgico e infantil al mismo tiempo. Las líneas estaban rotas o entrecortadas, y desprovistas del más mínimo adorno. En la cabeza principal destacaba una mirada asimétrica, con la esclerótica inyectada en amarillo y las pupilas dilatadas. El pelo a cepillo (negro en el centro y verde a los lados) brotaba de una especie de cerco almenado en lo alto del cráneo. La figura estaba dividida en varias partes, sobre todo en la región superior, donde se habían trazado claras separaciones entre los dos hemisferios de la

frente, por un lado, y, por otro, entre la frente y la región orbital.
Las zonas coloreadas —el amarillo de los ojos rodeado de rojo, el
azul de lo esencial de la cara, el gris, el verde y el rojo de la frente y
las mejillas— eran garabatos a lápiz cuyo trazo era visible. También
había una nariz grande y puntiaguda y un caos justo debajo, en for-
ma de una gran mancha oscura e indistinta que llegaba hasta la
boca, abierta, sonriente y atravesada por dos grandes colmillos. En
cuanto a la cabeza de perfil, estaba un poco más a la izquierda de
la composición y, de manera inquietante, su mandíbula y la de la
cabeza de tres cuartos se encontraban en el mismo plano, mezclán-
dose. Esta vez, la boca abierta exhibía una dentadura desigual por
encima de una barbilla peluda. Más arriba podían distinguirse va-
gamente unas fosas nasales sugeridas por pequeños agujeros en el ex-
tremo de un hilo tensado. Pero no había ojos visibles, ni globos: nada
que compitiera con el loco resplandor de los dos óvalos amarillos que
miraban fijamente al espectador.

Durante los largos minutos que pasó frente a la obra, Mona se
concentró sobre todo en los trazos de acrílico negro. Se perdió
en ellos y, bajo su manto, pensó en todas las veces que ese color
la había marcado durante sus visitas al museo: frente a Rembrandt y sus claroscuros, frente al *Retrato de Madeleine* de Marie-
Guillemine Benoist, frente a Goya, Courbet, Malévich, Hartung
y Bergman.

—El que ha hecho esto estaba realmente rabioso —espetó
Mona con rostro tenso.

—Rabioso y comprometido. Ambas cosas. Y ello se explica
en parte por la identidad del artista: Jean-Michel Basquiat era de
Brooklyn y era negro. En el contexto norteamericano de la época,
eso lo condenaba a cierta marginalidad. Pero él transformó esa
marginalidad en orgullo gracias a su extraordinario talento artís-

tico. Acabó convirtiéndose en uno de los artistas más conocidos del mundo.

—¡Seguro! De otra manera sería imposible que estuviera aquí.

—Sí, está en Beaubourg y en todos los grandes museos del mundo, pero empezó haciendo su trabajo en la calle. Es uno de los pioneros de lo que ahora llamamos grafitis o arte urbano.

—Yo diría que es brutal y que su dibujo desprende energía...

—Basquiat dibujaba todo el tiempo, pero sostenía sus lápices grasos (adrede, por supuesto) de forma muy extraña, un poco como un «paralítico», comentaba la gente entonces, porque los llevaba encajados a la altura del dedo anular. Así que los lápices se le resbalaban y él los atrapaba. A veces el lápiz tomaba la iniciativa en su loca carrera y él solo lo acompañaba o corregía su trayectoria ya en el soporte. Eso explica la energía de esta cabeza.

—¿Esta cabeza? Pero, Dadé, ¡hay dos! ¿Las ves?

—Sí, hay una principal y una auxiliar. El perfil blanco queda relegado a un segundo plano; la cabeza de tres cuartos no solo lo cubre, sino que lo borra. Y esta cabeza principal es muy curiosa: parece que lleva una máscara hecha con diferentes placas ligeramente coloreadas de rojo, verde, azul y gris. Eso podría sugerir un vello toscamente esbozado, pero también una piel negra. Así que esta cabeza podría evocar a un hombre cuya identidad se esconde, oculta por una máscara, o una máscara de una civilización no occidental, como las que le gustaban a Hannah Höch, o tal vez a un hombre negro. Sea como sea, su identidad es incierta. Y también algo inquietante, ¿no?

—Sí, porque la boca es muy rara: hay dos grandes dientes que hacen pensar en un vampiro o en las fauces de un animal salvaje, y en el fondo del paladar, donde empieza la garganta, el artista ha dibujado una pequeña rejilla roja... Y encima esos ojos amarillos, Dadé, que dan muchísimo miedo...

—Ya pueden dar miedo, Mona, desde luego, porque recuerdan lo populares que fueron las drogas en los ochenta; el propio
Basquiat fue adicto. En aquellos años, muchos jóvenes neoyor-
quinos consumían narcóticos para alterar su conciencia: para sentirse eufóricos, o muy serenos, o tremendamente fuertes...

—Pero entonces, con este dibujo, ¿Basquiat estaba haciendo
publicidad de las drogas?

—En cierto modo, quizá, porque estaba demostrando su poder. Las drogas permiten ir más allá de la percepción humana y
hacen que la vida sea más intensa. Pero Basquiat también sufrió
a causa de sus adicciones y, en general, pagó caros sus excesos.
Observa de nuevo esta cabeza extravagante y, en segundo plano,
el perfil mellado sobre el que se superpone: las dos figuras son a
la vez fascinantes y repulsivas.

—Sí, y el trozo de cara de la izquierda recuerda a una calavera.

—Exacto. Basquiat dibujaba calaveras a menudo, al igual que
su gran amigo Andy Warhol.

—¡Ah, sí! Me suena ese nombre...

—Andy Warhol fue la figura principal del movimiento conocido como pop art a partir de los años sesenta, y apoyó muchísimo a Basquiat. Y sí, ambos eran aficionados al motivo de la calavera. Jean-Michel Basquiat, como Warhol antes que él, vivió
una infancia dura en la que estuvo enfermo y hospitalizado. Creció en un barrio modesto de Nueva York y lo atropelló un coche...

—Eso me recuerda a Frida Kahlo.

—Muy cierto. Pero Basquiat era aún más joven que Frida
Kahlo en el momento de su accidente; fue en mayo de 1968 y
solo tenía siete años... Resultó gravemente herido y los médicos
tuvieron que extirparle el bazo. Durante su convalecencia, se
sumergió en un libro de anatomía. Se apasionó por las imágenes
del cuerpo. Y pasaba mucho tiempo en museos, sobre todo en el

Metropolitan de Nueva York. Al igual que Warhol, conocía muy bien la historia de la pintura, y en esta obra también podemos reconocer un género tradicional: la *vanitas*.

—¡Claro, Dadé! A este Basquiat habría que colocarlo justo al lado del bodegón de Goya, ¡con la cabeza de cordero en el Louvre! Esa cabeza también tiene un fondo negro, y los dos riñones son como los ojos amarillos que vemos aquí. Y luego está ese «7» rojo, justo en el centro...

Henry no entendió en un primer momento de qué hablaba su nieta. Pero Mona estaba concentrada en un detalle del cuadro que, de hecho, parecía un 7. Era el ángulo a la derecha del cráneo que enmarcaba el ojo izquierdo, y parecía una placa sujeta por un remache circular a la esquina. De repente, el 7 le saltó a Henry a la vista.

—Tienes razón, Mona... ¡Sigue!

—Pues verás, Dadé: Basquiat quería señalar una zona del cerebro que se calienta mucho. Va muy bien con la mirada amarilla: esta cabeza está hirviendo, está en llamas.

Henry se quedó atónito ante la pertinencia de la observación de la niña. Esa cabeza medio mecánica y medio biológica, medio humana y medio animal, medio negra y medio blanca, estaba ardiendo. Además, el hemisferio del cerebro así destacado por Basquiat era el izquierdo, sede del lenguaje y la palabra, elementos a los que el artista, originalmente grafitero, concedía una inmensa importancia. El 7 también tenía relación, para Henry, con la edad (mítica por lo maldita) de la muerte de Basquiat, víctima de una sobredosis a los veintisiete años.

—Con su fuego interior —prosiguió el anciano—, esta obra muestra unos ojos que portan su propia luz y escapan a las tinieblas. Muestra un rostro que sale de las sombras. Todo el arte de Jean-Michel Basquiat está ahí: extrae de las sombras la cultura urbana de Nueva York, el grafiti, el arte de los negros estadounidenses, sus orígenes y su dolorosa historia, desde la esclavitud hasta la segregación; extrae de las sombras a sus luchadores más ilustres, como los boxeadores, los músicos de jazz y, por supuesto, a sí mismo. Basquiat extrae la sombra de las sombras.

—Sal de la sombra —dijo Mona con aire solemne.

Mientras salían de Beaubourg, Henry estuvo a punto de confiar a su nieta el misterio de su lenguaje. Pero se contuvo. No era el momento; había que esperar a un día más adecuado. Mona, por su parte, examinaba los grafitis que invadían los muros de París. Se preguntaba si alguno de ellos había sido realizado por artistas que, como Basquiat, acabarían algún día en uno de los grandes museos del mundo.

49

Louise Bourgeois

Aprende a decir «no»

Durante varios días, Mona no les dirigió la palabra a sus padres y, sobre todo, se negó a oír una sola frase de Camille. Tampoco soportaba ya su propia habitación, porque no dejaba de ver la imagen de su madre registrándola. Así que la joven sintió la necesidad de reorganizarlo todo y hacer desaparecer cualquier objeto que pudiera asemejarse a un juguete. En resumidas cuentas, aclaró las cosas.

En medio del barullo tropezó con un dosier encuadernado que se le había olvidado por completo durante las últimas tres semanas: «Los ojos de Mona», es decir, el informe médico del doctor Van Orst. Y entonces lo comprendió: eso era lo que su madre había ido a buscar, sin avisarla, y nada más. Y, como no había dado con el documento, se conformó con el diario íntimo.

Mona abrió el informe, lo leyó «como una muchacha hecha y derecha» (así se describía a sí misma su actitud) y reconoció en él todo lo que había vivido con el doctor. Luego intentó descifrar, en la última página, las conclusiones sobre la probabilidad de una recaída. No era fácil encontrarle sentido a aquel galimatías: se hablaba de «psicotrauma» y de «aptitudes oculares excepcionales». Fue a ver a sus padres a la cocina para hablar con ellos. Cuando

Camille vio el expediente en manos de su hija, se sintió aliviada, preocupada y, sobre todo, impaciente. Mona, de pie en el umbral de la puerta, le pareció inmensa.

—Mamá, papá... Quería ser yo quien os lo contara... Quería explicaros todo lo que ha pasado... Ha llegado el momento.

Y Mona comenzó el largo relato de un año intenso y demencial en el que una parte enterrada de su pasado había resurgido, su presente se había incendiado y su futuro se había oscurecido.

—El doctor Van Orst —continuó— me sometió a hipnosis para que intentara volver a lo que me había hecho perder la vista. Pero, de hecho, fue la abuelita la que volvió a mí. Y creo que me acuerdo de la última vez que la abuela y yo nos dijimos «hasta luego». Fue después de una comida en la que había muchos amigos a la mesa y levantaban sus copas para brindar por la abuela. Y tú, mamá, creo recordar que estabas enfadada con ella, o algo así. Y también recuerdo que fue muy amable conmigo, que me dio su colgante y me dijo algo precioso... Esa frase me ha venido a la memoria y creo que ahora la entiendo. La abuela me puso el colgante en el cuello y me murmuró al oído, sonriente: «Olvida lo negativo; conserva siempre la luz en ti».

Camille se echó a llorar.

—Así que —siguió diciendo Mona—, gracias al doctor Van Orst, yo acabé por sentir que entre aquella última vez que vi a la abuelita, de pequeña, y la fragilidad de mis ojos había una relación... Y ahora creo que lo he entendido... Es el colgante... Por eso, mi ceguera pende de un hilo.

Camille, abrumada por la emoción y consciente del camino que había recorrido su hija en un año, quiso acabar por fin con el tabú que envolvía la muerte de Colette Vuillemin. Porque ahora Mona estaba preparada para escucharlo todo, para enterarse de todo. Para verlo todo.

Esta vez, Henry revelaría a Mona el enigma de su lenguaje, la musiquilla de sus palabras. Tres semanas antes, el misterio había quedado desvelado. Y, en el fondo, al anciano le habría encantado poder escuchar de nuevo a su nieta delante de cada una de las obras que habían contemplado juntos. Habría disfrutado mucho más de los comentarios de Mona, sus análisis y sus preguntas, porque los habría escuchado consciente de su peculiaridad, digna de Georges Perec. Y, claro, podría haber seguido conversando con la niña sin revelarle el sortilegio, pero decidió que ese miércoles tenía que aclarárselo todo.

Para la ocasión, se había anudado al cuello una corbata roja que Mona nunca le había visto. Era una corbata muy curiosa que llevaba estampada la palabra «no» en diferentes cuerpos y tipos de letra. El diseño, producido en edición limitada para una causa humanitaria, era obra de la artista Louise Bourgeois. Como era de imaginar, Henry se había puesto dicho complemento porque iba a hablar de esa mujer excepcional, de la que el mundo entero conocía, sobre todo, las esculturas de arañas gigantes y protectoras que simbolizaban a la propia madre de la artista, tejedora de profesión.

Era un enorme tonel de cedro, un tanque circular (pero con el techo abierto) de más de cuatro metros de altura. Tenía una puerta a cada lado de la estructura, y sobre una de ellas —la de entrada—, un fleje metálico rezaba: «Art is a guaranty of sanity». Una vez dentro del barril, se descubría un dormitorio. Sobre el entarimado, de cuatro metros de diámetro, había un somier vacío y siniestro con un charco de líquido en su superficie. Alrededor de la cama se alzaban cuatro postes de hierro de los que colgaban, al final de delgadas ra-

mificaciones perpendiculares, numerosos recipientes y tubos de vidrio curvilíneo de distintos tamaños: matraces, retortas, alambiques... Había unos cincuenta. Este aparataje vertía agua sobre el somier y la recuperaba por condensación, mediante un circuito cerrado. En el suelo, enfrente de los pies de la cama y contra la pared, una lámpara de alabastro formada por dos ubres en cruz superpuestas emitía una luz suave y vibrante. A la izquierda de la entrada, justo al lado de la abertura, colgaba un enorme abrigo negro a cuyos pies había dos grandes esferas de caucho del mismo color, de unos sesenta centímetros de diámetro. Debajo del abrigo se hinchaba, gracias a un relleno de salvado, una camisola bordada: podían leerse en vertical las palabras merci *y* mercy. *También había, frente a las dos esferas de la entrada, otras dos esferas similares —lo que hacía cuatro en total—, pero esta vez de madera.*

Al cabo de diez minutos de dar vueltas alrededor del tonel, Mona no pudo aguantar más. Aunque había dos pesadas cuerdas que bloqueaban el acceso al interior de la obra, se deslizó dentro sin que la viera el vigilante. Se agachó justo al lado de la lámpara, que asoció, debido a sus dos pezones irradiantes, a la propia escultora. Se hizo un ovillo y su tamaño quedó reducido al de cualquiera de las esferas de madera o de caucho que ahora la rodeaban. Henry suspiró de alivio al comprobar que no sonaba ninguna alarma. La dejó contemplar la obra y vibrar en su interior. Cuando por fin habló, fue en un susurro, para permitir que Mona permaneciera en esa posición privilegiada sin ser descubierta. La acústica era la de una cabaña perdida en el bosque.

—Ya ves que una obra de arte no tiene un formato predefinido: en el caso de Louise Bourgeois adopta la escala de la arquitectura, como si fuera una pequeña casa. Es lo que ella llama sus *cells*, y para ella cada celda es un autorretrato. Pero, en lugar de mostrar el exterior del cuerpo, como vimos en los cuadros de Rembrandt o Frida Kahlo, aquí el autorretrato revela el interior de la mente. Al entrar por la puerta, has traspasado la piel del rostro de Louise Bourgeois para encontrarte en medio de su cerebro.

—Perdona, Dadé —murmuró Mona—, pero un cerebro normalmente parece una gran nuez. Lo sé porque he visto el mío en una resonancia magnética. Esto más bien parece un tonel...

—¡Lo es! Es la reconstrucción de un depósito de agua como los que hay en los tejados de Nueva York.

—¡Ah, la ciudad de Basquiat!

—Y de Louise Bourgeois... Nació en 1911 en Francia, donde creció, pero se marchó a Estados Unidos en 1938..., no sin cierta nostalgia...

—¿Nostalgia? A lo mejor cultivaba la melancolía —dijo Mona pensando en la lección que había aprendido de Edward Burne-Jones en el Museo de Orsay—. ¡Mira dentro de la celda, Dadé! Hay un montón de frascos de los que cae agua. Parecen los conductos que hay detrás de los ojos: los que vierten las lágrimas. ¡Estoy dentro de los ojos de Louise Bourgeois, Dadé!

—Sí, todo ese dispositivo de vidrio que rodea la cama es igual que los circuitos del organismo, con su circulación de fluidos: las lágrimas, la sangre, la saliva, la leche... Son líquidos preciosos porque mantienen el cuerpo vivo y, sobre todo, son el signo de las emociones fuertes: el hambre, la sed, el miedo, el amor.

—Vas a pensar que es una tontería, Dadé, pero cuando he visto el charco en la cama he pensado enseguida en una de esas noches en las que te encuentras mal o tienes mucho miedo, porque en esos casos se suda mucho y a veces, incluso, bueno, ya sabes, cuando eres pequeño...

—... te haces pis en la cama y te sientes avergonzado. Es exactamente eso, Mona. Y es el tema que aborda Louise Bourgeois:

habla de esas gamas afectivas y sensoriales que nos superan y nos inundan cuando somos niños. Los líquidos son preciosos, como reza el título, *Precious Liquids*, porque permiten evacuar las emociones.

—Cuando somos niños..., vale..., pero esto se parece al cuarto de un adulto, o al laboratorio de un científico loco... ¡Oh, Dadé! ¡Ven conmigo aquí dentro! Ya verás: ¡parece que da miedo, pero te sientes genial!

Henry dudó. No había nadie en aquella sala y el vigilante estaba medio dormido. Aun así, decidió que la obra debía pertenecer exclusivamente a Mona...

—Es un lugar atormentado por los problemas que podemos sufrir en la infancia —prosiguió—. Pero a la vez es un sitio donde puedes protegerte de esos problemas y superarlos. Así que también es un espacio protector. De hecho, como me he quedado fuera, he podido leer la frase de la entrada: «El arte es garantía de salud mental». Crear, contemplar las creaciones, es una salvaguarda contra la locura.

—Pero ¿por qué iba a volverse loca Louise Bourgeois?

—Porque toda infancia está hecha de innumerables malentendidos, malestares y traumas. No tienen por qué ser especialmente espectaculares o violentos. La mayoría de las veces son sordos, casi impalpables, y más temibles aún porque no podemos detectarlos, al estar envueltos en silencio. Cuando Louise Bourgeois tenía tu edad, se enfrentó a algo doloroso en su casa. Nada grave en sí, pero algo lo bastante incómodo para causar un daño irreparable...

—¿Qué fue?

—Su padre llevaba a sus amantes a la casa. Y eso, claro, hacía sufrir mucho a la madre de Louise, aunque en apariencia todo iba bien. A menudo se ha dicho que Louise Bourgeois tuvo mucha suerte de joven, una juventud «dorada». Pero lo cierto es que la conducta de su padre la afectó toda su vida.

—Ya entiendo... Eso es porque había amor, seguro, pero también mentiras —susurró Mona—. Y eso es inaceptable —dijo recalcando cada sílaba de esa última palabra.

Tras un largo momento de inercia, la niña se atrevió a levantarse y moverse por el habitáculo. Despacio, se acercó sigilosamente al gran abrigo que envolvía la blusa hinchada de salvado y bordada. Intuía la ambigüedad de ese elemento: el abrigo era inquietante, con su forma fálica, pero también era posible dominarlo y acurrucarse en su interior para controlar las propias ansiedades. Henry apenas insinuó los símbolos sexuales de la obra, pero Mona no necesitaba su ayuda para identificarlos. Las cuatro esferas, ya fueran las de caucho bajo el abrigo o las de madera a la derecha, aludían a la autoridad viril y paterna de un hombre. La camisa con la inscripción *Merci-mercy* representaba la infancia, atrapada entre dos sentimientos contradictorios: el de gratitud hacia el padre y los adultos en general, por un lado, y el de estar a merced de la autoridad y tener que suplicar clemencia, por el otro.

—De hecho, Dadé, creo que podría quedarme a vivir aquí. Me siento bien. ¡Me siento como en casa! Es algo mágico.

—Louise Bourgeois habría estado encantada de saber cómo te sientes. ¿Sabes?, ella tenía más o menos mi edad cuando hizo esta instalación en 1992, y a través de este dormitorio evocaba los momentos de su vida en que tenía más o menos la tuya. Dijo (cito de memoria): «Mi infancia nunca perdió su magia. Nunca perdió nada de su misterio ni de su dramatismo». Así que, al introducirte en este lugar, estás honrando su memoria. Pero sal ya, creo que el vigilante acaba de despertarse de la siesta...

—Vale... ¡Adiós, Louise!

Mona salió discretamente de la celda.

—Entonces, Dadé, al final, ¿cuál es la lección de hoy?

—Está escrito en mi corbata, Mona.

—¿Qué dices?

—Esta corbata es del año 2000, y por detrás, en finas letras cosidas, se puede ver la firma de Louise Bourgeois.

Henry se la enseñó a Mona, que se quedó fascinada.

—¡Apuesto a que te la regaló la abuela!

—Sí, fue un bonito regalo por su parte. Esta corbata se creó a partir de una serie de obras de Louise Bourgeois de los años setenta... Una serie que casi nadie conoce. En varias ocasiones, la artista recortó de revistas esta palabra tan sencilla de la lengua: «No». Luego pegaba las letras a un soporte. El resultado fue una serie de planchas enteramente cubiertas de esta negación absoluta: «No, no, no, no...».

—¿Y qué?

—Pues que esa es la lección de Louise Bourgeois: aprende a decir «no».

De repente, Mona parecía totalmente angustiada. Esa lección, esa precisa lección, le sonaba tan chocante que era incapaz de repetirla... Permaneció muda. Y ese silencio era la prueba misma del famoso secreto de su lenguaje. Porque Mona era, en su expresión, totalmente impermeable a las formulaciones negativas... Eso era lo que Henry había descubierto, y eso era lo que se podía comprobar radicalmente en aquel preciso momento.

Así pues, se podía escuchar a la niña durante horas y horas, sabía ser afirmativa, exclamativa, interrogativa, pero jamás utilizaba una fórmula negativa, como si, por alguna fantástica combinación del cerebro, su pensamiento natural rechazara ceder a la sombra que proyectaban sobre las frases el adverbio «no» o la conjunción «ni». Podía decir «es imposible», pero era incapaz de pronunciar las palabras «no es posible». Del mismo modo, podía afirmar que «ignoraba» algo, pero no podía disculparse por «no saber». Esa extraordinaria alquimia gramatical estaba tan profundamente integrada en su proceso cerebral que había dado forma a su lenguaje. Pero ¿de dónde procedía esa alquimia? Henry se lo aclaró.

—Acuérdate de lo que te dijo tu abuela, Mona: «Olvida lo negativo; conserva siempre la luz en ti». El efecto de esa última frase fue tan poderoso que impregnó tu subconsciente en sus capas más profundas y constitutivas, y luego te construyó, te cimentó, hasta en tu forma de expresarte. Para mantener la luz en ti, escondes, en efecto, la negación... Pero a partir de ahora, Mona, vas a tener que saber decir «no», ¿de acuerdo?

—Sí, Dadé.

50

Marina Abramović

La separación es una oportunidad que hay que aprovechar

En la clase de francés había lecciones dedicadas a la adquisición de vocabulario, y en uno de los ejercicios el alumno o alumna debía escoger una palabra rara y luego dar la definición más completa posible en forma de pequeña exposición oral. Mona escuchó a sus compañeros hablar de una «náyade», una «zalamería» o un «majareta». Luego le tocó a ella. El profesor adoptó una voz desdeñosa y le dijo:

—¡Tu turno, Mona! Vamos, ponte de pie y dinos sobre qué vas a perorar.

Mona apretó los puños y estiró la nuca.

—«Eutanasia» —respondió, y dictó la palabra a la somnolienta clase.

El profesor levantó una ceja. Mona respiró hondo.

—La «eutanasia»: es cuando alguien decide que quiere morir porque está muy enfermo y sabe que le es imposible mejorar. Por ejemplo, cuando eres muy mayor, sufres mucho y la vida se niega a ofrecerte momentos felices como antes. Es algo muy valiente, un acto increíble. Y es un poco diferente del suicidio. Cuando alguien se somete a la eutanasia, es porque lo ha hablado con sus seres queridos, su familia, con los médicos, y elige hacerlo porque ama la vida, porque cuando se ama la vida se desea que sea hermosa hasta el final y se quiere morir dignamente.

Mona guardó silencio un segundo al darse cuenta de que todos sus compañeros la miraban, electrizados.

—La eutanasia está autorizada en algunos países como Bélgica, pero está prohibida en muchos otros, y sobre todo en Francia. Hay varias razones: muchos médicos dicen que va en contra de su profesión, ya que su oficio es curar. Y las religiones también están bastante en contra, porque piensan que es Dios quien debe decidir cuándo morimos. Pero ha habido gente, incluso gente que cree en Dios, que ha proclamado alto y claro que la eutanasia es un derecho humano y que deberíamos tener derecho a ella, porque tenemos derecho a ser libres a la hora de morir. Y a esas personas las llamamos militantes, y su causa consiste en poder morir con dignidad.

Mona había terminado. Volvió a sentarse. Un alumno de la primera fila preguntó qué significaba «dignidad».

—Es cuando las cosas son grandes y merecen respeto —respondió Mona.

Un segundo alumno, llevado por una especie de reflejo propio de la edad y del narcisismo de su generación, refunfuñó:

—¡Yo merezco respeto!

Un revuelo repentino sacudió la clase. Las voces infantiles se alzaron imitando la entonación abrupta y bravucona de la adolescencia. Luego volvió la calma.

—Bien, Mona —dijo el profesor—, es un trabajo aceptable, aunque te ha faltado el origen de la palabra. Pero, como no conoces las lenguas clásicas, supongo que es mucho pedir...

—Viene del griego clásico, señor.

—Ah, vale, muy bien. ¡Seguro que tus padres te han ayudado a hacer el ejercicio!

—No. Ha sido mi abuela la que me ha ayudado.

Henry lo sabía: solo quedaban tres miércoles, tres visitas al museo con su nieta. Pronto se cumplirían un año y cincuenta y dos visitas. Mientras meditaba sobre esa fecha límite, se preguntó si su vida seguiría teniendo algún sentido después. Esa sensación de desamparo le encogió el corazón, que ya notaba frágil. Entonces retrocedió en el tiempo para evocar a Colette. Recordó el día, seis décadas atrás, en que los dos habían recogido caracolas a la orilla del mar para luego convertirlas en amuletos de la buena suerte, y el modo en que se habían jurado amor, un amor absoluto y eterno. Cuando él le preguntó si quería ser feliz en la vida, ella sonrió y respondió: «No. Quiero ser *locamente* feliz». Colette, que apenas había alcanzado la edad adulta y ya había empezado a luchar por el derecho a una muerte digna, también le hizo jurar a Henry aquel día que, llegado el caso, cuando fueran muy mayores, ninguno de los dos impediría al otro morir con dignidad. Aunque eran jóvenes, valientes, intrépidos y apuestos, Henry y Colette habían hecho ese juramento con una mezcla de efusión sensual y orgullo trágico. Y habían mantenido su palabra.

Así que, ese miércoles, quien necesitaba el consuelo que el arte es capaz de ofrecer no era Mona, sino él. En Beaubourg, con la niña de la mano y el pecho oprimido, el anciano se dirigió a la sala que albergaba la instalación mineral de Marina Abramović.

En una habitación rectangular, había tres elementos paralelepi-
pédicos de cobre suspendidos de manera regular en cada una de
las paredes blancas: dos —a la izquierda y en el centro— eran
verticales, y el último horizontal, todos de unos 20 cm de grosor.
Medían 2,5 m de largo y 52 cm de ancho. De una masividad fría
y austera, eran piezas muy depuradas, cargadas de efectos y refle-
jos verdes y grises. Gracias a una especie de manual de instruccio-
nes (parte integrante de la obra), se sabía que el primer objeto a
la izquierda, llamado «White Dragon: Standing», invitaba a su-
birse en él y mirar hacia el suelo. Contaba con una base para co-
locar los pies, así como con un reposacabezas rígido de cuarzo que
orientaba la mirada. El objeto de la pared del centro, titulado
«Red Dragon: Sitting», invitaba, a su vez, a posicionarse en un
asiento y mirar de frente. Por último, «Green Dragon: Lying»,
provisto de almohada y reposapiés, permitía tumbarse y mirar ha-
cia arriba.

Mona, que enseguida entendió cómo funcionaba el sistema, se
prestó al juego pasando de un objeto a otro. Tardó unos seis
minutos. Pero, al desviarse de las instrucciones, se dio cuenta
de que la obra no estaba destinada a la vista, sino al tacto y a la
sensación corporal. Así que, para experimentarlo, hizo algo sorprendente. Repitió el proceso, pero esta vez con los ojos cerrados.
Empezó colocándose durante dieciocho minutos sobre el primer
objeto, el de la izquierda de la instalación; se subió a él y trató de
sentir el flujo de energía del material al que estaba adosada,
de pie. Después, con los párpados cerrados, caminó a tientas
durante noventa segundos hasta el siguiente elemento (el del
centro), dio un saltito y se sentó. También ahí permaneció inmóvil durante dieciocho minutos. Y tardó exactamente el mismo tiempo en llegar al tercer bloque, colocado horizontalmen-

te, acostarse en él y, una vez tumbada, experimentar su carga vital. Al final de ese largo y lento ritual, se levantó y estiró la nuca. Entonces se topó con el rostro y la cicatriz de su abuelo, justo a su lado, silencioso, sonriente, un poco envejecido. Parecía que iba a contarle un cuento para que se durmiera en paz. Pero fue ella quien tomó la palabra.

—Es increíble, Dadé, todo lo que puedes sentir. ¿Sabes que cuando veíamos esculturas como las de Miguel Ángel o Camille Claudel me daban ganas de tocarlas? La única vez que me atreví fue cuando puse el dedo en el cuadro de Gainsborough, y luego cuando me colé en la instalación de Louise Bourgeois. Aunque sabía que estaba un poco fuera de la ley... —Henry se rio al oír esa expresión—. Pero fue fantástico poder estar en contacto con la obra sin un vigilante que te regañara...

—Y dime por qué, Mona.

—Porque comprendí que el artista habla a todo tu cuerpo. Aquí, los ojos son en realidad menos importantes que el tacto. Y ¿sabes?, me alegra que los artistas se preocupen por todo el cuerpo.

—Que apelen a otros sentidos, además de a la vista, ¿no? Eso me recuerda lo que decía Antoine de Saint-Exupéry: «No se ve bien sino con el corazón, lo esencial es invisible a los ojos». Pero continúa.

—Lo que quiero decir es que, cuando vas a un museo, piensas que vas a tener que mirarlo todo, y durante mucho tiempo... Ya sabes que a mí me encanta, ¿eh, Dadé? Sin embargo, lo cierto es que aquí he tenido la impresión de que la obra me pedía hacer algo con el cuerpo. ¡Oh! Cosas sencillas, por supuesto. Solo ponerse de pie, sentarse, tumbarse.

—Hablas de la obra mejor de lo que podría hacerlo yo, Mona, así que, por favor, sigue tú.

—Te decía que son cosas simples, cosas de la vida de todos los días. Pero, aquí, ¿cómo te lo explico?, se siente de verdad lo simples que son, y eso hace que salgan a la superficie un montón de emociones, porque se siente con los brazos, las piernas, la cabeza.

—Por eso has cerrado los ojos.

—Sí, sí, por eso.

Mona se encogió de hombros, con ese aire que adoptaba a veces como queriendo pedir perdón por ser ella misma. Temía haber disgustado a Henry por probar la instalación de Marina Abramović con los ojos cerrados. Pero él era consciente de que Mona intentaba exorcizar el peligro que la acechaba. Y lo más increíble es que lo había conseguido. La obra de Marina Abramović le había demostrado que en el corazón de las tinieblas aún quedaban universos en movimiento, que la existencia no se detenía con la luz del día. Dicho de otro modo, había disfrutado de ese momento de oscuridad, sumergiéndose en ella sin ahogarse, y ahora tenía menos miedo a que la negrura la atrapara. Un poquito menos.

—Deberías saber —dijo Henry— que Marina Abramović sigue viva y es una de las más grandes artistas del siglo XX. Nació en Belgrado, en Yugoslavia, y se convirtió en una estrella mundial en la década de 1990. Es en parte responsable del éxito de una nueva forma de expresión: la performance, una disciplina artística que se desarrolló a lo largo del siglo XX, pero que fructificó realmente gracias a ella.

—Sí, Dadé, ¡me acuerdo! Hablamos de eso un día que vimos un cuarto de baño en un escaparate.

La niña recordaba una conversación que habían mantenido frente al Bazar de l'Hôtel de Ville. Henry le había explicado que la performance era un tipo de obra que no consistía en la producción de una pieza concreta, sino en la realización efímera de una acción, y le había puesto el ejemplo de un par de artistas que, en una de sus creaciones, se habían gritado hasta la extenuación. Y, justamente, se trataba de una performance realizada en 1978 por Marina Abramović y su pareja de entonces, el fotógrafo alemán Ulay.

—Pero ¿podemos decir entonces que es una especie de teatro? —preguntó Mona.

—Sí, de alguna manera. Pero el teatro tiene lugar en un escenario, mientras que la performance puede ocurrir en cualquier sitio sin que se sepa cómo va a acabar; además, se trata de un tipo de obra que invita a los espectadores a ser activos. Por ejemplo, en 1974, Marina Abramović estaba en una sala inmóvil y entregada al público, y frente a ella se encontraba una mesa con setenta y dos objetos de todo tipo: flores, fotografías, cuchillos e incluso un revólver cargado... Se suponía que la gente podía hacer todo lo que quisiera con ella; permanecía pasiva como una marioneta, como una muñeca. Hasta que alguien cogió el revólver, puso un dedo en el gatillo y la apuntó...

—¡Qué horror!

—Un peligro, sin duda. El galerista pensó que la performance se les iba de las manos y la suspendió. Ese es uno de los grandes retos de este tipo de obra. Se trata de involucrar al público y al propio artista para sacarlos de su zona de confort y hacerles vivir experiencias extremas. Experiencias que pueden ser aburridas, arriesgadas, tranquilizadoras, regeneradoras, y en ocasiones una mezcla de todo eso. Como habrás comprendido, Marina Abramović busca sacudir todo el cuerpo. El suyo, por supuesto, pero también el del espectador, al que hace empatizar con su trabajo y anima a participar activamente en la instalación, poniendo a prueba su cuerpo y su cerebro para que tome conciencia, de una manera muy física, de todas las energías intensas y contradictorias que lo recorren: el miedo, el amor, el odio, la crueldad, la carencia, la envidia, la alegría...

—Y, aquí, ¿qué quería que sintiéramos?

—Hizo esta obra después de un viaje a China, una aventura extraordinaria. De hecho, el nombre de cada una de las piezas, que hace referencia a un dragón, está inspirado en leyendas chinas.

—Pero ¿en qué consiste esa aventura?

—Marina y su compañero, Ulay, partieron cada uno por su lado de uno de los dos extremos de la Gran Muralla, considerada a su vez por los chinos un inmenso dragón. Ulay desde el oeste, Marina desde el este, caminaron, caminaron y caminaron hasta que finalmente se encontraron tras dos mil kilómetros de esfuerzo. Allí, en ese cruce, en ese punto de encuentro, se abrazaron. Luego decidieron romper... Su vida juntos había terminado. Su encuentro supuso, de hecho, una separación.

—Oh... ¡Oh, Dadé, eso es muy triste!

—La instalación que has experimentado debería permitirte sentir, a través del contacto con la energía de los materiales, el cobre y el cuarzo, todo lo que la propia artista sintió, es decir, dudas y un sufrimiento inmenso, pero también una sensación de renacimiento. Al desprendernos de lo que nos pesa, revivimos, dice Marina Abramović, y lo que nos pesa es a veces aquello que amamos.

—Dadé, así que me estás diciendo que una separación es..., es...

—... es también una nueva vida, una nueva oportunidad que hay que aprovechar, Mona. Piensa en el doble sentido de la palabra «partida». La partida es a la vez un final y un principio. Esa es la lección de hoy.

—Pero ¿qué pasa con nosotros? Nosotros somos insepara-bles, ¿verdad? ¡Júralo por lo más hermoso!

Henry besó en la frente y sonrió. Un poco regenerado. To-davía melancólico.

51

Christian Boltanski

Archívate

—Tu padre y yo tenemos algo que decirte...

Mona sabía que esa frase no presagiaba nada bueno. Paul, apoyado en un mueble con la cabeza inclinada y aire contrito, ni siquiera la miró a los ojos antes de decir con voz apagada:

—No ha sido una decisión fácil, cariño. Pero ya está... Voy a traspasar la tienda de antigüedades...

—Tu padre —continuó Camille para evitar que se hiciera el silencio— acaba de firmar un contrato muy ventajoso para su invento. Ha conocido a mucha gente que cree en él y que lo va a ayudar a sacarlo adelante. Y, claro, no puede seguir con la tienda a la vez.

La noticia era, de por sí, excelente. Pero suponía un duro golpe para la vida cotidiana de Mona, para quien la tienda de antigüedades había sido la morada de todos los sueños. Cosmos gimió y movió la cola al intuir que su ama estaba a punto de llorar. Lo único que pudo hacer fue abrazarlo, como si fuera su último compañero en el mundo. Luego miró a sus padres:

—¿Podemos bajar, papá?

—¿Adónde, cariño?

—Al sótano de la trastienda.

Mona visualizaba ya el triste futuro que se avecinaba: el local vacío, el desfile de ofertas, un nuevo propietario entre aquellas cuatro paredes. No quedaba mucho tiempo, pronto el presente quedaría convertido en vestigio de días pasados. Pero eso no era lo peor. Un dolor superaba todos los demás: la idea de que se pudiera liquidar lo que había bajo la trampilla, esa trampilla negra que la había asustado durante tanto tiempo y que había pasado a ser el santuario donde yacían las reliquias de Colette.

Mona condujo, pues, a sus padres hasta el fondo de la tienda, atravesó la trastienda a oscuras y descendió al sótano como si se sumergiera en unas catacumbas. Cosmos lloriqueaba.

—Y ¿qué vais a hacer con todo esto? —preguntaba la niña—. ¿Qué vais a hacer con todas estas cajas llenas de cosas de la abuelita? ¿Dónde las vais a poner? Si las tiráis, ¡os odiaré!

—Basta, Mona —replicó su madre, muy seria—. ¿Cómo puedes pensar que voy a deshacerme de la memoria de tu abuela?

—Pero ¿dónde vas a meter todas estas cajas? ¡Hay montones! ¡Si las tiras, mamá, te odiaré!

—Mona —dijo sosegadamente Paul—, no voy a mentirte; de momento no sé muy bien qué haremos con estos papeles viejos, pero...

—¿Cómo te atreves a decir que son papeles viejos, papá? Esto es un tesoro, yo lo sé. Sé que es un tesoro.

Los tres se quedaron callados. Mona recobró la calma y agarró a su padre del brazo. Estaba orgullosísima de ser hija de un hombre así, y a sus once años podía ver el camino que había recorrido, igual que ella, en el último año. Y entonces, de repente, dio un respingo, atravesada por una súbita revelación.

—¡Papá, mamá! —exclamó—. ¡Tengo una idea!

Aquella era, pues, la penúltima vez que Mona y su abuelo quedaban para ir juntos al museo. Consciente de ello, Henry se esforzaba por ocultar el abatimiento que se había apoderado de su alma y le oprimía el corazón. De hecho, le latía de forma extraña. A veces se aceleraba hasta resultar agobiante, otras veces se encogía en su rincón y se hacía tan discreto que Henry se preguntaba si seguía funcionando. En la explanada de Beaubourg, un trompetista con las mejillas infladas tocaba el *Concierto de Aranjuez* de Joaquín Rodrigo. Mona le cogió la mano a su abuelo y se la llevó a la nariz. Qué bien olía esa colonia... La trompeta continuó con su canto metálico. Mona levantó la vista hacia su abuelo, con una mirada a la vez traviesa e implorante.

—Dadé —le dijo—, tú vives en un piso precioso con mucho espacio, mientras que el nuestro es muy pequeño, ¿sabes? Como han decidido traspasar la tienda, papá y mamá tienen que poner todas las cajas en algún sitio... Dadé, te lo ruego, llévatelas a casa... Y escribe un libro sobre la abuelita... Sobre ella, sobre sus aventuras, sobre ti, sobre vosotros... Te lo ruego.

La petición de Mona cayó sobre él como una descarga eléctrica. Las emociones de toda una vida afluyeron a su mente, y ese hervidero, aunque caótico, parecía tener un sentido: el sentido de la vida. Se recompuso y arrastró a Mona al interior del museo para visitar la gran instalación de Christian Boltanski.

Distribuidas a lo largo de tres paredes, veinte vitrinas idénticas de 1,5 m de alto, 87 cm de ancho y 12 cm de profundidad se sucedían a una distancia regular. Había siete en cada pared lateral y seis en la pared frontal. Eran imponentes y estaban provistas de un marco oscuro, una iluminación de neón integrada en la parte superior y una rejilla metálica fina como un tamiz para proteger su contenido; además, estaban separadas entre sí por un intersticio muy peque-

ño. Cada una de ellas contenía un montón de documentos de todo tipo: en especial, papeles manuscritos o mecanografiados, más o menos grandes, más o menos arrugados, y fotografías en color o en blanco y negro: eran cartas, impresos, sobres, polaroids —retratos de niños o paisajes—, cuartillas garabateadas y otras cosas... Todo databa de la segunda mitad del siglo XX. Las vitrinas recordaban los grandes paneles atestados de imágenes de las películas de detectives, con sus signos visuales y textuales, donde se cartografía una investigación, un enigma o un crimen.

Mona sabía que se le atribuían unas facultades visuales excepcionales. Sin embargo, ante esa instalación, se sintió derrotada... La obra estaba tan saturada de objetos que el radar perceptivo de la niña se alteró. Pronto se dio cuenta de que sería inútil intentar abarcar el contenido de aquellas vitrinas. Se titulaba *La vida imposible de C. B.*, y desde luego parecía imposible absorber todo ese material para recomponer una existencia. Así que fue de detalle en detalle, al azar, a tientas: una misiva en inglés por aquí, una invitación rosada para una proyección de Roman Polanski por allá, el plano de la capilla de la Salpêtrière o, aún más allá, una foto de fotomatón de un hombre con el pelo corto, sin duda el propio artista...

—Es como un susurro —dijo al fin, susurrando ella misma—. O más bien un estrépito, pero un estrépito susurrado...

—Explícate, Mona.

—A veces, Dadé, se ve claramente que una obra tiene un sentido, y en este caso es como si tuviera voz. Cuando Cézanne pinta una montaña, es como si el cuadro dijera: «Soy una montaña». Otras veces se puede pensar que la obra es muda: un cuadro abstracto, por ejemplo, es como si estuviera en silencio. Pero aquí, aquí es diferente... Mira, Dadé, por todas partes hay palabras, textos, y desde luego es precioso... Todas esas palabras... Es im-

posible leerlas, o por lo menos leerlas todas, así que las miras y te
deslizas por ellas, y ya está. Y lo mismo ocurre con las imágenes.
Algunas de esas caras me recuerdan a alguien, pero no sé a quién,
aunque es gente que me susurra al oído...

—Un muro de murmullos... Es verdad, Mona. Ya sabes, muy
a menudo, cuando ves la obra de un artista, la pregunta obvia es:
«¿Qué quiere decir?».

—¡Oh! ¡Es lo que me pregunto yo todo el tiempo!

—Es normal... Algunas veces se puede descifrar su significado. Otras veces es inútil o imposible. Y aquí hay un susurro. ¿Qué
quiere decir? Bueno, quiere decir que *eso* quiere decir algo. Lo
repito, Mona, escucha atentamente: quiere decir que *eso* quiere
decir algo... No: «quiere decir lo que quiere decir», que es una
fórmula que cierra la discusión. Al revés: «quiere decir que *eso*
quiere decir algo». Y no lo dice del todo, porque dice demasiado
o demasiado poco, y porque es muy difícil querer decir, saber decir, decir lo que se quiere decir. Por eso, tal y como lo has expresado, esta instalación susurra. Dice que le gustaría decir algo, tal
vez sin saber exactamente qué.

—Dadé, es increíble, porque, en el fondo, creo que todas las
obras son un poco así. Tienes la sensación de que están llenas de
símbolos, de que cuentan muchas historias...

—... de las que solo puedes ver una pequeña parte.

—¡Eso es!

—Lo fundamental no es solo desentrañar los enigmas, es
también, y sobre todo, sentir que abundan en significados ocultos, que esos significados afloran y se agitan antes de desaparecer.
Porque así la obra permanece eternamente abierta.

Mona abrió unos ojos como platos. De repente parecía, a un
tiempo, dichosa y desdichada.

—¿Qué te sucede? —preguntó, preocupado, Henry.

—Suena tan bonito cuando me lo explicas, Dadé... Nunca conseguiré estar a tu altura, jamás en la vida...

El anciano contempló las vitrinas y pensó un momento en la trayectoria de Christian Boltanski. Al contrario de lo que podría sugerir una obra tan monumental, tan grave en apariencia, tan organizada y seria, el artista había sido un niño extraño y poco sociable y un joven solitario que se pasaba días enteros encerrado en casa, dando forma a miles de bolitas de tierra. Henry le habló a Mona de las primeras obras del artista, un tanto estrafalarias, con pinturas burlescas y marionetas. Luego describió su cambio de rumbo a partir de los años ochenta, cuando adquirió notoriedad por sus imponentes acumulaciones de cajas metálicas, depósitos de miles de archivos a menudo penetrados por la memoria de la guerra.

—¿Qué es una vida? —prosiguió Henry en un tono casi místico—. ¿Y qué queda al final de ella? Los recuerdos, por supuesto, y la huella difusa que dejamos en otras vidas. Pero en esta obra de Christian Boltanski hay algo a la vez mucho más simple e infinitamente más complejo. Vamos, Mona, dime, ¿qué queda de una vida?

—Bueno, Dadé, pues quedan objetos... ¡Un montón de objetos! Cartas, fotografías, tarjetas, tíquets, como los que vemos aquí o podríamos encontrar en el baúl de cualquiera. Sé que en las cajas de la abuelita hay un montón de periódicos que hablan de ella y la eutanasia.

—Pero eso no es todo lo que queda de tu abuela.

—¡Ah, también queda mi colgante!

—Sí, es verdad. En sus cajas, como en la obra de Christian Boltanski, tu madre y yo guardamos en su día casi todas las cosas sin importancia, los restos insignificantes que quedaban de ella... ¿Sabías que le encantaban los ceniceros de los hoteles? ¡Recuerdo cómo se las ingeniaba para robarlos! —Henry sonrió ante ese recuerdo—. Una vez, al salir del bar del Bristol, un camarero le indicó que su bolso echaba humo.

El anciano soltó una sonora carcajada. Mona se echó encima de él para abrazarlo y aspirar el aroma de su colonia. Allí mismo, en medio de las cajas de Christian Boltanski, apretó la frente contra su esternón y empezó a moverse hacia delante y hacia atrás, golpeándolo suavemente, con cadencia, como si llamara con la cabeza a la puerta de su corazón.

—Te lo ruego, Dadé...

Repetía esas palabras para convencerlo de que escribiera el libro sobre Colette Vuillemin.

—Continuemos, Mona. Hemos dicho que de una vida quedan los objetos, muchos objetos que también tienen vida propia. Son cosas, pequeñas cosas que a veces ya ni siquiera tienen nombre, porque están desgastadas, rotas, fragmentadas. No obstante, incluso con un tintero de colegial o un trébol de cuatro hojas puedes soñar universos enteros.

—Universos enteros —repitió Mona.

Y de repente sintió vértigo ante la obra de Boltanski, porque veía en cada uno de los elementos que la componían una encrucijada entre multitud de corredores del tiempo. Sintió, por una intuición metafísica, que la más pequeña unidad de materia estaba cargada de existencia, rebosante de ella hasta el infinito. En la más pequeña unidad de materia vibraban todas las miradas que se habían posado por ella, todas las sensaciones que había suscitado, el aire que la había acariciado, las ondas sonoras que la habían rodeado, todas sus metamorfosis y toda su insistencia en ser lo que era. Pues bien, todas esas unidades se comunicaban entre sí, en una red de significados tan loca, tan rica, que resultaba inaudible. De ahí el murmullo...

—En esta obra de Boltanski —siguió diciendo Henry—, también hay que examinar la luz.

—Sí, Dadé, ya veo lo que quieres decir. Normalmente, la luz ilumina una escultura o un cuadro, pero aquí es distinto. La luz está dentro de las vitrinas, es como si la obra estuviera...

—... iluminada por sí misma. En efecto, Mona.

—Esas cajas conservan siempre su luz... ¡Eso habría dicho la abuelita! Pero no es igual en todas partes. Hay cartas y fotos que se distinguen muy bien y otras que son casi invisibles porque están en la sombra. Sucede un poco como con el claroscuro de Rembrandt, o eso creo. Además, si todas estas cosas pertenecen al artista, podría decirse que es un autorretrato, ¿verdad? Bueno..., con la diferencia de que un autorretrato podemos verlo de una vez, mientras que aquí, si quisiéramos leerlo, examinarlo, relacionarlo todo, sería imposible.

—En realidad, a Boltanski no le interesa reconstruir su vida o su personalidad. La obra puede parecer una especie de autorretrato conceptual, pero no lo es. Lo que el artista pretende es que todos, tú y yo también, podamos reconocer lo que es nuestra propia vida en lo que expone tras archivar la suya.

—Archívate —susurró Mona.

—Podría decirse así. Uno tiene que archivarse a sí mismo, sea quien sea, héroe o anónimo, visible o invisible, pues solo en el archivo personal puede alguien hacer centellear la memoria del pasado.

—Has creído que lo decía en general, Dadé, pero te lo decía a ti. Me refiero a que deberías recuperar todas las cajas de la abuelita y contarlo todo sobre ella y sobre ti en un libro. ¡Archívate, por favor, Dadé!

52

Pierre Soulages

El negro es un color

El doctor se emocionó al ver llegar a Camille y a su hija. Este sería su último encuentro. Van Orst se iba. Su gran talento como médico y sus métodos de curación a través de la hipnosis habían despertado el interés de importantes instituciones de todo el mundo, y estaba decidido a marcharse.

Pero no quería dejar Francia sin despedirse de la niña y, además, debía explicarle lo que le deparaba el futuro, pues temía que las conclusiones de su informe sobre «los ojos de Mona» resultaran demasiado crípticas. Recapituló: la terapia había permitido descubrir que la niña había estado muy apegada a su abuela Colette. Mona no solo había aprendido a caminar con ella; a su lado había reído, jugado y compartido cientos de cosas imperceptibles que la habían formado en sus primeros años. Así que Mona vivió su temprana y misteriosa muerte como un violento shock psicotraumático. Y, como posteriormente un tabú familiar rodeó la eutanasia de Colette, se había producido una profunda inhibición. En el último encuentro entre la abuela y la niña, Colette le había regalado un colgante. Durante décadas, ese colgante había desempeñado el papel de amuleto, sellando la unión entre ambas. Al cambiar de manos, o más bien de cuellos, y una vez afianzado en Mona, el objeto concentró todo el poder solar de esa abuela que se había ido demasiado pronto. «Olvida lo negativo, cariño; conserva siempre la luz en ti», había dicho antes de desaparecer. El subconsciente de la niña depositó dicha luz en ese objeto insignificante: una simple concha recogida por dos enamorados en una playa. Luego, a los diez años, el trauma había aflorado. Un día, mientras hacía los deberes, a Mona le molestó el colgante y se lo quitó sin darse cuenta. La noche cayó sobre ella, cegando su vista sin razón aparente. Se buscó un diagnóstico, pero no existía ninguna anomalía mecánica. Entonces ¿cuál era la causa? Sin duda, su cerebro gritando aquel dolor soterrado. En otra ocasión, mientras estaba en la tienda con su padre, el sedal que sujetaba el colgante se rompió y de nuevo volvió la oscuridad. Y se produjo el mismo resultado una tercera vez, un día en que Mona contemplaba un cuadro de Hammershøi y se quitó el collar por un acto reflejo. De ahí la deducción del médico: se trataba de una patología que «pendía de un hilo».

—Pero entonces —preguntó la niña— ¿significa eso que si ahora me quito el colgante volveré a quedarme ciega?

—No, no, bueno, digamos que no es exactamente así —respondió Van Orst, incómodo—, pero mejor no...

—Cariño, no debes quitártelo —interrumpió Camille, cuyo inquieto rostro había adquirido una tonalidad carmesí.

—Ante la duda, más vale que sigas llevándolo puesto, como un objeto que forma parte de ti. El inconsciente es tremendamente poderoso —concluyó el doctor Van Orst.

—Iré con cuidado —dijo Mona. Hubo un largo silencio.

—Por otra parte, Mona, no olvides que tienes una vista excepcional, como nadie o casi nadie. Debes utilizarla: mirarlo todo y grabar todo lo que veas.

Mientras le estrechaba la mano, Mona reflexionó sobre lo que acababa de decirle el doctor. Su cara se iluminó. Acababa de entender por qué su abuelo había estado llevándola al museo. Ese era el sentido de las visitas, desde el principio: que *se archivara* a sí misma a través de las bellezas que él escogía para ella, que archivara mentalmente esos tesoros y los convirtiera para siempre en su reserva de colores y alegrías, por si un día la ceguera se apoderaba de ella...

Había pasado un año desde la sesión inaugural en el Louvre. Mona había madurado tanto en ese periodo que ni ella misma habría reconocido a la niña que Henry había llevado de la mano ante el fresco de Botticelli. Pero esas dos Monas, tan cercanas y tan lejanas, y cuya reconciliación solo tendría lugar mucho más tarde, una vez pasada la adolescencia, podían coincidir en un punto fundamental: en el centro de sus corazones se encontraba aquel abuelo, aquel faro, aquel monumento, aquel pedernal adorado. Ahí estaba, frente a Beaubourg, maravillosamente elegante, y su rostro, cruzado por una cicatriz, se vio nublado por una frase dolorosa. La hizo retumbar como una sentencia inapelable.

—Es la última vez, Mona.

En el fondo, la niña ya lo sabía y fue incapaz de replicar. Sin embargo, tenía que reaccionar, no para disipar un malestar que no existía, sino porque debía estar a la altura. Deambularon por Beaubourg cogidos de la mano. Finalmente, se toparon con un cuadro de Pierre Soulages del 22 de abril de 2002, fecha de creación que servía de título a la obra. En ese momento, a Mona se le ocurrió una respuesta satisfactoria al sobrecogedor anuncio de su abuelo.

—Puesto que es la última vez, Dadé, ahora me toca a mí —espetó.

Era un cuadro abstracto de tonos apagados, casi cuadrado, de 2 m
de alto por 2,2 m de ancho. Se componía esencialmente de cinco
bandas oscuras dispuestas horizontalmente de forma regular sobre
un fino panel homogéneo de fibra de madera. Las bandas estaban
separadas por cuatro trazos de pastel claro. Ese panel fino estaba,
a su vez, superpuesto a un primer soporte —como si fuera un cuadro
pegado sobre otro cuadro— que recubría en toda su altura, pero no
a lo ancho. Así, quedaban visibles dos márgenes verticales de 10 cm.
Estos, a su vez, estaban bordeados por un contorno de acrílico negro
a cada lado, pero en el intersticio que los separaba del panel cuadra-
do de fibra había, a derecha e izquierda, un juego de zonas blancas
y negras. En resumen, se podían distinguir los inicios de formas rec-
tas o curvas obturadas por la superposición del soporte constituido
por las cinco bandas oscuras. Estas últimas no eran en absoluto mo-
nocromas. Se percibían en ellas las tonalidades pardas y cambiantes
de la madera, sus vetas y sus asperezas; y de una capa de pintura casi
transparente, absorbida gracias a un paño, se desprendían bocanadas
de marrón y vapores de un gris casi oxidado, haciendo que surgieran
reflejos y luces.

Henry observaba la obra. Mona podría haber desaparecido a sus
espaldas, esfumarse en el museo o echarse a dormir y él no se
habría enterado, porque había asumido el papel de observador,
dejando que ella hiciera del centinela que vigila y transmite. En
cuanto a la joven, fijó en su memoria la conmovedora imagen
de su modelo absoluto, con el pelo peinado hacia atrás, el porte
más altivo que nunca, absorto en las masas nebulosas del cuadro. Se acordó del mito de Orfeo y Eurídice y se preguntó si su
abuelo, cuando se volviese hacia ella, no la arrastraría hasta las
tinieblas. Y sin saber muy bien por qué, pensó que algún día a

ella también le gustaría amar a alguien y ser amada, como se habían amado Henry y Colette. Pasó una hora. Sesenta y tres minutos exactamente. El anciano se dio la vuelta por fin. La niña estaba allí. Diminuta y gigantesca a la vez, tragó saliva, suspiró y empezó:

—En realidad —afirmó en un tono erudito y sereno—, hay que mirar este cuadro como si se contemplara un cuadro clásico con muchísimas figuras. Porque, contrariamente a lo que podría pensarse, la obra de Soulages está llena de detalles. Pero esos detalles son los detalles de la materia, los detalles de las planchas de madera y la luz que flota en la superficie. Y luego están las cuatro líneas blancas hechas con pastel. Parecen cuatro rayos de luz... Eso es lo que hay que ver. Pero ¡cuidado!

—Te escucho —dijo Henry.

—Se puede ver lo que uno quiera... Porque hay que dejar a la gente en libertad. ¿Sabes? Hace tiempo inventaron un test que consiste en mostrarle a la gente unas manchas de tinta y comprobar qué es lo que ve en ellas cada uno. Las manchas pueden parecerse a un corazón, una mariposa o un dinosaurio, pero lo que cuenta es lo que hay en la cabeza del paciente.

—¿Y?

—Pues que en el cuadro de Soulages se forman muchas imágenes, pero es la mente de cada cual lo que cuenta.

La explicación apresurada de Mona era de una fertilidad prodigiosa. Henry le contó que Pierre Soulages había nacido en 1919 en el seno de una familia modesta del sur de Francia, que veneraba el arte antiguo (incluso prehistórico) y la arquitectura románica, y que de niño pintaba paisajes nevados. Soulages se había impuesto en el arte abstracto después de la guerra, junto con Hans Hartung en Europa y paralelamente con un grupo de artistas estadounidenses, algunos de los cuales estaban desarrollando una estética similar a la suya: Franz Kline, Robert Motherwell y Mark Rothko. Esa estética contaba con un vocabulario hecho de poderosas oposiciones entre lo claro y lo oscuro, pero utilizando materiales sencillos, incluso pobres: el marrón de la nogalina aplicada con pinceles de pintor, por ejemplo, o el alquitrán sobre vidrio. Y esa misma estética había llevado a Soulages a su gran innovación de 1979. El artista probó entonces sus «ultranegros», unos negros dotados de una gran calidad luminiscente, cuya textura, una vez modelada dinámicamente, multiplicaba los matices y los brillos. Unos negros que no eran tales.

—Háblame de las formas que ves, Mona —dijo Henry adoptando el tono de un jovencito curioso.

—Fíjate bien, Dadé, en la primera franja: arriba, por ejemplo, veo *Un entierro en Ornans* de Courbet, con su gran cortejo de aldeanos plañideros. ¿Te acuerdas? Veo duelo, pesar.

—Y, en la segunda franja, ¿qué ves?

—La trastienda de papá, y el momento en que supe que mi regalo de cumpleaños era un cachorro. ¡Veo alegría!

—¿Y en la tercera?

—Veo las tres veces en que me subí a tus hombros: delante de *El esclavo moribundo* de Miguel Ángel, ante *El pájaro en el espacio* de Brancusi y frente al Museo de Orsay cuando posamos para la foto. De hecho, en esa tercera franja veo... —Buscó, sin encontrarlo, el término adecuado.

—Ves el crecimiento, Mona. ¿Y en la cuarta?

—Veo el bullicio en el patio de la escuela, cuando están todos armando jaleo; veo la vez en que me dio un balón en la cara y el dolor que sentí después. Veo la violencia.

—¿Y en la quinta?

—Veo letras. Veo las letras minúsculas que conseguí descifrar en la consulta del doctor Van Orst. Conseguí leer de lejos el juramento de... —Se le había olvidado el nombre del ancestro griego de la medicina.

—El juramento hipocrático.

—Eso es, ¡el juramento de Hipócrates! Y, entonces, el doctor me explicó que tengo muy buena vista, una vista muy precisa, a pesar de mis problemas. En esa quinta banda, veo la curación.

Henry estaba concentrado en las franjas oscuras del cuadro y acababa de aprender mucho sobre él. Pues gracias a la forma en que Mona lo había presentado, al atribuir un simbolismo a cada parte (duelo, alegría, crecimiento, violencia y curación), había discernido su potencial alegórico, moral y sagrado.

—Y ahora observa los lados —prosiguió la niña—. Estoy segura de que puedes ver que el artista ha pegado su panel de madera con sus cinco franjas horizontales encima de un primer soporte, que, por tanto, está debajo. Pero, como el panel es un poco más estrecho, deja un margen a la derecha y otro a la izquierda. Fíjate ahora en esos dos márgenes. ¿Qué ves? Que el soporte de abajo ha sido pintado con un fondo blanco y unos trazos negros. Y luego el artista le ha superpuesto el panel sobre el que ha hecho las franjas.

—Y eso ¿cómo lo interpretas?

—Antes de interpretar nada, Dadé, ¡hay que admirar su belleza! Me encantan las dos bandas verticales, los juegos de blancos muy puros, los negros realmente profundos. Contrastan con las franjas oscuras del panel de encima, donde los matices de oscuridad se funden unos con otros en lugar de ser tonos bien definidos. —Estaba orgullosa de su forma de expresarse, incluso tenía la sensación de ser una adulta—. Pero bueno, creo que, además de ser muy bello, puede interpretarse su significado.

—¿Qué significado, Mona?

—Que siempre hay más de lo que parece a simple vista. Significa que hay que saber mirarlo todo y mirar a todas partes: tanto a los lados como al centro, de arriba abajo y de abajo arriba, de izquierda a derecha y de derecha a izquierda, pero, sobre todo, que hay que ver... ¿Cómo decirlo?

—Sigue, Mona...

—Pues que hay que ver más allá de lo que se ve, porque debajo del panel de madera te das cuenta de que hay otras formas... Esas formas están ocultas, pero existen en otra parte, Soulages nos enseña eso.

—Nos enseña la existencia de lo que escapa a nuestros ojos. Y entonces, Mona, ¿qué crees que respondería Soulages a los que dicen que «el negro no es un color»?

—Es extraño afirmar eso, ya que, si mezclas todos los colores, ¡obtienes el negro, qué demonios!

Mona se interrumpió un instante. Después, como si estuviera en trance, hundió la mirada en el lienzo hasta parecer fundida con él.

—Ya está, Dadé, ya está... —dijo despacio, con una voz nueva—, esa es la lección... gracias a Pierre Soulages. El negro es un color. Incluso es un color hasta donde alcanza la vista.

Epílogo

Enfréntate al riesgo

Hay fiestas que no son muy festivas, porque las cosas parecen clausurarse con ellas. Durante las vacaciones de Todos los Santos los días se acortan, las ventanas se cierran y las bocas conversan menos, atenazadas por un vago sentimiento de luto y de pesar. En las casas, a medida que penetran las sombras, los fríos cristales atrapan la humedad del aire y maquillan su hermosa superficie clara con un vaho opaco. Se forma una capa de lágrimas. La tristeza dominical se extiende al resto de la semana.

La tienda de antigüedades de Paul había pasado a mejor vida y Mona se sentía traicionada. Le habían prometido que se reuniría con Lili en Roma durante esas vacaciones de otoño, pero esa promesa italiana, magnificada por la emoción de subirse a un avión, se había pospuesto hasta «la próxima vez» de una manera tan evasiva que resultaba cruel. En realidad, los padres de Mona tenían tanto miedo de que su hija extraviara el amuleto —Camille lo había llevado incluso a la joyería para que reforzaran el cierre— que no se atrevían a dejarla viajar.

La niña soñaba despierta en su cuarto, tumbada en el suelo, con la vista clavada en el techo. Le parecía ver, en las manchas de humedad incipiente, un mapa de continentes desconocidos repartidos por planetas a la deriva. Entonces inventaba los nombres de los países y sus pobladores; vestía a estos a su antojo, les otorgaba físicos extravagantes, de enanos o de gigantes, e imaginaba disparatadas conquistas a través de mares tormentosos, batallas épicas y, sobre todo, sublimes reconciliaciones. Sin darse cuenta, murmuraba estos frescos mentales en voz alta.

Todo a su alrededor había cambiado. Tras deshacerse de los vestigios de su infancia, aprovechó el espacio libre para incorporar objetos de la tienda de antigüedades de su padre. Reinaba un desorden desenfadado en medio del cual aún pululaban los libros del colegio y la ropa que se le había quedado pequeña, pero el cuarto parecía ahora una pequeña sala del tesoro. En aquel bazar podía reconocerse, entre otros objetos, la gramola de Paul. Ahora le pertenecía a Mona, que de vez en cuando escuchaba en ella alguna canción de France Gall. También había rescatado el portabotellas de erizo que tanto había odiado en su día, y que ahora colgaba del techo, suspendido de un hilo metálico semejante al que rodeaba su cuello. Algunos viejos libros de colección se habían incorporado a su biblioteca. Y, además, pudo recuperar una figurita Vertunni que había escapado milagrosamente a la venta. El superviviente era un pastor que acariciaba las cuerdas de un laúd. En las paredes seguían aún el póster de Seurat, el dibujo satírico que le había regalado la joven estudiante que copiaba *El pensamiento* de Auguste Rodin y, por supuesto, la fotografía de Henry y ella frente al Museo de Orsay.

El teléfono de Camille sonó en la habitación contigua. Cuando contestó, Mona se dio cuenta enseguida, por la impaciente inquietud de su voz, que era su abuelo quien estaba al otro lado de la línea. Camille, muy tensa, no paraba de dar vueltas mientras insistía en su negativa. ¿A qué decía que no? Mona no tardó mucho en deducir lo que pasaba. Henry era partidario de que su nieta pasara al menos unos días fuera de Montreuil. Mona se pegó a la pared para oír mejor. Parecía que su madre empezaba a bajar un poco la guardia.

—Está bien, está bien, está bien —repetía.

Y luego, al cabo de unos minutos, colgó y gritó:

—¡Mona! Sé que estás detrás de la puerta y lo has escuchado todo.

La niña, dejando escapar una risa traviesa, corrió hasta el fondo de su cuarto. Camille fue a reunirse con ella.

Sí, iba a poder marcharse unos días. Sí, Cosmos podría acompañarla. Camille acabó por admitir que no corría ningún riesgo si Henry velaba por ella.

—Tu abuelo me ha pedido que te diga esta frase de Cézanne. —Sacó el papel donde la había anotado—: «Hay que ir al Louvre a través de la naturaleza y volver a la naturaleza a través del Louvre». Bueno, no lo he entendido, pero quiere llevarte a ver la montaña Sainte-Victoire.

—¡Oh! Será estupendo, mamá. ¡Gracias, mami querida!

—Debes tener mucho cuidado, ¿eh? Déjame ver ese cierre...

Henry y Mona sentían ya nostalgia de sus secretos. Era tan genial, era tan bueno introducir en la realidad otra realidad a la que nadie estaba invitado a entrar... Y era tan doloroso tener que renunciar un día a ese desdoblamiento... Tal vez eran necesarias las peregrinaciones para decir adiós a esas vidas paralelas. Quizá ese fuera el sentido del viaje que se perfilaba. Quizá.

En el tren, Mona se dio cuenta de que su abuelo no leía. En cambio, parecía estar meditando con un aire de seriedad que la niña se propuso desterrar. Y para ello quiso enseñarle una cosa que guardaba en el bolsillo.

Durante cincuenta y dos miércoles, había descubierto cincuenta y dos obras de arte con él. A mitad de esa aventura, el día de su cumpleaños, le habían regalado un juego de cartas plastificadas en cuyo reverso había pegado una reproducción de los cuadros, dibujos, esculturas, fotografías e instalaciones que había ido viendo con su abuelo... Era ese juego de cincuenta y dos cartas el que llevaba encima. Y ahora estaba terminado. En vez de mostrarle directamente a su abuelo el resultado, lo extendió, como quien no quiere la cosa, encima de la mesita que tenía delante. Evidentemente, aquello despertó la curiosidad del anciano.

—¿Qué es, Mona?

—Es mi juego de cartas, nada más, Dadé. Ya he acabado de pegar todas las obras que hemos ido a ver.

—¿Quieres decir que has atribuido a cada una de las obras de arte la carta que le correspondería simbólicamente?

—Eso creo.

Los recuerdos se agolparon en su mente, pero Henry no dejó ver que estaba impresionado. ¿De verdad había logrado Mona la proeza de relacionar con precisión cada una de las obras con su símbolo y su valor? ¿Y realmente formaba aquello una baraja completa? Intrigado, cogió el mazo y repasó las cartas una por una. Y entonces se produjo el milagro. A pesar de la lentitud con que las fue desgranando, era como si la novela acelerada del último año se encarnara en lo que su nieta había creado por arte de magia.

—Es extraordinario lo que has hecho aquí, Mona. No podrías rendir mejor homenaje al año que hemos pasado juntos. Es una auténtica obra de arte esta baraja.

—Gracias —respondió tímidamente ella con un mohín de orgullo—. ¿Y tú, Dadé? ¿Vas a escribir el libro sobre la abuela?

—Sí, voy a escribirlo.

Mona se acurrucó contra él y soltó un gritito estridente de felicidad. Algunos de los viajeros se volvieron hacia ella, con esas caras de reproche de los adultos que no aprecian el indiscreto entusiasmo de los niños. Le dieron ganas de sacarles la lengua, pero se le ocurrió una idea mejor.

—Ay, Dadé, por favor, ¿podemos ir al vagón de la cafetería! Tú puedes tomarte un café y yo un chocolate, y así me cuentas todo sobre la abuelita. Vamos, Dadé, ¡por favor!

Henry asintió. Llevó a Mona al bar y se sentaron uno al lado del otro en dos taburetes junto al ventanal. La niña se tomó la bebida de un trago. El anciano apenas tocó la suya. Había llegado la hora de desvelar el misterio. En ese tren que atravesaba Francia a la velocidad del rayo y se llevaba consigo el cielo y la tierra... era el momento oportuno. Así que se lanzó.

Colette —empezó a contar— era hija de un miembro de la Resistencia, católico y monárquico, que, capturado por los nazis, se había suicidado en su celda con cianuro para evitar denunciar a sus camaradas bajo tortura. De ese episodio heroico y trágico, su hija huérfana extrajo dos lecciones. La primera: la fe en Dios da una fuerza excepcional, lo que hizo que se convirtiera en una ferviente cristiana. La segunda: la importancia de elegir la propia muerte, lo que la llevó a militar en favor de la eutanasia.

Henry y Colette se enamoraron locamente el uno del otro. En el momento de sellar su apasionada unión, en una playa donde recogían conchas, Colette hizo prometer a Henry que, si un día ella decidía morir, él no se lo impediría. Él se lo prometió. A lo largo de los sesenta y los setenta, ella fue una de las pioneras en luchar en favor de la legalización de la eutanasia. A pesar de sus convicciones religiosas —de las que nunca renegó—, Colette Vuillemin tuvo que soportar campañas de calumnias muy violentas por parte de los sectores más conservadores de la Iglesia. Hubo, por ejemplo, ataques abominables en la prensa. Pero Colette nunca tiró la toalla. Peleó sin tregua. Lo terrible era constatar que los progresos de la medicina, dignos de alabanza de por sí, conducían a situaciones paradójicas. A medida que se hallaban medios para prolongar la vida, hasta los noventa, los cien años, e incluso más, a medida que se potenciaba la resistencia humana, aparecían enfermedades neurodegenerativas que hacían de esas edades avanzadas momentos agónicos inaceptables. Colette pretendía despertar las conciencias, y lo consiguió en algunos países como Bélgica y Suiza. En Francia fue más difícil, pero eso no le impidió acompañar, de manera clandestina, hasta su último aliento, con su presencia benevolente y solar, a pacientes que preferían acabar de una vez antes que seguir sufriendo.

Por otro lado, Colette tenía una personalidad increíblemente jovial, tremendamente divertida, y siempre estaba rodeada de amigos. Fumaba, apreciaba los buenos vinos y bailaba el tango como nadie. Tenía pasiones originales, casi compulsivas, y en ocasiones se ponía a coleccionar, por capricho, gamas enteras de objetos insólitos: minerales, postales, tejidos raros, posavasos... Y las famosas figuritas Vertunni.

Un día de invierno, con setenta años cumplidos, Colette empezó a sufrir terribles dolores de cabeza, luego un hormigueo constante y alteraciones del tacto. Peor aún, perdió el control de sus gestos y a veces se le caía el cigarrillo de la mano sin querer. Consultó al médico. Y llegó el veredicto. Tenía una enfermedad rarísima que le iba deteriorando el sistema cerebral y contra la que no había tratamiento: una mezcla de alzhéimer y párkinson que tenía el nombre de un eminente profesor norteamericano. «¡Ay! Eso es que Dios me está dando una patadita por debajo de la mesa para que me reúna con él», dijo para quitarle hierro al drama, pero, además, lo pensaba de verdad.

Así que decidió seguir ejercitando su memoria con la ayuda de su colección de figuritas. A cada una le puso un nombre y le inventó una breve biografía ficticia. Cada mañana, ponía a prueba la resistencia de su cerebro escogiendo una al azar y recordando la historia que había imaginado. Al principio todo fue bien. Sacaba de la caja un arlequín, un soldado de infantería, una lavandera o un tigre de Bengala, y siempre acertaba, con una frescura infantil. ¿Se habrían equivocado los médicos?

Pero luego, una mañana, se quedó atascada con un nombre. Otro se le borró. Confundió el tercero con el cuarto. La enfermedad estaba ganando la partida. A toda prisa. Los ataques se hicieron más intensos. Hasta que tuvo lugar un episodio de una crueldad asfixiante. Al coger la figurita de un muchacho tumbado en un banco, Colette tuvo la sensación de haber olvidado todo lo que había imaginado sobre él; y ese hombre de plomo, ese banco, esa posición reclinada, esos colores pintados, esas formas aparecieron envueltos en un vacío semántico. El lenguaje se había desvanecido, y con él el sentido del mundo. Su cerebro se tambaleaba, a punto de precipitarse en el caos. Entonces, en un momento de lucidez, Colette decidió que tenía que acabar de una vez. Con dignidad. Pero sin tardanza. Terminar antes de convertirse en un ser inerte que respira. Camille protestó contra aquella decisión, porque los signos de decadencia le parecían aún demasiado leves. Y se enfadó amargamente con su padre por no intervenir para detener el destino. Pero Henry, aunque desesperado, había hecho una promesa a la mujer de su vida. Todo terminó con una comida plagada de emociones: los amigos de Colette se reunieron a su alrededor para hacer un brindis que la acompañara al más allá. Ella estaba radiante, sin miedo. Por último, dirigió estas palabras a su nieta: «Olvida lo negativo, cariño; conserva siempre la luz en ti». Y se fue a una clínica cuyo nombre Henry prefirió olvidar.

El tren permanecía inmóvil. Mona también. Había escuchado el relato de su abuelo casi sin aliento, como petrificada en su esfuerzo por contener un río de lágrimas. Y, cuando Henry se quedó en silencio, sintió que el río se convertía en torrente y corría hacia el dique para hacerlo saltar por los aires. Pero el torrente se detuvo en seco. Porque Mona acababa de oír cómo se cerraban las puertas del compartimento. Aturdida, se aferró a su colgante y miró por la ventanilla. Había un gran cartel que decía «Aix-en-Provence». Y el tren se puso en marcha.

—¡Dadé, Dadé! ¡Nos hemos saltado la parada! ¡Teníamos que bajarnos aquí!

—No te preocupes —susurró el anciano esbozando una sonrisa.

—¡Dadé, la Sainte-Victoire!

—Vamos algo más lejos...

¿Algo más lejos? Pero ¿adónde? ¿Adónde se dirigían? Era sorprendente ver cómo ese abuelo seguía vibrando, ahora y siempre, ante la *aventura*. Hay seres que van en línea recta y otros que toman bifurcaciones. Henry, hasta la muerte, pertenecería a la segunda especie. La Sainte-Victoire podía esperar. Antes, tenían otro monumento en perspectiva.

Mona y Henry se detuvieron en una parada unos cincuenta kilómetros más al sur. En la estación de Cassis. Bajaron del tren y echaron a andar por un sendero.

¡Qué luz! Protegiéndose con la mano del resplandor de la tarde, Mona atisbó unos gigantescos pinos piñoneros a su alrededor. El entumecimiento del tren se disipó nada más sentir el olor a mar y las transparencias nacaradas de la atmósfera. Las escasas capas de nubes adquirían tonalidades malva y canela. Mona corrió hacia las olas. El sol del otoño era estimulante, y su mordedura en la piel se había suavizado desde que el verano le había dejado ocupar su lugar. Se detuvo en su carrera para esperar a Cosmos, que salió al galope. Con los brazos cruzados, Mona se puso de cara al sol. Se quedó mirándolo sin cerrar los ojos, sin guiñarlos siquiera.

Encontró un palo pequeño en el suelo y lo tiró, gritando:

—¡Atrápalo, Cosmos!

Y el animal aceleró de repente, agarrando el trozo de madera entre los dientes y alzándolo con orgullo. No supo inmediatamente qué hacer con él. ¿Debía llevárselo a su ama o mordisquearlo tranquilamente? Dudó, volvió la cabeza hacia la niña, trotó en su dirección con paso vacilante.

—¡Este es mi perro!

Pero ¿dónde estaba Henry? Se había quedado atrás. Mona divisó su interminable silueta. Parecía a la vez la de un joven y la de un fantasma. Entonces se acercó a ella y se agachó a su lado, se quedó mirando su pequeña nuca y le dijo:

—¡Ha llegado el momento! Lo juro por lo más hermoso de esta tierra. Ahora...

Una ráfaga de viento envolvió las palabras de Henry. La niña se tomó unos segundos y luego frunció el ceño. Lo entendió perfectamente. Todas las lágrimas que había reprimido un rato antes, en el tren, ascendieron de nuevo. Luchó, las dominó, asintió.

Esa era la playa donde, sesenta años antes, Henry y Colette se habían hecho sus promesas. La playa en la que habían recogido unas simples caracolas para convertirlas en amuletos protectores. Así que ahora... Ahora era el momento de tentar a la curación como se tienta al diablo, devolviendo el amuleto al ciclo de una vida que no había sido la suya, para liberarse de él y volver a ser. Mona no se atrevía a moverse por miedo de echarlo todo a perder.

Y a ese miedo primario se sumó un segundo temor, que penetró en ella por la fuerza. «Un día Dadé también morirá». Un día se iría, agotado por la edad, se marcharía para siempre, al otro lado. Y lo perdería.

De hecho, en eso consiste la infancia: en la pérdida. Empezando por la pérdida de la propia infancia. Se aprende lo que es al perderla, y se aprende que se perderá todo y todo el tiempo. Aprendemos que perder es la condición indispensable de la sensación vital, de la intensidad presente. Creemos que crecer es acumular ganancias: ganancias de experiencia, de conocimiento, ganancias materiales. Pero eso es una ilusión. Crecer es perder. Vivir la vida es aceptar perderla. Vivir tu vida es saber decir adiós a cada instante.

Mona, sin embargo, no llegaba a tales consideraciones. Y, aunque así fuera, sus temores no habrían desaparecido. La amenaza de la ceguera era real, tangible, física, y los grandes discursos, en esos momentos, se vuelven muy pequeños, diminutos, inaudibles, completamente mermados por el peligro que hay que desafiar.

—Mona, enfréntate al riesgo.

—Sí, Dadé.

La niña aferró por última vez el colgante mientras lo retiraba cuidadosamente de su cuello. Un sordo temblor la sacudió. Pero no interrumpió su gesto. El hilo de seda remontó la barbilla, la boca, las orejas, y se le enredó un poco en el pelo antes de salir por la cabeza.

Mona tuvo de pronto la horrible sensación de que unas moscas volaban en sus ojos. Los bichos se acumulaban formando un enjambre cada vez mayor. La concha estaba ahora en su palma derecha, que, con los dedos abiertos, parecía un joyero de mármol. La noche no se limitaba a caer sobre la niña, formaba un remolino cuyo centro eran sus pupilas. Mona no veía nada. Su mente zozobraba mientras el universo que la rodeaba se extinguía. Estaba tan terriblemente mareada que no podía emitir sonido alguno, ni siquiera una queja, y en las regiones oscuras de su cabeza se abría un abismo. ¿Estaba perdiendo la consciencia? Se asió a un pensamiento al azar, como un náufrago que se agarra a un tronco a la deriva en medio de las olas. «El negro es un color», consiguió formular, y, al hacerlo, la idea iluminó algunos puntos en medio de las tinieblas. Se esbozaba una constelación, que iba descollando cada vez más, arrancando a la nada un relieve inesperado. Mona creyó volver a ver, en medio de un caos fragmentado, los rostros amigos y las formas inspiradoras que encerraban las obras observadas durante el último año. Hasta que un halo estabilizó la imagen más nítida de una figura adorada. Colette estaba allí. Y resultaba increíblemente dulce sentirla así. Mona quiso fundirse con su ser. Bastaba con soñar.

Pero la presencia de Colette se desvanecía y, mediante una especie de señal invisible, parecía rogar a la niña que saliera del túnel en el que se había adentrado y, sobre todo, que no volviera a penetrar en él. «¡Abuelita! ¡Oh, quédate! ¡Abuela! ¡Abuela! ¡Quédate! ¡Quédate!». Luego la oscuridad apareció de nuevo en sus párpados, y seguidamente los temblores.

Mona sintió una presión. Parecían los delgados dedos de su abuelo sobre su clavícula. Sintió también una caricia rasposa. Parecía la lengua de un perro en la palma de su mano. Se debatió consigo misma, con sus ojos, esforzándose por parpadear. ¿Los tenía abiertos? Si era así, seguía sin ver nada. Lo intentó de nuevo, una y otra vez, ya consciente, pero no, no veía nada...

Y entonces, por fin, los sollozos... Ese llanto tanto tiempo contenido, esas lágrimas que, al crecer, las personas aprenden a mantener a raya, esas lágrimas despiadadas de la infancia, brotaron por fin sin que nada pudiera detenerlas. Limpiaron todos los residuos de sombra que quedaban en Mona, todas las limaduras, todas las cenizas. Y, de pronto, ¡el azul! A manchas, quizá, pero ¡el azul! ¡El amarillo! ¡Oh, el amarillo! Entre destellos, de acuerdo, pero ¡el amarillo! ¡El rojo! ¡Dios mío, el rojo! Por capas, vale, pero ¡el rojo! Y luego su combinación: Mona atrapó una brizna de verde, una pizca de malva, un toque de naranja. Tonos de bermellón, alizarina, magenta, coral, amaranto, cinabrio, grosella y carmín se unieron a la fiesta. Aparecieron primero unas líneas, luego volúmenes, génesis desenfrenada de la carnalidad del mundo.

Henry, cuya mano no había soltado el hombro de Mona, no dijo nada. En cuanto a Cosmos, repetía su característico doble ladrido, que significaba «sí». Mona abrió los ojos. Se quedó mirando fijamente la caracola, de vuelta en el lugar exacto de su exhumación de antaño. Echó un poco de arena encima y, con la vista recuperada, pudo detallar los millones y millones de partículas que, como una marea de estrellas, sepultaban ahora la concha.

El santuario estaba edificado.

Se incorporó, dio unos pasos e inspiró una enorme bocanada de aire. Se sentía llena de alegría. Entonces tomó un poco de impulso y empezó a girar, muy lentamente, trescientos sesenta grados sobre sí misma. Giraba como una peonza, como el haz de luz de un faro. A medida que el movimiento se aceleraba, su centro de gravedad se dispersaba. Vio rocas al borde del agua, la sombra de un pinar, montañas al norte, tejados al este, barcos mar adentro, luego otra vez rocas, pinos, montañas, tejados, barcos, rocas, pinos, montañas, tejados, barcos... Dio vueltas y más vueltas y las rocas se fundieron con el pinar, el pinar con las montañas, las montañas con los tejados, los tejados con los barcos, los barcos con las rocas. Dio vueltas sobre sí misma hasta que, en el corazón de ese tiovivo, el mundo que la rodeaba se metamorfoseó en una estratigrafía de colores brillantes, sin nada reconocible. Mona alimentó ese vértigo hasta que se tambaleó. Cayó redonda en la arena.

Al recobrar el sentido, miró al frente. Qué bonito era todo. Qué hermoso el pequeño desierto ambarino sobre el que la espuma se estrellaba sin cesar... Qué hermosa la ola turquesa que se hinchaba bajo el vuelo de las gaviotas blancas... Qué hermoso el horizonte claro allá lejos, el maravilloso horizonte claro...

Henry se acercó a su nieta. Al girar, le pareció *La joven de la perla* de Vermeer, cuyo cuerpo parecía salir de repente de la oscuridad que la envolvía. Sintió en Mona el eco del largo viaje del que ella había regresado. Él tendió sus brazos, tan inmensos como el universo, hacia su hermosa cabeza redonda. Ella sonrió, un poco aturdida, y lo abrazó.

—Oh, Dadé... ¡Qué bello es todo esto! ¡Y qué bello es lo que hay *más allá*!

Índice

II
Orsay

III
Beaubourg

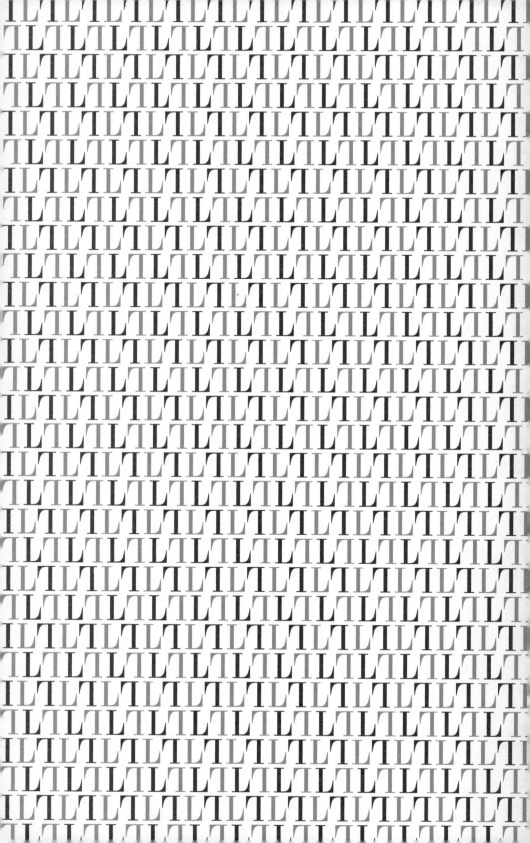